필사본 고소설의 지역별 유통양상과 향유층에 대한 실증적 연구

이 저서는 2010년 정부(교육부)의 재원으로 한국연구재단의 지원을 받아 수행된 연구임(NRF-2010-812-A00128)

필사본 고소설의
지역별 유통양상과 향유층에 대한 실증적 연구

김 재 웅

역락

머리말

필사본 고소설의 지역별 유통과 향유층에 대한 문학사회학적 탐구

필사본 고소설은 전국적으로 어떤 작품이 얼마나 유통되었을까? 이런 질문에 답하기 위해서는 필사본 고소설의 지역별 유통 양상과 향유층에 대한 실증적 접근이 필요하다. 하지만 고소설 연구는 텍스트 분석에 편중된 경향을 보이고 있다. 이 때문에 고소설의 텍스트 분석에 편중된 연구 방법을 벗어나 작품이 유통된 지역과 향유층에 대한 탐구를 시도해야 한다. 고소설은 텍스트와 콘텍스트를 동시에 분석해야 작품을 이해할 수 있기 때문이다.

조선후기 필사본 고소설은 오랫동안 필사의 전통을 유지했다는 점에서 주목된다. 조선후기에는 다양한 매체를 통해서 고소설이 유통되었다. 그 중에서도 필사본은 가장 오랫동안 향유층의 사랑을 받은 작품이다. 필사본 고소설이 오랜 생명력을 유지할 수 있었던 원인은 무엇일까? 상업성을 반영한 방각본과 활자본이 출판되었지만 필사본은 향촌사회에서 필사의 전통을 지속했다. 고소설 필사의 경험을 축적한 향유층은 작품을 개작하거나 재창작하기도 했다. 이러한 고소설 필사의 전통 덕분에 다양한 작품이 전국적으로 유통되었다.

고소설의 유통 양상과 향유층을 파악하기 위해서는 텍스트 분석과 현장조사를 병행해야 한다. 작품의 유통 현장을 조사하는 과정에서 새로운 자료를 발굴하기도 했지만 아무런 성과도 없이 발걸음을 돌려야 했을 때도 있었다. 이렇게 필사본 고소설의 필사기록과 유통 현장을 확인한 결과 513종을 확보하는 성과를 거두었다. 이를 지역별로 구분하면 영남 222종, 호남 82종, 충청 132종, 서울과 경기 52종, 강원 16종, 북한 9종 등으로 나타난다. 필사본 고소설은 지역별로 유통의 편차를 보여준다. 작품이 풍부한 영남 지역은 오랫동안 고소설 필사의 전통을 유지한 반면에 작품이 빈약한 서울·경기 지역은 이른 시기에 필사의 전통이 사라졌기 때문이다.

이러한 필사본 고소설의 지역별 유통 양상과 향유층에 관한 실증적 연구를 통해 새로운 사실을 밝혀내는 성과를 거두었다. 필사본 고소설의 향유층은 양반집안 또는 선비집안의 여성들이 대대수를 차지한다. 그래서 필사본 고소설은 한글본이 앞도적인 비중을 차지하고 있다. 필사본은 향촌사회의 선비집안의 여성들이 농한기에 집중적으로 필사하고 향유했다. 이 때문에 고소설의 필사기에는 여성 향유층의 다양한 문학사회학적 의미를 담아내고 있다. 따라서 필사본 고소설에 대한 실증적 연구는 지역문화적 특징과 보편적 가치를 재인식하는 토대를 마련했다는 점에서 그 소설사적 의미를 부여할 수 있다.

필사본 고소설의 유통과 향유층에 대한 실증적 연구를 위해서는 풍부한 자료 확보가 매우 중요하다. 그래서 필사본 고소설을 소장하고 있는 광주의 이현조 박사님과 남원향토박물관의 이경석 학예연구사님께 감사드린다. 이 분들이 자료를 공개하지 않았다면 풍부한 필사본 고소설을 확보하기 어려웠을 것이다. 그리고 필사본의 지역별 유통 분포도와 문화지도를 작성할 수 있도록 도와준 경북대 사범대학 김감영 선생님께도 감사드린다. 덕분에 필사본 고소설의 유통 문화지도를 처음으로 작성하는 성과를 거두었다.

이 책을 쓰는 동안 필자의 첫 번째 독자였던 장인어른과 큰어머니께서 세상을 떠났다. 필자가 학문의 길을 가는 데 도움을 주셨던 고마운 분들이기에 더욱 마음이 아프다. 이 조그마한 책을 두 분의 영전에 받친다. 그리고 제자에게 따뜻한 사랑을 베풀어준 강은해 선생님과 못난 자식을 키워준 부모님 및 사랑하는 아내 이수정과 장모님께도 늘 고마운 마음을 전해드리고 싶다. 앞으로 더욱 정진하는 모습으로 고마운 분들께 보답하고자 한다.

2015년 4월 17일
벚꽃이 흩날리는 연구실에서 김재웅

차례

제1장

머리말

1. 연구 목적

한국 고소설은 필사본, 방각본, 활자본 등과 같이 다양한 형태로 유통되었다. 그 중에서도 필사본 고소설은 가장 오랫동안 향유층의 사랑을 받은 작품이다. 필사본 고소설이 방각본이나 활자본과 달리 오랜 생명력을 유지할 수 있었던 까닭은 무엇일까? 고소설의 필사는 작품 이해의 측면, 글씨연습과 언문공부의 측면, 여가의 소일거리적 측면 등과 같이 매우 다양한 의미를 내포하고 있기 때문이다. 더욱이 필사자는 고소설 필사의 경험을 축적하여 자신의 의도대로 작품을 개작하거나 새롭게 재창작하기도 한다. 이러한 고소설 필사의 전통 때문에 수많은 이본이 다양하게 발생하고 있다.

필사본 고소설은 상업적 이윤획득을 위해 출간한 방각본이나 활자본에 비하여 매우 다양한 이본적 편차를 보여준다. 필사본 고소설에는 필사자의 성별과 나이, 신분계층과 혼인관계, 필사시기와 필사기간, 필사지역과 필사의식 등과 같이 다양한 정보를 기록한 필사기가 존재한다. 반면에 방각본이나 활자본은 작품의 출판년도와 출판횟수, 출판장소 등에 대한 개략적인 기록이 남아있을 뿐이다. 그래서 필사본은 방각본과 활자본에 비하여 고소설의 지역별 유통양상과 향유층의 성격을 구체적으로 확인할 수 있는 매우 중요한 작품이다. 필사본 고소설은 지역별 향유층과 지역문화적 연관성을 탐색할 수 있는 필사기가 존재하기 때문이다.

이러한 필사기를 체계적으로 분석하면 고소설의 지역별 유통양상과 향유층에 대한 실증적 접근이 가능하다. 실증적 연구에서는 얼마나 많은 필사본 고소설을 풍부하게 확보하는가가 연구의 성과를 좌우한다. 그래서 필사본 고소설이 유통된 현장에 대한 조사가 필수적이다. 필사본 고소설의 유통양상과 향유층에 대한 정보가 빈약한 상황에서는 작품을 이해하는 데 일정한 한계에 봉착하기 마련이다. 필사본 고소설의 유통양상과 향유층에 대한 실증적 이해가 부족한 상황에서는 새로운 접근은 불가능하기 때문이다. 필사본 고소설의 다양한 유통양상과 향유층에 대한 현장론적 접근이 동반되어야 작품의 진면목을 파악할 수 있다. 이렇게 하면 필사본 고소설의 전국적 유통양상에 대한 밑그림을 그릴 수 있다.

지금까지 고소설 연구는 작품의 구조와 주제 및 유형 등의 내용 분석에 편중된 것이 사실이다. 왜냐하면 고소설의 작가와 독자를 구체적으로 확인하기 어려운 상황에서 작품 분석에 치중할 수밖에 없었기 때문이다. 고소설의 작품 분석에서도 다양한 이본이 존재하는 필사본보다 방각본이나 활자본을 선호한 것으로 나타난다. 그런데 필사본 고소설은 방각본과 활자본에 비하여 선행본일 가능성이 높을 뿐만 아니라 향유층의 존재를 필사기를 통해서 구체적으로 파악할 수도 있다. 따라서 필사본은 방각본이나 활자본과 달리 고소설의 지역별 유통양상과 향유층의 성격을 분석하기에 매우 유리하다.

조선후기에 유통된 필사본 고소설에는 지역별 향유층의 다양한 욕망을 수용한 것으로 보인다. 그럼에도 필사본 고소설의 유통양상과 향유층에 대한 연구는 매우 빈약한 실정이다. 다만, 조선후기 고소설의 독자층에 대한 통시적 접근과 개별 작품의 향유층에 대한 연구는 산발적으로 진행되었다.[1] 이러한 고소설 향유층에 대한 연구는 문집에 등장하는 고소설 독자에 초점을 맞추고 있거나 방각본이나 활자본의 개별 텍스트 구조 분석에 치중된 것으로 보인다. 그리고 20세기 중반 경북 북부에 유통된 고소설의 사례조사는 활자본에 초점을 맞추고 있다.[2] 이런 점에서 조선후기에 유통된 필사본, 방각본, 활자본 등의 고소설 텍스트 분석에 치중하여 다양한 유통양상에 대한 실증적 접근은 빈약한 실정이다.[3]

18세기 도시의 발달과 고소설 향유의 다양한 모습을 추적한 작업은 특정한 시기와 장소에 국한되어 있지만 향유층의 존재를 확인할 수 있다는 측면에서 주목된다.[4] 이 논의는 18세기 상업이 발달한 서울에서 고소설이 어떻게 향유되었는지를 재구하고 있다. 하지만 이 연구는 도시의 발달과 고소설의 관계에 초점을 맞추고 있어서 작품의 유통에 대한 접근은 부족할 수밖에 없다. 이 때문에 필사본 고소설의 유통양상에 대한 실증적 접근을 통한 문학사회학적 연구를 실시해야 고소설 향유층의 성격을 이해하는 데 도움이 된다.

경북 지역에 유통된 고소설의 독자층에 대한 실증적 접근은 이원주에

---

1) 대곡삼번, 『조선후기 소설독자연구』, 고려대 민족문화연구소, 1985, 5-216쪽.
2) 권미숙, 「20세기 중반 고전소설의 향유양상-경북 북부지역을 중심으로」, 영남대 박사논문, 2008, 1-171쪽.
3) 조동일, 『소설의 사회사 비교론』 2권, 지식산업사, 2001, 117-246쪽.
4) 김준형, 「18세기 도시의 발달과 소설 향유의 면모」, 『고소설연구』 26집, 한국고소설학회, 2008, 91-117쪽.

의해서 시도되었다.[5] 이 논의는 경북 지역의 양반 집안에 유통된 필사본 고소설의 독자층에 대한 설문조사를 통해서 향유층의 성격을 밝혔다는 점에서 주목된다. 경북 지역의 양반 집안에는 『~전』책보다 『~록』 또는 『~기』책이 유통되었음을 제시하고 있다. 그런데 이원주가 대상으로 삼은 경북 지역의 양반 집안을 방문하여 현장조사를 실시했음에도 그 흔적은 찾지 못했다. 30년의 시차 때문에 모든 것이 달라졌을 가능성은 있다. 하지만 경북 지역의 양반 집안은 100년 전의 고소설 필사자와 향유자도 후손이나 친척이 기억한다는 점에서 보면 조금 의아한 실정이다.

고소설 필사자의 성별과 신분계층, 필사시기와 필사기간, 필사지역과 필사의식 등에 대한 실증적 접근은 김재웅에 의해서 구체적으로 진행되었다. 그는 <강능추월전>의 필사기를 분석한 다음 필사지역에 대한 현장조사를 실시하여 유통양상과 향유층에 대한 다양한 정보를 밝혀내었다.[6] 경북 지역에 유통된 필사본에 대한 연구를 통해서 지역별 고소설의 유통양상과 향유층의 성격을 파악하는 성과를 거두었다.[7] 이후에도 호남과 충북에 유통된 필사본 고소설에 대한 실증적 접근은 지속되었다.[8] 더욱이 필사본 고소설의 지역별 유통을 확인하여 문화지도를 작성했다는 점에서 주목된다.[9] 이러한 필사본 고소설에 대한 실증적 연구는 지역

5) 이원주, 「고전소설 독자의 성향」, 『중재 이원주교수 유고집』, 이원주교수추모사업회, 1994, 183-201쪽.
6) 김재웅, 『강릉추월전 작품군의 종합적 이해』, 보고사, 2008, 145-189쪽. 김재웅, 「<강능추월전>의 이본 형성과 변모에 관한 연구」, 계명대 박사논문, 2003, 김재웅, 「<강능추월전>의 독자층과 독자 수용의 태도」, 『어문학』 75집, 한국어문학회, 2002, 115-140쪽.
7) 김재웅, 「경북 지역에 유통된 필사본 고소설의 종류와 향유층에 대한 실증적 연구」, 『고소설연구』 24집, 한국고소설학회, 2007, 219-250쪽.
8) 김재웅, 「호남 지역에 유통된 필사본 고소설의 종류와 향유층에 대한 연구」, 『고소설연구』 28집, 한국고소설학회, 2009, 269-299쪽. 김재웅, 「충북 지역에 유통된 필사본 고소설의 종류와 향유층」, 『고소설연구』 31집, 한국고소설학회, 2011, 281-311쪽.
9) 김재웅, 「필사본 고소설의 지역별 유통과 문화지도 작성」, 『대동문화연구』 88집, 성균관대 동아시아학술원, 2014, 231-260쪽.

별 유통과 향유층의 작품 선호도와 향유의식을 파악하는 작업이다. 그럼에도 필사본 고소설의 지역별 유통양상을 파악하기 위해서는 좀더 풍부한 자료 발굴과 이본 비교를 통한 체계적인 연구가 필요한 실정이다.

본 연구의 목적은 조선후기에 유통된 필사본 고소설의 지역별 유통양상과 향유층에 대한 실증적 접근을 통해서 소설사회학적 의미를 밝히는데 있다.[10] 조선후기 고소설은 필사의 방식으로 다양하게 유통된 것으로 보인다. 필사본 고소설은 어느 지역에서 가장 풍부하게 유통되었을까? 필사본 고소설은 어떤 지역에서 어떤 작품이 가장 풍부하게 유통되었는지에 대한 구체적 통계자료가 필요한 실정이다. 이러한 실증적 연구에서는 필사본 고소설의 통계적 분석이 매우 중요하다. 하지만 필사본 고소설의 지역별 유통양상과 향유층에 대한 실증적 연구는 초보적인 수준에 머물러 있다.

다행히 조희웅의 『고전소설 이본목록』과 『고전소설 연구보정』을 통해서 858종의 고소설과 수많은 이본의 전모가 드러나게 되었다.[11] 이 목록을 토대로 필사본 고소설의 지역별 유통양상에 대한 밑그림을 그릴 수 있다. 더욱이 여기에 수록되지 않은 필사본 고소설도 상당수 발굴하여 첨가했을 뿐만 아니라 현장조사를 실시하여 확인한 작품도 수록했다.[12] 필사본 고소설의 지역별 유통양상과 향유층에 대한 실증적 연구에서는 풍부한 자료 확보가 무엇보다 중요하다. 필사본 고소설의 자료가 빈약한 상태에서는 지역별 유통양상과 향유층의 특징을 파악하기 어렵기 때문이다.

10) 움베르트 에코, 김운찬 옮김, 『소설속의 독자』, 열린책들, 1996, 5-391쪽.

11) 조희웅, 『고전소설 이본목록』, 집문당, 1999, 15-903쪽. 조희웅, 『고전소설 연구보정』, 박이정, 2005, 13-1385쪽.

12) 광주의 이현조 소장본이 가장 대표적 사례이다. 2012년 7월 현장조사에서 이현조 박사는 약 500여 종의 고소설을 소장하고 있었다.

조선후기 고소설은 필사본, 세책본, 방각본, 활자본 등과 같이 다양한 방식으로 유통되었다.[13] 그 중에서도 지역별 향유층의 성격을 뚜렷이 내포하고 있는 것은 역시 필사본이다. 필사본 고소설은 방각본이나 활자본에 비하여 오랜 역사를 가진 기록문학의 대표적인 형태이기 때문이다. 필사본 고소설은 특정한 지역의 향유층이 오랫동안 필사의 전통을 유지한 작품이다. 기존의 작품을 손으로 쓰는 필사의 방식은 지역별, 성별, 신분 계층별, 연령별 등의 필사의식에 의해서 다양한 이본을 파생시키는 원동력이다. 필사본 고소설의 향유층은 의식적 또는 무의식적으로 기존의 작품 내용을 첨삭하여 수많은 이본을 파생시키는 역할을 수행한다. 이러한 고소설의 지속적 필사와 향유과정에서 새로운 작품이 탄생하기도 한다.

고소설 중에서 가장 많은 작품이 필사본으로 유통되었다는 사실은 필사본의 중요성을 새삼 확인시켜주기에 충분하다. 조선후기로 이행하면서 고소설의 향유층이 급증하여 필사본으로 그 수요를 감당할 수 없었다. 이 때문에 필사본 고소설을 대신하기 위해서 상업적 성격의 목판본과 활자본이 등장한 것이다. 방각본과 활자본 고소설은 다수의 독자층을 겨냥하여 상업적 이윤을 획득하기 위해 출판된 작품이다. 그리고 세책본은 서울 지역에서 유통된 필사본이지만 상업적 성격을 내포하고 있다. 방각본과 활판본이 등장하면서 필사본과 상당한 교섭이 이루어진 것으로 짐작된다. 그럼에도 필사본 고소설은 상업적 성격의 방각본이나 활판본과 관계없이 지역별 여성 향유층에 의해 오랫동안 필사의 전통을 유지했다는 점에서 주목된다.

---

13) 방각본, 활자본, 세책본 고소설에 대한 연구는 다음을 참고할 것. 이창헌, 『경판방각소설 판본연구』, 태학사, 2000, 11-575쪽. 이주영, 『활자본 고전소설 연구』, 역락, 2001, 9-234쪽. 권순긍, 『활자본 고소설의 편폭과 지향』, 보고사, 2000, 9-321쪽. 정명기, 「세책본소설의 유통 양상」, 『고소설연구』 16집, 한국고소설학회, 2003, 84-92쪽. 이윤석·대곡삼번·정명기, 『세책 고소설 연구』, 혜안, 2003, 41-88쪽.

2. 연구 방법과 범위

필사본 고소설의 지역별 유통양상을 확인하기 위해서는 작품의 말미에 기록된 필사기를 분석하고 그 필사기록을 토대로 현장조사를 실시해야 한다. 고소설의 필사기에는 작품을 필사한 목적이나 필사시기, 필사기간, 필사자의 가족관계, 필사자의 성별과 연령, 필사한 작품에 대한 감상평 등과 같이 다양한 내용이 등장한다. 이러한 고소설의 필사기록을 분석하면 작품의 필사과정과 향유과정을 살펴볼 수 있는 구체적인 단서를 발견할 수 있다. 고소설에 등장하는 필사기록은 당시 향유층을 확인할 수 있는 매우 중요한 정보이다. 이를 토대로 필사본 고소설의 지역별 유통양상과 향유층에 대한 실증적 연구를 시도해야 한다.

그렇다면 필사본 고소설의 지역별 유통양상을 확인할 수 있는 작품은 얼마나 존재할까? 또한 지역별로 어떤 작품과 어떤 유형의 고소설이 가장 많이 필사되고 향유되었을까? 이러한 궁금증을 해소하기 위해서는 고소설의 서두와 말미에 적혀 있는 필사기록에 주목할 필요가 있다. 고소설은 작가와 독자에 대한 기록이 부족하지만, 작품의 필사과정이나 향유과정에서 첨가된 필사기록을 통해서 작품의 유통과정을 확인할 수 있기 때문이다. 고소설에 나타난 필사기록뿐만 아니라 실제로 작품을 소장하면서 지속적인 독서를 했던 실증자료까지 합치면 작품의 종류와 지역별 유통양상을 효과적으로 파악할 수 있을 것이다.

고소설의 지역별 유통양상을 분석하기 위해서는 필사기가 있는 작품을 중심으로 문헌조사를 실시해야 한다. 풍부한 문헌조사를 통해서 확보한 고소설을 대상으로 현장조사를 병행해야 소설사회학적 의미를 파악할 수 있다. 필사본 고소설에는 방각본이나 활자본과 달리 지역별 유통양상의 특징과 향유층의 성격이 뚜렷하게 나타난다. 이러한 필사본 고소설은 지역별 여성 향유층의 욕망을 반영하면서 오랫동안 지속되었던 것으로 보인다. 필사본 고소설은 지역별 유통량의 편차와 향유층의 성별 및 신분계층의 변화를 통해서 당시 향촌사회의 문학생활을 이해하는 데 상당한 도움이 된다.

필사본 고소설의 실증적 접근에서는 풍부한 자료를 얼마나 많이 확보하는가에 연구의 승패가 달려 있다고 해도 과언이 아니다. 이 때문에 연구 범위는 전국에 유통된 필사본 고소설의 필사기와 현장조사를 통해서 확보한 작품을 대상으로 한다. 방각본이나 활자본과 달리 필사본은 작품의 서두와 말미에 필사기가 첨가되어 있다. 이 필사기에는 작품의 필사지역, 필사자의 성별과 신분계층, 필사시기와 필사기간, 필사의식과 독자층 등과 같이 다양한 정보를 내포하고 있다. 이를 분석하면 필사본 고소설의 통계학적 접근과 현장조사를 통한 실증적 연구가 가능하다.

필사본 고소설의 시간적 범위는 지역별로 차이는 있지만 19세중반부터 20세기 중반까지 약 100여 년이다. 필사본 고소설은 대체로 이 시기에 집중적으로 필사되고 향유되었기 때문이다. 이 당시는 조선후기부터 대한제국 및 일제강점기를 거쳐 한국전쟁까지로 급격한 사회변화가 발생한 격동기이다. 격동의 사회적 변화에도 필사본 고소설은 지역의 향유층에게 상당한 인기를 끌었던 것으로 보인다. 이런 점에서 필사본 고소설은 정치적, 사회적 변화에 상당히 둔감한 작품이다. 새로운 시대의 변화를 적극 수용하기보다는 기존의 유교윤리적 가치관을 긍정하고 있기 때문이다.

필사본 고소설의 지역별 유통양상과 향유층에 대한 실증적 연구를 효과적으로 수행하기 위해서는 문학사회학적 방법론이 필요하다.[14] 문학

---

14) 김현, 『한국문학의 위상, 문학사회학』, 문학과지성사, 1995, 5-338쪽. 문학사회학적 연구는 문학 작품을 당대 사회의 지역적 현실과 사회학적 관점에서 접근하는 방법론이다.

사회학은 문학이 대중에게 어떻게 전달되며 대중은 문학을 어떻게 수용하는가? 그것은 무슨 의미를 갖는가를 따지는 것에서 문학적 구조와 사회적 구조의 동형을 비교하여 설명하고 그 밑바닥에 작가의 세계관이 작용하고 있음을 밝히는 연구방법론이다. 문학사회학은 작품세계의 구조와 사회집단의 정신구조 및 문학적 창조집단의 성격이 대응관계에 놓여 있다고 생각한다. 문학사회학적 연구는 문학 작품과 그것이 반영하는 사회와의 관계에 특별히 주목하고 있다.

조선후기 필사본 고소설은 주제와 형식에서 필사자가 속한 지역적, 시대적, 사회적 상황과 밀접한 관계를 보여준다. 그래서 문학사회학적 연구는 문학 작품과 사회의 관련 양상을 규명하려는 노력과 그 속에서 발생하는 미학적 특징을 밝힐 수 있다. 더욱이 문학 작품의 출판과 배포 및 수용의 문제를 주로 다루는 문학사회학과 문학 텍스트의 어느 국면을 집단의식의 징후나 표현 그 변용으로 연구하는 문학사회학을 포함한다. 이 때문에 필사본 고소설의 유통양상과 향유층을 분석하기 위해서는 문학사회학적 연구 방법론이 가장 적합하다.

필사본 고소설의 지역별 유통양상과 향유층에 대한 실증적 연구를 수행하기 위해서는 가능한 풍부한 자료의 확보가 무엇보다 중요하다. 풍부한 자료를 확보해야만 필사본 고소설의 실증적 연구가 빛을 발하기 때문이다. 필사본 고소설의 지역별 유통을 확인하기 위해서 조희웅의 『이본목록』과 『연구보정』을 토대로 각 대학의 도서관에 소장된 작품과 개인 소장본 및 새로 발굴한 작품 등을 포함하여 풍부한 자료를 확보했다. 이런 문헌조사와 함께 현장조사를 실시하여 전국에서 유통된 새로운 자료를 상당수 발굴하는 성과를 거두었다.

필사본 고소설의 문헌조사를 통해서 필사 지역을 확인할 수 있는 작품을 선별한 후에 다시 현장조사를 실시하여 작품의 유통양상과 향유층의 성격을 실증적으로 파악했다. 이러한 실증적 연구를 통해서 문헌조사의 내용을 재검토하고 현장조사를 실시하여 새로운 사실을 밝혀내는 성과를 거두기도 했다. 이렇게 필사본 고소설의 지역별 유통양상을 확인할 수 있는 작품은 모두 513종이다. 여기에는 필사기록과 현장조사를 통해서 실물을 확인한 이본까지 포함하고 있다.

물론 새로운 자료의 발굴과 개인이나 문중 및 기관(대학 도서관, 박물관)에 소장된 작품을 공개한다면 좀더 풍부한 필사본 고소설의 자료를 확보할 수 있을 것이다. 이러한 자료의 발굴과 공개는 상당한 시간이 필요하리라 생각된다. 그래서 현재까지 필사기와 현장조사를 통해서 확인한 513종의 필사본 고소설을 중심으로 지역별 유통양상과 향유층에 대한 실증적 연구를 실시하고자 한다. 따라서 필사본 고소설의 지역문학적 특성과 가치를 밝히는 작업은 고소설의 개별성과 보편성을 재발견하는 토대가 될 것이다.[15] 이와 같은 필사본 고소설에 대한 실증적 연구는 필사본 고소설의 문학사적 의미를 새롭게 자리매김할 수 있을 것으로 확신한다.

15) 조동일, 『지방문학사』, 서울대학교출판부, 2004, 1-211쪽.

제2장

필사본 고소설의 필사기록과 유통의 현황

1. 필사본 고소설에 나타난 필사기록

필사본 고소설의 종류와 지역별 유통양상을 검토하기 위해서는 우선 필사기를 분석해야 한다. 지금까지 알려진 필사본 고소설에 나타난 필사기록을 중심으로 지역별 유통양상을 제시할 필요가 있다.[1] 여기에 실제로 고소설을 소장하면서 지속적인 독서를 했던 실증적 사례까지 포함해서 논의하고자 한다.[2] 이러한 자료들을 종합하면 필사본 고소설의 종류

---

1) 필사본 고전소설의 필사기록은 조희웅의 『고전소설 이본목록』과 『고전소설 연구보정』을 바탕으로 국학진흥원, 계명대, 영남대, 경북대 등의 소장본과 김광순본, 박순호본, 나손본, 이현조본, 정명기본, 남권희본 등을 참고하였다. 이밖에도 개인이나 기관이 소장한 필사본 고소설에 대한 현장조사를 실시하였다. 김일렬, 「취암문고 소장 고전소설 연구」, 『영남학』 3호, 경북대 영남문화연구원, 2003, 9-43쪽.
2) 작품을 소장하면서 지속적인 독서를 했던 작품은 이원주, 「고전소설 독자의 성향」, 『중재 이원주교수유고집』, 이원주교수추모사업회, 1994, 183-201쪽. 김재웅, 「<강능추월전>의 이본 형성과 변모에 관한 연구」, 계명대 박사논문, 2003, 59-97쪽.

와 지역별 유통양상을 구체적으로 확인하는 데 필요한 단서를 마련할 수 있을 것이다. 아울러 필사본 고소설에는 다양한 필사의 문화적 기반이 수용되어 있어서 주목해야 한다.

우선 조선후기부터 일제강점기를 거쳐 한국전쟁 이후까지 유통된 필사본 고소설에 등장하는 필사기의 다양한 사례를 살펴볼 필요가 있다. 필사본 고소설에 등장하는 필사기를 통해서 다양한 정보를 확인할 수 있다. 고소설의 필사기에는 필사자의 성명과 성별, 나이와 신분계층, 필사시기와 필사기간, 필사장소와 필사의식 등과 같이 다양한 정보를 내포하고 있기 때문이다. 고소설에 등장하는 필사기의 구체적 사례를 제시하여 작품의 지역별 유통양상을 살펴보고자 한다.

필사본 고소설의 필사기록은 존재하지만 필사자의 신원과 지역별 유통양상을 파악하기는 쉽지 않다. 필사기에는 고소설이 유통된 지역에 대한 기록이 풍부하지 않기 때문이다. 그래서 작품의 필사기를 토대로 현장조사를 실시해야 좀더 풍부한 정보를 확인할 수 있다. 고소설에 나타난 필사기록을 영남, 호남, 충청, 서울과 경기, 강원과 북한 등의 지역별로 구분하여 제시하기로 한다. 이러한 필사본 고소설의 지역별 유통양상은 지역문화의 성격을 다양하게 반영하고 있기 때문이다.

영남 지역에 유통된 여승구본 <강능추월전>에는 "경북 영주 장순 소룡 박승화"라는 필사기록이 등장한다. 작품에 등장하는 지역은 경북 영주시 장수면 소룡2리이다. <강능추월전>의 필사기에는 필사지역과 작품 소장자만 나타난다. 그래서 필사기록을 토대로 현장조사를 실시하여 작품 소장자 박승화와 필사자 김임규의 존재를 밝혀내는 성과를 거두었다. 박승화의 아들 박용서(83세)는 모친 김임규가 결혼 전 17세에 <강능추월전>을 필사했다고 증언해주었다.[3] 김임규의 생애를 재구해보면 작품은 1914년에 필사되었다. 따라서 <강능추월전>의 필사기와 현장조사를 통해서 남성은 작품의 소장자이고 여성은 작품의 필사자임을 실증적으로 확인했다.

호남 지역에 유통된 박순호본 <유충렬전>에는 "전북 임실군 오송리 164번지 정연균, 계유년 일월팔일"이라는 필사기록이 등장한다. 작품에 등장하는 지역은 전북 임실군 오지리이다. 그곳에 대한 현장조사를 실시하여 작품 소장자 정연균과 필사자 한복단(1915-2001)의 존재를 밝혀내었다.[4] 정연균의 아들 정종호(55세)의 증언에 의하면 <유충렬전>은 모친 한복단이 18세가 되는 계유(1933)년 1월 8일에 필사했음이 분명하다. 이렇게 <유충렬전>은 필사자의 존재를 확인하기 위해 현장조사가 얼마나 중요한지 보여주고 있다.

충청 지역에 유통된 정용현본 <이진사전>에는 "기미 국추, 어만님이 베끼신 책이라"라는 필사기록이 등장한다. 이 작품에는 필사지역이 등장하지 않기 때문에 작품이 발굴된 충북 괴산군 불정면 지장리 석정마을을 찾아갔다.[5] 그곳에서 후손 정용현(56세)의 증언을 토대로 <이진사전>은 정하영의 아내 경주 이씨가 기미(1919)년에 필사한 사실을 확인했다. 이렇게 필사기록을 토대로 현장조사를 실시해야만 좀더 정확한 작품의 유통양상과 향유층에 대한 실증적 접근이 가능함을 보여준다.

서울과 경기 지역에 유통된 간호윤본 <구운몽>에는 "홍천동 간소져 필젹, 을묘십일월일"이라는 필사기록이 등장한다. 이 작품에 등장하는 홍천동이 어느 곳인지와 필사자 간소저가 누구인지 정확하게 파악하기 어렵다. 다행히 작품 소장자 간호윤에 의해서 필사지역은 경기도 화성시 장안면 사곡3리 홍천동이고 필사자 간소저는 자신의 대고모 간동학이란

---

3) 김재웅, 앞의 책, 147-165쪽.
4) 김재웅, 앞의 논문, 2009, 269-299쪽.
5) 김근수, 「한국소설 이태경전의 교훈」, 『괴향문화』 20집, 괴산향토사연구회, 306-308쪽.

사실이 밝혀졌다. 이 작품은 간동학이 을묘(1915)년 12월에 필사한 작품이 분명하다. 작품의 말미에는 "이 칙은 소셜노는 가히 볼만호기로 힝년 십칠셰의 이숨권 칙을 번역ᄒᆞ오나 번시 은문이 단문ᄒᆞ와 글시 고약ᄒᆞ고 오ᄌᆞ낙셔 만ᄉᆞ오 보시는 이가 눌러 보시옵쇼셔"라는 기록이 등장한다.[6) 안타깝게도 간동학(1899-1916)은 17세에 <구운몽>을 필사했으나 시집간 첫해에 생을 마감했다고 한다.

강원 지역에 유통된 박순호본 <유충렬전>에는 "강원도 삼척군 하장면 하사 미천포 거 2통4호 책주 박식종 등셔의 박죽남은 셔ᄒᆞ로나, 임자년 정월이십팔일"이란 필사기록이 등장한다. 이 작품에는 필사지역, 책주와 필사자, 필사연도 등의 내용이 구체적으로 나타난다. <유충렬전>은 남성 박식종이 소장하고 여성 박죽남이 임자(1912)년 1월 28일에 필사한 작품이다. 따라서 <유충렬전>도 작품의 소장자와 필사자가 구분된 게 아닌가 한다.

북한 지역에 유통된 이현조본 <담랑전>에는 "황해북도 황주군 천가면 내동리 김동헌 필, 계축년 1월 25일"이란 필사기록이 등장한다. 이 작품은 북한 지역에서 유통되었기 때문에 현장조사가 불가능하여 자세한 내용을 파악하기 어렵다. 그래서 작품에 나타난 필사기록을 통해서 분석할 수밖에 없다. 김동헌이 <담랑전>을 필사한 시기는 계축(1913)년 1월 25일이 분명하지만 필사자의 성별은 확인할 길이 막연하다. 따라서 북한 지역의 필사본 고소설에 대한 실증적 접근은 상당히 제한적일 수밖에 없다. 유통 지역에 대한 현장조사가 불가능하기 때문이다.

이제 필사본 고소설에 등장하는 필사목적이나 필사의 문화적 맥락을 살펴볼 차례이다.[7) 고소설의 말미에는 필사자가 "급하게 필사하는 과정

---

6) 간호윤, 『아름다운 우리 고소설』, 김영사, 2010, 520-521쪽.
7) 이지영, 「한글 필사본에 나타난 한글 필사의 문화적 맥락」, 『한국고전여성문학연구』 17

에서 오자와 낙서가 많으니 잘 살펴보시길" 등과 같은 겸손의 말이 대부분 첨가되어 있다. 실제로 작품을 필사하는 과정에서 발생하는 다양한 오자와 탈자 및 오류의 문제를 보여주고 있기 때문에 겸양의 말이 아닐지도 모른다. <구운몽전>에는 필사지역이 등장하지 않지만 작품의 필사과정을 보여주는 내용은 구체적으로 등장한다.

> 글시가 변치못ᄒᆞ와 외자낙셔 만ᄉᆞ옵고 ᄯᅩ 먼져 ᄎᆡ의도 낙셔가 만니 잇실ᄲᅮᆫ더러 말리 되지 아니ᄒᆞᆫ난 ᄃᆡ가 만흐나 무식ᄒᆞ와 곳치지 못ᄒᆞ와스니 물리을 ᄃᆡ여 자세자셰 보압소셔 등셔ᄂᆞᆫ 당질 희쥬옵고 불너쥬옵기ᄂᆞᆫ ᄎᆞᆼ쥬로소니다[8)]

위의 필사자는 작품에 오자와 낙서가 많다고 언급하면서 대본으로 삼은 책에도 낙서와 이야기가 연결되지 않는 곳이 많았다고 언급하고 있다. 이것은 필사의 대본으로 삼은 작품이 방각본이나 활자본이 아니라 필사본임을 알려준다. 그 다음에는 <구운몽전>의 필사과정을 이해할 수 있는 귀중한 내용을 보여준다. 이 작품은 '창주'가 불러준 내용을 당질인 '희주'가 필사한 것이다. 창주와 희주는 대본을 불러주고 받아쓰기를 통해서 <구운몽전>을 필사한 실증적 사례로 주목된다. 사촌형제 간에 작품의 내용을 불러주고 받아쓰기를 실시한 점으로 보아 작품 이해보다 한글공부에 치중된 것이 아닌가 한다.

이러한 경우는 경북대본 <윤최재합녹>에도 등장한다. 경북대본 <윤최재합녹>은 <윤지경전>의 이본이다. 이 작품의 말미에는 "이 ᄎᆡᆨ쥬난 김천숙이라 빗기기ᄂᆞᆫ 김…… 종실 여와 ᄉᆞ인이 쎳노라 모든 ᄉᆞ람이 ……

집, 한국고전여성문학회, 2008, 273-306쪽.

8) 국립도서관본, <구운몽전> 88장 전면에 기록되어 있다.

싱각ᄒᆞ소셔 김형숙 글씨 만고쥬옥 이…… 김ᄒᆞ도다 우리의 모든 여ᄌᆞ들이 일셕의 원만ᄒᆞ야 복록하의 기록ᄒᆞ엿노라"[9]와 같은 필사기록이 등장한다. <윤최재합녹>은 김천숙이 작품의 소장자이고 필사는 종실 여자 4명이 함께 했다는 사실을 보여준다. 고소설은 혼자 필사하는 경우도 있지만 집안의 친척이 함께 필사하는 경우도 빈번하게 나타나고 있다. 이러한 문중공동체의 여성들이 고소설 필사의 전통을 오랫동안 지속했던 것으로 보인다.

그런데 고소설의 필사기에는 가끔 작품을 필사한 후에 필사목적과 감상평을 기록한 내용이 등장한다. 계명대본 <김태백전>에는 "개풍군 대성면 고군리 김구장 책"과 "고양군 숭인면 김구장 전"이란 필사기록이 등장한다. 이 작품의 필사자는 개성과 서울에서 활동한 남성 지식인 김구장이 분명하다. 김구장은 고양군 숭인면이 개편된 1914년에서 개풍군이 형성된 1930년 사이에 작품을 필사했을 가능성이 매우 높다고 하겠다. 그런데 <김태백전>의 필사기에는 중국의 '오호평남'과 '오호평서'를 언급하고 있다.[10] 이러한 작품의 필사기는 고소설의 창작과 연작의 관계를 보여주고 있어서 주목된다.

> 이칙은 이거스로 ᄭᅳᆺ츨 막고 이 ᄒᆞ권인즉 금방 장원급톄ᄒᆞᆫ 오인 영웅이 남복 젼장ᄒᆞ난ᄃᆡ 신츌긔몰ᄒᆞᆫ ᄌᆡ조와 의긔가 만ᄊᆞ와 ᄒᆞᆫ번 아니보지 못ᄒᆞᆯ 지나의 유명ᄒᆞᆫ 오호평남과 오호평셔가 잇ᄊᆞ오니 연속ᄒᆞ여 환영ᄒᆞ여 주시옵소셔 …… 이상의 져작ᄒᆞᆫ 김ᄐᆡᄇᆡᆨ젼으로 말삼ᄒᆞ면 지나에셔 본시 ᄉᆞ젹이

---

9) 경북대본, <윤최재합록>.

10) 루쉰 저, 조관희 역, 『중국소설사』, 소명, 2004, 10-840쪽. 서경호, 『중국소설사』, 서울대출판부, 2004, 330-348쪽. <오호평서전전>은 14권 112회로 구성된 연의소설이다. <오호평남후전>은 6권 42회로 구성된 연의소설이다. '오호평서'는 청나라 가경 6년(1801)에 방각본으로 출간된 <오호평서전전(五虎平西前傳)>을 말하고, '오호평남'은 가경 12년(1807)에 간행된 <오호평남후전(五虎平南後傳)>을 말한다.

잇ᄂᆞᆫ 말노 지나 연극게에셔 유명이 흥ᄒᆡᆼᄒᆞ난 오호평남과 오호평셔를 졀츙ᄒᆞ여 져작ᄒᆞᆫ 거시온ᄃᆡ 본 져작자가 어단필둔ᄒᆞ와 ᄋᆡ독ᄒᆞ시ᄂᆞᆫ 각 위의 장졀 괘졀ᄒᆞᆫ 흥미난 무ᄒᆞ오나 김 뎡 됴 삼인의 ᄉᆞ적은 오륜삼강의 사표되난 ᄉᆞ젹이요 문무의 쌍젼ᄒᆞᆫ거슨 고금학자의 안목을 송연케 ᄒᆞᆯ지요 명쥬 옥ᄑᆡ 양소져와 칠보공주의 유신유용ᄒᆞᆫ ᄒᆡᆼ젹은 렬졀이 관일ᄒᆞ고 지사 녈부의 고진감ᄅᆡᄒᆞᆫ ᄉᆞ실을 ᄒᆞᆫ번 보면 가히 사회상젼감이 될터인고로[11]

위의 필사기는 <김태백전>이 중국의 <오호평서전전>, <오호평남후전>을 절충해 창작했음을 언급하고 있다. 현재까지 유일본으로 존재하는 <김태백전>의 필사자는 작가의 성격을 겸하고 있는 것으로 보인다. 작가와 필사자의 성격을 겸한 김구장은 김태백, 정충국, 조응천 등의 사적은 삼강오륜의 사표가 되기에 충분하고, 명주소저, 옥패, 칠보공주 등의 행적은 신의가 투철하여 고진감래를 겪은 열부로 사회적 모범이 되기에 충분하다고 주장한다. 이런 점에서 <김태백전>의 필사자는 중국소설과의 연관성을 언급하면서도 남녀 주인공의 활약을 유교적 세계관으로 평가하고 있다.[12]

박순호본 <임경업전>의 말미에는 "병오(1906)년 칠월 십오일 어소 남창하의 필셔ᄒᆞ노라"라는 필사기가 등장한다. 이 작품의 필사지역은 알 수 없지만 필사시기는 구체적으로 나타난다. <임경업전>에는 "병오년 이월의 녀ᄋᆞ 됴실이 졔 아우 혼인 ᄯᆡ 급ᄒᆡᆼᄒᆞ여 님경업젼을 등출ᄎᆞ로 시작ᄒᆞ여ᄶᅡ가 필셔얼ᄒᆞ다 ᄉᆡ덕으로 가기의 졔 아□겨셔 필셔ᄒᆞ며 졔ᄯᅩᆼ남ᄆᆡ 제숙딜 글시 간간이 ᄡᅳ고 노부도 악혼중 간신이 감ᄉᆞ상 등셔ᄒᆞ여시니 아비 그리운 ᄯᆡ 보라"[13] 등과 같이 작품의 필사자와 필사과정을 보

11) 계명대본, <김태백전>, 304-307쪽.
12) 김재웅, 「<김태백전>의 영웅소설적 성격과 의미」, 『고소설연구』 30집, 한국고소설학회, 2010, 315-343쪽.

여준다는 점에서 주목된다.

이 작품은 시집간 딸 조실이 제 아우 혼인 때 친정에 와서 <임경업전>을 필사했으나 완성하지 못하고 시댁으로 돌아갔다. 그래서 집안의 제종 남매와 제종 숙질 및 부친 등이 <임경업전>을 필사하여 딸에게 보내준 작품이다. 작품의 말미에 "아비 그리운 때 보라"는 말속에 시집간 딸에 대한 아버지의 사랑이 묻어난다. 이렇게 <임경업전>에는 필사시기와 함께 작품의 필사에 참여한 가족과 필사과정을 구체적으로 보여준다. 이러한 고소설의 필사기에 나타난 다양한 필사기록을 통해서 당시 고소설 필사의 전통을 이해할 수 있을 것이다.

이상에서 필사본 고소설의 필사기록은 매우 다양하게 나타난다. 이러한 필사기록을 분석하면 작품의 유통지역과 필사자와 향유층을 실증적으로 확인할 수 있다. 하지만 필사기록에는 유통지역, 필사자, 향유층 등과 관련된 정보가 빠진 작품이 더 많이 존재한다. 필사기록이 없으면 현장조사는 불가능하다. 설사 필사기록이 존재한다고 해도 현장조사에서 필사자와 향유층을 확인하지 못하는 경우도 있다. 이런 상황에서도 필사본 고소설의 지역별 유통양상과 향유층에 대한 실증적 접근을 위한 513종의 자료를 확보한 것은 커다란 성과로 볼 수 있다.

2. 필사본 고소설의 종류와 유통의 현황

현재까지 필사본 고소설에 필사지역이 등장하거나 현장조사에서 새로 발굴한 작품까지 포함하면 모두 513종이다. 앞으로 새로운 작품이 발굴

13) 박순호본, <임경업전>, 『한글필사본고소설자료총서』 40권, 오성사, 1986, 700쪽.

되거나 개인 또는 문중에서 소장한 고소설이 발굴되면 좀더 정확한 유통현황을 확립할 수 있을 것이다. 필사본 고소설의 지역별 유통양상과 향유층에 대한 실증적 접근은 풍부한 자료조사와 현장조사가 가장 중요하다. 이 때문에 새로운 자료의 발굴과 더불어 필사기록을 토대로 현장조사는 지속될 필요가 있다.

필사본 고소설의 필사기록과 작품을 소장한 향유층에 대한 실증적 조사를 바탕으로 지역별 유통양상을 제시하면 다음과 같다. 영남 222종, 호남 82종, 충청 132종, 서울과 경기 52종, 강원 16종, 북한 9종 등으로 나타난다. 필사본 말미에 적힌 필사기록은 있지만 현재의 지명과 달라서 정확한 유통지역을 확정할 수 없는 작품도 상당수 존재한다.[14] 이러한 필사기에 나타난 고소설의 종류와 지역별 분포양상은 필사본의 유통과정을 실증적으로 이해하는 지름길이기도 하다.

필사본 고소설 513종 가운데 영남 지역에는 무려 222종이 유통되었다. 이를 지역별로 구분하면 대구와 경북 171종과 부산과 경남 39종으로 나타난다. 경북 지역은 경남 지역에 비하여 필사본 고소설의 유통이 매우 활발했다. 충청 지역에는 132종, 호남 지역에는 82종이 각각 유통되었다. 충청 지역은 충북 62종과 충남 70종으로 비슷한 분포를 보여준다. 호남 지역도 전북 47종과 전남 34종으로 비슷한 실정이다. 따라서 영남 지역은 북부와 남부에 유통된 필사본 고소설의 지역별 편차가 뚜렷하게 나타난다.

---

14) 1914년 행정구역의 통폐합과 지역명칭 변경으로 지금의 행정구역 명칭과 다른 지명이 많이 등장하고 있다. 여기에 해당하는 작품은 <곽종운전>, <몽옥쌍봉연록>, <박씨전>, <사씨남정기>, <서대주전>, <두껍전>, <소대성전>, <염시탁전>, <오유란전>, <유충렬전>, <임진록>, <적벽가>, <정비전>, <정을선전>, <징비세태록>, <창선감의록>, <최치원전>, <춘추대성전>, <춘향전> 5종, <토끼전>, <현봉쌍의록>, <호섬전>, <홍영선전>, <황운전> 등과 같이 모두 28종이 존재하고 있다.

그런데 서울과 경기 지역에는 필사본 고소설의 유통이 상당히 빈약하게 나타난다. 당시 급격한 도시화와 상업이 발달한 서울과 경기 지역에는 필사본 고소설의 유통이 빈약했던 것으로 생각된다. 그리고 산악 지역이 발달한 강원 지역과 북한 지역에서는 필사본 고소설의 유통이 더욱 빈약한 실정이다. 영남, 호남, 충청 등의 삼남지방에서는 지역별 편차가 존재하지만 필사본 고소설이 오랫동안 풍부하게 유통되었다. 반면에 서울과 경기, 강원과 북한 등의 중북부 지방에서는 필사본 고소설의 유통이 빈약했거나 필사의 전통이 단절된 것으로 보인다.

영남 지역에 유통된 필사본 고소설은 호남 지역이나 충청 지역에서 필사되거나 향유된 작품과 비교하면 유통량에서 커다란 차이를 보인다. 영남 지역에 유통된 222종과 호남 지역에 유통된 82종의 필사본 고전소설을 비교하면 작품의 수량뿐만 아니라 향유층의 선호도를 이해하는 데 도움을 준다. 영남과 호남에 유통된 고소설의 종류와 향유층을 비교하여 지역별 문화적 정체성을 자리매길 할 필요가 있다. 영남 다음으로 132종이 분포하고 있는 충청도는 필사본 고소설의 유통이 활발했던 곳으로 보인다. 조선후기 충청 지역은 서울과 가까운 지리적 위치와 농촌사회를 유지했던 지역적 특징과 연관된 것으로 짐작된다.[15]

당시에 많은 인구가 살았던 서울과 경기 지역에 유통된 필사본 고소설이 빈약한 것은 무엇을 의미할까? 아마도 서울과 경기 지역은 필사본보다 방각본이나 활자본이 널리 유통된 것으로 생각된다. 실제로 경판본과 안성판본 및 활자본 고소설이 대부분 서울과 경기도에서 간행되었을

15) 필사본 고전소설은 양반 집성촌이거나 반촌과 민촌이 공존하는 지역에서 오랫동안 유통되었다. 이러한 지역은 농촌사회의 전통이 비교적 안정적으로 유지되고 있다고 하겠다. 이 때문에 일찍부터 도시화와 산업화가 진행된 곳일수록 필사본 고전소설의 유통이 단절되거나 다른 형태의 문화로 변한 것으로 추측된다.

뿐 아니라 인근 지역민이 그 작품을 향유했을 것을 추정된다. 더욱이 세책점을 통한 작품의 유통과 향유가 활발했다는 측면에서 필사본 고소설의 유통을 위축시켰을 가능성이 있다. 이 때문에 서울과 경기 지역의 고소설 향유층은 필사본을 활용한 반촌 사람들과 세책본이나 방각본, 활자본을 향유했던 상인을 포함한 상민들로 양분된 것이 아닌가 한다. 그래서 서울과 경기 지역은 필사본 고소설의 유통이 상대적으로 빈약했던 것으로 추측된다.

산악 지역이 많은 강원도는 필사본 고소설의 유통이 빈약했던 것으로 보인다. 다만, 강원도의 역사와 문화를 간직한 강릉, 삼척, 원주 등과 같은 주요도시에서는 어느 정도 고소설 필사와 유통이 이루어졌던 것으로 생각된다. 더욱이 필사기에 강원도 울진으로 기록된 <박태보전>, <이대봉전>, <최현전> 2종, <춘향전>, <황월선전> 등은 실제로 강원도에서 유통된 작품이다. 1963년에 울진군이 강원도에서 경북으로 편입되었기 때문이다. 그럼에도 강원 지역은 유교문화적 전통을 유지한 양반집성촌과 선비집안이 풍부하지 못하여 필사본 고소설의 유통이 상당히 빈약한 것으로 나타난다.

한편, 북한 지역은 남한 지역에 비하여 필사본 고소설의 유통이 빈약했을 가능성이 높다. 북한 지역에는 평양과 개성에서 필사본 고소설이 유통되었을 것으로 짐작된다. 그럼에도 북한 지역에서 유통된 작품이 적은 이유는 분단으로 인하여 자료수집이 제대로 진행되지 못했기 때문이다. 또한 남북 분단과 한국전쟁으로 상당수의 필사본 고소설이 소실되었을 것으로 짐작된다. 그래서 북한 지역에 유통된 필사본 고소설의 종류와 유통양상은 미완성으로 남겨두기로 한다.

제3장

필사본 고소설의 지역별 유통양상과 향유층에 대한 실증적 접근

1. 영남 지역 필사본 고소설의 유통양상과 향유층

1) 영남 지역에 유통된 필사본 고소설의 종류와 현황

영남 지역에는 다양한 종류의 고소설이 유통된 것으로 보인다. 그러나 아직까지 영남 지역에서 필사되고 향유된 고소설의 종류와 유통양상에 대한 통계자료도 제대로 제시되어 있지 않은 상태이다. 이 때문에 어떤 작품이 어느 지역에서 어떻게 유통되고 향유되었는지에 대한 구체적이고도 체계적인 연구가 필요한 실정이다. 따라서 영남 지역에 유통된 필사본 고소설의 유통양상과 향유층에 대한 실증적 접근을 시도하고자 한다.

최근에 고소설의 이본 목록이 간행되어 필사본의 윤곽이 어느 정도 드러나서 실증적 연구의 토대를 마련하게 되었다.[1] 영남 지역에 유통된 작품의 필사기록과 현장조사를 통해서 필사자의 성별과 연령, 필사시기와 필사기간, 필사자의 신분계층 등을 구체적으로 확인했다. 영남 지역은 필사본 고소설이 가장 많이 유통되었을 뿐만 아니라 실제로 다양한 작품이 존재하고 있다. 이러한 실증적 연구를 바탕으로 영·호남 지역에 유통된 고소설과 비교한다면 지역적 특징을 밝힐 수 있을 것이다.

영남 지역에 유통된 필사본 고소설에 대한 자료조사는 필사기록과 현장조사를 통하여 실증적으로 확인한 것이다. 다만, 기존연구에 등장하는 이원주의 자료는 고소설의 실물을 확인하지 못했다.[2] 그렇지만 그 당시에 양반가의 여성 향유층이 소장했던 고소설 25종은 분명히 경북 지역에 유통된 작품이다. 그래서 이원주가 소개한 25종의 필사본 고소설을 함께 수록하기로 한다. 나머지 영남 지역의 필사본 고소설은 모두 실물을 확인한 작품이다. 이렇게 확보한 영남 지역에 유통된 필사본 고소설은 222종이다.

1) 조희웅, 『고전소설 이본목록』, 집문당, 1999와 『고전소설 연구보정』, 박이정, 2005.
2) 이원주의 조사결과를 바탕으로 새롭게 현장조사를 실시하였지만 작품의 행방을 확인하지 못했다. 그 당시 연구에서 활용되었던 고전소설 자료가 어디로 갔는지 확인할 방법이 없다. 그럼에도 이원주가 소개한 25종의 자료는 적어도 경북 지역에서 유통된 것으로 보인다.

영남 지역의 필사본 고소설의 종류와 필사기(222종)

작품명 \ 항목	소장자	필사자의 성별	유통지역 및 책 주인	필사년도 및 기간
강능추월전①	나손본	이대환(남)필사 이진옥(신전댁)	경북 풍기 일원 이생원 신전댁(영주 안정면 일원리)	계묘(1903)년 원월 25일 진시
강능추월전②	여승구	박승화 부인 김임규, 학자집안	경북 영주 장순 소룡 박승화(장수면 소룡2리)	1914년(17세 결혼 전에 필사)
강능추월전③	홍시낙	모친 김수길 (1914-2001) 선비, 학자집안	경북 문경시 점촌읍	1932년(18세 결혼 전 친정)
강능추월 리춘백전④	이부영	모친 이유천 (1890-1962), 선비집안	경북 문경시 동로면 간송리	1904년(15세 결혼 전 친정)
이춘백전⑤ (강능추월전)	단국대	김영이 할머니, 선비집안	경북 예천군 유천면 율헌동 임병동 아내	
강능추월전⑥	여승구	손씨부인	경북 봉화군 물야면 압동리 손씨	
강능추월전⑦	정문연	조소저 필사	경북 안동군 예안면 불원동 조소저 책	무자(1888)년 1월19일, 갑자(1864)년 6월3일
강능추월전⑧	노재순	노재순 할머니의 질부 내천댁	경남 합천군 쌍책면 사양리	무자(1948)년 필사
강릉추월전⑨	최열	최열의 7대 조모 필사	경북 선산군 해평면 해평리 239번지	
강릉추월전⑩	코베이	김봉환 필사	경북 봉화군 내성면 석평리 책주 니성 김봉환	신유(1921)년 1월 22일-26일
강능추월전⑪	금요 경매	정부인 삼강댁	경북 예천군 풍양면 삼강리 정부인 삼강댁	기미(1919)년 12월 10일
강능추월전⑫	김광순	조두리 할머니	경남 합천군 묘산면 중촌리 책주 조소저	1934년 추정
공신록전	박순호	윤인기(남)	경북 봉화군 봉성면 원둔리 윤인기(봉양리 개칭)	병오(1906)년 11월 13일
구운몽①	권영철	임영우(남)	경북 문경군 동로면 적성리 책주 임영우	을묘(1915)년 3월 26일

항목 작품명	소장자	필사자의 성별	유통지역 및 책 주인	필사년도 및 기간
구운몽②	김종철		책주 안동 권씨 책	경신(1920)년 3월 17일
구운몽③	김광순	정병호의 증조부 정현곤	경북 성주군 선남면 명포리	1906년 이전
구운몽④	국학 진흥원	풍산김씨 허백당 문중	경북 안동시 풍산읍 오미리	을해(1875)년6월 정사(1857)년 5월 5일-16일
굿시하간전	박순호		경북 상주군 은척면 무릉리 세곡	4283년(1950) 경인 2월 2일종
권익중전①	홍윤표	김생천(여)	경북 진량면 문천동 책주 김생천 책	경오(1930)년 11월13일-12월 2일
권익중전②	취암 문고		경북 경산	무진(1928)년 2월 16일
권익중전③	취암 문고	한규택 집안의 여성	대구부 덕산정 135 한규택	
권익중전④	여태명	조만중의 부인	경북 고령군 성산면 오곡 조만중(1900-1974)	정묘(1927)년 랍월일셔, 소화3(1928)년
김이양문록①	계명대	여성	경상도 방언의 빈번함	19C말-20C초반
김이양문록② (양반전)	취암 문고	권○교	경북 영덕군 영해면 원구동	11월 13일
김진옥전①	취암 문고		조선 경상북도 상주군 니서면 하곡	
진옥전②	박순호	김씨부인	남선면 정하동 김(경북 안동시 정하동)	
김진옥전③	박용서	모친 김임규, 학자집안	경북 영주시 장수면 소룡2리 박승화의 아내	1914년
김진옥전④	조동일		경북 성주군 대동면(수륜면) 송계동 2통6호	융희4(1910)년 11월-12월초2일
김희량전⑤ (김진옥전)	계명대	양생원 집안의 여성	경북 달성군 다산면 달천리 양생원 책	
김진옥전⑥	김광순		경북 성주군 성주읍	
김진옥전⑦	김광순		경북 군위군 소보면	

작품명 \ 항목	소장자	필사자의 성별	유통지역 및 책 주인	필사년도 및 기간
김태자전	김광순	손병기의 부친	경북 손병기의 부친이 조모를 위해 필사함	
낙성비룡	정문연	김참판댁의 남성	경북 선산군 도개면 김참판댁, 예곡정사	임인(1842)년 납월-계묘(1843)년 원월
마두영전	남권희		경북	대정5(1916)년 2월
명사십리 해당화①	김광순	이기철(남)	경북 청송 책주 이기철	임신(1932)년 추7월 초4일
명사십리②	홍윤표		경북 안동군 풍남면	
목시룡전	박순호		경상도 방언의 빈번함	
몽옥쌍봉연록 ①	국학 진흥원	영감댁의 여성	경북 안동시 풍산읍 오미리 영감댁	을묘(1855)년 2월-3월
몽옥쌍봉연록 ②	윤씨	윤씨(88, 여)	경북 안동군 도산면 토계동	1903년 추정
박태보전 (한문본)	이현조	남성(도덕경합본)	울진군 원북면 주인동	청사 백우월 항마일
박씨전①	여승구	정소저(16세)	경남 진주군	을축(1925)년
박씨전②	남권희		경북	무자(1888)년 1월 23일
박씨전③	강출출	강출출(76, 여)	경북 안동군 도산면 토계동	1913년 추정
박씨전④	김광순	조두리 할머니	경남 합천군 묘산면 관기리 중촌 조두리 댁	정유(1957)년 12월 초8일
박부인전⑤	사재동	박공 필서	대구 달성군 해안면 신덕리 서의순	갑자(1924)년 2월 초9일
삼국지①	국학 진흥원	울진장씨 연안파의 남성	경북 예천군 용궁면 산덕리 (산택리) 울진장씨	무신(1848) 년 지월 10일
삼국지②	영모재		경북 문경시 산양면 현리	
사씨남정기① (사씨전)	김광순 10권	포산 곽소저	경북 달성군 현풍	임자(1912)년 3월 8일
사씨남정기②	홍시낙	모친 김수길 (1914-2001)	경북 문경시 점촌읍	1932년
사씨남정기③	국학 진흥원	풍산김씨 허백당문중	경북 안동시 풍산읍 오미동	병인(1866)년 12월

항목 작품명	소장자	필사자의 성별	유통지역 및 책 주인	필사년도 및 기간
사씨남정기④	덕동 민속관	여강이씨 문중의 여성	경북 포항시 기북면 덕동마을	
사씨남정기⑤	이현조		경북 봉화군 춘양면 중구치리	
사씨남정기⑥ (한문본)	국립 중앙 도서관	최석린(남)	경상도 김산 책주 최석린	병진(1916)년 중춘기망 (2월 15일)
사안전 (사대장전)	박순호	풍산김씨 김소저	경북 안동 풍북면(풍산읍) 오미동 김소저 책	신유(1921)년 정월 초사일
서상기	박순호		경남 합천군 가회면 덕촌리	융희4(1910)년 추칠월 초팔일
서한연의① (초한전)	조동일		경남 합천군 백산면 삼리	기유(1909)년 11월
초한연의② (한문본)	국학 진흥원	송장의댁	경북 안동 의성김씨 모계고택 책주 여산송씨	
서해무릉기	하회댁 (필자 복사)	여현동(하회댁의 시어머니)	경북 성주군 월항면	무인(1938)년 4월 3일
섬처사전① (두껍전)	박순호	이우임(여)	경북 안동 의금참판 태부인 이우임	
두껍전② (장선생전)	김광순		경북 성주군에서 발굴	
두껍전③	김광순	김경달 (1892-1964)	경북 칠곡군 신동면 대평리 김경달 할머니	1910년 (결혼 전에 필사)
설홍전	양승민	김성오	경북 상주군 장천면 신평리 4통8호(낙동면 운평리)	대정2(1913)년 음원월 27일
소대성전①	박순호	김현일	경북 의성군 다인면 동동 (1914년 개칭)	명치45(1911)년 12월 12-18일
소대성전②	박순호		경남 진주군 둔동 장춘서 획필	계사(1893)년 1월 11일
소대성전③	여승구		경남 진주 장춘서 혁실	계사(1893)년
소대성전④	박순호		경남 진주군 수곡면 효자리	신미(1931)년 원월 원일

항목 작품명	소장자	필사자의 성별	유통지역 및 책 주인	필사년도 및 기간
소현성록	국학 진흥원	원구 익산댁	경북 영덕군 축산면 도곡리 무안박씨 대소헌	
송부인전①	김광순	이종희(80)의 시어머니 장위생	경북 성주군 월항면 장산동 장지 나원섭	1881년, 1893년
송부인전②	운학집	차운학 할머니 (1892-1965)	경남 합천군 쌍책면 하신리	계해(1923)년 사월 초구일
수매청심록	남수여	남수여(82, 여)	경북 상주군 낙동면 화산리	1907년 추정
숙영낭자전① (옥낭자전)	사재동	이생원 집안의 여성	경북 상주군 화동면 양지리 돌모퉁이 사는 이생원	신유(1921)년 2월 19일
숙영낭자전②	취암 문고	남효익(1901년생)의 딸 남위진	경북 영양군 청기면 저동 238번지 남효익	신사생(1963)년
수경낭자전③	박순호		경북 청송군 진보면 신촌동, 안동땅 병조판록	소화15(1940)년 1월 10월
숙영낭자전④	사재동		부산부 초량동 28번지	대정7(1918)년 7월 7일
수경낭자전⑤	영남대	권학기(여) 필	경북 영천군 화북면(화남면) 선천동	
수경옥낭자전⑥	가라 문화		경남	
숙향전①	이현조		경북 영덕군 영해면 원구동	무진(1928)년 3월 5일 결책
숙향전②	김광순 33권	정갑이와 정명호	경북 성주군 수륜면 지촌리	1월 염5일-2월 염3일 필서
김연단전 (순금전)	여승구	곽필수(여)	경북 달성군	
심청전①	홍윤표	강소명(여)	경북 김천군 구소요면 구례동 강소명, 윤하	대정7(1918)년 무오 정월일
심청가②	국학 진흥원	김씨도령 소람지책	경북 안동시 풍산읍 오미동 심곡파종택	무오(1918)년 1월 28일
심청가③	사재동	이홍우(여)	경북 경주군 부내면 성북리 2통4호 이홍우	임자(1912)년 음4월-4월 26일
쌍열옥소 삼봉기	하회댁	여현동(하회댁 시어머니)	경북 성주군 월항면 대산리	병진년(1916)년 중추일

항목 / 작품명	소장자	필사자의 성별	유통지역 및 책 주인	필사년도 및 기간
양씨전	이현조	신소저	경남 밀양군 단장면 화일리 책주 월성이씨	병자(1936)년 윤3월 1일
어룡전①	김광순		대구시 칠정일사 정사곡	
어룡전②	홍윤표	임옹반	경북 예천군 유천면 율현동 560번지	임술(1922)년 3월 4일
옹고집전	이현조	강성남(여) <꽁자치가> 합철	경남 의령군 화정면 덕교리 책주 강성남	경신(1920)년 11월
여와전① (요열록)	국학 진흥원	무안박씨 문중의 여성	경북 영덕군 축산면 도곡리 무안박씨 대소헌	
요열녹②	이수봉	하회댁	경북 영덕군 도곡면 하회댁	
열국지	권정의	권정의(67, 여)	경북 안동군 법흥동	1924년 추정
열녀전	강출출	강출출(76, 여)	경북 안동군 도산면 토계동	1913년 추정
염시탁전 (한문본)	강경훈	김경천 (1675-1765)	경북 의성진사 권태임 (1908-1961)	1675-1765 추정
옥루몽①	권재석	권재석(83, 여)	경북 안동시 옥정동	1908년 추정
옥루몽②	정차옥	정차옥(71, 여)	경북 상주시 상주읍 서문동	1920년 추정
옥인몽	하회댁	이전희의 딸 이옥주 필서	경북 성주군 월항면 대산리 책주 대포 파잠댁	정사(1917)년 정월 입춘전 4일
왕능전	박순호	선비 집안의 이씨	경북 상주군 화동면 양지	1866년-1921년
월봉기	김광순	손희익	부산부 부평동 2가6번지	
월화전	여태명		경북 영주군 안정면	
유문성전	국학 진흥원	심곡파 종택	경북 안동시 풍산읍 오미동 풍산김씨	대정3(1914)년 2월 6일
유생전 (한문본)	조동일	이규석 (1916-1944)	경북 성주군 금파면(대가면) 중리동	경술(1910)년 8월 초10일
유씨삼대록①	정휘	정휘(78, 여)	대구시 대명동	1911년 추정
유씨삼대록②	강이순	강이순(63, 여)	경북 상주군 낙동면 화산리	1928년 추정
유씨삼대록③	하회댁	성산 이씨 집안의 여성	경북 성주군 월항면	신사(1881)년 7월초, 병자 (1876)년 하 6월

항목 작품명	소장자	필사자의 성별	유통지역 및 책 주인	필사년도 및 기간
유씨삼대록④	국학 진흥원	책주 원구 익동댁	경북 영덕군 축산면 도곡리 무안박씨 대소헌	신묘(1891)년
유씨삼대록⑤	만산재	만산재의 여성	경북 문경시 홍덕동 만산재	
유씨삼대록⑥	이현조	김택수 자친필적	경북 안동군 안동 김씨	
유충렬전①	서울대 규장각	운암 강신소	경북 봉화군 상운리 토일리 4통3호(상운면)	대정5(1916)년 1월 5일
유충렬전②	취암 문고	부친 박광욱 (1894-1978)	경북 상주군 은척면 장암리 일통	계축(1913)년 1월 23일종
유충렬전③	박순호		경북 안동군 도산 정사리	융희4(1910)년 경술 이월일
유충렬전④	홍윤표	이소저	경북 예천군 고분면 시월동 (보문면 신월리)	계유(1933)년 납월 십칠일성
유충렬전⑤	여승구	김덕만(여)	경남 합천군 초계면 유계리	계유(1933)년
유충렬전⑥	박순호	변수호	경남 거창군 가조면	
유충렬전⑦	노재순	노재순의 친정올케 이봉림	경남 합천군 쌍책면 사양리	1925년
유충렬전⑧	남권희	주부인	경북	
유충렬전⑨	이현조	이청룡댁 여성	경남 산청군 신안면 외고리 (내고) 이청룡댁	1928년 이후
유한당사씨 언행록①	홍씨	홍씨(63, 여)	경북 상주군 중동면 우천	1928년 추정
유한당사씨 언행록②	김노아	김노아(63, 여)	경북 상주 낙동면 승장리	1928년 추정
유효공선행록	국학 진흥원	교촌댁 김소저	경북 안동시 풍산읍 오미리 풍산김씨 영감댁	김헌재의 누나가 경주최씨 최준의 아내(1904)
육미당기	단국대	안 오위장 댁	경남 하동군	광무5(1901)년 납월 15일
육선생전	국학 진흥원	선조비 숙인 영양남씨 (1735-1815)	경북 안동시 풍산읍 오미동 영감댁	김헌재의 7대 조모 영양남씨

항목 작품명	소장자	필사자의 성별	유통지역 및 책 주인	필사년도 및 기간
이대봉전①	코베이(2008년 경매)	김소저 필사	경북 문경군 영순면 오용리	정축(1937)년 2월 16일
이대봉전②	이현조	정곡댁	경남 의령군 부림면 송급리, 유곡면 송산리 책주 정곡댁	정해(1887)년 1월1일, 경신(1920)년 12월7일
이대봉전③	이현조	김씨부인	경남 남해군 창선면 석천리 김씨	정가 금19전
이대봉전④	김광순	조두리(1919-2012)	경남 합천군 묘산면 관기리 중촌 조두리 댁	갑술(1934)년 2월 초7일
이대봉전⑤	박순호(82권)	박진사댁 여성	강원도 울진군 북면 나산곡(나곡리) 박진사 댁	9월 27일
이씨효문록	곽수규	곽수규(68, 여)	경북 성주군 수륜면 법산	1923년 추정
이춘매전①	홍윤표	박소저	경북 예천군 용문면 사규곡동(상금곡리)	갑자년(1924)년 2월 초일
이춘매전②(유씨전)	김광순	전소저(13세)	경남 함양군 지곡면 마산리	갑술(1934)년 중춘9일, 신미(1931)년 12월19일
이태경전①	윤학집	연안 차운학	경남 합천군 쌍책면 하신리	1923년
이태경전②	김광순(33권)		경북 월성군(경주시) 강동면 다산리 삼괴정	기해(1959)년 3월-4월초 6일
임충신전①(한문본)	정문연	오동순	경북 고령군 매호	
임경업전②	김광순		경북 군위군 소보면	
임진록	박순호	이기원(남)	경북 청도 매전면 덕산동 72번지 책주 이기원	경오(1930)년 음10월초4일성책
장끼전	단국대	소천 권영진 첩 필기	경북 안동군 임동면 고천동 소여저작	정오(1906)년
장화홍련전	여승구		경북 예천군 유천면 화지	을미(1895)년
장학사전	계명대	니소저	경북 김천시 지례면 상원(상부리)	

항목 작품명	소장자	필사자의 성별	유통지역 및 책 주인	필사년도 및 기간
장한절효기	취암 문고	서광원(남) (1892-1971)	경남 밀양군 부북면 감천리	을묘(1915)년 정월 이십일
정수경전①	국편위	김재호 집안의 여성	경남 양산시 원동면 배낙리 책주 김재호	융희4(1910)년 음7월일, 갑진(1904)년 12월
정수경전②	사재동	금천댁	경북 상주군 화서면 사산리 금천댁	신유(1921)년 2월 초3일
정을선전①	조동일	구호순(여)	경남 함안군 칠봉면 봉촌리	경오(1930) 2월 5일, 4월19일
유최연전②	계명대	유술양(여)	경남 합천군 쌍책면 박곡리	
취연전③	박순호		경북 예천군 용문면 화학동	정사(1917)년 1월, 갑진(1904)년 3월 19일
최연전④	유림원	고소저	경북 문경군 호선남면(점촌읍) 홍동	정축(1937)년 신정월
정을선전⑤	손종흠	횡계서당의 남성	경북 영천 화북면 횡계리 횡계서당 필서	정유(1897)년 납월 염2일
정비전	운학집	차운학 할머니 (1892-1965)	경남 합천군 쌍책면 하신리	1923년
정해경전	계명대	강소저	경상도 방언의 빈번함 책주 내 손녀	병진(1916)년 원월순망일, 2월 3일
제호연록	하회댁	경산 이씨 (하회댁의 시조모)	경북 성주군 월항면 대산리	
조생원전①	이순분 (필자 복사)	이순분의 맏동서 사촌오빠	경북 상주시 은척면 문암리 이순분 할머니	기축년(1949)년
조생원전②	연세대	최길연(여)	경남 고성군 기류면 딩동리 (거류면 당동리) 책주 최길연	을미(1955)년
조생원전③	남권희		경북	정축(1937)년 3월 9일, 8월 7일
조웅전①	여승구	윤씨부인	경북 예천군 유천면 화지동	갑술(1934)년

작품명 \ 항목	소장자	필사자의 성별	유통지역 및 책 주인	필사년도 및 기간
조웅전②	홍윤표	남성	경북 경주시 내남면장	대정7(1918)년 4월 8일
조웅전③	계명대		경북 예천군 호명면	을묘(1939)년 1월 28일
조웅전④	김재웅	전순주 할머니 (1908-1998)	경북 고령군 개진면 반운리 전순주	1923년
조웅전⑤	정문연	설고성 편완	경북 봉화군 내성면(봉화면) 송산 견객재	기축(1949)년
조웅전⑥	조동일	남강상인 등서	경남 진주	기축(1925)년 12월 10일
조웅전⑦	계명대		경남 함안군	
조웅전⑧	남권희	여성(14세) 필사	경북	
조웅전⑨	남권희		경북	
주봉전①	김광순	천정 백수월(여)	경북 예안군 의동면 운천동 박이동댁 1914년변경(도산면 원천리)	신해년(1911)년
주봉전②	민영대	맹판서 집안의 여성	경남 하동 땅 맹판서	갑자(1924)년 춘삼월
진대방전①	조동일 16권	오씨부인	경북 영일군 오천면 문덕동 강학촌댁(포항시 오천읍)	무오(1918)년 2월16일-2월5일
진대방전②	동국대	최상태 필서	경북 월성군 산내면 신원1리	
진성운전①	강전섭		경북 문경군 영순면 율대매 고모재(왕태리)	갑술(1934)년 2월 29일
진성운전②	김광순	이창윤	경북 영주 순흥에서 구입, 책주 안동 이창윤	1989년 9월 11일 자료구입
진성운전③	이현조	유소저 자녀 김원월(여)	경북 영주군 풍기면 전구동 김원월	임인(1902)년 원월 12일
창란호연록①	장세완	장세완의 조모 황재학 (1884-1940)	경북 칠곡군 기산면 각산리	정사(1917)년 2월, 무오(1918)년 2월, 12월
창란호연록②	국학 진흥원	무안박씨 문중의 박정○	경북 영덕군 축산면 도곡리 무안박씨 대소헌	

항목 / 작품명	소장자	필사자의 성별	유통지역 및 책 주인	필사년도 및 기간
창난후연록③	국학 진흥원	박동수의 고조모 의성김씨	경북 영덕군 축산면 도곡리 무안박씨 대소헌 책주 김소저	계축(1913)년 추8월일
창란호연록④	남권희	정소저 필사	경북	정축(1877)년 1월-2월
창란호연록⑤	곽수규	곽수규(68, 여)	경북 성주군 수륜면 법산	1923년 추정
창란호연록⑥	홍씨	홍씨(63, 여)	경북 상주군 중동면 우천	1928년 추정
창란호연록⑦	강이순	강순이(63, 여)	경북 상주군 낙동면 화산리	1928년 추정
창선감의록①	박순호	조씨아량	경북 안동시 서후면 저전리	
창선감의록② (한문본)	고려대	이선달(14세) 필서	경북 영주 풍기 농은재 이선달 소설책	함풍8(1858)년 성상11년 12월
창선감의록③ (한문본)	계명대	남성	경북 김천시 봉산면 신동 509 번지	
창선감의록④	국학 진흥원	허백당문중 김소저	경북 안동시 풍산읍 오미동 풍산김씨 허백당	신축(1901)년 정월 5일
창선감의록⑤ (한문본)	국학 진흥원	금포고택, 금양파	경북 안동시 임하면 금소리 예천임씨 금포고택	병자(1876)년 4월일
창선감의록⑥	인수 문고	남평문씨 집안의 여성	대구 달성군 화원읍 본리 남평문시 세거지	
창선감의록⑦	정휘	정휘(78, 여)	대구 대명동	1911년 추정
창선감의록⑧	강순이	강순이(63, 여)	경북 상주군 낙동면 화산리	1928년 추정
창선감의록⑨	장복순	장복순(60, 여)	대구시 수성동	1931년 추정
창선록	정우락	정갑이 (1906-1993)	경북 칠곡군 석적면 아곡동 (왜관 매원리 중매)	대정15(1926)년 8월일
최현전①	김광순		팔공등산 노부	신축(1901)년 2월 17일
최현전②	운학집	차운학 할머니	경남 합천군 쌍책면 하신리	1923년
최현전③	이수봉	황씨문중의 여성	울진 평해 황씨종가	갑자(1864)년 1월 18일종
최현전④ (한문본)	이수봉	안윤덕의 조부 안후선	울진군 기성면 정명리 안윤덕	1906년
최호양문록①	김광순		경상도 방언의 빈번함	

항목 / 작품명	소장자	필사자의 성별	유통지역 및 책 주인	필사년도 및 기간
최호양문록②	남권희		경북(경상도 사투리)	
최호양문록③	연세대		경북 문경군 산방면 녹문리	무신(1908)년 납월
춘향전①	박순호		경북 상주군 낙동면 유곡리	
춘향전②	이부영	이부영의 모친 이유천, 15세	경북 문경시 동로면 간송2리	1904년
춘향전③	권영철 (나손 복사)	송헌신	경북 안동 임하면 현하리 책주 의성군 금성면 지덕1동 학은인	신해(1911)년 원월
춘향전④	권영철	임연호(여)	강원도 울진군 원북면 원당리	명치45(1912)년 5월28일-6월7일
토끼전①	취암 문고		경북 상주	갑진(1904)년 기월, 을사(1905)년 정월
토끼전②	이상택	김여송	부산진 김여송 소장	명치28(1895)년 2월 17일
별주부전③	서울대	최기댁의 여성	경북 상주 내서면 능암리 책주 최기댁	
하진양문록	이수봉		경북 봉화 거촌	
현봉쌍의록①	권재석	권재석(83, 여)	경북 안동시 옥정동	1908년 추정
현봉쌍의록②	남수여	남수여(82, 여)	경북 상주군 낙동면 화산리	1907년 추정
현봉쌍의록③	이기	이기(88, 여)	경북 성주군 수륜면 법산리	1903년 추정
현봉쌍의록④	이원재	이원재(81, 여)	경북 안동군 옥정동	1906년 추정
현봉쌍의록⑤	홍씨	홍씨(63, 여)	경북 상주군 중동면 우천	1928년 추정
현봉쌍의록⑥	이현조	삭영 최소저	경남 산청군 신안면, 금서면 매촌리 이종건	정묘(1927)년 7월 21일
현씨양웅기	홍씨	홍씨(63, 여)	경북 상주군 중동면 우천	1928년 추정
화경전	이현조	소씨댁의 여성	경북 상주군 소야면 소씨댁, 안동군 와룡면 유하정	
화룡도①	김광순	남성	경북 안동 북후면 원전동 납돌고개 노성곡	대정10(1921)년 음10월 15일
화룡도②	조동일	최경룡(남)	경북 영양군 영양면 서부동 457(영양읍)	계축(1913)년 정월 하한

항목 작품명	소장자	필사자의 성별	유통지역 및 책 주인	필사년도 및 기간
하룡도③	박순호	산동댁 홍씨부인	경북 상주군 은척면 문암리 남생원댁(남민희)	개축(1913)년 정월 이십사일종
화용도가④	경북대	충주 최씨	경북 순흥군 단산면 최씨	임자(1912)년 정월, 12월12일종
화산중봉기	계명대	난동댁	경남 사천군 정산리 가선대부 송세규씨	광서15(1889)년 기축 사월
화씨충효록	고려대	이선달(14세)	경북 영주 풍기 농은재 이선달 소설책	함풍8(1858)년 성상11년 무오12월일
홍길동전①	홍씨	홍씨(63, 여)	경북 상주군 중동면 우천	1928년 추정
길동녹②	김광순	정갑이와 정명호	경북 칠곡군 왜관읍 매원리 중매	1926년 추정
황월선전①	취암 문고		경북 영일군 의창면 용천동 (홍해읍 용천리)	
황월선전②	동국대	김씨부인 종필	경북 영천군 우항동(임고면 우항리)	갑술(1934)년 9월 염8일
월선전③	이헌홍	강평생댁 여성	경북 선산군 고아면 대망동 황골 강평생 댁	정축(1937)년 12월 초8일
황월선전④	김광순		경북 성주군에서 발굴	
황월선전⑤	김광순	김경달 (1892-1964)	경북 칠곡군 신동면 대평리 이병규 소장	1907년 필사(시집오기 전)
황월선전⑥	김광순		경북 성주군에서 1998년 발굴	
황월선전⑦	김광순	조두리 할머니	경남 합천군 묘산면 관기리 중촌 조두리 댁	병신(1956)년 4월 초4일
황월선전⑧	김광순	조두리 할머니	경남 합천군 묘산면 관기리 중촌 두리리 댁	<해인사 유람가> 합철
황월선전⑨	사재동	이증숙(여)	경북 예천군 신당면 금산리 이생원 댁	명치44(1911)년 2월 1일-18일
황월선전⑩	여승구	김청산 댁의 여성	울진 평해 직산 김청산 댁	1914년 이후 (평해면 개칭)
황월선전⑪	연세대		경상도 영주군 평은면 인왕리, 풍수면 미부리	1914년 이후

영남 지역에 유통된 필사본 고소설은 모두 222종이다. 그 중에서 대구와 경북에 유통된 작품은 177종으로 매우 풍부한 반면에 부산과 경남에 유통된 작품은 39종으로 상당한 편차를 보여주고 있다. 영남 지역의 필사본 고소설이 대구와 경북 지역에서 풍부하게 유통되었다는 점은 주목된다. 이러한 필사본 고소설의 지역별 유통양상의 차이를 어떻게 설명할 수 있을까? 경북 지역은 경남 지역보다 양반 집성촌을 중심으로 오랫동안 고소설을 향유하는 필사문화의 전통이 풍부했기 때문이라고 생각한다.

경남 지역에 유통된 필사본 고소설은 모두 39종이다.[3] 이는 경북 지역의 177종과 비교하면 유통량과 작품의 유형에서 엄청난 차이를 보여준다. 경북 지역에는 장편소설이 매우 풍부한 반면에 경남 지역에는 분량이 적은 단편소설이 풍부하다. 경북 지역에는 <구운몽>, <삼국지>, <서한연의>, <옥루몽>, <유씨삼대록>, <창란호연록>, <창선감의록>, <현봉쌍의록> 등의 장편소설이 풍부하다. 경남 지역에는 <소대성전>, <유충렬전>, <이대봉전>, <정을선전>, <조생원전>, <조웅전> 등의 단편소설이 풍부하다. 경북 지역에는 중국의 번안소설과 장편가문소설이 풍부한 반면에 경남 지역에는 영웅소설과 가정소설이 풍부하다. 따라서 영남 지역의 필사본 고소설은 경북과 경남의 지역별로 작품의 분량뿐만 아니라 유형적 특징까지도 커다란 편차를 보여주고 있다.

영남 지역의 필사본 고소설을 지역별로 구분하면 다음과 같다. 예컨대 안동(30종), 상주(25종), 성주(17종), 합천(15종), 문경(11종), 예천(11종), 대구

---

3) <강능추월전> 2종, <박씨전> 2종, <서상기>, <서한연의>, <소대성전> 3종, <송부인전>, <숙영낭자전>, <양씨전>, <옹고집전>, <월봉기>, <유충렬전> 4종, <육미당기>, <이대봉전> 3종, <이춘매전>, <이태경전>, <장한절효기>, <정수경전>, <정을선전> 2종, <정비전>, <조생원전>, <조웅전> 2종, <주봉전>, <최현전>, <토끼전>, <현봉쌍의록>, <화산중봉기>, <황월선전> 2종.

(11종), 영주(8종), 영덕(8종), 봉화(7종), 울진(6종), 진주(5종), 칠곡(5종) 등과 같은 순으로 나타난다. 영남 지역의 필사본 고소설은 경북 안동과 상주, 성주, 합천, 문경, 예천, 영주, 영덕, 봉화, 울진 등과 같은 북부지역에서 가장 풍부하게 유통되었다. 조선후기 유교문화의 자취가 뚜렷이 남아 있는 경북 북부지역에 필사본 고전소설이 왕성하게 유통되었다는 점은 주목된다.

영남 유학의 본향이기도 한 안동 지역에 유통된 작품은 <강능추월전>, <구운몽> 2종, <진옥전>, <명사십리>, <몽옥쌍봉연록> 2종, <박씨전>, <사씨남정기>, <사안전>, <섬처사전>, <심청가>, <열국지>, <열녀전>, <옥루몽>, <유문성전>, <유충렬전>, <유씨삼대록>, <유효공선행록>, <육선생전>, <장끼전>, <주봉전>, <창선감의록> 3종, <초한연의>, <춘향전>, <현봉쌍의록> 2종, <화룡도> 등과 같이 매우 다양하다. 안동 지역의 필사본 고소설은 풍산김씨 허백당 종택, 심곡파 종택, 영감댁 등과 같은 양반가문에서 새로운 자료들을 상당수 발굴했다.[4] 이러한 작품들은 안동의 양반가문에서 어떤 고소설을 향유했는지 구체적으로 보여준다.

상주 지역에는 <굿시하간전>, <김진옥전>, <설홍전>, <수매청심록>, <숙영낭자전>, <옥루몽>, <왕능전>, <유씨삼대록>, <유충렬전>, <유한당사씨언행록> 2종, <정수경전>, <조생원전>, <별주부전>, <토끼전>, <창란호연록> 2종, <창선감의록>, <춘향전>, <현봉쌍의록> 2종, <현씨양웅기>, <홍길동전>, <화경전>, <화룡도> 등과 같은 작품이 유통되었다. 상주 지역에서 필사본 고소설의 유통이 빈번한 까닭은 무엇일까? 상주 지역의 고소설 향유층은 <옥루몽>, <유씨삼대

4) 풍산읍 오미리에서 새로 발굴한 작품은 <구운몽>, <사씨남정기>, <창선감의록>, <심청가>, <유문성전>, <육선생전>, <유효공선행록>, <몽옥쌍봉연록> 등 8종이다.

록>, <유한당사씨언행록>, <창란호연록>, <창선감의록>, <현봉쌍의록>, <현씨양웅기> 등과 같이 장편가문소설이 풍부한 실정이다. 이러한 장편가문소설은 상주 지역의 양반가문에서 즐겨 향유한 작품이다.

성주 지역에는 <구운몽>, <김진옥전> 2종, <둑겁전>, <서해무릉기>, <송부인전>, <숙향전>, <쌍열옥소삼봉기>, <유생전>, <제호연록>, <유씨삼대록>, <옥인몽>, <창란호연록>, <현봉싸의록>, <황월선전> 2종 등이 분포하고 있다. 성주군 월항면의 성주이씨 집성촌에서는 <제호연록>, <유씨삼대록>, <옥인몽>, <쌍열옥소삼봉기> 등과 같은 장편가문소설이 발굴되었다. 성주 지역은 양반 집성촌을 중심으로 유교문화적 전통을 오랫동안 지속한 고장이기 때문에 필사본 고소설의 유통이 풍부한 것이다.

이러한 유교문화적 전통은 경북 지역의 문경, 예천, 영주 등에서도 지속되고 있다. 문경 지역에는 <강능추월전> 2종, <구운몽>, <삼국지>, <사씨남정기>, <유씨삼대록>, <이대봉전>, <진성운전>, <최연전>, <최호양문록>, <춘향전> 등이 유통되었다. 예천 지역에는 <강능추월전> 2종, <삼국지>, <어룡전>, <유충렬전>, <이춘매전>, <장화홍련전>, <조웅전> 2종, <취연전>, <황월선전> 등이 유통되었다. 영주 지역에는 <강능추월전> 2종, <월화전>, <진성운전> 2종, <창선감의록>, <화룡도가>, <화씨충효록> 등이 존재한다. 대구 지역에는 <권익중전>, <김희량전>, <박부인전>, <사씨남정기>, <순금전>, <어룡전>, <유씨삼대록>, <창선감의록> 3종, <최현전> 등이 분포하고 있다. 영덕 지역에는 <김이양문록>, <소현성록>, <숙향전>, <요열록> 2종, <유씨삼대록>, <창란호연록> 2종 등이 유통되었다. 봉화 지역에는 <강능추월전> 2종, <공신록전>, <사씨남정기>, <유충렬전>, <조웅전>, <하진양문록> 등이 유통되었다. 울진 지역에는 <박태보전>,

<이대봉전>, <최현전> 2종, <춘향전>, <황월선전> 등이 분포하고 있다.[5]

영남 지역은 타 지역에 비하여 유교문화의 전통이 오랫동안 남아있다. 특히 안동 지역을 중심으로 한 경상도 북부지역은 영남 유학의 수도라 할 만큼 유교문화가 뿌리를 내리고 있다. 이러한 안동과 상주, 성주, 영주, 예천 등에서 필사본 고소설이 다량으로 유통되고 향유되었다. 고소설의 필사와 향유는 경북 북부지역의 유교문화권 향유자들의 성격과 연관되어 있다고 하겠다. 필사본 고소설은 유교문화의 전통이 강한 경북 북부지역을 중심으로 풍부하게 유통되었기 때문이다. 이런 측면에서 필사본 고소설의 향유층에 대한 실증적 조사가 필요한 실정이다.

경남 지역의 필사본 고소설은 합천 지역에서 매우 풍부한 실정이다. 합천 지역에는 <강능추월전> 2종, <박씨전>, <서상기>, <서한연의>, <송부인전>, <유충렬전> 2종, <유최현전>, <이대봉전>, <이태경전>, <정비전>, <최현전>, <황월선전> 2종 등의 작품이 유통되었다. 합천 지역은 양반 집성촌을 중심으로 유교문화적 전통을 오랫동안 유지했기 때문에 고소설이 풍부한 것으로 생각된다. 그런데 조선후기 유교문화의 전통을 계승한 진주 지역에는 <박씨전>, <소대성전> 3종, <조웅전> 등과 같이 필사본 고소설이 매우 빈약한 실정이다. 고소설의 유통이 빈약할 뿐만 아니라 확인된 작품의 유형도 영웅소설이 대부분을 차지하고 있다.

이렇게 합천 지역에는 고소설이 풍부한 반면에 진주 지역에는 고소설이 빈약한 까닭은 무엇일까? 경남 지역의 합천과 진주는 남명학의 영향권에 속하는 지역이다. 남명학은 유학의 덕목에서 경(敬)과 의(義)를 실천

---

5) 울진군은 1965년 강원도에서 경북으로 편입되었기 때문에 필사기에 강원도로 표시되기도 한다.

하는 것을 매우 중요하게 생각한다. 그럼에도 합천과 달리 진주에서 필사본 고소설의 유통된 매우 빈약한 까닭은 무엇일까? 지리산을 중심으로 한 남명학의 터전인 진주에도 필사본 고소설이 풍부했을 것으로 짐작된다. 그렇지만 현재까지 확인된 작품이 너무도 빈약한 실정이다. 진주 지역은 유교문화적 전통을 오랫동안 지속하지 못한 것으로 추측된다.

조선후기 필사본 고소설의 유통양상을 통해본 영남 유학의 중심지 안동과 진주는 상당한 차이를 보여준다. 이러한 지역적 편차는 어떻게 설명할 수 있을까? 영남 지역의 유교문화는 안동의 퇴계와 진주의 남명을 중심으로 구분한다. 안동 지역은 필사본 고소설이 가장 풍부한 반면에 진주 지역은 필사본 고소설이 매우 빈약한 실정이다. 영남의 유교문화적 전통이 풍부한 두 지역에 유통된 필사본 고소설의 유통량과 작품의 성격을 비교하면 매우 흥미로운 결과가 나타난다. 안동 지역은 유교적 규범이 생활로 계승된 반면에 진주 지역은 상대적으로 유교적 규범이 약화된 것으로 생각된다. 따라서 영남 지역의 필사본 고소설은 안동과 진주에서 유교문화적 편차를 뚜렷이 보여준다.

이상에서 영남 지역에 유통된 필사본 고소설은 지역별 유교문화적 전통과 밀접한 관계를 보여준다. 영남의 안동, 상주, 성주, 합천, 문경 등의 유교문화적 전통이 생활문화로 뿌리내린 북부지역에서 필사본 고소설의 유통이 풍부하기 때문이다. 유교문화적 전통이 강한 안동, 상주, 성주, 합천 등은 양반집안과 선비집안에서 필사본 고소설을 풍부하게 향유한 것으로 나타난다. 이러한 지역은 소백산맥 주변에 자리한 양반 집성촌이면서도 유교문화적 전통을 오랫동안 유지한 공통점을 보여준다. 따라서 영남 지역은 필사본 고소설의 유통양상을 통해서 유교문화와 기록문학의 전통까지도 함께 계승하고 있다.

2) 영남 지역에 유통된 필사본 고소설의 유형적 성격

영남 지역에 유통된 222종의 필사본 고소설의 종류가 밝혀진 셈이다. 이러한 필사본 고소설에 대한 유형별 특징과 성격을 살펴보아야 할 차례이다. 고소설의 유형을 구분하는 작업은 생각보다 쉽지 않다. 왜냐하면 고소설 작품의 성격을 한 가지 유형으로 확정할 수 없기 때문이다. 그럼에도 고소설의 유형을 구분하면 작품의 성격이나 향유의식을 살펴볼 수 있는 장점이 있다. 유형분류는 고소설의 지역별 유통양상과 유형별 특징을 파악하기 위해서 꼭 필요한 작업이다.

영남 지역에 유통된 필사본 고소설의 유형은 가정소설, 가문소설, 영웅소설, 판소리계 소설, 애정소설, 도덕소설 등으로 구분할 수 있다. 영남 지역의 필사본 고소설은 가족 사이의 갈등이나 처첩 간의 쟁총을 다루는 가정소설과 혼사장애를 통한 가문의 갈등과 가문의 창달을 다루는 장편가문소설, 탁월한 인물의 군담적 활약을 보여준 영웅소설, 판소리가 독서물로 정착한 판소리계 소설 등이 다수 유통되었다. 이러한 필사본 고소설의 유형은 영남 지역을 대표한다고 하겠다.

가정소설에 해당하는 작품은 <김이양문록> 2종, <사씨남정기> 6종, <어룡전> 2종, <이춘매전> 2종, <장학사전>, <장화홍련전>, <정해경전>, <조생원전> 3종, <창선감의록> 9종, <최호양문록> 3종, <황월선전> 10종, <송부인전> 2종, <유최현전> 3종, <정을선전> 2종, <주봉전> 2종 등과 같이 모두 47종이 존재한다. 더욱이 <김이양문록>과 <최호양문록>은 양문록의 표제를 보여주지만 작품의 내용을 분석한 결과 가정소설임이 분명하다.[6] 이러한 가정소설은 조선후기 가부장제에

---

6) 김재웅, 「<김이양문록>의 창작방법과 가정소설적 의미」, 『영남학』 12호, 경북대 영남문화연구원, 2007, 123-151쪽. 김재웅, 「<최호양문록>의 구조적 특징과 가정소설적 위상」,

서 새로운 사람이 집안에 영입되면서 가족 간의 다양한 갈등이 발생하고 있다.

가정소설은 계모형과 쟁총형으로 구분하기도 한다. 계모형 가정소설은 <김이양문록>, <어룡전>, <장화홍련전>, <정해경전>, <조생원전>, <황월선전> 등과 같이 19종이 존재하고 있다. 쟁총형 가정소설은 <사씨남정기>, <창선감의록>, <장학사전>, <쇠호양문록> 등과 같이 19종이 존재한다. 그리고 계모형과 쟁총형의 구조를 통합한 <정을선전>, <취연전>[7]과 넓은 의미의 가정소설에 해당하는 <송부인전>도 있다. 이렇게 영남 지역에는 필사본 가정소설이 상당수 유통된 것으로 보아 향유층의 성향을 어느 정도 짐작할 수 있다. 영남 지역의 여성 향유층은 가정소설을 통해서 당시의 유교윤리적 규범을 배웠던 것으로 보인다.

장편가문소설에 해당하는 작품은 <몽옥쌍봉연록> 2종, <현봉쌍의록> 6종, <현씨양웅쌍린기>, <유씨삼대록> 6종, <소현성록>, <쌍열옥소삼봉기>, <유효공선행록>, <제호연록>, <하진양문록>, <창란호연록> 7종, <화씨충효록> 등과 같이 모두 27종이 존재한다. 장편가문소설은 가문 간의 혼인관계를 통해서 세대를 거듭하는 다양한 갈등양상을 보여주고 있기 때문에 작품의 분량이 비교적 장편이다. 장편가문소설들은 주로 양반가문에서 필사되고 향유된 특징을 보여준다. 장편가문소설은 혼사장애를 통해서 나타난 문제점을 해결하는 양반가문의 윤리적 규범의식을 내포하고 있다. 영남 지역의 여성 향유층은 가문소설을 통해서 유교적 이념의 체득과 가문의 번창을 소망한 것으로 생각된다.

『정신문화연구』 119호, 한국학중앙연구원, 2010, 76-100쪽.

7) 김재웅, 「<유최현전>의 구조적 특징과 가정소설의 지평 확장」, 『정신문화연구』 102호, 한국학중앙연구원, 2006, 79-103쪽.

영남 지역에서는 수십 권으로 분권된 장편가문소설의 유통이 다소 미약했을 것으로 추정했었다.[8] 그런데 장편가문소설은 성주군 월항면의 성주이씨 집성촌, 안동의 풍산김씨 문중, 영해의 무안박씨 대소헌 등을 포함한 경북의 양반가문에서 풍부하게 유통되었다. 이러한 장편 가문소설은 자녀의 결혼을 중심으로 유교윤리적 규범과 가문의식을 강조하는 내용이 핵심을 차지하기 때문에 자연히 분량이 많아질 수밖에 없다. 더욱이 자녀의 혼사장애담과 아버지-아들-손자 등의 3대기 구조로 이어지는 가문의 흥망사를 다루고 있다. 특히 이원주가 조사한 <몽옥쌍봉연록>, <유씨삼대록>, <창란호연록> 등을 포함하면 영남 지역에는 양반 집성촌을 중심으로 장편가문소설이 풍부하게 유통되었다.

안동의 풍산김씨 영감댁의 장편가문소설은 승정원 동부승지를 역임한 김두흠에 의해서 전파되었을 가능성이 높다고 하겠다. 영감댁은 영조 35년(1759) 규장각 직각을 역임한 김상목, 첨지중추부사 김중우, 동부승지를 역임한 김두흠 등과 같이 3대가 함께 마련한 양반가문이다. 그 중에서도 김두흠(1804-1877)은 사간, 병조참지, 동부승지 등을 역임했다. 이 때문에 영감댁에 소장된 장편가문소설은 김두흠에 의해서 안동으로 전파되었을 것으로 짐작된다. 영남 지역의 장편가문소설은 조선후기에 왕실을 왕래하던 양반가문의 후손에 의해서 지방으로 전파된 것으로 보인다.[9]

이러한 사례는 성주이씨 집성촌에서 나타난다. 성주이씨 집성촌의 장편가문소설은 조선후기 홍문관 교리를 역임한 이귀상 집안에 소장된 작

8) 김종철, 「장편소설의 독자층과 그 성격」, 『고소설의 저작과 전파』, 아세아문화사, 1994, 433-471쪽.

9) 성주와 안동의 양반 사대부들은 내직 벼슬에 있을 때 고향에 있는 부녀자들을 위해 장편가문소설을 전해주었을 것으로 짐작된다.

품이다. 이귀상은 영조 36년(1760)에 사간원 사간과 사헌부 집의를 역임한 이석구의 현손으로 1888년 홍문관 교리로 제수되었다. 성주군 월항면의 교리댁에서 장편 가문소설이 유통된 것은 당시 왕실을 드나들었던 홍문관 교리를 역임한 이귀상에 의해서 전파되었을 것으로 짐작된다.

영웅소설에 해당하는 고소설도 다수 유통되었다. 영웅소설에 해당하는 작품은 <낙성비룡>, <조웅전> 9종, <이대봉전> 5종, <왕능전>, <소대성전> 4종, <권익중전> 4종, <진성운전> 3종, <유문성전>, <유충렬전> 9종, <이태경전>, <정비전>, <최현전> 4종, <홍길동전> 2종, <임경업전> 2종, <박씨전> 5종 등과 같이 모두 52종이다. 영웅소설은 충신과 간신의 갈등으로 집안이 몰락한 충신의 후손이 간신과 외적을 진압해 국가적 군담영웅으로 등장한다. 몰락한 집안을 부흥시키는 영웅소설의 군담영웅은 영남 지역의 유학자들과 향유층에게도 희망을 심어준 것으로 보인다. 영웅소설의 향유층은 과거에 급제하거나 병법을 수련하여 몰락한 가문을 부흥시키고 국가의 위기를 진압하는 영웅적 인물의 활약과 함께 이별한 가족의 상봉에 초점을 맞추어 지속적으로 향유한 것으로 생각된다.

영웅소설은 역사형, 창작형, 번역형 등으로 구분하기도 한다.[10] 역사형 영웅소설은 <박씨전>, <임경업전>, <임진록> 등이고, 창작형 영웅소설은 <소대성전>, <조웅전>, <유충렬전>, <이대봉전>, <권익중전> 등이다. 더욱이 <낙성비룡>, <최현전>, <하진양문록> 등은 영웅소설 및 가문소설의 성격을 내포한 작품도 유통되었다. 그런데 <삼국지> 2종, <서한연의> 2종, <열국지> 등과 같은 번역형 영웅소설은 빈약하게 유통되었다. 따라서 영남 지역에는 창작형 영웅소설이 역사형과

---

10) 서대석, 『군담소설의 구조와 배경』, 이화여대 출판부, 1985, 5-207쪽.

번역형 영웅소설에 비하여 매우 풍부한 실정이다.

창착형 영웅소설 중에서는 여성보다 남성 영웅소설이 훨씬 풍부하다. 남성 영웅소설은 <낙성비룡>, <조웅전>, <이대봉전>, <왕능전>, <소대성전>, <권익중전>, <진성운전>, <유문성전>, <유충렬전>, <이태경전>, <최현전>, <홍길동전>, <임경업전> 등과 같이 매우 풍부하다. 그런데 여성 영웅소설은 <박씨전>과 <정비전>이 존재한다. 이렇게 영남 지역에는 여성보다 남성 영웅소설이 풍부하게 유통되었다. 영남 지역에 남성 영웅소설이 풍부한 까닭은 몰락한 가문을 재건하고 싶은 선비집안의 욕망이 투영되었기 때문이다.

판소리와 판소리계 소설에 해당하는 작품은 <화룡도> 3종, <화룡도가>, <춘향전> 4종, <토끼전> 3종, <심청전>, <심청가> 2종 등과 같이 14종이 존재한다. 여기에 <숙영낭자전> 5종, <옹고집전>, <장끼전> 등처럼 판소리 12마당에서 사라진 판소리계 소설적 성격을 내포한 작품을 합치면 23종이다. 판소리계 소설 중에서 남성이 즐겨 향유한 <토끼전>, <화룡도>와 여성이 향유한 <춘향전>, <심청전>은 남녀 향유층의 의식을 반영하고 있다. 영남 지역에 유통된 <춘향전>은 <열녀춘향수절가>계통으로 판소리 문체가 상당수 첨가된 독서물로 정착되었다. 그리고 판소리의 영향과 교섭을 보여주는 영웅소설 <왕능전>과 가정소설 <김이양문록>도 주목된다.[11] 이러한 작품들은 영남 지역에서도 판소리의 영향과 교섭을 구체적으로 보여준다.

이밖에도 가족이합의 구조적 특징을 내포한 <강능추월전> 12종과 애정소설적 성격을 내포한 <수매청심록>, <숙향전>, <이춘매전> 등과

---

11) 김재웅, 「<왕능전>의 영웅소설적 성격과 의미」, 『어문학』 89집, 한국어문학회, 2005, 131-155쪽. 김재웅, 「<김이양문록>의 창작방법과 가정소설적 의미」, 『영남학』 12호, 경북대 영남문화연구원, 2007, 123-153쪽.

도덕소설인 <김진옥전> 7종과 환몽구조를 내포한 <구운몽> 4종과 <옥루몽> 2종, <옥인몽> 등의 몽자류소설 등도 영남 지역 고소설 향유층이 선호한 작품이다.

이상에서 영남 지역에는 가정소설, 장편가문소설, 영웅소설, 판소리계 소설 등이 다량으로 유통되었다. 가정소설은 계모형과 쟁총형이 비슷하게 존재하고 있다. 장편가문소설은 양반가문을 중심으로 풍부하게 유통되었다. 가정소설은 선비집안의 여성들이 즐겨 향유했다면 장편가문소설은 양반가문의 여성들이 즐겨 향유했다. 영웅소설은 여성 영웅보다 남성 영웅의 활약을 담은 작품이 매우 풍부하게 유통되었다. 영남 지역은 가정소설, 장편가문소설, 영웅소설 등이 풍부한 반면에 판소리와 판소리계 소설이 다소 빈약한 실정이다. 판소리와 판소리계 소설은 호남 지역에서 풍부하게 유통되었다. 이러한 측면에서 영남과 호남에 유통된 필사본 고소설의 유형과 이본적 성격을 비교하여 지역별 문화적 특성을 밝혀내야 한다.

3) 영남 지역에 유통된 필사본 고소설의 이본 비교

영남 지역에 유통된 필사본 고소설은 한글본이 한문본에 비하여 절대적인 비중을 차지하고 있다. 다만, <박태보전>, <사씨남정기>, <염시탁전>, <유생전>, <임충신전>, <창선감의록> 3종, <최현전>, <초한연의> 등의 10종은 한문 필사본이다. 이러한 한문본을 제외한 나머지 212종은 모두 한글 필사본으로 존재한다. 따라서 영남 지역에 유통된 필사본 고소설은 한글본이 96% 이상 절대적인 우위를 점유하고 있다고 해도 지나친 말이 아니다.

영남 지역에 유통된 필사본 고소설은 종류도 다양한 편이다. 그 중에서도 경북 지역과 경남 지역에 공통적으로 유통된 작품은 <강능추월전>, <박씨전>, <서한연의>, <소대성전>, <송부인전>, <숙영낭자전>, <유충렬전>, <이대봉전>, <이춘매전>, <정을선전>, <조생원전>, <조웅전>, <주봉전>, <최현전>, <토끼전>, <현봉쌍의록>, <황월선전> 등이다. 이러한 17종의 작품들은 영남 지역의 독자층에게 인기를 끌었기 때문에 지속적으로 베끼고 향유한 것으로 보인다. 더욱이 <박씨전>, <서한연의>, <송부인전>, <유충렬전>, <이춘매전>, <조생원전>, <주봉전>, <최현전> 등은 두 지역에서 비슷한 유통량을 보여준다. 이렇게 경북과 경남의 고소설 향유층은 가정소설과 영웅소설을 선호하고 있다.

영남 지역에 유통된 필사본 고소설 222종 가운데 이본을 제외하면 89종이 존재한다. 영남 지역에는 다양한 작품보다 동일한 작품의 이본이 풍부한 실정이다. 영남 지역에서 가장 풍부한 작품은 <강능추월>(12종), <황월선전>(10종), <유충렬전>(9종), <조웅전>(9종), <창선감의록>(9종), <창란호연록>(7종), <김진옥전>(7종), <유씨삼대록>(6종), <현봉쌍의록>(6종), <사씨남정기>(6종), <숙영낭자전>(6종), <정을선전>(5종), <박씨전>(5종) 등의 순으로 나타난다. 필사본 고소설의 이본이 풍부할수록 지역의 향유층이 다양했음을 반증하고 있다. 그런데 <왕능전>, <창선록>,[12] <화산중봉기> 등은 현재까지 유일본으로 존재하고 있어서 향유층의 풍부한 관심을 끌지는 못한 것으로 보인다. 이러한 유일본 고소설은 영남 지역에서 처음 필사되거나 재창작되었을 가능성이 매우 높다고 하겠다.

영남 지역에는 <강능추월전>이 가장 풍부하게 유통되었다.[13] 현재까

12) 김재웅, 「<창선록>의 작품세계와 <구운몽>의 수용론적 의미」, 『고소설연구』 36집, 한국고소설학회, 2013, 265-295쪽.

지 <강능추월전>의 이본은 필사본 75종, 활자본 9종이 존재하고 있다.[14] 그 중에서 필사기록과 현장조사를 통해서 지역별 유통을 확인할 수 있는 작품은 14종이다. 필사본 <강능추월전>의 유통 지역을 제시하면 영남(12종), 호남(1종), 경기(1종) 등으로 나타난다. 이렇게 <강능추월전>은 가장 풍부하게 유통되었을 뿐만 아니라 영남 지역을 대표하는 필사본이라고 해도 과언이 아니다.

<강능추월전>은 친부모를 습격한 도적의 딸과 결혼한 주인공이 자신의 정체성을 찾으면서 이별한 가족과 극적으로 만나는 과정을 역동적으로 그려낸 소설이다. 그 뿐만 아니라 <강능추월전>은 중국의 화본소설 『경세통언』 제11화에 수록된 <소지현나삼재합>의 영향을 수용했음에도 조선후기 사회상을 반영하면서 끊임없이 변모를 거듭하여 재창작된 소설이다.[15] 이러한 <강능추월전>이 영남 지역에 다량 유통되었다는 것은 향촌 여성 향유층의 성향과 관련된 것으로 생각된다.

<강능추월전>의 이본은 제1계통 기본형, 제2계통 부연형, 제3계통 변이형 등으로 구분할 수 있다.[16] 이 작품은 중국 화본소설에 가까운 필사본 제1계통이 형성된 뒤에 제2계통이 파생되었고 1915년에 활자본 제3계통이 출간되었다. 이러한 필사본 <강능추월전>의 이본계통 중에서 경북 지역에는 제1계통 기본형이 다수 유통되었다. 경북 지역의 필사본

13) 조동일, 『소설의 사회사 비교론』 2권, 지식산업사, 2001, 119-127쪽. <강능추월전>은 한국 고소설 가운데 25번째로 이본이 많은 작품이다. 이러한 작품이 경북 지역에서 다량 유통되었다는 점은 주목된다.

14) 김재웅, 『강릉추월전의 종합적 이해』, 보고사, 2008, 93-143쪽에서는 71종의 필사본을 확인했다. 최근에 4종의 필사본 <강능추월전>을 발굴했기 때문에 이본은 모두 75종이다.

15) 김재웅, 앞의 논문, 36-57쪽. 서대석, 「<소지현나삼재합>계 번안소설 연구」, 『동서문화』 5집, 계명대 동서문화연구소, 1973, 179-223쪽.

16) 김재웅, 앞의 논문, 59-97쪽.

<강능추월전> 10종 가운데 9종이 제1계통 기본형에 해당한다. 다만, <강능추월전>⑦은 제2계통 부연형에 해당한다. 따라서 영남 지역에는 <강능추월전>의 제1계통 기본형이 풍부하게 유통되었다.

제1계통본 <강능추월전>은 친부모를 습격한 원수가 비록 장인이라고 할지라도 부모의 원수를 갚는 것으로 나타난다. 필사본 제1계통이 영남 지역에 다수 유통된 것은 부모의 원수는 반드시 갚아야 한다는 유교윤리적 효성을 반영한다. 예컨대 <나손본> 신전댁, <여승구본>의 김임규, 손씨, <홍시낙본> 김수길, <이부영본> 이유천, <단국대본> 김영이 할머니 등의 여성 향유층은 부모의 원수를 갚아야 한다는 유교적 효성을 보여준다. 이러한 부모의 원수 갚기는 영남 지역 여성 향유층의 유교윤리적 규범을 반영한 것으로 보인다.

그런데 제2계통본은 부모를 습격한 원수를 처벌한 뒤에 헌신적인 아내의 효열 덕분에 주인공이 잘못을 뉘우치는 것으로 변모되었다. 제2계통 부연형이 안동 지역에서 유통되었다는 점이 주목된다. 안동 지역에 유통된 <강능추월전>⑦은 부모의 원수 갚기도 중요하지만 성급하게 장인을 처벌해 아내가 자결한 문제에 대해서 뉘우치는 대목이 첨가되어 있다. <강능추월전>⑦은 도적의 소굴에 잡혀간 조부인의 정절시험 대목이 생략되어 있다. 특히 작품에 등장하는 군담대목이 축소되었을 뿐만 아니라 친부모와 시부모를 동일시하고 있다. 이러한 특징은 안동 지역 양반집안의 여성이 <강능추월전>을 향유하는 과정에서 변모된 것으로 보인다.

<황월선전>은 영남 지역의 향유층이 선호한 작품이다. 영남 지역에 유통된 <황월선전> 10편을 구분하면 경북 8편과 경남 2편으로 나타난다. 이렇게 <황월선전>은 경북 지역 향유층이 선호한 작품이다. <황월선전>은 전처의 자녀와 계모의 갈등을 내포한 계모형 가정소설이다. 영

남 지역에는 처첩 간의 쟁총형 갈등보다 계모형 갈등이 선비집안 여성 향유층의 성격을 반영하기에 적절했을 것으로 보인다. 따라서 <황월선전>은 경북 지역에서 풍부하게 유통된 것이 아닌가 한다.

<유충렬전>과 <조웅전>은 9종이 각각 유통되었다. 창작형 남성 영웅소설 <유충렬전>과 <조웅전>은 영남 지역 향유층이 선호한 작품이다. <유충렬전>의 주인공은 천상적 징표가 강화된 반면에 <조웅전>의 주인공은 후천적 수련으로 변모되었다. <유충렬전>은 영웅성이 천상에서 타고난다면 <조웅전>은 후천적 합습에 의해서 길러지는 차이점을 보인다. 그럼에도 영웅적 활약을 통해서 국가적 위기를 극복한 후에 몰락한 가문을 재건한다는 점에서 동일하다. 이 때문에 영남 지역의 향유층이 두 작품을 선호한 것으로 보인다.

<유충렬전>①은 문체적인 측면에서 가사체를 수용한 특징을 보여준다.[17] 이 작품은 1916년 필사과정에서 경북 북부지역을 중심으로 활발하게 유통되었던 가사의 영향을 받았다. 이러한 사례는 합천에서 유통된 노재순본 <유충렬전>도 나타난다. 노재순본은 이유천이 필사하고 노재순 할머니가 향유했기 때문에 여성의 섬세함을 가사체로 담아내었던 것이다. <유충렬전>은 경북 지역의 가사체 문체를 수용하거나 여성의 섬세함이 확장된 특징을 보여준다.

<조웅전>은 충신과 간신의 대결에서 몰락한 주인공이 협조자로부터 도술을 배워 외적을 격퇴하는 군담을 통해서 국가의 사직을 회복하는 영웅적 능력을 보여준다. <조웅전>은 전국적으로 유통되면서 향유층의

---

17) 서인석, 「가사와 소설의 갈래 교섭에 대한 연구」, 서울대 박사논문, 1995, 124쪽. 이승복, 「가사체본 <유충렬전>의 특성」, 『한국 고전소설과 서사문학』, 집문당, 1998, 685-707쪽. 경북 지역에 유통된 필사본 고소설은 가사체 문체를 어느 정도 수용한 것으로 보인다.

인기를 끌었을 것으로 생각된다. <조웅전>의 판본이나 필사본을 비교한 결과 이본 변모가 미약한 실정이다.[18] <조웅전>④는 주인공의 군담 대목이 장황하게 확장되어 있지만, 향유자의 수용과정에서는 군담에 대한 관심을 보이지 않았다.[19] 이렇게 영남 지역에 유통된 필사본 <조웅전>의 이본을 검토한다면 구체적인 변모 양상을 밝혀낼 수 있을 것이다.

영남 지역에서는 <조웅전>과 <유충렬전>에 비하여 <소대성전>의 유통이 빈약한 실정이다.[20] 초기 영웅소설인 <소대성전>은 방각본과 활자본으로 다수 간행되어 독자층의 인기를 끌었음에도 영남 지역에서는 환영을 받지 못한 작품이다.[21] 더욱이 경북 지역의 향유층은 <소대성전>보다 <조웅전>과 <유충렬전>을 선호하고 있다. 경북 지역에서 <소대성전>의 유통이 빈약한 까닭은 무엇일까? 장모가 사위를 박대하는 <소대성전>의 내용 때문에 경북 지역 향유층의 관심을 끌지 못한 것으로 보인다. 따라서 경북 지역의 향유층은 영웅의 활약과 가문의 창달을 보여준 <조웅전>과 <유충렬전>을 선호한 것으로 생각된다.[22]

장편가문소설에 해당하는 작품은 <창선감의록> 9종, <창란호연록> 7종, <유씨삼대록> 6종, <현봉쌍의록> 6종 등으로 나타난다. 이러한

---

18) 조희웅, 『이야기문학 모꼬지』, 박이정, 1995, 183-218쪽.

19) 전순주본, <조웅전>, 95-175쪽에서 조웅의 군담대목이 확장되어 나타난다. 이 작품에는 19세기 경상도 방언의 특징인 "으/어"의 혼용 현상이 나타난다.

20) 경북 지역의 현장조사에서 만난 제보자들은 필사본 <조웅전>, <유충렬전>에 대해서는 상당수가 읽었거나 작품의 제목을 알고 있었다면 <소대성전>에 대해서는 거의 제목을 들어본 적도 없다고 한다. 이 때문에 <소대성전>은 100여 종의 이본이 존재하고 있지만 경북 지역에는 풍부하게 유통되지 않았던 것으로 보인다.

21) 조동일, 『한국소설의 이론』, 지식산업사, 1985, 285-287쪽.

22) <소대성전>보다 <조웅전>, <유충렬전>을 선호한 까닭을 이본 비교를 통해서 구체적으로 밝혀야 한다. 특히 영남 지역에 유통된 김광순 소장본에서도 <소대성전>은 2편만 등장한다면 <조웅전>과 <유충렬전>은 상당히 많은 작품이 수록되어 있다.

장편가문소설은 경북 지역의 양반가문에서 집중적으로 유통되었던 작품이다. 영남 지역의 양반 집성촌을 중심으로 유통되었던 장편가문소설을 통해서 필사자와 향유층의 성격을 파악해야 한다. 장편가문소설은 영남 지역에서 풍부하게 유통된 특징을 보여주기 때문이다.

영남 지역은 필사본 고소설의 지역별 편차가 뚜렷하게 나타난다. <강능추월전>은 경북 10종과 경남 2종, <숙영낭자전>은 경북 4종과 경남 1종, <현봉쌍의록>은 경북 5종과 경남 1종 등과 같이 지역별 유통량의 편차는 분명하다. 더욱이 경북 지역에는 <구운몽> 4종, <권익중전> 4종, <김진옥전> 7종, <사씨남정기> 6종, <유씨삼대록> 6종, <창란호연록> 6종, <창선감의록> 9종 등과 같은 작품이 풍부하게 유통되었다. 그 중에서도 <권익중전>과 <김진옥전>을 제외하면 장편가문소설이 대부분을 차지한다. 이렇게 영남 지역은 동일한 작품들이 지역별 유통양상에 커다란 편차를 보여준다.

영남 지역에는 <김진옥전>(7종), <숙영낭자전>(5종), <정을선전>(5종), <박씨전>(5종), <이대봉전>(5종) 등이 유통되었다. 그 중에서도 <김진옥전>의 지역별 유통양상은 영남(7종), 충청(1종), 경기(2종) 등으로 나타난다. <김진옥전>은 영남 지역의 향유층이 선호한 작품이다. 더욱이 <구운몽>, <권익중전>, <소대성전>, <춘향전>, <화룡도> 등은 각각 4종이 존재하고 있어서 지역민의 관심을 끌었던 작품이다. 그리고 <두겁전>, <조생원전>, <진성운전>, <최호양문록>, <심청전>, <토끼전> 등도 3종이 각각 유통되었다. 이러한 필사본 고소설들은 영남 지역 향유층의 성격뿐만 아니라 지역적 특징을 반영하고 있다.

이상에서 영남 지역의 필사본 고소설은 필사자와 향유자에 의해서 다양한 이본으로 파생되었다. 필사자의 신분, 지역, 성별, 노소, 가치관 등에 따라 변모양상이 나타나게 마련이다. 비록 작품의 구조적 변모와 주제의 변화로 탈바꿈하지는 못했다손 치더라도 새로운 내용을 첨삭해 필사자의 의식을 반영하고 있다. 영남 지역에는 <강능추월전>, <황월선전>, <유충렬전>, <조웅전>, <창선감의록> 등의 작품이 풍부하게 유통되었다. 이러한 작품과 타 지역에 분포하는 작품을 비교하여 이본의 변모양상과 지역적 특징을 분석해야 한다.[23] 영남 지역에 유통된 고소설의 개별성과 지역민의 향유의식을 파악하는 데 도움을 주기 때문이다.

4) 영남 지역에 유통된 필사본 고소설의 향유층

영남 지역에 유통된 필사본 고소설과 향유층에 주목한 논의는 거의 없었다.[24] 고소설은 작가와 독자층에 대한 기록이 부족하여 작품 자체에 초점을 맞출 수밖에 없었기 때문이다. 그래서 작품의 구조나 의미를 분석하는 작업은 상당히 축적되었음에도 고소설의 작가와 향유층 및 작품의 유통양상에 대한 연구는 미진한 게 사실이다. 영남 지역에 유통된 고소설의 향유층에 대한 실증적 접근은 이원주[25]와 김재웅[26]에 의해서 시도되었다. 김재웅은 <강능추월전>에 적혀 있는 필사기를 분석한 다음 필사지역을 직접 방문하는 실증적 연구를 시도했다.[27] 이러한 영남 지역의 향유층에 대한 실증적 연구는 필사본 고소설의 실체를 밝히는 계기

---

23) 필사본 고전소설의 구조적 특징과 이본의 변모양상에 대한 연구는 차후에 구체적으로 진행할 것을 밝혀둔다.

24) 대곡삼번, 『조선후기 소설독자연구』, 고려대 민족문화연구소, 1985, 5-216쪽. 여기서도 필사본 고전소설과 지역성에 대한 관심을 보여주지 못하고 있다.

25) 이원주, 「고전소설 독자의 성향」, 『한국학논집』 3집, 계명대 한국학연구원, 1975, 175-191쪽.

26) 김재웅, 「<강능추월전>의 여성 독자층과 독자 수용의 태도」, 『어문학』 75집, 한국어문학회, 2002, 115-140쪽.

27) 김재웅,「<강능추월전>의 이본 형성과 변모에 관한 연구」, 계명대 박사논문, 2003, 97-115쪽.

가 될 것이다.

고소설은 필사본, 방각본, 활자본 등과 같이 다양한 매체로 유통되었다. 필사본은 손으로 작품을 베끼는 가장 오래된 유통방식이다. 방각본과 활자본은 필사본과 달리 목판과 연활자의 판을 떠서 종이에 인쇄하는 상업적 유통방식이다. 그런데 이러한 방각본이나 활자본은 작품의 출간횟수와 연도, 출판 장소 등에 대한 개략적인 기록이 존재하지만,[28] 필사본은 유통에 대한 내용은 거의 남아있지 않다. 다만, 필사자가 고소설을 필사한 뒤에 필사지역과 이름, 성별과 연령, 필사시기와 필사기간, 자신의 감상평 등을 남기고 있다. 이러한 단서에 주목하여 작품의 유통 지역과 향유층의 정보를 어느 정도 파악할 수 있을 따름이다.

(1) 여성 필사자와 향유층의 증가

필사본 고소설은 필사기록과 현장조사를 통해서 필사지역, 필사시기, 필사자의 성별과 연령, 신분계층, 필사의도, 독자의식 등을 어느 정도 파악할 수 있다. 이러한 필사기록과 현장조사를 종합해 분석하면 고소설을 향유했던 독자층에 대한 실증적 접근이 가능하다. 영남 지역에 유통된 필사본 고소설의 필사자와 향유층은 대부분 여성이다. 그렇다면 여성이 손수 작품을 필사하거나 향유한 고소설을 제시하면 다음과 같다.

<강능추월전>①-⑫, <구운몽>④, <권익중전>①, ③, ④, <김이양문록>①, <김진옥전>②, ③, ⑤, <김태자전>, <몽옥쌍봉연록>①, ②, <박씨전>①, ③, ④, <사씨남정기>①-④, <사안전>, <서해무릉기>, <두껍전>①, ③, <소현성록>, <송부인전>①, ②, <수매청심록>, <숙향전>

---

28) 이창헌, 『경판방각소설 판본연구』, 태학사, 2000, 11-575쪽.

②, <숙영낭자전>①, ②, ⑤, <순금전>, <심청전>①, ③, <쌍열옥소삼봉기>, <양씨전>, <여와전>①, ②, <열국지>, <열녀전>, <옥루몽>①, ②, <옥인몽>, <옹고집전>, <유문성전>, <유씨삼대록>①-⑥, <유충렬전>④, ⑤, ⑦-⑨, <유한당사씨언행록>①, ②, <유효공선행록>, <육선생전>, <이대봉전>①-⑤, <이춘매전>①, ②, <이씨효문록>, <이태경전>, <장끼전>, <장학사전>, <장화홍련전>, <정수경전>①, ②, <정을선전>①, ②, ④, <정비전>, <정해경전>, <제호연록>, <조생원전>①, ②, <조웅전>①, ④, ⑧, <주봉전>①, ②, <진대방전>①, <진성운전>③, <창란호연록>①-⑦, <창선감의록>①, ④, ⑥-⑨, <창선록>, <최현전>②, ③, <춘향전> ②, ④, <하진양문록>, <화경전>, <화산중봉기>, <현봉쌍의록>①-⑥, <현씨양웅기>, <홍길동전>①, ②, <화룡도>③, <황월선전>②, ③, ⑤, ⑦-⑩

위와 같이 영남 지역의 여성이 작품을 필사하고 향유한 경우는 무려 147종이나 등장하고 있다. 이들 작품에 기록된 유통 지역에 대한 현장조사를 실시하여 구체적인 사실을 밝힐 수 있었다. 그런데 <권익중전>②, <김진옥전>①, ④, <박씨전>②, <사씨남정기>⑤, <숙영낭자전>③, ④, <숙향전>①, <어룡전>①, <유충열전>③, <장화홍련전>, <최연전>③, <조생원전>②, <조웅전>③, ⑦, ⑨, <최현전>①, <최호양문록>①-③, <춘향전>①, <황월선전>① 등은 필사기록이 부족하여 현장조사에서 향유층을 확인하지 못했다. 그럼에도 이 작품들은 영남 지역의 여성이 향유했을 것으로 생각된다. 왜냐하면 작품을 분석해본 결과 필사자 내지 향유층이 영남 지역의 여성일 가능성이 매우 높기 때문이다.

이러한 필사본 고소설의 필사과정과 향유층에 대한 실증적 작업을 통해서 여성 향유층의 존재와 향유의식을 새롭게 확인하는 성과를 거두었다. <강능추월전>②는 필사기에 박승화로 기록되어 있지만, 현장조사에서 박승화의 아들 박용서(83세)에 의하면 모친 김임규는 시집오기 전 17세(1914년)에 작품을 필사해 가져왔다고 한다. <강능추월전>③은 아들 홍시낙(74)의 증언에 의하면 모친 김수길(1914-2001)이 18세(1932년)에 시집오기 전에 친정에서 필사했다고 한다. <강능추월전>④는 아들 이부영(73세)의 증언에 의하면 모친 이유천(1890-1962년)이 결혼을 앞둔 15세(1904년)에 필사하여 시가로 가져왔다고 한다. <강능추월전>⑤, ⑥, ⑦도 마을 주민의 증언과 필사기를 참고하면 김영이 할머니, 손씨부인, 조소저가 각각 필사한 것으로 보인다.

<강능추월전>⑧은 노재순 할머니가 둘째 질부인 내천댁이 시집올 때 필사한 작품이라고 증언해주었다. <강릉추월전>⑨는 최열의 7대 조모가 필사했다고 한다. 특히 <강능추월전>을 필사한 김임규, 김수길, 이유천 등은 <김진옥전>③, <사씨남정기>②, <춘향전>②도 각각 필사했다고 한다. 또한 <강능추월전>⑩은 김봉환이 필사했다면 <강능추월전>⑪는 정부인 삼강댁이 필사한 것이다. <강능추월전>⑫는 조두리 할머니가 결혼을 앞둔 15-17세에 필사했다고 아들 신상열이 증언해주었다. 이렇게 필사본 <강능추월전>은 여성이 필사하고 향유한 특징을 가장 뚜렷이 보여준다.

<구운몽>④는 안동의 풍산김씨 허백당 문중의 여성이 필사한 것으로 보인다. <김이양문록>은 19세기 말에서 20세기 초반에 영남 지역의 여성이 필사한 것으로 추측된다.[29] <김진옥전>②, ③은 김씨부인, 박승화의 아내 김임규가 필사했다. <몽옥쌍봉연록>①은 안동의 풍산김씨 영감댁 문중의 여성이 작품을 필사했다고 김창현 할아버지가 증언해주었다.[30] <몽옥쌍봉연록>②는 안동군 도산면 토계리의 윤씨(88세) 할머니

29) 김재웅, 「<김이양문록>의 창작방법과 가정소설적 의미」, 『영남학』 12호, 경북대 영남문화연구원, 2007, 123-153쪽.

가 작품을 소장하면서 향유한 작품이다. <박씨전>①, ③은 당시 16세의 정소저, 강출출(76세) 할머니가 필사하고 향유한 것으로 보인다.

<사씨남정기>①-④는 포산 곽소저, 홍시낙의 모친 김수길, 안동의 풍산김씨 문중의 여성, 포항시 덕동의 여강이씨 문중의 여성 등이 필사한 것으로 보인다. <사안전>과 <섬처사전>은 김소저, 이우임이 필사한 것으로 기록되어 있다. <서해무릉기>는 성주 하회댁의 시어머니 여현동이 시집올 때 필사한 작품이다. <소현성록>은 상주 우산에서 영덕 영해로 시집간 익산댁이 손수 필사했다. <송부인전>①은 나원섭의 모친 이종희(80세) 할머니의 증언에 의하면 시어머니 장위생이 작품을 필사했다고 한다.[31] <송부인전>②는 합천의 차운학 할머니가 필사한 작품이다. 그리고 <수매청심록>은 상주의 남수여(82세) 할머니가 향유했다.

<여와전>①, ②는 영해 무안박씨 집안의 여성, 영덕군 도곡면 하회댁이 필사했다. <열국지>와 <열녀전>은 권정의(67세) 할머니와 강출출(76세) 할머니가 작품을 소장하면서 지속적 독서를 했던 것으로 보인다.[32] <옥루몽>①, ②는 권재석(83세) 할머니와 정차옥(71세) 할머니가 작품을 소장하면서 향유했다. <옥인몽>은 성주이씨 집성촌 이전희의 딸 이옥주가 필사했고, <유문성전>은 안동 풍산김씨 문중의 여성이 필사한 것으로 보인다. 특히 <유문성전>의 말미에는 <단가>, <소상팔경>, <화초가> 등이 첨부되어 있어서 여성이 필사하고 향유한 것이 분명하다. <유씨삼대록>①-④는 정휘(78세) 할머니, 강이순(63세) 할머니, 성주이씨

---

30) 안동시 풍산읍의 풍산김씨 문중에 대한 조사는 2010년 12월 17일과 2011년 2월 20일 두 차례 조사했다. 풍산김씨 후손이기도 한 김창현(70세) 할아버지는 문중의 부녀자들이 필사본 고전소설을 쓰고 읽었다고 증언해주었다.

31) <송부인전>에 대한 현장조사는 2006년 8월 18일 성주군 월항면 장산동 장지부락에서 나원섭의 모친 이종희(80) 씨를 만나서 작품에 대한 자세한 증언을 들었다. 이종희 씨에 의하면 <송부인전>은 시어머니 장위생이 손수 필사했다고 한다.

32) 이원주, 앞의 논문, 175-191쪽.

집성촌의 여성, 영해 무안박씨 집안의 익동댁 등이 각각 필사한 것으로 보인다.

<숙영낭자전>②는 남효익의 딸 남위진이 필사했음을 마을이장 김주칠 씨가 증언해주었다. <유충렬전>④, ⑤, ⑦, ⑧은 이소저, 김덕만, 노재순의 친정올케 이봉림, 주부인 등이 각각 필사하고 향유한 것으로 보인다. <유한당사씨언행록>①, ②는 홍씨(63세) 할머니, 김노아(63세) 할머니가 작품을 소장하면서 향유한 작품이다. <유효공선행록>은 김승지댁 김소저가 필사했고 <육선생전>은 안동시 풍산읍 오미리 김헌재의 7대조모 영양남씨가 필사했다. <이대봉전>②는 문경군 영순면 오용리의 김소저가 작품을 필사했다.[33] <이씨효문록>은 성주의 곽수규(68세) 할머니가 소장하면서 향유했다. <이춘매전>①, ②는 박소저, 전소저(13세)가 필사했다면, <이태경전>은 합천의 연안 차운학 할머니가 필사했다.

<장끼전>과 <장학사전>은 소천 권영진의 첩과 이소저가 필사한 것으로 보인다. <정을선전>①, ②는 구호순, 유술양이 향유했고, <정비전>은 차운학 할머니, <정해경전>은 강소저의 손녀가 각각 필사했다. <조생원전>①, ②는 이순분과 최길연이 작품을 소장하면서 지속적으로 향유했다. <조웅전>①, ④, ⑧에는 윤씨부인과 전순주(1908-1998) 할머니, 14세의 여성이 필사자로 등장한다. 특히 고령의 전순주 할머니는 1923년에 작품을 필사하여 시집올 때 가져왔을 뿐만 아니라 자녀들에게 충효를 가르치는 교훈서로 활용하였다. <주봉전>①과 <진대방전>①은 천정 백수월과 오씨부인이 각각 필사하고 향유했다. <창란호연록>①-③은 장세완의 조모 황재학(1884-1940), 영해 무안박씨 집안의 박씨와 김소저가 필사하고 향유했다. <창란호연록>④-⑦은 정소저, 곽수규(68세),

33) <이대봉전>은 2008년 고전소설 경매 사이트인 코베이에 등록된 작품이다. 이 작품은 문경군 오용리의 김소저가 필사한 것으로 나타난다.

홍씨(63세), 강순이(63세) 등이 각각 작품을 필사하거나 향유한 것으로 보인다.

<창선감의록>①, ④, ⑦-⑨는 조씨, 안동의 풍산김씨 문중의 김소저, 정휘(78세), 강순이(63세), 장복순(60세) 등이 작품을 소장하면서 필사했다. <최현전>①, ④는 울진 황씨집안의 여성과 합천의 차운학 할머니가 필사하면서 향유했다. <최호양문록>①-③은 필사자를 구체적으로 확인하지는 못했지만 작품을 향유한 것은 여성이 분명하다.[34] <춘향전>②는 이부영의 모친 이유천이 필사하고 향유했다. <화산중봉기>는 난동댁이 필사자 또는 향유자로 보인다. <홍길동전>①, ②는 홍씨부인, 중매댁이 각각 작품을 필사한 것으로 보인다. <하룡도>③은 남생원의 부인 홍씨(산동댁)가 필사했다고 마을주민들이 증언해주었다. <황월선전>③은 김씨부인이 필사한 작품이다.

경남 합천에 살았던 차운학 할머니는 <이태경전>, <송부인전>, <최현전>, <정비전> 등의 작품을 손수 필사하고 향유했다. 그리고 경북 성주군 월항면 대산리 성산이씨 집성촌에 살고 있는 하회댁은 <옥인몽>, <서해무릉기>와 <쌍열옥소삼봉기>, <유씨삼대록>③, <제호연록> 등의 작품을 소장하고 있다. 이 작품들은 하회댁의 올케 이옥주, 시어머니 여현동, 성주이씨 집안의 여성, 시조모인 경산이씨 등이 각각 필사하고 향유했다. 하회댁은 안동 하회마을에서 1930년 시집왔을 때 성주이씨 9명의 종부들이 모여서 고소설을 필사하고 향유했음을 구체적으로 증언해주었다.[35] 이러한 작품은 성주이씨 집성촌과 같은 양반가문에

---

34) 김재웅, 「<최호양문록>의 구조적 특징과 가정소설적 위상」, 『정신문화연구』 119호, 한국학중앙연구원, 2010, 74-100쪽.

35) 성주군 월항면 성산 이씨 집성촌에 살고 있는 하회댁이 소장한 자료에 대한 조사는 2006년 8월 18일부터 20일까지 진행하였다. 하회댁의 증언에 의하면 당시 성산 이씨 집성촌에서 필사본 고전소설이 다량으로 유통되었던 사정을 짐작할 수 있다.

서 고소설을 필사하고 향유한 작품의 성격을 구체적으로 보여주고 있어서 주목된다.[36)]

한편, 남성이 필사했음에도 궁극적으로는 여성이 작품을 향유한 경우도 존재한다. 예컨대 <강능추월전>①, <권익중전>④, <조생원전>① 등은 남성이 필사했다고 기록되어 있다. 남성 필사자의 이름이 적힌 지역에 대한 현장조사를 실시한 결과 여성이 지속적으로 작품을 향유했다는 사실을 실증적 작업을 통해서 확인했다. <강능추월전>①과 <조생원전>①은 남성 필사자의 이름이 등장하고 있지만 실제로는 남성 집안의 여성들이 작품을 향유한 것이다. <강능추월전>①은 이대환이 필사했다고 기록되어 있으나, 마을 주민 최대규(남, 83세)의 증언에 의하면 신전댁인 이진옥 할머니가 작품을 향유했음이 드러났다. 이것은 선비집안에서 유교윤리적 규범과 여성 교육의 필요성에 의해서 작품을 선택적으로 필사해주었던 것으로 보인다.

이러한 경우는 <조생원전>에서도 동일하게 나타난다. 이순분 할머니의 맏동서 사촌 오빠가 <조생원전>을 필사했음에도 실제로 작품을 향유한 것은 이순분이다.[37)] 이순분 할머니는 <조생원전>을 소중히 간직하고 있을 뿐만 아니라 작품이 대단히 재미있다고 말해주었다. 이런 점에서 남성이 필사한 작품을 여성이 지속적으로 향유했음을 뚜렷이 보여주고 있다. 더욱이 <낙성비룡>은 남동생이 누나를 위해서 필사해준 작

---

36) 양반집안의 여성들은 주로 <-록>, <-기>와 같은 작품을 향유했다면 그보다 신분이 낮은 선비 및 학자 집안의 여성들은 <-전>을 향유하고 있다. 이러한 결과는 이원주의 연구와 거의 일치하고 있다.

37) 2006년 8월 25일 상주시 은척면 문암리에 유통된 필사기록을 확인하던 중에 이순분 할머니가 소장한 <조생원전>을 입수하였다. 할머니는 작품을 아주 소중하게 간직하면서 지속적인 독서를 하였다. 할머니는 작품을 필사한 사람이 자신의 맏동서 사촌 오빠라고 증언해주었다.

품이다. <낙성비룡>에는 "우리 누의님게옵셔 한번 보시ᄆᆡ 우례을 문ᄒᆞ하야 등셔ᄒᆞ야 달나ᄒᆞ실 ᄲᅮᆫ 누의님이…… 벗기기을 원ᄒᆞ시기 위월치 못ᄒᆞ와 쎳ᄉᆞ오나"38)와 같은 필사기록이 등장한다. 이러한 필사기의 내용을 고려할 때 남동생이 누나를 위해서 고소설을 필사해준 것은 분명하다.

<권익중전>④는 고령군 성산면 오곡리 조만중이가 소장하고 있다. 조만중의 본명은 조성룡이고 만중은 어릴 때 사용했던 자(字)이다. 조만중(1900-1974)의 생몰연대를 감안하면, <권익중전>을 필사한 시기는 어느 정도 추정해볼 수 있다. 어릴 때 사용했던 자가 작품에 적혀 있는 것으로 보아 아마도 1920년 전후에 필사한 것으로 생각된다. 조성룡과 친척간이기도 한 마을주민 조용건(74세) 할아버지의 증언에 의하면 어릴 때 그 집에서 책을 읽고 베끼는 모습을 자주 목격했다고 한다. 그리고 조성룡은 한시를 짓고 유학을 공부한 선비이다. 따라서 조성룡은 집안 여성의 요구에 의해서 고소설을 필사해준 것으로 보인다.39)

영남 지역에 유통된 필사본 고소설에 대한 현장조사를 실시했다. 적어도 100년 전후에 기록된 필사기록과 제보자의 기억을 더듬어 작품의 유통 현장을 조사했다. 마을주민들의 증언과 면사무소의 협조를 받아서 작품의 필사자와 향유층을 구체적으로 확인하는 성과를 거두기도 했다. 그런데 작품의 필사기를 토대로 필사자와 향유층을 역추적하는 작업은 생각보다 쉽지 않았다. 필사기에 적힌 내용은 고소설을 소장한 사람과 향유한 사람이 뒤섞여 있는 듯하다. 작품을 소장하면서 지속적인 독서를 했던 경우도 있지만 단순히 책을 소장한 사람임을 밝힌 경우도 있다. 고소설의 필사기에 대한 현장조사를 실시했지만 필사자와 향유층의 신원

38) 조희웅, 앞의 책, 146쪽에서 재인용.

39) <권익중전>에 대한 조사는 2006년 8월 4일에 실시하였는데 조용건 제보자는 당시의 여성들은 대부분 소설을 귀로 들었다고 구체적으로 증언해주었다.

을 확인하지 못한 작품들도 상당수 존재하고 있다.

<공신록전>(윤인기), <구운몽>①, ②(임영우, 안동권씨), <권익중전>③(한규택), <김희량전>(양생원), <낙성비룡>, <명사십리해당화>(이기철), <설홍전>(김성오), <수경낭자전>⑤(권학기), <어룡전>②(임옹반), <월봉기>(손희익), <유충렬전>⑥(변수호), <정수경전>(김재호), <조웅전>⑥(남강상인), <주봉전>②(맹판서), <진대방전>②(최상태), <진성운전>②(이창윤), <토끼전>②(김여송), <화씨충효록>(이선달)

위와 같이 19종은 현장조사를 통해서 필사자와 향유층을 확인하지 못했다. 영남 지역 고소설에 나타난 필사기록은 작품 소장자를 표시한 것이다. 작품을 소장한 사람은 대체로 집안의 남성 이름을 적는 경우가 빈번하다. 실제로 작품을 여성이 소장하고 향유했더라도 편의상 남편의 이름을 적거나 택호, 관직 등을 적는 경우가 일반적이다. 따라서 필사본 고소설을 남성이 소장했더라도 지속적인 독서와 필사를 경험한 것은 집안의 부녀자라고 생각된다. 이러한 사실은 필사기와 현장조사를 통해서 구체적으로 확인되고 있다.

그런데 남성이 고소설을 필사하고 향유한 경우는 빈약하다. 남성 필사자와 향유층은 한문 필사본을 제외하면 매우 빈약한 실정이다. 남성이 고소설을 필사한 경우는 모두 20종으로 파악된다.

<구운몽>③, <초한연의>②, <소대성전>①, <심청가>②, <염시탁전>, <유생전>, <유충렬전>①, ②, <육미당기>, <임충신전>, <임진록>, <장한절효기>, <조웅전>⑤, <창선감의록>②, ③, ⑤, <최현전>③, <춘향전>③, ④, <화룡도>②

위와 같이 <구운몽>③은 정곤현 할아버지가 손수 필사했는데 이 작품은 문집 초고본인 『한산유고』의 배접 안쪽에 씌어져 있다.[40] <소대성전>①은 김현일에 의해서 필사되고 <어룡전>은 임옹반에 의해서 필사된 것으로 보인다. <심청가>②는 안동의 풍산김씨 심곡파 종택의 김씨 도령이 소장한 것으로 나타난다. 김씨집안의 도령이 작품을 필사하고 향유했을 것으로 추정된다. 다만, 나이가 어린 아이가 <심청가>②와 같은 작품을 소장한 것은 집안의 교육용이 아닐까 생각된다. <유충렬전>① 강신소, <유충렬전>② 박광욱이 필사하고 <임충신전>은 이기원이 필사했다. <조웅전>⑤ 설고성과 <춘향전>③ 임연호, <춘향전>④ 송헌신 등이 작품을 필사했을 가능성이 높다고 하겠다. <화룡도>②는 최경룡이 필사한 것으로 보인다.

그런데 이러한 필사기록에 등장하는 남성의 이름도 실제로 현장조사를 하면 여성이 향유한 경우가 종종 나타난다. 필사기에 기록된 남성의 이름을 현장답사에서 확인한 경우는 <유충렬전>②가 유일한 실정이다. 이 작품은 박광욱 아들 박이명 할아버지의 증언에 의하면 부친이 손수 필사했다고 한다.[41] 나머지 작품은 필사 기록이 미진하여 현장조사를 실시하지 못하여 단정적으로 말하기 어려운 실정이다. 다만 한문본은 남성에 의해서 필사되고 향유된 것으로 보인다. 필사기에 나타난 남성은 <염시탁전>, <유생전>, <임충신전>, <창선감의록>⑤, <최현전>③ 등의 한문본을 필사했다. 이러한 한문본을 제외하면 여성이 필사본 고전소설을 향유했을 가능성은 여전히 높은 실정이다.

---

40) <구운몽>은 정곤현의 증손자인 경북대 한문학과 정병호 교수가 증언해주었다.

41) 2006년 8월 27일 <유충렬전>에 기록된 필사기를 토대로 상주시 은척면 장암리에서 박광욱(1894-1978)의 생몰연대와 필사 사실을 그 아들 박이명(77세)을 통해서 확인하였다. 박이명 할아버지는 당시 마을에 살았던 강독사 박상호(90세) 씨가 저녁마다 소설책을 읽어주었다고 증언해주었다.

이상에서 영남 지역에 유통된 필사본 고소설은 여성 필사자가 작품을 필사하고 향유한 경우가 압도적인 비중을 차지하고 있다. 여기에 남성 필사자가 작품을 필사했음에도 실제로는 집안의 여성이 향유한 경우까지 합치면 그 비중은 더욱 절대적이다. 남성 필사자가 작품을 필사하고 향유한 경우는 극소수의 불과한 실정이다. 남성 필사자가 한문으로 필사한 작품을 제외하면, 대부분의 필사본 고소설은 여성에 의해서 필사되고 향유되었음이 분명하다고 하겠다.

(2) 농한기를 활용한 집중적 필사

영남 지역에 유통된 고소설의 필사년도는 필사기와 현장조사를 통해서 확인할 수 있다. 작품에 남겨진 필사시기를 추정해보면 대체로 1900년을 전후한 시기로 수렴된다. 필사본 고소설의 필사시기를 확인하기 위해서 현장조사를 실시했다. 그 결과 <강능추월전>⑤는 마을주민 임병동의 증언과 김영이(1908-1986) 할머니의 생몰연대로 추정한다면 적어도 1923년에 필사되었다. <유생전>에 기록된 경술년은 성주군 금파면이 1914년 대가면으로 변경된 점으로 보아 1910년에 필사되었을 것이다. <조웅전>⑤에 기록된 기축년은 1949년일 가능성이 높다. 행정구역이 1956년 봉화군 내성면에서 봉화면으로 변경되었기 때문이다. <주봉전>에 기록된 신해년은 1914년 예안군 의동면에서 도산면으로 변경된 점으로 보아 1911년에 필사되었을 가능성이 높다.

이러한 영남 지역 고소설의 필사기록과 현장조사를 통해서 확인한 필사년도를 구체적으로 파악했다.[42] 영남 지역의 고소설은 대체로 19세기

---

42) <강능추월전>② 1914년, ③ 1932년, ④ 1904년, ⑧ 1948년, <구운몽>③ 1906년, <굿시하간전> 1950년, <권익중전>① 1930년, ④ 1928년, <김진옥전>③ 1914년, ④

중반에서 20세기 중반까지 120년 동안 필사되었다. 필사시기가 가장 이른 것은 <낙성비룡>(1842)이고 가장 늦은 작품은 <숙영낭자전>(1963)이다. 영남 지역 필사본 고소설은 1870년에서 1930년까지 약 60년 동안 집중적으로 필사되고 유통되었다. 이 당시는 방각본과 활자본이 출현했음에도 영남 지역은 오랫동안 고소설 필사의 전통을 유지했다는 점에서 주목된다.

영남 지역의 고소설은 주로 농한기와 같은 한가한 시기에 집중적으로 필사되었다. 고소설에 기록된 필사시기와 필사기간은 작품을 이해하는 데 중요한 단서를 제공해준다. 이러한 필사시기와 필사기간을 분석하면 작품의 종류와 유형, 필사자의 신분계층을 추정할 수 있다. 심지어 필사시기와 필사기간에 따라서 작품의 첨삭과 변모가 발생하기도 한다. 필사기간과 필사자의 숫자에 따라서는 작품의 분량을 장편과 단편으로 구분할 수도 있다. 따라서 고소설의 필사시기와 필사기간을 분석하여 향유층의 신분계층을 구분하고자 한다.

영남 지역 고소설의 필사시기는 1842-1963년 동안 약 120년을 전후하여 필사되었다. 그럼에도 필사기록을 통해서 정확한 필사시기를 확정할 수 없는 작품도 상당수 존재한다.[43] 이러한 작품에 기록된 필사시기

1910년, <낙성비룡> 1842년, <마두영전> 1916년, <사씨남정기>② 1932년, <서상기> 1910년, <설홍전> 1913년, <소대성전>① 1911년, <송부인전>① 1893년, <수경낭자전>③ 1940년, ④ 1918년, <심청전>① 1918년, <유문성전> 1914년, <유충렬전>① 1916년, ② 1913년, ③ 1910년, ⑤ 1933년, <유효공선행록> 1904년, <육미당기> 1901년, <육선생전> 1815년, <정수경전> 1910년, <조웅전>② 1918년, ④ 1923년, <주봉전>② 1924년, <창란호연록>① 1917년, ③ 1853년, <창선감의록>② 1858년, <최현전> ③ 1906년, ④ 1923년, <춘향전>② 1904년, <토끼전>② 1895년, <화룡도>① 1921년, <화산중봉기> 1889년, <화씨충효록> 1858년

43) 예컨대 <구운몽>④(1875, 1917), <사안전>(1861, 1921), <송부인전>①(1881, 1893년), <숙영낭자전>①(1861, 1921년), <조웅전>③(1879, 1939년), <최현전>①(1864, 1924년), <쌍열옥소삼봉기>(1856, 1916년), <조생원전>①(1889, 1949년) 등과 같은 작

는 60년의 편차를 보이고 있지만 대체로 후자의 시기에 필사되었을 것으로 추정된다. 필사본 고소설은 1900년을 전후하여 집중적으로 필사되고 향유되었기 때문이다.

고소설을 필사한 기간은 작품의 분량에 따라서 조금씩 차이를 보인다. <권익중전>①은 11월 13일부터 12월 2일까지, <소대성전>①은 12월 12일에서 18일까지, <정해경전>은 1월 15일에서 2월 3일까지, <진대방전>①은 2월 5일부터 2월 16일까지 각각 필사되었다. <낙성비룡>은 12월부터 1월까지, <토끼전>은 1904년 기월[44]에서 1905년 정월까지, <춘향전>③은 5월 28일에서 6월 7일까지 각각 필사한 것으로 보인다.

그런데 장편가문소설 <창란호연록>④는 1월에서 2월까지 필사시기가 지속되고 있다. 이와 달리 <창란호연록>①은 권수에 따라 정사(1917)년 2월, 무오(1918)년 2월, 무오년 12월 등과 같은 필사기록이 나타나고 있어서 필사에 상당한 시간이 소요되었음을 보여준다. 이렇게 작품의 분량이 적은 고소설은 보름에서 한 달 정도의 필사시간이 소요되었다면, 장편가문소설들은 몇 년에 걸쳐서 여러 사람이 필사했기 때문에 필체가 다르게 나타나고 있다.

이러한 필사본 고소설의 필사시기를 농한기와 농번기로 구분하면 다음과 같다.

품이다.

44) 여기서 기월은 아마도 11월을 지칭하는 지월(至月)을 잘못 적은 것으로 보인다.

월별	필사본 고전소설의 필사시기	비고
1월 (28종)	<강능추월전>① 1월25일, <강능추월전>⑦ 1월19일, <강능추월전>⑩ 1월26일, <박씨전>② 1월23일, <사안전> 1월초4일, <설홍전> 1월27일, <소대성전>② 1월11일, <소대성전>④ 1월1일, <숙영낭자전>③ 1월10일, <숙향전>② 1월5-2월3일, <심청전>① 1월일, <심청가>② 1월28일, <옥인몽> 1월입춘전4일, <유충렬전>① 1월5일, ② 1월23일, <장한절효기> 1월20일, <조웅전>③ 1월28일, <진성운전>③ 1월12일, <창선감의록>④ 1월5일, <창선감의록>⑤ 4월일, <취연전>④ 1월, <최현전>① 1월18일종, <춘향전>③ 1월, <취연전> 맹춘신장, <취연전>③ 1월, <토기전>① 1월, <화룡도>② 1월하한, <하룡도>③ 정월24일종, <화룡도가>④ 12월12일-1월	농한기
2월 (22종)	<구시하간전> 2월2일, <권익중전>② 2월16일, <마두영전> 2월, <몽옥쌍봉연록>① 2월-3월, <박부인전>⑤ 2월초9일, <사씨남정기>⑥ 2월15일, <숙영낭자전>① 2월19일, <유문성전> 2월6일, <유충렬전>③ 2월일, <이대봉전>② 2월16일, <이대봉전>④ 2월초7일, <이춘매전> 2월초일, <정수경전>② 2월초3일, <정해경전> 2월3일, <진대방전> 2월16일-2월5일, <진성운전>① 2월29일, <토끼전>② 2월17일, <정을선전> 2월5일, <창란호연록>① 2월, <창란호연록>④ 1월-2월, <최현전>① 2월17일, <황월선전>⑨ 2월1일-18일	농한기
11월- 12월 (22종)	<강능추월전>⑪ 12월10일, <공신록전> 11월13일, <권익중전>① 11월13일-12월2일, <권익중전>④ 12월일, <김진옥전>④ 11월일-12월초2일, <낙성비룡> 12월-1월, <박씨전>④ 12월초8일, <사씨남정기>③ 12월, <삼국지>① 11월10일, <소대성전>① 12월12일-18일, <서한연의> 11월, <유충렬전>④ 12월17일, <이대봉전>② 12월7일, <이춘매전>② 12월19일, <조웅전>⑥ 12월10일, <정수경전>① 12월, <육미당기> 12월, <창선감의록>⑤ 12월일, <최호양문록>③ 12월, <화씨충효록> 12월일, <토끼전> 기월에서 정월, <월선전>③ 12월초8일	농한기
기타 (24종)	<구운몽>① 3월26일, <구운몽>② 3월17일, <명사십리 해당화> 추7월초4일, <사씨남정기>① 3월8일, <서상기> 7월초8일, <서해무릉기> 4월초3일, <송부인전> 4월초9일, <숙영낭자전>④ 7월7일, <숙향전>① 3월5일, <심청가>③ 음4월-4월26일, <쌍열옥소삼봉기> 중추일, <어룡전> 3월4일, <양씨전> 3월1일, <유씨삼대록> 7월초, <유생전> 8월10일, <임진록> 음10월초4일, <이대봉전> 9월27일, <주봉전>③ 춘3월, <조웅전>② 4월8일, <창란호연록>③ 추8월, <춘향전>③ 5월28일-6월7일, <황월선전>③ 9월염8일, <적벽가>① 음10월15일, <화산중봉기> 4월	농번기

위의 표와 같이 영남 지역의 고소설은 농한기에 집중적으로 필사되었다. 논농사와 밭농사가 발달한 영남 지역은 12월에서 그 이듬해 3월까지가 농한기에 해당한다. 이러한 농한기에 필사된 작품은 모두 72편이다. 반면에 농번기에 필사된 작품은 24종이다. <구운몽>④는 5월 5일-16일, 6월처럼 농번기에 필사한 작품이다. <조생원전>③은 3월 9일, 8월 7일처럼 두 가지 필사기록이 등장하고 있어서 정확한 필사시기를 확정하기 어렵다. 이러한 <조생원전>③은 작품의 분량이 비교적 적기 때문에 짧은 휴식시간의 틈새를 활용해 필사할 수도 있다. 영남 지역의 필사본 고소설은 농사일이 한가한 농한기에 집중적으로 필사된 특징을 보여준다.

이상에서 영남 지역에 유통된 고소설의 필사시기는 대부분 농한기에 집중적으로 필사되었다. 필사자들은 11월, 12월, 1월, 2월 등과 같은 농한기에 무려 72종을 베낀 것으로 나타난다. 작품이 농한기에 주로 필사되었다는 점은 당시의 농사주기와 연관된 직업을 가진 사람들이 향유했음을 반증한다. 다만, 농사와 관련이 없는 양반집안에서는 농번기에도 작품을 필사했다. 영남 지역에 유통된 고소설들은 1842-1963년의 농번기를 피하여 농한기에 집중적으로 필사되었다. 따라서 영남 지역의 필사본 고소설 향유층은 농사주기와 연관된 문화권에서 농한기에 손수 필사한 것으로 추측된다.

(3) 필사본 고소설 향유층의 신분계층

필사본 고소설의 필사기와 현장조사를 통해서 향유층의 신분계층을 조심스럽게 구분하여 논의할 필요가 있다. 양반계층에서 향유한 작품과 선비집안 및 학자집안에서 향유한 작품을 구분해보고자 한다. 그런데 필사본 고소설에 적혀 있는 필사자 또는 향유층의 신분계층을 구분하는 일을 쉽지 않다. 작품이 필사되고 유통된 현장조사를 통해서 향유층의 신분계층이나 그들의 집안에 대한 이야기를 자세하게 확인할 수 있었다. 영남 지역에 유통된 필사본 고소설을 향유한 사람들의 신분계층은 선비집안 및 학자집안의 여성으로 나타난다.

<강능추월전>①이생원 신전댁, ②학자집안, ③선비집안, ④선비집안, ⑤선비집안, ⑦조소저, ⑧내천댁, <구운몽>③선비집안, <권익중전>④선비 조만중의 부인, <김이양문록>학자집안의 여성, <김진옥전>③ 학자집안의 부인, ⑤양생원, <박씨전>①정소저(16세), ③강출출, <사씨남정기>①포산 곽소저, ②선비집안, <사안전>김소저, <송부인전>①선비집안 장위생, ②차운학, <숙영낭자전>①이생원, <왕능전>이생원, <유충렬전>④ 이소저, ⑦이봉림, <이대봉전>박진사댁, <이춘매전>①박소저, ②전소저(13세), <이태경전>차운학, <장학사전>이소저, <정비전>차운학, <정해경전>선비집안의 손녀, <조웅전>②내남면장, ④전순주 할머니, <주봉전>①박이동댁 천정 백수월, <진대방전>①강학촌댁 오씨부인, <창선감의록>①조씨, <최현전>③안후선, ④차운학, <최호양문록>①선비집안의 여성, ②여성, <춘향전>②선비집안 이유천, <별주부전>③최기댁, <하룡도>③남생원댁 홍씨(산동댁), <화산중봉기>선비집안의 난동댁, <황월선전>①김청산댁, ③김씨부인

위와 같이 필사본 고소설은 몰락한 양반인 선비집안 및 학자집안의 여성이 필사하고 향유한 경우가 대부분을 차지하고 있다. 비록 현장조사에서 작품의 소장자나 필사자 및 향유층을 만나지 못해도 그 자녀나 마을주민들의 증언을 통하여, 필사자와 독자층의 성향을 어느 정도 밝힐 수 있었다. 이러한 고소설을 필사하거나 향유한 사람들은 대부분 몰락한 양반이거나 유학을 공부하는 선비집안 또는 학자집안의 여성으로 나타난다.

이와 달리 양반 집성촌이나 종택 및 문중에서 소장한 작품은 여러 권으로 분권된 장편가문소설이 대부분을 차지하고 있다. 이러한 양반 집성촌이나 종택에서 유통된 필사본 고소설은 향유층의 신분계층이 상대적으로 높게 나타나고 있다.

<강능추월전>⑨최열의 7대 조모, <구운몽>④풍산김씨 허백당, <낙성비룡>김참판댁 예곡정사, <몽옥쌍봉연록>①풍산김씨 영감댁, ②윤씨 할머니, <삼국지>①용궁 울진장씨 연안파, ②영모재, <사씨남정기>③풍산김씨 허백당, ④덕동 여강이씨, <심청가>②심곡파종택 김씨도령, <초한연의>②의성김씨 모계고택, <서해무릉기>성주이씨집성촌, <섬처사전>의금참판 태부인 이우임, <소현성록>영해 무안박씨 대소헌, <수매청심록>남수여 할머니, <숙영낭자전>③안동땅 병조판록, <쌍열옥소삼봉기>성주이씨 집성촌, <여와전>①무안박씨 대소헌, <열국지>권정의 할머니, <열녀전>강출출 할머니, <염시탁전>의성진사 김경천, <옥루몽>①권재석 할머니, ②정차옥 할머니, <옥인몽>성주이씨 집성촌 대포파잠댁, <유문성전>심곡파종택, <유생전>이규석, <유씨삼대록>①정휘 할머니, ②강순이 할머니, ③성주이씨 집성촌, ④무안박씨 대소헌의 익동댁, ⑤문경의 만산재, <유한당사씨언행록>①홍씨 할머니, ②김노아 할머니, <유효공선행록>영감댁 김소저, <육미당기>안 오위장댁, <육선생전>영감댁 영양남씨, <이씨효문록>곽수규 할머니, <제호연록>성주이씨 집성촌, <주봉전>②맹판서, <창란호연록>②무안박씨 대소헌, ③대소헌의 김소저, ⑤곽수규, ⑥홍씨, ⑦강순이, <창선감의록>②농은재 이선달(14세), ④풍산김씨 허백당의 김소저, ⑤예천임씨 금포고택, ⑥남평문씨, ⑦정휘, ⑧강순이, ⑨장복순, <최현전>①울진황씨종가, <현봉쌍의록>①권재석, ②남수여, ③이기, ④이원재, ⑤홍씨, <현씨양웅기>홍씨, <화씨충효록>농은재 이선달

위와 같이 필사본 고소설은 양반 집안의 여성이 필사하고 향유한 경

우가 대부분을 차지하고 있다. 비록 현장조사에서 작품의 소장자나 필사자 및 향유층을 만나지 못해도 그 자녀나 마을주민들의 증언을 통해 필사자와 독자층의 성향을 어느 정도 밝힐 수 있었다. 양반 집성촌이나 종택 및 문중에서 소장한 작품은 여러 권으로 분권된 장편 가문소설이 대부분을 차지한다. 이러한 양반 집성촌이나 종택에서 유통된 필사본 고소설의 향유층은 신분계층이 상대적으로 높게 나타나고 있다. 영남 지역에는 양반집안의 여성이 고소설의 향유층으로 풍부하게 등장한다.

장편가문소설 중에서 안동의 풍산김씨 허백당, 심곡파, 영감댁 등과 영해 무안박씨 대소헌, 성주이씨 집성촌 등의 자료가 대부분을 차지하고 있다. 이밖에도 안동의 의성김씨 모계고택, 용궁의 울진장씨 연안파문고, 예천임씨 금양파 금포고택 등과 같이 경북의 양반가문에서 유통된 필사본 고소설을 새로 발굴했다. 안동의 풍산김씨(허백당, 심곡파, 영감댁) 문중에서 발굴한 작품은 <구운몽>, <사씨남정기>, <창선감의록>, <심청전>, <유문성전>, <육선생전>, <유효공선행록>, <몽옥쌍봉연록> 등이 있다. 영해의 무안박씨 대소헌에서는 <소현성록>, <유씨삼대록>, <창란호연록>, <여와전> 등의 작품을 발굴하였다. 성주이씨 집성촌에서는 <옥인몽>, <서해무릉기>, <유씨삼대록>, <제오현록> 등의 작품을 발굴했다.

이렇게 양반 집성촌이나 종택 및 문중에서 유통되거나 향유된 필사본 고소설은 장편가문소설의 형태를 보여준다. 예컨대 풍산김씨와 무안박씨 및 성주이씨 집성촌에서 발굴한 고소설을 살펴보면 장편가문소설을 향유한 것으로 보인다. 이러한 고소설을 향유한 사람들의 신분계층은 양반집안의 여성으로 볼 수 있다. 장편가문소설을 향유한 양반가에서는 부녀자의 유교적 규범교육과 소일거리를 위해서 필사본 고소설의 향유를 권장하기도 했다. 특히 영해의 무안박씨 대소헌에서는 부녀자들을 위해서 고소설을 필사하고 향유하는 것을 권장했다고 한다.[45] 이런 측면에서 영남 지역의 양반가에서는 집안의 여성들에게 필사본 고소설의 향유를 권장했음을 보여준다.

영남 지역에서 고소설을 필사하고 향유한 계층은 선비집안이나 학자집안 및 양반집안의 여성들이 대부분을 차지하고 있다. 1900년도를 전후한 당시의 선비 또는 학자는 대체로 몰락양반의 후예들이라 할 수 있다. 이 때문에 선비집안과 학자집안 및 양반집안의 경계가 불명확한 실정이다. 더욱이 1900년대 여성의 한글 해독력은 매우 낮은 편이다.[46] 그럼에도 필사본 고소설은 몰락한 선비집안 또는 학자집안을 비롯하여 양반집안의 여성들이 향유했다는 점은 분명해 보인다. 한글 해독력이 낮은 여성들이 필사본 고소설을 향유하면서 한글공부와 유교적 규범을 체득했기 때문이다.

이상에서 영남 지역에 유통된 필사본 고소설의 필사자와 향유층에 대한 실증적 조사는 작품의 유통양상을 구체적 이해하는 데 도움을 준다. 고소설을 향유했던 독자층에 대한 실증적 접근은 지역별 유통양상과 작가층에 대한 연구를 파생시키는 계기가 될 것이다. 왜냐하면 고소설의 향유층은 작가와 유사한 임무를 띠고 있기 때문이다. 이러한 작품의 향유층에 대한 접근은 방각본이나 활자본과 비교하여 필사본 고소설의 특징을 파악할 수 있을 것이다. 따라서 영남 지역에 유통된 필사본 고소설의 향유층에 대한 실증적 접근은 고소설의 실체를 구체적으로 밝히는 단초가 되기에 충분하다.

---

45) 영덕군 축산면 도곡면 영해 무안박씨 대소헌의 종손이기도 한 박동수 할아버지의 증언에 의하면 집안의 부녀자들의 소일거리나 외로움을 달래기 위해서 필사본 고전소설의 향유를 권장했다고 한다.

46) 1900년대 여성의 한글 해독력은 약 8%로 조사되었다.

(4) 필사본 고소설의 전파와 통혼권

영남 지역에 유통된 필사본 고소설은 주로 통혼권과 연관된 것으로 보인다. 조선시대 양반은 문중끼리 혼인관계가 중첩되면서 폭넓은 연대관계가 형성되었다. 양반들이 서로 얽혀 혼반을 형성해가는 과정을 퇴계파 종손가문의 통혼사례에서도 나타난다.[47] 양반과 달리 선비집안 및 학자집안에서는 당시의 통혼권이 시장권과 대부분 일치하고 있다. 경북에서는 결혼을 통하여 한 집안의 고소설이 다른 지역으로 전파되었다. 예컨대 <강능추월전>을 필사한 여성들과 <조웅전>을 필사한 전순주는 친정에서 작품을 필사하여 시집갈 때 가져왔다고 증언해주었다. 이러한 고소설을 필사하여 시가에 가져온 여성들은 자기 집안의 위상을 높일 뿐만 아니라 양반의 자손이라는 대단한 자부심을 가지고 있었다.

고령군 덕곡면 노동에서 출생하여 성주군 수륜면 지촌리로 시집온 정갑이는 20세에 <창선록>을 필사한다.[48] 정갑이는 <창선록>,[49] <김대부훈계전>, <길동녹>, <숙향전>, <강능추월전> 등을 필사했다고 한다. 그리고 정갑이의 딸인 정명호는 성주에서 칠곡군 석적면 아곡으로 시집갔다. 성주 선비집안의 여성 정명호는 한강 정구의 문인이기도 한 칠곡군 석적면의 석담 이윤우의 후손에게 시집가면서 필사한 작품을 가져갔다. <창선록>의 속표지 오른쪽에는 "大正拾五年八月日"이라는 필사연도가 적혀 있다. 그 옆에는 "漆谷郡 石積面 牙谷洞"이라는 필사 지역이 기록되어 있다. 따라서 <창선록>은 1926년 8월에 성주 선비집안 여성

---

47) 조강희, 『영남지방 양반 가문의 혼인관계』, 경인문화사, 2006, 161-164쪽.

48) 동래정씨 집안에서 출생한 정갑이(1906-1993)는 고령군 덕곡면 노동에서 성주군 지촌리로 시집왔다고 한다. 남편 정재화(1905-1978)는 선비집안의 유학자로 『후산졸언』이란 문집이 전한다.

49) 정우락본, <창선록>은 유일본이다.

정갑이가 필사한 작품을 칠곡군 석적면 아곡동으로 시집간 정명호가 가져간 작품이다. 경북의 성주에서 칠곡으로 시집간 정명호의 경우는 학연에 따른 혼사로 보인다. 이러한 학문적 연대의식을 통한 결혼으로 <창선록>이 전파되는 실증적 사례를 확인했다.

<두겁전>과 <황월선전>을 소장한 김경달(1892-1964) 할머니는 15세 전후로 경북 칠곡군 신동면 대평리에서 칠곡군 석적읍 포남2리로 시집을 갔다. 손자 이병규의 증언에 의하면 그 당시 김경달은 15세를 전후하여 고소설을 필사해 시집갈 때 가져갔다고 한다. 김경달 할머니가 필사한 고소설은 결혼과 더불어 신동면 대평리에서 석적읍 포남2리로 전파되었다. 따라서 김경달 할머니의 결혼은 칠곡군 안에서 성사된 것으로 보아 비교적 가까운 거리로 작품이 전파된 것이다. 이러한 사례는 군의 경계를 넘지 않는 선비집안의 혼례이다.

더욱이 <강능추월전>, <박씨전>, <이대봉전>, <황월선전> 등을 소장한 경남 합천군 묘산면 관기리 중촌의 조두리(1919-2012) 할머니의 결혼은 묘산면을 벗어나지 않는다. 창녕 조씨 집안에서 출생한 조두리는 15-16세에 묘산면 안성리 평촌에서 관기리 중촌으로 시집갔다. 조두리 할머니의 친청 아버지는 합천에서 유학을 공부하는 유명한 선비이다. 아들 신상열(70세)의 증언에 의하면 외조부모는 슬하에 5명의 딸을 낳았지만 아들에 대한 욕망이 강했다고 한다.[50] 그래서 막내딸인 조두리에게 글을 가르쳤기 때문에 시집올 때 고소설을 필사하여 가져온 것이다. 조두리 할머니는 농한기에 마을의 아주머니들을 모아놓고 고소설을 낭독해주었을 뿐만 아니라 제문이나 사돈지를 대필해주었다고 한다.

<강능추월전>을 필사한 김임규는 영주시 봉현면 하초리에서 장순면

50) 2013년 4월 15일, 합천 묘산면의 조두리 할머니에 대한 현장조사에서 아들 신상열 할아버지와 마을 주민들이 증언해주었다.

소룡리로 시집오기 전에 친정에서 작품을 베꼈다고 한다. 현장조사에서 만아들 박용서 할아버지는 모친이 소룡리와 가까운 곳에서 살았으며 17세 때 손수 필사했다는 증언을 해주었다. 또한 <강능추월전>을 필사한 김수길과 이유천, 신전댁 이진옥도 시집오기 전에 필사했다고 아들과 동네 주민들이 각각 증언해주었다. 김수길은 의성군 단밀면 위중리에서 상주시 함창읍 관암리로 시집왔고, 이유천은 문경시 산북면 우곡리에서 동로면 간송리로 시집왔으며, 신전댁 이진옥은 영주시 안정면 내에서 시집왔다. 따라서 <강능추월전>을 필사한 여성들은 친정과 시가의 거리가 비교적 가까운 시장권 중심의 통혼권과 연관되어 있다.

이러한 사례는 <조웅전>과 <송부인전>을 필사한 전순주와 장위생에서도 마찬가지이다. 고령군 개진면에서 출생한 전순주는 개진면 반운리로 시집오기 전에 <조웅전>을 필사하여 가지고 왔다. 전순주 할머니는 개진면 내에서 결혼한 것으로 보아 시장권 중심의 통혼권을 벗어나지 않는다고 하겠다. 나원섭의 조모 장위생도 인근 지역에서 시집왔다고 한다. 따라서 경북 지역의 선비집안 및 학자집안에서는 시장권을 중심으로 통혼권이 형성되었다. 이 때문에 필사본 고소설의 유통과 파급에는 통혼권이 매우 중요한 역할을 한 것으로 생각된다.

그런데 <서해무릉기>를 필사한 여현동과 <강능추월전>⑤를 필사한 김영이는 시장권을 넘어서는 통혼권을 보여준다. 하회댁의 시어머니 여현동은 1890년 김천 기월에서 출생하여 성주군 월항면 대산리 성산 이씨 집성촌으로 시집왔다. 임병동의 아내 김영이(1908-1986)는 상주 남성동에서 예천군 유천면 사곡리로 시집왔다. 이러한 경우는 <창란호연록>을 필사한 황재학에서 더욱 뚜렷하게 나타난다. 장편가문소설을 필사한 황재학은 상주의 장수 황씨 집안에서 칠곡군 기산면 각산리로 시집왔다는 점에서 양반의 결혼을 보여준다.[51] 손자 장세완의 증언에 의하면 조모 황재학과 5대 조모가 동일한 친정에서 시집왔다고 한다. 따라서 장편 가문소설을 필사한 황재학의 경우는 작품의 분량에 따라서 통혼권의 범위가 사뭇 달라진다는 사실을 보여준다.

안동의 풍산김씨 영감댁에 시집온 영양남씨는 <육선생전>을 필사했고, 경주 최부자집에서 시집온 교촌댁은 <유효공선행록>을 필사했다. 영해의 무안박씨 대소헌에서 발굴된 필사본 고소설은 양반집안의 혼례양상을 뚜렷이 보여준다. 무안박씨 대소헌과 혼인관계를 가진 양반가는 상주의 오천정씨, 경주의 여강이씨, 안동의 의성김씨, 석보의 재령이씨 등이다. 장편의 가문소설을 향유한 양반가문에서는 비교적 거리가 멀리 떨어진 양반가문과 지속적인 혼인관계를 통해서 고소설이 전파되었다.

이렇게 보면 필사본 고소설의 유통양상은 대부분 지역의 통혼권과 연관되어 있다. 당시의 통혼권은 사람들의 활동영역인 시장권과 거의 일치하고 있다. 필사본 고소설은 결혼을 통하여 한 집안의 작품이 인근 지역으로 제한적으로 전파된 것으로 보인다. 예컨대 <창선록>을 필사한 정갑이는 고령에서 성주로 시집왔고 그곳에서 출생한 정명호는 성주에서 칠곡으로 시집가면서 작품으로 가져갔다. <강능추월전>을 필사한 여성들(김임규, 김수길, 이유천)은 친정에서 작품을 필사하여 시집갈 때 가져왔다고 증언하고 있다. 이러한 사례들은 <서해무릉기>를 필사한 여현동, <송부인전>을 필사한 장위생, <창란호연록>을 필사한 황재학 등에서도 동일하게 나타난다.[52] 따라서 필사본 고소설의 유통과 파급에는 당시의 신분계층별 통혼권이 매우 중요한 역할을 한 것으로 생각된다.[53]

---

51) 이러한 양반가의 필사본 고전소설의 유통에 대해서는 박영희, 「장편가문소설의 향유집단 연구」, 『문학과 사회집단』, 집문당, 1995, 319-361쪽에 구체적으로 드러난다.

52) 양반가문의 혼례에서는 이러한 통혼권의 범위를 벗어나는 경우가 가끔씩 등장하고 있지만 그 숫자는 매우 적은 편이다.

53) 양반가문에서는 유학의 사승관계에 의해서 혼인관계가 결정되기도 한다. 더욱이 영남 남

이상에서 영남 지역 필사본 고소설의 유통과 파급에는 시장권을 중심으로 하는 통혼권이 중요한 역할을 수행한 것으로 보인다. 단권으로 구성된 필사본 고소설은 시장권과 일치하는 통혼권에 속하지만, 여러 권으로 분권된 장편가문소설은 시장권을 넘어서 양반가와 혼인한 것으로 보인다. 이러한 필사본 고소설의 유통과 파급은 군의 경계를 넘어서지 않은 가운데 결혼이 중요한 역할을 수행하였다. 더욱이 성주 선비집안의 여성 정명호는 성주에서 칠곡으로 시집가면서 <창선록>을 가져갔다. 한강의 후손인 정명호와 한강의 제자 석담의 후손이 결혼한 것은 학맥에 따른 혼사가 분명하다. 따라서 영남 지역의 필사본 고소설의 전파는 양반과 선비집안 및 학자집안의 신분계층에 따른 통혼권에 의해서 유통되고 파급된 것으로 보인다.

5) 영남 지역에 유통된 필사본 고소설의 특징

영남 지역 필사본 고소설의 유통양상과 향유층에 대한 실증적 접근을 시도한 결과 새로운 사실을 발견했다. 필사본 고소설의 유통양상은 영남 지역이 압도적인 비중을 차지한다. 영남 지역의 필사본 고소설 222종을 경북과 경남으로 구분하면 각각 177종, 39종으로 나타난다. 이것은 필사본 고소설의 유통이 경상도 북부지역을 중심으로 집중적으로 분포하고 있음을 보여준다. 필사본 고소설은 경북의 북부지역에서 가장 광범위하게 유통되었다는 사실을 실증적으로 확인시켜주기에 충분하다.

영남 지역에 유통된 작품을 지역별로 구분하면 안동(30), 상주(25), 성주(17), 합천(15), 문경(11), 예천(11), 대구(11), 영주(8), 영덕(8), 봉화(7), 울

인계열의 유학자 집안은 사승관계가 매우 중요하게 작용한 것으로 보인다. 이러한 학문적 사승관계에 통혼이 성사되었기 때문에 필사본 고소설도 이런 가문으로 전파되었다.

진(6종), 진주(5), 칠곡(5종) 등으로 나타난다. 이러한 필사본 고소설은 안동, 상주, 예천, 영주, 문경 등과 같이 경북 북부 지역을 중심으로 풍부하게 유통되었다. 그리고 합천, 성주, 대구에서도 필사본 고전소설의 유통이 활발했던 것으로 보인다. 특히 안동의 풍산김씨 문중과 성주의 성주이씨 집성촌에서 다수의 작품을 발굴했기 때문에 유통량이 풍부한 실정이다. 따라서 필사본 고소설은 경북 북부지역과 반촌을 중심으로 다양하게 유통된 것으로 보인다.

영남 지역 고소설의 유형은 가정소설, 장편가문소설, 영웅소설, 판소리계 소설, 애정소설 등으로 구분할 수 있다. 영웅소설은 전국적인 분포를 보이고 있다면 가정소설은 지역적 특징을 뚜렷이 보여준다. 영남 지역은 오랜 유교문화의 전통을 계승, 발전시켜온 고장이기에 "충효열"을 강조하는 영웅소설, 가정소설, 장편가문소설 등이 풍부하게 유통되었다. 그런데 호남 지역은 판소리가 발생한 곳으로 판소리계 소설이 집중적으로 분포하고 있다. 영남 지역은 판소리 공연물보다 독서물로 정착한 판소리계 소설이 우위를 차지하고 있다. 이렇게 영남 지역에 유통된 필사본 고소설은 영웅소설, 가정소설, 장편가문소설 등이 다수를 차지하고 있어서 지역적 특성을 뚜렷이 보여준다.

영남 지역의 필사본 고소설은 한문본(10종)보다 국문본(212종)이 압도적인 비중을 차지하고 있다. 영남 지역에는 동일한 작품의 이본이 매우 풍부하게 유통되었다. 영남에 유통된 222종의 작품 중에서 이본을 제외하면 89종이 존재한다. 이는 동일한 작품의 이본이 다양하게 유통되었음을 보여준다. 영남 지역에는 <강능추월전>이 가장 풍부하게 유통되었다. <강능추월전>은 12종의 이본이 존재하고 있는데 경남보다 경북에서 매우 풍부하게 나타나고 있다. 이러한 지역별 편차는 <숙영낭자전>과 <현봉쌍의록>에서도 동일한 실정이다.

영남 지역에 유통된 필사본 고소설의 향유층에 대한 실증적 고찰은 주목된다. 고소설에 기록된 필사기를 바탕으로 현장답사를 실시하여 구체적인 내용을 확인하였다. 그 결과 필사본 고소설을 베끼고 향유한 사람들은 주로 여성으로 나타난다. 영남 지역의 여성들은 한문본을 제외한 147종의 고소설을 필사하고 향유했다. 여기에 반해 남성은 한문본을 포함하여 20종의 고소설을 필사하고 향유했다. 설사 필사기에 남성의 이름이 적혀 있어도 현장조사를 통해서 여성이 필사하거나 향유한 경우를 실증적으로 확인했다. 따라서 영남 지역 여성들은 필사본 고소설의 필사와 향유에 적극 동참했음을 보여준다.

영남 지역의 필사본 고소설은 19세기 중반에서 20세기 중반까지 120년 동안 필사되었다. 그 중에서도 1870년에서 1930년까지 60년 동안 집중적으로 고소설 필사의 전통을 유지하고 있다. 영남 지역의 필사본 고소설은 농한기에 집중적인 필사가 이루어졌다. 농한기에는 72종이 필사된 반면에 농번기에는 24종이 필사되었다. 이것은 필사자가 농업주기와 연관되어 있다는 점을 뚜렷이 보여준다. 영남 지역의 고소설은 농한기에 해당하는 12월에서 이듬해 3월까지 집중적으로 필사되었다. 이러한 작품들은 단권으로 구성된 단편소설이다. 그런데 농한기에 필사된 작품은 여러 권으로 나눠진 장편가문소설이 풍부한 실정이다. 따라서 영남 지역은 농사 주기에 따른 고소설 필사와 작품의 분량이 뚜렷한 편차를 보여준다.

농번기에 필사된 작품은 주로 양반집안의 여성들이 향유한 것을 보인다. 양반집안의 여성들은 농사와 관계없기 때문에 농번기에도 고소설의 필사와 향유를 지속했던 것이다. 그런데 조선후기 관직에 진출하지 못한 몰락양반이나 선비집안의 여성들은 농사주기와 상당한 연관성을 보여준다. 이 때문에 농한기에 필사된 작품은 주로 몰락양반이나 선비집안의 여성들이 향유한 것으로 생각된다. 농사주기에 따른 향유층의 신분계층은 양반 여성과 선비집안의 여성이 대부분을 차지하고 있다. 따라서 필사본 고소설은 경북 북부지역의 몰락양반과 선비집안의 여성을 중심으로 농한기에 널리 유통된 것으로 보인다.

영남 지역의 필사본 고소설은 학맥과 혼맥을 통해서 다른 지역으로 전파되었다. 그 중에서도 양반집안과 선비집안의 혼례에 의해서 작품이 다양하게 전파된 것으로 보인다. 선비집안의 혼례는 군내와 같이 비교적 가까운 시장권과 일치한다면, 양반집안의 혼례는 시장권을 벗어나고 있다. 예컨대 <강능추월전>을 필사한 여성들과 <조웅전>을 필사한 전순주, <창선록>을 필사한 정갑이, 여러 작품을 필사한 합천 쌍책의 차운학과 묘산의 조두리 등은 선비집안의 혼례로 비교적 가까운 시장권과 일치한다. 그런데 <서해무릉기>의 여현동, <창란호연록>의 황재학, <유효공선행록>의 교촌댁 등은 양반집안 간의 혼례로 시장권을 벗어나고 있다. 따라서 선비집안의 혼례에는 주로 단편소설이 전파되었다면 양반집안의 혼례에는 장편가문소설이 전파되었다고 하겠다.

2. 호남 지역 필사본 고소설의 유통양상과 향유층

1) 호남 지역에 유통된 필사본 고소설의 종류와 현황

호남 지역에 유통된 필사본 고소설의 종류는 얼마나 될까? 또한 어떤 유형의 작품이 가장 풍부하게 유통되었을까? 이러한 궁금증을 해결하기 위해서는 고소설의 필사기록에 주목할 필요가 있다. 고소설은 작가와 독자에 대한 기록이 빈약하지만 작품의 필사과정이나 향유과정에서 첨가된 필사기록을 통해서 유통과정을 어느 정도 확인할 수 있기 때문이다. 그럼에도 호남 지역에서 필사되고 향유된 고소설의 종류에 대한 통계자료도 구체적으로 제시되어 있지 않다. 이 때문에 호남 지역에 유통된 필사본 고소설에 대한 체계적인 연구가 필요한 실정이다.

호남 지역에 유통된 필사본 고소설의 종류와 향유층에 대한 실증적 접근을 위해서는 작품에 기록된 필사기와 현장조사를 병행해야 한다. 이를 바탕으로 호남 지역 필사본 고소설의 유형적 특징과 이본의 비교 및 향유층의 성격을 밝히고자 한다. 동일한 작품이 전북과 전남에서 유통되었을 경우에는 두 지역 향유층의 의식과 문화적 특징을 비교할 필요가 있다. 이러한 호남 지역 필사본 고소설에 대한 실증적 접근은 작품의 지역별 유통양상과 향유층의 존재 및 작품의 선호도를 구체화시키는 계기가 될 것이다.

호남 지역에 유통된 필사본 고소설은 모두 83종이다.[54] 호남 지역의 필사본 고소설은 영남 지역과 비교하면 유통량에서 커다란 차이를 보인다. 호남 지역은 영남 지역에 비하여 필사본 고소설의 유통은 상대적으로 적었을지 몰라도 매우 다양한 작품이 향유된 것으로 보인다. 그럼에도 호남 지역에 유통된 필사본 고소설의 종류와 향유층에 대한 논의는

---

54) 호남 지역에 유통된 필사본 고소설은 조희웅의 『고전소설 이본목록』과 『고전소설 연구보정』을 기초자료로 삼았다. 그리고 경북대, 계명대, 성균관대, 국립중앙도서관, 연세대, 고려대, 동국대, 전남대, 전북대 등의 도서관 자료를 확인하였다. 더욱이 광주의 이현조 박사 소장본 500책 고소설에 대한 현장조사를 실시하여 상당한 필사기가 적힌 작품을 발견하는 성과를 거두었다. 다만, 연세대와 국립중앙도서관 자료는 디지털 원문이 소개된 자료만 확인하였다. 호남 지역의 대학 도서관에서 소장하고 있는 필사본 고소설 자료는 매우 빈약할 뿐 아니라 필사기가 없어서 정확한 유통지역을 확인할 수 없는 실정이다. 최근에 남원향토박물관에 소장된 <구운몽>, <매화전>, <월봉기>, <두껍전>, <옥루몽>, <화씨충효록>, <진성운전>, <춘향전>, <사향곡> 등의 작품에 대한 현장조사를 실시했다. 박물관의 학예연구사 이경석 선생님의 도움으로 필사본 고전소설을 확인하였다. 이 자리를 빌려 감사의 말씀을 전한다.

초보적인 수준에 머물고 있다.[55] 실제로 호남 지역에 유통된 필사본 고소설은 훨씬 풍부했을 것으로 짐작되지만 필사기가 존재하는 작품을 대상으로 삼았기 때문에 이러한 결과가 나온 것이다.

호남 지역에 유통된 필사본 고소설의 종류와 필사기(83종)

항목 / 작품명	소장자	필사자의 성별	유통지역 및 책 주인	필사년도 및 기간
각설이전	이현조		전남 해남군 산이면 산이리	임진년(1952)년 7월 2일
계상국전	박순호		부안군 서수면 서수리(전북 군산시 서수면 서수리)	1914년(서수면 개칭)
구운몽(3권)	박순호	김영주(남)	전북 김제군 읍내면 옥산리 김영주	임자(1912)년 3월, 4월, 6월
김씨효행록	박순호	권재갑(남) (1899-1980)	전북 정읍군 소성면 연동리 1통 5호 권재갑 신연정 장판	을묘(1915)년 1월 30일
김진옥전	국립중앙도서관	허갑순, 허남순(여)	전남 보성군 득량면 오봉리	정묘(1927)년 7월 5일-무진(1928) 1월 6일
꿩의전 (장끼전)	박순호	이춘상(여) (1860-1949)	전북 임실군 지사면 지사리(사촌) 이교익(1855-1930)	1880년 추정
남씨충효열행록(양씨전)	박순호	김서방	전북 김제군 옥남 김서방, 남서방	병신(1896)년 12월 5일 임진(1892)년 5월 1일
대봉전	박순호	채점용(남)	전북 군산 임피면 용귀리 채인섭	병오(1906)년 12월 2일
매화전①	박순호	김수림(여)	전북 부안군 보안면 부곡리 김수림이 책	병자(1936)년 윤 3월
매화전②	경북대	여성	전라도(영광군, 무안군, 장성군)의 여성 이름 등장	경오(1930)년 2월 5일

55) 김재웅, 「호남 지역에 유통된 필사본 고소설의 종류와 향유층에 대한 연구」, 『고소설연구』 28집, 한국고소설학회, 2009, 269-299쪽. 여기서는 기존의 52종과 새로 발굴한 30종을 추가하여 모두 83종을 대상으로 논의하고자 한다.

항목 / 작품명	소장자	필사자의 성별	유통지역 및 책 주인	필사년도 및 기간
벽허담관 제언록	사재동	박서방	전북 김제군 만경읍 서편 박서방네 책	1914년 이후
문성기	이현조	정충성(남)	전남 함평군 월야면 월악리, 매산리 이달 정충성	
민시영전	이상택 (하버드 도서관)		호남 능주 이곡(전남 화순군 도곡면 이곡리)	기해(1899)년 12월 5일-8일
박씨전①	이상택 (하버드 도서관)	교본소주 일본인(남)	전남 남평의 유숙하며 첨서 이수재(나주시 남평읍)	정유(1897)년 11월 28일 기해(1899)년 8월
박씨전②	충남대		광주목(전남 광주)	광서2(1876)년
박씨전③	이현조		전남 장성군 삼아면	
백인창례록	사재동	선비 장만연	전북 함열군 웅호사는 장만연 선비가 지음(익산시)	계축(1913)년 3월 7일
곽씨회행녹 (곽낭자전)	단국대	최생원(남)	광주 발산거 최생원(전남 나주시 세지면 죽동)	계묘(1903)년 11월 3일
박태보전①	박순호17	남성 (광오재, 완월재)	함열군 군내면 천북리 조씨당명 광오재(전북 익산군 함라면 함열리 완월재)	임자(1912)년 1월 20일
불로충신 박태보전②	녹우당	윤실댁(여)	전남 해남군 연동리 윤실댁	을미(1895)년 1월 11일
변강쇠전	강한영	남	전북 고창군 고수면 정씨가	정묘(1927)년 4월
사씨남정기 (한문)	이현조	남성	전라우도 만경 축산 장인책(전북 김제군)	1895년 이전(1896년 전라남북도 구분)
둑겁전① (섬동지전)	박순호		전북 고창군 성내면 용교리 원학마을	대정15(1926)년 1월 5일
둑겁전② (섬동지전)	박순호	김형순(여)	광주 대마면 남산리 김형순(전남 영광군 대마면)	
서한연의① (초한연의)	단국대	남성	전북 남원 승련서재 금난신초	병오(1906)년 8월

항목 작품명	소장자	필사자의 성별	유통지역 및 책 주인	필사년도 및 기간
초한전②	박순호	신정휴(남)	전북 순창군 순창면 장덕리 책주 신정휴	계해(1924)년 4월
소대성전	이현조	정0근(여)	전북 남원군 이백면 내동리 정0근	기해(1959) 윤춘 초6일
숙영낭자전①	이현조	이생원댁 여성	전남 강진군 성전면 안전동 리생원 책	1914년 이후(성전면)
숙영낭자전②	이현조	안씨(여)	전남 나주 박보 등출 안씨책이라	을유(1945)년 11월일
숙영낭자전③	이현조	김권순(김소저)	전남 보성군 마성면 덕산리 김소저 책	정묘(1927)년 1월초순, 임술(1922)년 1월20일
숙영낭자전④ (백선군전)	남원향토 박물관	홍씨집안의 여성	전북 임실군 화동면(성수면) 오봉리(효촌) 홍생원댁 책	명치45(1912)년 1월 대정2(1913)년 정월
심청전	이상택 (하버드 도서관)	소주교목 일본인(남)	전남 남평 봉황산 망미루 소주교목 장미집필	병신(1886)년 2월 10일
아국열성록 (한문)	이현조	김씨(남)	전남 담양군 창주면 용수리 김씨	
양태백전 (양풍운전)	박순호	이복순(여)	전북 임실군 둔남면(오수면) 신기리 이순복	경오(1930)년 1월 25일
옥단춘전①	이상택 (하버드 도서관)	교본소주 일본인(남)	전남 남평루 문하우거 교본소주	경자(1900)년 3월 21일 병신(1896)년 12월 1일
옥단춘전②	이현조	여성	전남 함평군 월야면 월악리	경진(1940)년 1월 8일 작책, 임오(1942)년 12월 2일가의
옥단춘전③	윤희상	호은 윤기병 (남, 1882-1960)	상곡면 동홍리 등본 (전남 나주시 오량동)	신해(1911)년 12월 19일
월봉기	이현조	장인숙 필서(여)	전남 영광군 유산면 평지 책주 봉산면 와동 김내호	갑오(1894)년5월-을미(1895)년 춘종 8월가의

항목 작품명	소장자	필사자의 성별	유통지역 및 책 주인	필사년도 및 기간
유성대전	박순호	이동임(여)	전북 군산 서수면 원외리 오현산 하임당 책주 외일이 이동임	신해(1911)년 12월 10일
유씨삼대록 9권	이현조	여성	대한제국 전라남도 보성군	갑진(1904)년 1월 염13일 성책
유충열전①	박순호	부인 한복단 (1915-2001)	전복 임실군 삼계면 오송리(오지리) 164번지 정연균	계유(1933)년 1월 8일
유충렬전②	한중연		동면 서성리 정공등하서, 백석동 서(화순군 동면)	융희2(1908)년 중춘-1909년 윤2월
이수문전	오광근		전북 전주(호남가 합철)	계묘(1903)년 1월 8일
이화정기우기 (숙향전 한문본)	국립중앙 도서관	남성	전라도 지방의 진남루, 피향정(정읍)	임신(1872)년 8월 계유(1873)년 정월일 상의
장화홍련전 ①	여승구	이복순(여)	전북 임실 둔남면(오수면) 신기 이복순	계유(1933)년
장화홍연전 ② (홍연전)	이현조	오보배(여)	전남 보성면 오보배 책, 표지에 동전면 독상리	
정설매전① (정비전)	박순호	두포댁(여)	전북 부안군 부령면 서문밖 두포댁(동진면 봉황리 김령감댁)	신해(1911)년 2월
정비전②	이현조	김씨(여)	전남 보성군 매업? 김씨	
정소저전	홍윤표	하남댁	전북 고창 가청리 하남댁 언책 (월천동 이문안댁 책)	
정수경전	윤희상	호은 윤기병 (남, 1882-1960)	상곡면 동홍리 등본 (전남 나주시 오량동)	기유(1909)년 1월 25일
정을선전	고려대	김점임(여)	전북 고창군 상하면 검산 김점임	기사(1905)년 1월
장두영전 (한문)	계명대	승려 법진(남)	전북 정읍 내장산 영은사 원적암중 사미 법진	무자(1888)년 7월 대청광서15(1889)년

항목 / 작품명	소장자	필사자의 성별	유통지역 및 책 주인	필사년도 및 기간
조생원전①	미도 민속관	여성	전북 남원시 이백면 학산리	정사(1917)년 8월
조생원전②	이현조	여성	전남 곡성군 고달면 목동	갑오(1894)년, 을해(1899)년 12월 10일
조웅전(2권)	국립 도서관		전북 남원 대강면 풍산리 양촌동	1914년 이후 (대강면 풍산리 변경)
주벽전	박순호	김중원(남)	전북 김제군 김중원댁	광서18(1892)년 10월 15일
진시천선록 (진씨효열록)	박순호	정병석(남)	전북 순창군 복흥면 반월리(월성) 정병석	
진대방전①	홍윤표		전남 광양군 율사면 영평리	정묘(1927)년 12월-소화3(1928)년 1월 19일
진대방전②	박순호		전남 영광군 대안면 상동인셔	임자(1912)년 2월 4일
대방전③	이현조	안정예(여)	전북 정읍군 칠보면 무성리 안정예, (정읍시)	계유(1933)년 11월 25일
진대방전④	이현조	이주사의 모친	호남 지역, <호남가> 합철	정축(1937)년 1월 22일
창란호연록 (9, 20권)	이현조	강기택 집안의 15세 소녀	전북 완주군 봉동면 강기태택	을유(1909)년 3월 19일, 갑인(1914)년, 정사(1917)년 2월
창선감의록 ①	국립중앙 박물관		전남 신안군 청성	
창선감의록 ②	사재동	이애몽산 서	전북 익산군 여산 실이이동고 댁 황중윤	융희2(1908)년 2월일
별춘향전①	박순호18	초강 냇머리댁	고부군 오금면 각목동(전북 정읍 이평면 오금리(각목)	정사(1917)년 2월 6일
별춘향전②	이상택 (하버드 도서관)	교본소주 일본인(남)	전라남도 남평 망미루하 일본 만유사 교본소주	정유(1897)년 11월 초7일

항목 / 작품명	소장자	필사자의 성별	유통지역 및 책 주인	필사년도 및 기간
춘향전③	박순호	홍?화(여)	전남 곡성군 옥과면 무창리 책주 홍?화	
춘향가④	백성환	백성환 창본(남)	전북 김제군 용지 부교리 백성환	임신(1932)년 6월 3일
행열사라⑤ (춘향전)	남원향토 박물관	조중연 필서	전남 영암군 곤일시면(미암면) 당리(선황리)	기유(1909)년 2월 18일-12월 염일
옥중가인⑥ (춘향전)	박순호 47		전북 고창군 신림면 송용리	경오(1930)년 1월 5일
별주부곡① (토끼전)	홍윤표	국한문혼용(남)	전북 전주군 회포 진기리(신평)	경술(1910)년 12월, 명치45(1912)년 12월 1일
별주부전②	이상택 (하버드 도서관)	소주교본 일본인(남)	전라도 남평 봉황산록 망미루하거 소주교본 장미집필	정유(1897)년 동10월 망일 등사
퇴별가③ (토끼전)	고려대	정즉산(남)	전북 고창 신오위장 개정 만경 정노식 기중 책주 정즉산	정사(1917)년 11월 1일
퇴별가④ (판소리 사설)	엄진섭		전북 고창군 고창읍	1962년 8월 7일, 13일 동아일보 게재
팔상녹	박순호	신성일운(남)	전북 정읍군 정주읍 시기리 망덕산 용은암 신성일운	1931년 이후 (정주읍 성격)
하씨선행록 (3권)	박순호	김태을(남)	전북 고창군 무장면 김태을서	개국504(1895)년 12월 8일-18일, 10월 13일, 9월 15일
화문효행록 ①	이현조	여성	전남 남평군	융희4(1910)년 1월
화씨충효록 ②	여승구	부인 윤해람 (1909-1991)	전북 정읍군 정읍 산외면 평사리 임무규 명하	계해(1923)년
화룡도①	박순호 50		전북 전주시 완산 양책방	계유(1933)년 5월 9일
화룡도②	김종철	이씨(남)	호남 고산(전주시) 서면 장동서 책주 이	임인(1902)년 1월

작품명＼항목	소장자	필사자의 성별	유통지역 및 책 주인	필사년도 및 기간
홍무왕연의	박순호28	전?복(남)	전남 함평군 영풍면 백련동 전?복	병술(1886)년 1월 12일
박타령① (홍부전)	유제중	유총석(남)	전북 고창군 성두리 새새골 성두본 신재효 마을에 살던 유용석 필사	계묘(1903)년 12월 하한
박타령② (홍부전)	이상택 (하버드 도서관)	교본소주 일본인(남)	전라도 남평 망미루 책주 김행길	계축(1853)년 6월 21일, 정유(1897)년 11월 5일

위에서 제시한 필사본 고소설은 호남 지역을 대표한다고 해도 지나친 말이 아니다. 호남 지역에 유통된 83종의 필사본 고소설 중에서 전남 지역에는 34종, 전북 지역에는 48종이 유통되었다. 호남 지역의 필사본 고소설은 전남보다 전북에서 유통이 조금 더 활발했던 것으로 보인다. 호남의 필사본 고소설이 지역별 유통양상의 차이를 보이는 까닭에 대한 해명을 해야 한다. 호남 지역은 서남해안을 끼고 있는 전남 지역에 비하여 서해안과 내륙에 위치한 전북 지역에서 필사본 고소설의 유통이 빈번했다. 따라서 호남 지역의 필사본 고소설은 해안가보다 농촌지역이나 산악지역에서 다수 유통된 것으로 보인다.[56]

호남 지역에 유통된 필사본 고소설 83종을 지역별로 구분하면 나주(10종), 고창(9종), 정읍(6종), 김제(6종), 전주(5종), 보성(5종), 임실(5종), 남원(5) 등으로 나타난다. 호남 지역은 나주에서 필사본 고소설의 유통이 가장 왕성했다. 나주 지역에 유통된 작품은 <박씨전>, <숙경낭자전>, <심청전>, <옥단춘전> 2종, <정수경전>, <별춘향전>, <별주부곡>, <박

56) 이러한 호남 지역에 유통된 필사본 고소설의 지역적 편중에 대한 해명을 하기 위해서는 자연지리와 인문지리적 환경에 대한 검토가 선행되어야 한다.

타령>, <화문효행록> 등이다. 그렇다면 나주 지역에서 필사본 고소설이 빈번하게 유통된 까닭은 무엇일까? 나주 지역은 서남해안의 가장 번성한 도시로 유교문화가 비교적 일찍 꽃피운 역사적 유서가 깊은 곳이다. 이 때문에 필사본 고소설의 유통은 나주 지역의 향촌문화를 어느 정도 반영한 것으로 짐작된다.

고창 지역에서는 <두껍전>①, <변강쇠전>, <옥중가인>⑥, <정소저전>, <정을선전>, <퇴별가>③, ④, <하씨선행록>, <박타령>① 등의 작품이 유통되었다. 고창 지역에서 필사본 고소설이 빈번하게 유통된 까닭은 무엇일까? 고창 지역은 판소리의 후원자로 활동한 신재효의 영향으로 판소리 창본이 풍부한 실정이다. 실제로 고창 지역에는 판소리 창본이 풍부하게 유통될 수 있는 지역 문화적 기반이 마련되었다고 하겠다. 이 때문에 고창 지역은 <정을선전>과 <하씨선행록>을 제외하면 모두 판소리와 판소리계 소설이 유통된 특징을 보여준다.

정읍 지역에 유통된 작품은 <장두영전>, <별춘향전>, <팔상록>, <화씨충효록>, <김씨효행록>, <대방전> 등이다. 전주 지역과 임실 지역에는 <이수문전>, <별주부곡>, <화룡도> 2종, <창란호연록>과 <백선군전>, <장화홍련전>, <양태백전>, <유충렬전>, <꿩의전> 등이 각각 유통되었다. 김제 지역과 남원 지역에는 <구운몽>, <남씨충효록(양씨전)>, <벽허담관제언록>, <사씨남정기>, <주벽전>, <춘향가>와 <김진옥전>, <숙영낭자전>, <유씨삼대록>, <장화홍연전>, <정비전> 등이 유통되었다. 부안 지역에는 <강능추월전>, <계상국전>, <매화전>, <정설매전> 등이 유통되었다. 이렇게 호남 지역에 유통된 필사본은 나주와 전주에서 판소리 창본이 다수 유통된 것으로 보인다.

호남 지역과 영남 지역에서 필사되거나 향유된 작품을 비교하면 유통량에 커다란 차이를 보인다. 호남에는 83종이 유통된 반면에 영남에는

222종이 유통되었기 때문이다. 호남과 영남에 유통된 필사본 고소설의 수량뿐만 아니라 작품의 유형에서도 커다란 차이를 보여주고 있다. 영남 지역에서는 가정소설, 가문소설, 영웅소설 등이 다수 유통되었다면, 호남 지역에서는 판소리 및 판소리계 소설의 유통이 빈번한 실정이다. 이러한 영·호남 지역의 필사본 고소설을 비교한다면 지역별 향유층의 성격을 밝힐 수 있을 것이다.[57)]

이상에서 호남 지역의 필사본 고소설은 영남 지역에서 향유된 작품과 비교하면 유통량에서 커다란 차이를 보인다. 특히 영남 지역에서 유통된 필사본 222편은 호남 지역에서 유통된 83편보다 훨씬 풍부한 실정이다. 이것은 영·호남 지역에서 유통된 필사본 고소설의 수량뿐만 아니라 지역별 향유층의 작품 선호도를 뚜렷이 반영하고 있다. 이러한 영·호남 지역의 작품을 상호 비교하는 작업은 필사본 고소설의 종류와 지역별 유통과정을 실증적으로 이해하는 지름길이기도 하다.

2) 호남 지역에 유통된 필사본 고소설의 유형적 성격

호남 지역에 유통된 필사본 고소설에 대한 지역별 및 유형별 성격을 살펴볼 차례이다. 우선 호남 지역 필사본 고소설 83편 가운데 한문으로 필사된 작품은 <장두영전>, <사씨남정기>, <아국열성록>, <이화정기우기> 등과 같이 4편이 존재한다. <장두영전>은 영웅소설 <장풍운전>의 한문본이다. <사씨남정기>와 <아국열성록>도 한문본으로 유통되었다. <이화정기우기>는 <숙향전>의 이본이다. 이러한 한문본 4편을 제외한 79편이 국문으로 필사되었다. 다만, <별주부곡>은 <토끼전>의

57) 호남 지역의 공연문화와 영남 지역의 기록문화를 분석하면 독자층의 향유의식과 지역적 성격을 이해하는 데 도움이 될 것으로 생각한다.

이본으로 국한문 혼용으로 필사되어 있다. 따라서 호남 지역에 유통된 필사본 고소설은 한문본보다 국문본이 95% 이상으로 압도적인 비중을 차지하고 있다.

그렇다면 호남 지역에는 어떤 유형의 필사본 고소설이 가장 많이 유통되었을까? 이런 질문에 대답하기 위해서라도 작품의 유형 분류를 시도해볼 필요가 있다. 고소설의 유형 분류는 작품의 특징을 전반적으로 파악하는 원동력이다. 그렇다고 고소설의 유형적 성격을 정확하게 구분하는 것은 쉽지 않다. 왜냐하면 작품의 유형 분류는 연구자의 자의성이 개입되기 때문이다. 호남 지역 필사본 고소설의 유형은 판소리 및 판소리계 소설, 영웅소설, 가정소설, 가문소설, 애정소설 등으로 구분하고자 한다.

호남 지역은 판소리와 판소리계 소설이 가장 풍부하다. 판소리 및 판소리계 소설은 <변강쇠전>, <심청전>, <옥중가인>, <별춘향전> 2종, <춘향전>, <춘향가>, <행열사라>, <별주부곡> 2종, <퇴별가> 2종, <화룡도> 2종, <박타령> 2종 등의 16종이 존재한다. 여기에 판소리의 발생과 전개 과정에서 사라진 <장끼전>의 이본으로 알려진 <꿩의전>과 <가짜신선타령>의 소설본인 <숙영낭자전> 4종과 <옥단춘전> 2종까지 포함하면 판소리 및 판소리계 소설은 23종으로 늘어난다. 따라서 호남 지역의 필사본 고소설은 판소리의 발생과 관련될 뿐만 아니라 공연문화의 전통에 알맞은 판소리 및 판소리계 소설의 유통이 가장 풍부하게 나타난다.

판소리 및 판소리계 소설은 <춘향전>(6종), <토끼전>(4종), <화룡도>(2종), <흥부전>(2종), <변강쇠전>, <심청전> 등의 순으로 나타난다. 그 중에서도 <춘향전>과 <토끼전>이 가장 풍부하게 유통되었다. 호남 지역에 유통된 <춘향전>은 판소리 공연에 적합한 창본이 대부분을 차지한다. 예컨대 <별춘향전> 2종, <춘향전>, <춘향가>, <행열사라>[58] 등은 판소리 창본의 성격을 보여주고 있다. 따라서 호남 지역에는 판소리 공연에 적합한 창본의 성격을 내포한 <춘향전>이 풍부한 실정이다.

판소리 창본의 성격이 강화된 작품은 <토끼전>에서도 그대로 나타난다. 예컨대 <별주부곡>, <별주부전>, <퇴별가> 2종 등은 판소리 공연에 적합한 창본의 성격을 내포하고 있다. <흥부전>도 <박타령> 2종이 판소리 창본의 성격을 보여준다. 그런데 <화룡도> 2종과 <변강쇠전>은 판소리가 독서물로 변모된 특징을 보여준다. 따라서 호남 지역에 유통된 <춘향전>, <토끼전>, <흥부전> 등은 판소리 창본의 성격이 풍부한 반면에 <화룡도>와 <변강쇠전>은 판소리계 소설의 특징을 보여주고 있다.

영남 지역의 필사본 고소설 중에서도 판소리 및 판소리계 소설은 존재한다. 이런 점에서 영·호남 지역의 판소리 및 판소리계 소설의 이본을 비교한다면 지역 향유층의 성격을 구체적으로 파악할 수 있을 것이다. 영남 지역은 고소설 향유층이 읽을 수 있는 독서물이 필요했다. 그래서 영남 지역의 필사본 고소설은 이야기의 흐름이 강조된 판소리계 소설이 다수 유통되었다. 반면에 호남 지역의 필사본 고소설은 판소리 공연에 가까운 창본이 빈번하게 유통되었다. 이러한 영·호남 지역에 유통된 판소리와 판소리계 소설의 차이는 지역 향유층의 성격과 무관하지 않은 것 같다.

탁월한 인물의 군담적 활약을 다룬 영웅소설은 <김진옥전>, <대봉전>, <박씨전> 3종, <민시영전>, <소대성전>, <유충렬전>, <장두영

58) 남원향토박물관 소장본, <행열사라>는 <춘향전>의 이본이다.

전>, <정비전> 2종, <조웅전> 등과 같이 12종이 유통되었다. 호남 지역에는 영웅소설의 유통이 상대적으로 빈번하지 못한 것으로 보인다. 특히, 전국적 인기를 모았던 <유충렬전>과 <조웅전>도 1편씩 유통된 것으로 보아 매우 빈약한 실정이다. 그럼에도 호남 지역에는 <박씨전>이 풍부하게 존재한다. 따라서 호남 지역에는 <박씨전>을 제외한다면 영웅소설이 전반적으로 빈약한 실정이다.

영웅소설 중에서도 역사형보다 창작형이 풍부하게 나타난 것은 보편적 현상이다. 남성영웅소설 <김진옥전>, <대봉전>, <민시영전>, <소대성전>, <유충렬전>, <조웅전> 등과 여성영웅소설 <박씨전> 3종, <정비전> 2종은 주인공의 성별차이가 드러나지만 수량은 비슷하게 나타난다. 호남 지역에는 영웅소설이 빈약하지만 창작형 영웅소설은 그나마 풍부하다고 하겠다. 호남에서도 영웅소설은 유통되었지만 지역민의 작품 선호도는 영남 지역과 상당한 차이를 보여주고 있다.

호남 지역에서는 탁월한 군담적 능력을 지닌 주인공의 활약과 몰락한 가문을 번창시키는 영웅소설에 별다른 관심을 갖지 않은 것으로 추정된다. 반면에 영남 지역은 가문의 위기를 입신양명한 자녀들이 탁월한 활약을 통해서 가문을 재건하는 영웅소설에 상당한 관심을 보이고 있다.[59] 더욱이 영남 지역에는 <유충렬전>과 <조웅전>이 매우 빈번하게 유통되었지만, 호남 지역에는 이들 작품의 유통이 매우 빈약한 실정이다. 이러한 영·호남 지역의 필사본 영웅소설의 편차는 지역별 향유층의 성격과 연관되어 있다고 하겠다. 영남 지역은 조선후기 관직에서 소외된 남

---

59) 김재웅, 앞의 논문, 231-236쪽. 영남 지역에 유통된 필사본 고소설 가운데 영웅소설적 성격을 보여준 작품은 <임경업전>, <임진록>, <소대성전>, <조웅전>, <유충렬전>, <이대봉전>, <권익중전> 등이 있다. 그 중에서 <조웅전>과 <유충렬전>은 각각 7편이 영남 지역에서 유통되었다.

인계열 유학자들의 소망을 반영하고 있다면, 호남 지역은 영웅의 활약에 대한 기대심리를 나타내는 정도에서 머물렀던 것으로 생각된다. 따라서 영·호남 지역에 유통된 영웅소설의 편차는 지역별 향유층의 문화적 성격을 반영한 것으로 보인다.

가정소설에 해당하는 작품은 <문성기>, <장화홍련전> 2종, <조생원전> 2종, <정을선전>, <사씨남정기>, <창선감의록> 2종, <화씨충효록>, <하씨선행록> 등과 같이 11종이 유통되었다. 그 중에서도 계모형 갈등을 보여주는 작품은 <문성기>, <장화홍련전>, <조생원전> 등이고, 쟁총형 갈등을 보여주는 작품은 <사씨남정기>, <창선감의록>, <화씨충효록>, <화씨선행록> 등이다. 그리고 <정을선전>은 계모형과 쟁총형이 복합된 가정소설의 성격을 보여준다. 호남 지역에는 가족 간의 갈등과 화합을 다룬 가정소설의 유통이 풍부한 것은 아니다.

장편가문소설에 해당하는 작품은 <벽허담관제언록>, <유씨삼대록>, <창란호연록> 등이 유통되었다. 호남 지역은 가문 간의 혼사장애를 통한 가문의 번영과 번창을 내포한 장편가문소설의 유통이 매우 빈약한 실정이다. 이것은 호남 지역의 필사본 고소설 향유층의 성격을 반영한 것으로 생각된다. 호남 지역과 달리 영남 지역은 가정소설과 가문소설이 매우 풍부하게 유통되었다.[60] 이런 측면에서 영·호남 지역에 유통된 필사본 고소설의 유형적 편차를 구체적으로 확인할 수 있다.

이상에서 호남 지역에 유통된 필사본 고소설은 판소리 및 판소리계 소설이 대표적인 유형을 보여준다. 호남 지역은 공연문화 전통의 영향으로 판소리 및 판소리계 소설이 다수 유통된 반면에 영남 지역은 유교윤리의 영향으로 가족간의 갈등과 가문의 창달을 기원하는 가정소설, 가문

60) 김재웅, 앞의 논문, 229쪽.

소설이 풍부하게 유통되었다. 판소리와 판소리계 소설은 영·호남 지역에 유통되었다. 그런데 호남 지역은 판소리 공연에 필요한 창본이 풍부하게 유통되었다면 영남 지역은 판소리가 독서물로 정착된 판소리계 소설이 유통되었다. 이렇게 영·호남 지역에 유통된 필사본 고소설의 유형적 성격이 다른 것은 지역별 문화적 특징과 향유층의 의식을 반영하고 있기 때문이다.

3) 호남 지역에 유통된 필사본 고소설의 이본 비교

호남 지역의 필사본 고소설은 방각본이나 활자본의 출간과 더불어 유통 방식에 일정한 영향을 받았을 것으로 생각된다. 호남의 필사본 고소설은 전주에서 간행된 완판 방각본과 어느 정도 관련된 것으로 생각된다. 실제로 <박타령>②는 부분적으로 신재효본 <박타령>과 유사한 측면이 존재하면서도 경판본과 친연성을 보이고 있다.[61] 이런 점에서 필사본과 방각본의 영향관계를 고찰하여 호남 지역 필사본 고소설의 이본적 특징을 분석할 필요가 있다. 호남의 필사본 고소설이 어떤 이본과 영향관계를 맺고 어떤 방향으로 변모했는지를 분석해야만 작품의 성격과 독자층의 향유의식을 해명하는 데 도움이 되기 때문이다.

그런데 호남 지역의 필사본 고소설은 세책본이나 방각본, 활자본 등의 영향을 거의 받지 않고 유통된 것으로 보인다. 호남 지역의 필사본 고소설 향유층은 완판 방각본의 출간과 관계없이 필사본을 향유했던 것으로 생각된다.[62] 실제로 호남 지역의 필사본 고소설을 향유한 집안에 대한

61) 정충권, 『흥부전 연구』, 월인, 2003, 131-170쪽.
62) 호남 지역의 필사본 고소설과 방각본의 영향관계는 좀더 많은 이본을 검토하여 결론을 내릴 필요가 있다. 다만, <화룡도>①은 전주시 완산 양책방에서 필사된 점으로 보아 완

현장조사에서도 방각본이나 활자본을 필사한 경우는 거의 없었다. 호남 지역에 유통된 필사본 고소설은 방각본이나 활자본의 향유층과 어느 정도 구별되었을 것으로 추측된다.

호남 지역에 유통된 필사본 고소설 83종 가운데 이본을 제외하면 모두 54종이 존재한다. 이런 측면에서 호남 지역은 동일한 작품의 이본이 빈약한 반면에 다양한 종류의 필사본 고소설이 유통되었다. 그 중에서도 <각설이전>, <문성기>, <민시영전>, <백인창례록>, <아국열성록>, <유성대전>, <정소저전>, <주벽전> 등은 현재까지 유일본으로 존재한다. 더욱이 <각설이전>, <백인창례록>, <아국열성록>, <정소저전> 등은 이본 목록에도 등장하지 않는 새로운 작품이다. 특히 <백인창례록>의 필사기에는 "1913년 함열군에 사는 선비 장만연이 창작한" 것으로 나타난다. 이러한 필사본으로 존재하는 유일본은 언제나 새로운 작품이 발굴될 가능성이 높기 때문에 제한적 의미로 사용해야 한다.

호남 지역의 필사본 고소설 중에서는 <심청전>, <변강쇠전>, <춘향전>, <토끼전>, <박타령>, <화룡도> 등과 같은 판소리 및 판소리계 소설의 이본이 다수 존재하고 있다. 판소리 <장끼타령>의 소설본인 <꿩의전>과 <가짜신선타령>의 소설본인 <숙영낭자전>과 <옥단춘전>까지 포함하면 더욱 풍부한 실정이다. 판소리가 호남 지역에서 발생했기 때문에 판소리 및 판소리계 소설이 풍부한 것은 어쩌면 당연하다고 하겠다. 따라서 호남 지역의 향유층은 판소리 및 판소리계 소설을 애독한 것으로 보인다.

이러한 호남 지역에 유통된 필사본 고소설의 이본 변모양상을 고찰하여 작품의 성격을 파악해야 한다. 호남 지역의 필사본 고소설은 필사자

판본의 영향을 받았을 것으로 짐작된다. 좀더 구체적인 내용은 필사본 <화룡도>와 완판본 <화룡도>의 이본을 검토해야 한다.

와 향유자에 의해서 다양한 이본으로 파생되었다. 필사자의 지역, 신분, 계층, 성별 등에 따라서 작품의 변모양상이 나타나게 마련이다. 비록 작품의 구조적 변모와 주제의 변화로 탈바꿈하지는 못해도 새로운 내용을 첨삭하여 필사자와 향유층의 의식을 지속적으로 반영하고 있다.

호남 지역에서는 <토끼전>, <춘향전>, <매화전>, <화룡도>, <흥부전>, <심청전> 등과 같은 판소리 및 판소리계 소설이 매우 빈번하게 유통되었다. 이러한 판소리 및 판소리계 소설들은 호남 지역 향유층의 미의식을 단적으로 반영하고 있다. 호남 지역은 필사본 고소설이 상대적으로 빈약한 상황에서도 다양한 판소리 및 판소리계 소설이 유통되었음을 보여준다. 그 중에서도 <춘향전> 6종과 <토끼전> 4종이 가장 풍부하게 나타난다.[63] <춘향전>과 <토끼전>의 이본을 검토하면 호남 지역 향유층의 성격을 이해할 수 있다. 호남 지역에 빈번하게 유통된 <춘향전>과 <토끼전>을 상호 비교하여 이본의 변모를 살펴보고자 한다.

<춘향전>은 대체로 판소리 창본의 성격을 내포하고 있다. <별춘향전>②는 94장본으로 중간에 한문도 병기되어 있다. 이 작품은 일본인 교본소주가 필사한 <별춘향전> 계열에 속하는 작품이다. 호남 지역에서 새로 발굴한 <행열사라>는 98장본으로 <춘향전>의 이본 중에서도 독특한 제목을 보여준다. <행열사라>는 춘향의 '열행'에 초점을 두고 제목을 붙인 것이 아닌가 한다. 작품의 서두는 "슉종대왕 즉위 초의 국틱 민안하고 시화 연풍ᄒᆞ야 가급인족이라"로 시작하는 것으로 보아 <열녀춘향수절가> 계통이라 하겠다.

그런데 <옥중가인>[64]은 구활자본 <증상연예 옥중가인>을 베껴 쓴

63) 영남 지역에는 가족의 이별과 만남을 내포한 <강능추월전>이 가장 많이 유통되었다. 이런 점에서 영·호남 지역에 유통된 필사본 고소설의 편차를 뚜렷이 보여준다.
64) 박순호, 『한글필사본 고소설 자료총서』 47권, 오성사, 1986, 505-806쪽.

작품으로 추정된다.[65] 호남 지역에서 구활자본을 보고 필사한 경우는 <옥중가인>이 유일하다. 이 작품의 서두에는 이도령보다 월매와 춘향이 소개된 점이 특이하다. <옥중가인>은 판소리 창본보다 서사적 맥락을 강화하는 합리성을 추구한 결과 상업적 독서물의 성격을 보여준다. 이렇게 호남 지역의 <춘향전>은 판소리 창본의 성격을 내포한 <별춘향전>①, ②, <춘향전>③, <춘향가>④ 등이 풍부한 실정이다. <행열사라>는 <열녀춘향수절가> 계통을 보여준다면 <옥중가인>은 구활자본을 베껴 쓴 작품이다.

호남 지역에 유통된 <별춘향전> 2종과 <춘향가>, <행열사라> 등 판소리 창본에 가까운 작품이다. <별춘향전>은 '장단'과 '아니리'가 표시되어 있어서 판소리 공연의 사설로 활용된 측면을 보여준다. 판소리가 생성·발전했던 호남 지역의 공연문화에 걸맞게 향유층은 판소리 사설에 필요한 창본을 집중적으로 필사한 것이다. 그렇다면 영남 지역에는 어떤 계통의 <춘향전>이 유통되었는지 궁금해진다. 영남 지역의 <춘향전>은 '거동보소'와 같은 판소리 문체가 빈번하게 등장한다. 이렇게 필사본 <춘향전>은 영·호남 지역에서 빈번하게 유통되었지만 그 성격은 조금 달랐던 것으로 보인다. 호남 지역에는 판소리 사설로 사용된 창본이 우세하다면, 영남 지역에는 독서물로 정착된 판소리계 소설이 우세한 편이다. 따라서 <춘향전>은 영·호남 지역 향유층에 의해서 지역별 편차가 발생하고 있다.

호남 지역에 유통된 <토끼전> 4종은 판소리 창본의 성격을 내포하고 있다. <별주부곡>은 국한문혼용으로 필사되었다면 <별주부전>은 일본인 교본소주가 필사한 작품이다. <퇴별가> 2종에는 판소리 사설이 풍

65) 김진영 외, 『춘향전 전집』 9권, 박이정, 1999, 9-10쪽.

부하게 나타난다. 호남 지역에 유통된 <토끼전>은 판소리 창본의 성격을 뚜렷이 보여준다. 이렇게 호남 지역에 판소리 창본이 풍부한 점은 공연문화적 성격을 보여준 것이 아닌가 한다.

<흥부전>은 <박타령> 2종이 존재한다. 그 중에서도 <박타령>②는 일본인 교본소주가 필사한 작품으로 신재효 개작 이전의 면모를 확인할 수 있다는 점에서 주목된다.[66] 이 작품에는 "계축 6월 21일 김횡길 칙을 본을 받고 정유 시월월초오일 필집유하노라"와 같은 필사기록이 등장한다. 이것을 근거로 <박타령>은 1853년 유통된 <흥부전>의 초기본으로 추정하고 있다. 일본인 교본소주가 필사한 시기가 1897년이기 때문이다. 필사본 <박타령>을 경판본과 비교하면 주인공 홍보의 모습은 서민의 형상으로 등장한다. 이 때문에 필사본 <박타령>은 경판본과 가까운 이본이지만 신재효본과는 차이점을 뚜렷이 보여준다.

조선시대 효와 애정의 갈등을 다룬 <숙영낭자전>은 4종이 유통되었다. 그 중에서도 <숙영낭자전>④는 51장본으로 제목이 눈길을 끈다. 이 작품은 남성 주인공을 제목으로 설정한 <백선군전>이다. 호남 지역에 유통된 <숙영낭자전> 3종은 모두 여성 주인공 숙영낭자를 제목으로 설정하고 있다. 그런데 <백선군전>에는 남성 주인공 백선군을 제목으로 설정하고 있다.[67] 더욱이 <백선군전>은 숙영낭자가 아닌 남성 주인공 백선군을 중심으로 서사가 진행되고 있어서 기존의 <숙영낭자전>과 이본적 편차를 보여준다. 이렇게 호남 지역에는 <숙영낭자전>처럼 판소리계 소설의 발전과정에서 사라진 작품도 풍부한 실정이다.

<창선감의록> 2종과 <화문효행록>, <화씨충효록> 등은 <창선감의록>의 이본에 속한다. 이렇게 보면 <창선감의록>은 4종이 유통되었다.

---

66) 정충권, 「흥부전 연구」, 월인, 2003, 131-170쪽.

67) 남원향토박물관 소장본, <백선군전>은 <숙영낭자전>의 이본이다.

<화씨충효록>은 <창선감의록>을 장편 분량으로 확장한 작품인데 화진, 윤씨, 남씨 등의 3명의 부부가 심씨와 화춘 모자에게 박해로 고난을 겪다가 효행과 탁월한 능력으로 위기를 극본하고 가문을 재건하는 내용을 담고 있다. <화문효행록>도 <창선감의록>의 이본이 분명하다. 호남 지역에도 처첩 간의 쟁총갈등을 다룬 <창선감의록>이 유통되었다. 이런 점에서 <창선감의록>은 전국적으로 풍부하게 유통된 작품이라 하겠다.

유교 윤리적 규범과 효도를 중시하는 <진대방전>이 4종이나 유통되었다. 유교적 효성을 중시하는 <진대방전>은 전국적 유통양상을 보여준다. 예컨대 <진대방전>의 유통양상은 호남(4종), 영남(2종), 충청(1종), 서울과 경기(1종) 등으로 나타난다. 이렇게 조선후기에 효성를 강조하는 <진대방전>은 전국적 분포를 보여준다. 그리고 병자호란을 배경으로 하는 여성 영웅소설 <박씨전>도 3종이 유통되었다. 판소리의 문체가 등장하는 <옥단춘전> 3종은 작품의 내용이 <춘향전>과 유사한 측면도 존재한다. 그렇다고 <춘향전>의 이본으로 보기에도 문제가 있다. 호남 지역에는 <진대방전>, <박씨전>, <옥단춘전> 등이 풍부하게 유통되었다.

이밖에도 호남 지역에는 <장화홍련전>, <서한연의>, <매화전>, <두껍전>, <정비전>, <조생원전> 등은 2종이 각각 유통되었다. 이들 작품에 대한 이본 관계와 이본 비교도 시도할 필요가 있다. 그래야만 호남 지역에 유통된 필사본 고소설의 이본적 성격과 향유층의 미의식을 분명하게 파악할 수 있기 때문이다. 그런데 호남 지역 필사본 고소설의 이본을 비교한다는 것은 쉬운 작업은 아니다. 필사본 고소설의 소장자가 작품을 공개한 경우도 있지만 상당수는 아직까지 작품의 전모를 공개하지 않고 있는 형편이다. 그래서 작품을 분석하여 이본 관계를 검토하는 작업은 작품 공개 후에나 가능할 것으로 생각된다.[68]

4) 호남 지역에 유통된 필사본 고소설의 향유층

필사본 고소설의 필사기록을 분석하여 호남 지역에 유통된 작품의 종류와 유형적 특징을 파악하였다. 이러한 작품의 필사기록에 남아있는 필사자의 이름과 지역, 성별과 연령, 필사시기와 기간, 필사목적과 독자의식 등에 대한 실증적 고찰은 필사본의 종류와 문학적 성격 및 향유층에 대한 내용을 구체적으로 파악할 수 있는 근거가 되기에 충분하다. 실제로 호남 지역에 대한 현장조사에서 작품 소장자, 필사자, 독자층 등을 만나지 못해도 그 자녀나 친척들을 통해서 작품의 유통을 밝힐 수 있다. 이 때문에 고소설의 필사기록을 토대로 현장조사를 실시하는 것이 무엇보다 중요하다고 하겠다.

호남 지역에 유통된 필사본 고소설은 누가 향유했을까? 이런 질문에 대답하기 위해서 작품의 향유층에 대한 실증적 연구를 실시해야 한다.[69] 필사본 고소설은 필사자가 작품을 필사한 뒤에 자신의 느낌이나 필사시기와 기간, 필사자의 성별과 이름, 신분계층 등을 남기고 있어서 주목된다. 이러한 단서에 주목하여 필사본 고소설의 지역별 유통양상과 필사자의 성별과 신분계층 등과 같은 향유층의 다양한 정보를 파악하고자 한다.

---

68) 필사본 고소설의 지역별 유통양상과 향유층에 대한 연구에서 가장 어려운 작업은 바로 필사본 고소설의 실물을 확인하는 것이다. 개인 소장본이나 기관 소장본을 공개하여 필사본 고소설 연구에 상당한 도움을 받았다. 그 분들의 배려에 깊이 감사드린다. 하지만 개인이나 기관이 소장한 작품을 확인하는 데 상당한 시간과 비용이 들뿐만 아니라 작품을 공개하지 않아서 연구에 어려움을 겪고 있다. 필사본 고소설 소장자의 관심과 배려가 좀더 요청된다고 하겠다.

69) 이상택, 『한국 고전소설의 이론』, 새문사, 2003, 30-54쪽. 이창헌, 「한국 고전소설의 표기 형식과 유통 방식」, 『한국 고전소설의 세계』, 돌베개, 2005, 226-250쪽. 여기서도 고소설의 실증적 연구의 필요성과 중요성을 제기하고 있다.

(1) 남성 필사자와 여성 향유층의 증가

호남 지역의 필사자와 향유층에 대한 실증적 조사는 고소설의 다양성을 이해하는 데 도움을 준다. 고소설 향유층에 대한 실증적 접근은 작가층에 대한 연구를 파생시키는 계기가 될 것이다. 적어도 필사본 고소설의 필사자는 작가와 유사한 임무를 띠고 있기 때문이다. 한 걸음 나아가 필사본 고소설의 향유층에 대한 접근은 방각본이나 활자본과 비교하여 필사본 고소설의 특징을 파악할 수도 있다. 따라서 호남 지역 필사본 고소설의 향유층에 대한 실증적 접근은 고소설의 실체를 구체적으로 밝히는 단초가 되기에 충분하다.

호남 지역 필사본 고소설은 여성보다 남성에 의해서 필사된 것으로 보인다. 남성이 고소설을 필사한 경우는 35종이고 여성이 고소설을 필사한 경우는 28종으로 나타난다.[70] 호남 지역은 여성보다 남성에 의해서 고소설의 필사와 향유가 지속되었다는 점에서 주목된다. 이러한 호남 지역 필사본 고소설의 향유층을 성별로 구분하여 제시하면 다음과 같다.

---

70) 호남에 유통된 필사본 고소설의 향유층에 대한 현장조사를 지속하면 남성보다 여성 향유층의 비중이 높아질 수도 있을 것이다. 다만, 현재까지 확인한 자료를 통해볼 때 남성이 작품을 필사한 경우가 많은 편이다.

남성 필사자 향유자 (35종)	<구운몽>, <남씨충효열행록>, <김씨효행록>, <대봉전>, <문성기>, <박씨전>①, <백인창례록>, <곽씨회행녹>, <박태보전>①, <변강쇠전>, <사씨남정기>, <서한연의> ①, <초한전>②, <심청전>, <아국열성록>, <이화정기우기>, <옥단춘전>①, <옥단춘전>③, <정수경전>, <장두영전>, <주벽전>, <진시천선록>, <별춘향전>②, <춘향가>④, <별주부전>②, <퇴별가>③, <퇴별가>④, <팔상록>, <하씨선행록>, <화룡도>①, <화룡도>②, <행열사라>⑤, <홍무왕연의>, <박타령>①, <박타령>②
여성 필사자 향유자 (28종)	<강능추월전>, <꿩의전>, <김진옥전>, <매화전>①, <매화전>②, <박태보전>②, <둑겁전>②, <숙영낭자전>④, <소대성전>, <숙영낭자전>①, <숙영낭자전>②, <숙영낭자전>③, <양태백전>, <월봉기>, <유성대전>, <유충렬전>, <장화홍련전>①, <장화홍련전>②, <정설매전>①, <정비전> ②, <정소저전>, <정을선전>, <진대방전>③, <진대방전>④, <창란호연록>, <별춘향전>①, <춘향전>③, <화씨충효록>

호남 지역에 유통된 필사본 고소설을 남성이 베낀 경우는 풍부한 편이다. 남성이 필사한 작품은 <구운몽>의 김영주, <남씨충효록>의 김서방・남서방, <김씨효행록>의 권재갑, <박타령>의 유용석 등이다. <박태보전>①은 조씨 집의 당호로 광오재, 완월재가 등장할 뿐 아니라 남성이 선호한 작품이다. 그리고 <서한연의>와 <초한전>에는 승련서재, 신정휴와 같은 남성의 공간과 남성 이름이 등장한다. 이렇게 남성의 공간인 서재에서 작품을 필사했다면 필사자는 남성일 가능성이 매우 높다. <진씨천선록>의 정병석, <퇴별가>의 정즉산, <홍무왕연의> 등은 남성이 등장할 뿐만 아니라 남성이 선호한 작품이다. 더욱이 <이화정기우기>는 17세기 후반에 형성된 <숙향전>의 이본이다. 이 작품의 말미에는 전라도 지역의 진남루와 피향정 등과 같은 건축물이 기록되어 있다. 그래서 <이화정기우기>는 전라도에서 한문을 해독할 수 있는 남성에 의해서 유통된 것으로 추정된다.

호남 지역에는 승려가 필사한 작품도 존재한다. <장두영전>은 영웅소설 <장풍운전>의 한문본으로 승려 법진이 필사했다. 내장산 영은사 원적암의 법진스님이 한문본 <장두영전>을 필사한 것이다. 이러한 승려가 필사자로 등장하는 작품은 <팔상록>에도 나타난다. <팔상록>은 망덕산 용은암 신성일운이 필사한 작품이다. <팔상록>은 부처님과 연관된 작품이지만 <장두영전>은 영웅소설로 작품의 성격이 전혀 다른 작품이다. 이렇게 호남 지역의 승려가 절집에서 <장두영전>과 <팔상록>을 필사했다는 점에서 주목된다.

한편, 여성이 필사한 작품은 상대적으로 빈약한 실정이다. 애정소설 <매화전>②는 여성들의 주소와 이름이 적힌 필사기록이 등장하는 것으로 보아 여성이 필사한 것으로 추측된다. 더욱이 <강능추월전>의 신규선, <꿩의전>의 이춘상, <장화홍련전>의 이복순, <정설매전>의 두포댁, <정을선전>의 김정임 등은 모두 여성이 필사한 작품이다. 이렇게 호남 지역은 여성이 고소설을 필사한 경우는 남성에 비하여 다소 빈약하게 나타난다. 호남 지역의 여성이 한글을 배울 수 있는 문화적 환경과 기회가 영남 지역보다 상대적으로 열악했던 것으로 보인다. 호남 지역에는 남성이 여성에 비하여 고소설 필사에 적극 동참한 것이 아닌가 한다.

호남 지역은 남성이 35종의 고소설을 필사했다면 여성은 28종의 고소설을 필사했다. 호남 지역은 영남 지역에 비하여 양반이나 선비집안의 여성이 상대적으로 빈약하다. 이 때문에 호남 지역은 영남 지역보다 남성 필사자의 비율이 상대적으로 높게 나타나고 있다. 하지만 실제로 현장조사를 실시하면 필사본 고소설을 지속적으로 향유한 것은 남성 집안의 여성일 가능성은 매우 높은 실정이다. 다만, 양반 집성촌의 문화적 전통이 와해된 호남 지역은 고소설의 필사자와 향유층의 존재를 확인하기가 쉽지 않을 따름이다.

호남 지역에 유통된 고소설은 여성에 비하여 남성이 필사한 경우가 우세한 편이다. 이것은 호남에서 고소설을 필사할 여성 향유층의 존재가 미약했던 것으로 생각해볼 수 있다. 영남에는 필사본 고소설을 베낄 수 있는 양반 집안이나 학자 집안의 여성이 많았다고 한다면, 호남에는 필사본을 향유할 수 있는 양반과 학자가 빈약했던 것이다. 이런 점에서 영·호남 지역의 필사본 고소설 향유층의 수용미학을 비교할 수 있는 길이 열린다.[71] 영·호남 지역에 유통된 필사본 고소설 가운데 향유층의 성격과 신분계층 및 문화적 차이를 분석할 수 있다. 이러한 영·호남의 필사본 고소설의 차이는 지역별, 성별, 신분계층별 향유층의 문화적 기반을 반영한 것으로 보인다.

이밖에도 호남 지역에는 일본인 교본소주가 필사하거나 소장한 작품이 다수 존재한다. 여기에 해당하는 작품은 <박씨전>, <심청전>, <옥단춘전>, <별주부곡>, <별춘향전>, <박타령> 등과 같이 모두 하버드대학교 소장본이다. 일본인 교본소주는 1894년 3월에 부산에 머물다가 1896년 나주 남평 망미루에 살면서 고소설을 필사했다. 조선에 머물면서 한글을 공부하기 위해서 고소설을 필사하거나 소장한 작품이 어떤 연유에서 하버드대학교 연경도서관으로 건너갔는지는 자세하게 알 수 없다. 다만 조선후기 동래에 거주하던 일본인 교본소주는 통역관이 되기 위해서 한국어 공부를 하려고 필사본 고소설에 관심을 가졌다.[72] 그 당시에 일본인이 한국어를 공부하기 위해서 고소설을 필사했다는 점은 흥미롭다.

---

71) 김경미, 「수용미학과 고소설 독자 연구」, 『고소설의 저작과 전파』,아세아문화사, 1994, 473-493쪽.

72) 허경진, 「고소설 필사자 하시모토 쇼요시의 행적」, 『동방학지』 112집, 연세대 국학연구원, 2001, 1-40쪽.

(2) 농한기를 이용한 집중적 필사

호남 지역에 유통된 필사본 고소설의 필사시기는 대체로 19세기 후반에서 20세기 중반으로 나타난다. 필사본 고전소설 중에서 필사시기를 정확하게 확인할 수 있는 작품은 <각설이전>(1952), <박씨전>② 광서2년(1876), <둑겁전>① 대정15년(1926), <숙영낭자전>④ 명치45년(1912)-대정2년(1913), <장두영전> 대청광서15년(1889), <주벽전> 광서18년(1892), <진대방전>① 소화3년(1928), <별주부곡>① 명치45년(1912), <하씨선행록> 개국 504년(1895), <화문효행록>① 융희4년(1910) 등과 같다. 이러한 호남 지역 필사본 고소설은 1876년에서 1952년까지 약 80년간 필사의 전통을 유지한 것으로 보인다.

그렇다면 호남 지역에 유통된 필사본 고소설의 필사기간은 어느 정도일까? <김진옥전>은 "정묘신월염오일근서, 무진원월순육일근서"로 나타난다. 이 작품은 정묘(1927)년 신월(7월) 염5일 또는 무진(1928)년 원월(1월) 순6일에 필사된 것이다. 작품의 분량이 적은 <김진옥전>은 1927년 7월 5일에서 1928년 1월 6일까지 필사했을 가능성은 희박하다. 더욱이 작품의 표지에는 계해(1923)년이라는 필사기록도 등장한다. 이 때문에 <김진옥전>의 필사 시기는 정확하게 파악하기 어렵지만 필사 기간은 여름에서 겨울까지로 파악할 수 있다.

<민시영전>은 기해(1899)년 12월 5일에서 8일까지 필사되었다. 이 때문에 <민시영전>은 가장 짧은 기간에 필사를 끝마친 작품이다. <월봉기>는 갑오(1894)년 5월에 필사되고 이듬해 1895년 8월에 책을 만들었다. 이런 점에서 고소설을 필사한 다음 곧바로 책을 만들기도 하지만 상당한 시간이 흐른 뒤에 책을 만들기도 했다. <진대방전>은 정묘(1927)년 12월에서 무진(1928)년 1월 19일 필사했다. 필사 기간은 한 달 보름가량

이 소요되었다. <행열사라>는 기유(1909)년 2월 18일에서 12월까지 필사한 것으로 보인다. <이화정기우기>는 임신(1872)년 8월에서 계유(1873)년 1월까지 6개월 동안 필사되었다.

<구운몽>은 임자(1912)년 3월에서 5월까지 필사되었다. <구운몽> 3권은 한 달에 1권씩 필사한 것으로 보인다. 3권으로 구성된 <하씨선행록>은 을미(1895)년 9월 15일, 10월 13일, 12월 8일에서 18일까지 각각 필사한 것으로 보인다. 한편, 여러 권으로 분권된 장편가문소설 <창란호연록>은 을유(1909)년 3월 19일, 갑인(1914)년, 정사(1917)년 2월 등과 같이 다양한 필사 기간이 등장한다. 따라서 호남 지역의 필사본 고소설은 분량에 따라서 필사 기간이 상당한 차이가 나타나고 있다. 분량이 적은 작품은 한 달 보름정도에 필사했다면 분량이 많은 작품은 여러 달 또는 해를 거듭하며 필사한 것이다.

호남 지역의 고소설은 대체로 1900년에서 1930년까지 왕성한 필사를 보여준다. 이때는 정치, 경제, 사회, 문화 등에서도 전통과 신문물이 충돌하는 격동의 시대이다. 이러한 조선후기에서 대한제국을 거쳐 일제강점기로 이어지는 혼란한 시기에 필사된 작품은 매우 풍부하다.[73] 그렇다면 호남 지역의 필사본 고소설은 왜 격동의 혼란기에 가장 풍부하게 유통되었을까? 서구의 문물과 일제의 억압을 벗어날 수 있는 탈출구로 필사본 고소설을 향유한 것은 아닐까? 적어도 고소설을 필사하고 향유한

---

73) <계상국전>(1914), <구운몽>(1912), <김씨효행록>(1915), <대봉전>(1906), <매화전>②(1930), <곽씨회행록>(1903), <박태보전>(1912), <변강쇠전>(1927), <둑껍전>(1926), <서한연의>①(1906), <초한전>②(1924), <숙영낭자전>③(1927), <양태백전>(1930), <옥단춘전>①(1900), <옥단춘전>③(1911), <유성대전>(1911), <유씨삼대록>(1904), <이수문전>(1903), <정수경전>(1909), <정설매전>(1911), <정을선전>(1905), <조생원전>①(1917), <진대방전>①(1928), <진대방전>②(1912), <창란호연록>(1909), <별춘향전>①(1917), <별주부곡>①(1912), <퇴별가>③(1917), <화문효행록>①(1910), <화씨충효록>②(1923), <화룡도>②(1902), <박타령>①(1903).

호남 지역의 향유층은 신문물의 수용보다 고소설을 필사하고 향유하는 전통을 지속한 것으로 보인다.

필사본 고소설에 나타난 필사기는 60년의 편차를 보여주고 있지만 현장조사를 통해서 대체적인 필사시기를 확정할 수 있다. 1876년에 필사된 <박씨전>②와 1936년에 필사된 <매화전>①까지 약 60년의 시간 차이를 보여준다. 더욱이 <옥단춘전>은 1940년에 필사되고 1942년에 책으로 만들어졌다는 사실이 필사기에 나타난다. 이밖에 <각설이전>은 한국전쟁 당시인 1952년에 고전소설을 향유한 것으로 나타난다. 호남 지역의 향유층은 조선시대 말기부터 일제강점기 및 한국전쟁 때까지 지속적으로 고소설을 필사하고 향유한 것으로 보인다. 이러한 필사기록은 호남 지역민의 고소설 향유과정을 가늠해볼 수 있다는 측면에서 주목된다.

그렇다면 호남 지역에 유통된 고소설은 언제 필사했을까? 작품에 기록된 필사기를 분석하면 대부분 농한기에 집중적으로 필사되었음을 확인할 수 있다. 호남 지역의 농업형태로 볼 때 농한기는 주로 겨울에 해당한다. 고소설이 필사된 1876년에서 1952년까지 약 80년간 호남 지역에서 필사된 작품을 농번기와 농한기로 구분하여 제시하면 다음과 같다.

월별	필사 시기	비고
1-2월 (26편)	<김씨효행록>(1월30일), <매화전>(2월5일), <박태보전>(1월20일), <박태보전>(1월11일), <두겁전>(1월5일), <심청전>(2월10일), <숙영낭자전>③(1월20일), <숙영낭자전>④(1월) <양태백전>(1월25일), <옥단춘전>②(1월8일), <옥단춘전>③(12월19일), <유씨삼대록>(1월13일), <유충렬전>(1월8일), <정설매전>(2월), <정수경전>(1월25일), <정을선전>(1월), <조생원전>②(12월10일), <진대방전>①(1월19일), <진대방전>②(2월4일), <진대방전>④(1월22일), <별춘향전>(2월6일), <화룡도>(1월), <홍무왕연의>(1월12일), <박타령>(12월하순), <화문효행록>(1월), <창선감의록>(2월)	농한기
11-12월 (10편)	<대봉전>(12월2일), <대방전>③(11월25일), <민시영전>(12월5일-8일), <박씨전>(11월28일), <곽씨효행록>(11월3일), <숙영낭자전>②(11월), <유성대전>(12월10일), <별주부곡>(12월1일), <퇴별가>(11월1일) <춘향전>⑤(12월)	농한기
기타 (14편)	<구운몽>(3월-5월), <매화전>(윤3월), <백인창례록>(3월7일), <초한전>(4월), <변강쇠전>(4월), <서한연의>(8월), <이화정기우기>(8월-1월), <장두영전>(7월), <조생원전>(8월), <별주부전>(동10월망일), <주벽전> (10월15일), <춘향가>(6월), <월봉기>(5월), <창란호연록>(3월19일)	농번기

호남 지역에 유통된 고소설은 농한기에 무려 36종이 집중적으로 필사되었다. 여기에 반해 농사일이 바쁜 농번기에는 14편이 필사되었다. 비록 농한기는 아니라고 할지라도 모내기를 끝낸 시기, 논매기를 하는 중간, 백중을 전후한 한여름에도 잠시 휴식할 시간이 있었다.[74] 이러한 휴식 시간에도 비교적 분량이 적은 고소설을 필사한 것으로 추측된다. 따라서 호남 지역에서는 농한기와 농사 중간의 휴식시간에 고소설을 집중적으로 필사하였다. 이러한 필사시기와 기간을 추적하면 고소설 향유층

74) 호남 지역 농사주기는 농한기와 농번기로 구분할 수 있다. 그럼에도 농번기 사이에도 잠시 휴식을 취할 수 있는 여유가 존재한다. 예컨대, 논농사의 경우 모내기를 끝내고 김매기를 할 때와 백중놀이 때는 시간적 여유가 있다. 이러한 휴식기에는 단편 분량의 필사본 고소설을 필사한 것으로 보인다.

에 대한 신분계층을 짐작하기에 충분하다.

그런데 <구운몽>, <초한전>, <서한연의>, <창란호연록> 등은 분량이 비교적 많은 장편소설이다. 이러한 작품은 양반집안의 남성이나 여성에 의해서 필사되었기 때문에 농번기에도 필사의 전통을 유지했다. 그리고 <장두영전>은 국문이 아닌 한문으로 필사된 것으로 보아 남자 승려가 필사한 것이 분명하다. 그래서 논농사의 주기와 관계없이 <장두영전>을 필사한 것으로 보인다. 이런 측면에서 호남 지역에 유통된 필사본 고소설은 농사주기와 밀접한 관련이 있다고 하겠다. 당시 넓은 평야를 가진 호남의 자연지리적 환경에서 농사를 짓던 향유층이 필사본 고소설의 유통에 일정한 영향을 미친 것을 보인다.

요컨대, 호남 지역 향유층은 농한기에 단편소설을 필사한 반면에 농번기에는 비교적 분량이 많은 장편소설을 필사했다. 이러한 작품의 필사시기를 통해서 향유층의 신분 계층도 구분할 수 있다. 농한기에 작품을 필사한 경우는 신분이 양반이기는 하지만 집안이 가난하여 농사를 지을 수밖에 없었을 것이다. 농번기에 작품을 필사한 경우는 신분이 양반일 뿐만 아니라 경제력도 갖춘 것으로 보인다. 따라서 호남 지역은 농번기에도 작품을 필사할 수 있는 양반과 농한기에 작품을 필사해야 하는 선비로 구별할 수 있다. 이렇게 보면 호남 지역 필사본 고소설은 경제력을 갖춘 양반이나 경제력을 갖추지 못한 선비집안에서 적극적 향유한 것이다.

(3) 필사본 고소설 향유층의 신분계층

호남 지역의 고소설은 어떤 신분계층에서 필사하고 향유했을까? 호남 지역에 유통된 필사본 고소설의 향유층을 구분하는 작업은 쉽지 않다.

1876년에서 1952년까지 고소설을 필사하고 향유한 사람들의 신분계층을 구분하는 작업은 현장조사가 필수적이기 때문이다. 이런 점에 착안하여 호남 지역 필사본 고소설의 유통현장에 대한 실증적 연구를 수행할 필요가 있다. 호남 지역 필사본 고소설을 향유한 독자층에 대한 신분계층을 양반과 선비 및 학자로 구분하여 제시하고자 한다.75)

	남 성	여 성
양반 계층 (11종)	<구운몽> 김영주, <박태보전>① 광오재, 완월재, <사씨남정기>(한문본), <서한연의>① 승련서재, <박타령>① 이총석(남해 현감), <아국열성록>(한문본) 김씨, <이화정기우기>(한문본), <홍무왕연의> 전0복	<강능추월전> 민도사댁 신규선, <박태보전>② 윤실댁, <창란호연록> 강기택 집안의 15세 소녀
선비 학자 계층 (29종)	<김씨효행록> 권재갑, <대봉전> 채점용, <곽씨회행녹> 최생원, <백인창례록> 선비 장만연, <주벽전> 김중원댁, <하씨선행록> 김태을, <옥단춘전> 호은 윤기병, <정수경전> 호은 윤기병, <초한전> 신정휴, <춘향전>⑤ 조중연	<평의전> 이춘상, <김진옥전> 허갑순, 허남순, <둑겁전>② 김형순, <숙영낭자전>② 이생원댁 여성, <숙영낭자전>③ 김소저 김권순, <숙영낭자전>④ 홍생원댁의 여성, <별춘향전>① 초강 냇머리댁, <춘향전>③ 홍0화, <유충렬전> 한복단, <화씨충효록> 윤해람, <장화홍련전> 이복순, <양태백전> 이복순, <매화전>① 김수림, <매화전>② 여성 이름 등장, <정설매전> 두포댁, <정소저전> 하남댁, <정을선전> 김정임, <진시천선록> 정병석, <진대방전>④ 이주사의 모친

호남 지역에 유통된 필사본 고소설의 향유층에 대한 연구는 작품의 지역성과 독자층의 향유의식을 파악하는 데 도움을 준다. 호남 지역에 유통된 필사본 고소설은 남성이 필사하고 향유한 것인지 아니면 남성이

75) 선비 및 학자는 신분은 양반이지만 경제력을 갖추지 못한 몰락양반을 말한다.

필사하고 여성이 향유한 것인지는 구체적인 현장조사를 해야 한다.[76] 호남 지역 고소설의 필사기록과 현장조사를 통해서 신분계층을 구별한 결과 양반계층에서는 11종, 선비계층에서는 29종을 향유했다. 호남 지역 필사본 고소설은 유학을 공부하는 선비집안의 여성들이 풍부하게 작품을 향유한 것으로 보인다.

양반 집안에서 향유한 <강능추월전>은 변산의 민도사댁에 소장되었거나 민도사댁의 신규선이라는 여성이 필사한 것이다. <박태보전>①은 광오재나 완월재에서 필사되거나 향유된 것으로 보인다. <박태보전>②는 해남 윤씨 집안에 소장된 것으로 보아 양반 집안에서 향유한 작품이다. <서한연의>는 승련서재에서 필사하거나 향유한 것이다. <이화정기우기>는 한문 능력이 뛰어난 양반 남성이 필사한 것으로 보인다. 따라서 호남 지역의 필사본 고소설은 양반 집안에서 향유한 경우는 상대적으로 빈약한 실정이다.

선비집안에서 향유한 필사본 고소설은 상당히 많은 비중을 차지하고 있다. <김진옥전>은 보성군 득량면 오봉리에 살았던 허갑순과 허남순 자매가 필사한 작품이다. 더욱이 작품의 표지에 '규중소설'이라 기록되어 있어서 호남의 규방에서 향유된 것이다. 규방에서 <김진옥전>을 향유했다면 양반이거나 경제력을 갖춘 선비집안의 여성이 분명하다. <숙영낭자전>④는 임실군 화동면 오봉리의 홍생원 댁의 여성이 향유한 작품이다. 오봉리 효촌의 이장과 마을주민들은 홍생원 댁에 살았던 사람들

76) 호남 지역에 대한 현장조사는 2009년 8월 1일부터 10일까지 실시하였다. 호남 지역에서 유통된 필사본 고소설의 필사기를 토대로 현장조사를 실시했음에도 많은 성과를 올리지 못했다. 그 이유는 현장조사 과정에서 필사기에 기록된 이름을 제적부를 통해서 거꾸로 추적하는 일이 쉽지 않았다. 이 때문에 필사기록을 토대로 필사자의 신원을 확인하는 현장론적 연구는 위기에 봉착하기도 했다. 그래도 필사본 고소설의 유통현장과 지역을 실제로 답사하여 몇 가지 새로운 사실을 확인하기도 했다.

을 기억하고 있었다.[77] 홍생원 댁의 여성이 <숙영낭자전>의 이본이기도 한 <백선군전>을 향유한 것으로 보인다.

<별춘향전>은 정읍시 이평면 오금리 각목마을에 살았던 초강 할머니가 필사한 작품이다. 실제로 현장을 조사할 때 각목마을의 김귀례(88세) 할머니는 초강에 살았던 냇머리댁에 대해서 자세하게 증언해주었다.[78] <춘향전>의 이본이기도 한 <행열사라>는 영암군 곤일시면 당리에 살았던 청년 조중연이 필사했다. 이 작품은 마을 청년 조중연이 필사하고 향유한 이본이라는 점에서 주목된다. 영암군 당리에는 조씨들이 많이 살고 있었지만 아쉽게도 작품을 필사한 조중연의 행적을 찾지는 못했다.[79] 아마도 영암군 당리에 살았던 조씨집안의 청년 조중연이 <행열사라>를 필사하고 향유한 것으로 추정된다.

<꿩의전>은 임실군 지사면 지사리 사촌마을에 살았던 이춘상(1860-1950)이 필사했다. 필사기에 등장하는 이교익(1855-1930)은 작품 소장자일 뿐이다. 실제로 <꿩의전>을 필사하고 향유한 경우는 이교익의 아내 이춘상이다.[80] 그리고 <유충렬전>은 임실군 삼계면 오송리에 살고 있

77) 2013년 3월 11-12일까지 작품을 소장한 홍생원 댁에 대한 현장조사를 실시했다. 마을에 살았던 홍생원은 서울로 이사를 가서 더 이상 추적할 수 없었다. 다만, 효촌에 살았던 홍생원 댁의 아들이 한국전쟁 때까지 면사무소에 근무했다고 마을 이장이 증언해주었다.

78) 2009년 8월 7일 현장조사에서 김귀례 할머니는 냇머리댁이 자신보다 30살 연상이고 집안이 가난했으나 글을 잘했다고 한다. 오금리 인근에 살았던 초강의 냇머리댁은 집집마다 다니면서 필사본 <춘향전>과 같은 소설책을 자주 읽어주었다고 한다. 이런 점을 종합해볼 때 <별춘향전>은 오금리 인근에 살았던 초강 냇머리댁 할머니가 필사하여 마을 주민들에게 작품을 읽어준 것으로 보인다.

79) 2013년 3월 19일 현장조사에서 마을이장과 주민들은 조중연을 기억하지 못했다. 그래서 면사무소에 확인을 요청했지만 쉽게 확인할 수가 없었다.

80) 2009년 8월 5일 현장조사에서 지사리 마을 주민과 증손자 이석환(59세)의 증언에 의하면 이교익은 한학을 했으며 동몽교관으로 효성의 본보기가 되었다고 한다. <꿩의전>은 이교익의 부인인 이춘상이 손수 필사했다고 한다.

는 한복단이 필사했다. 현장 조사에서 만난 아들 정종호(49세)는 필사본 고소설을 소장했던 어머니 한복단을 뚜렷이 기억하고 있었다.[81] 이 작품들은 고소설의 필사기록을 토대로 현장조사가 얼마나 중요한지 뚜렷이 보여준다.

<화씨충효록>은 정읍시 산외면 평사에 살았던 임무규가 필사하거나 소장했던 것으로 보인다. 필사지역에 대한 현장조사에서 후손 임광순(남, 73세)은 자신의 할머니 윤해람(1891-1984)이 <사씨남정기>와 같은 필사본을 읽는 것을 실제로 보았다고 증언해주었다.[82] <장화홍련전>과 <양태백전>은 임실군 오수면 신기리에서 필사된 것으로 보인다. <장화홍련전>은 전주이씨 집성촌의 이복순이 필사하여 시집갈 때 가져간 것으로 추정된다. 더욱이 <양태백전>의 필체가 <장화홍련전>과 동일하기 때문에 이복순이 필사한 작품이 분명하다.[83]

<박타령>은 고창군 고창읍 성두리 새새골에 살았던 유총석이 필사했다. 유총석은 고종 26년(1889)에 진해현감에 제수된 뒤에 퇴임하여 고창읍 성두리 상성마을에 살았다. 그는 새새골에 살았던 신재효의 효심에 감복하여 성두본을 손수 필사한 것으로 보인다. 신재효본 <박타령>을

81) 2009년 8월 5일 현장조사에서 정종호는 어머니 한복단(1915-2001)이 삼계면 대멀 지역의 학자집안에서 성장하여 이곳 오송리로 시집왔다고 한다. 그렇다면 <유충렬전>은 한복단이 18세에 필사한 것으로 추정된다. 정종호의 부친 정영균과 할아버지 정철수는 한학자 집안이고 서당 훈장을 지냈다고 한다.

82) 2009년 8월 6일 현장조사에서 임광순은 윤해람 할머니가 손자에게도 고소설을 읽어주었다고 한다. 윤해람 할머니는 해남 윤씨 양반 집안에서 출생하여 나주 임씨 양반 집안으로 시집왔다고 한다. 이렇게 보면 후손 임광순의 할아버지 임혁규(1893-1958)와 결혼한 윤해람이 손수 작품을 필사한 것이다.

83) 2009년 8월 5일 현장조사에서 마을 주민 이강환의 증언에 의하면 전주 이씨 집안의 딸인 이복순이 말고 작품을 필사할 사람은 없다고 한다. 안타깝게도 현장조사에서 면사무소 제적부를 확인한 결과 이복순은 찾지 못했다. 이렇게 신기리에서 출생한 이복순이 작품을 필사하여 시집갈 때 가져간 것으로 보인다. 신기리는 전주 이씨 효령대군 자손의 집성촌이다.

유충석이 손수 필사한 것은 신재효의 위상을 높어주려는 의도를 담고 있었다고 한다.[84] <매화전>은 부안군 보안면 부곡리 김수림이 필사한 것으로 보인다. 아쉽게도 현장조사에서 김수림의 정확한 생몰연대를 면사무소와 마을 주민들에게 수소문하였으나 찾지 못했다.[85]

그런데 <김씨효행록>은 정읍시 소성면 연동리 연천마을에 살았던 권재갑(1897-1980)이 필사했다. 마을주민 이운학과 권재갑의 친척인 권경태(89세) 할아버지의 증언에 의하면 권재갑은 한학을 공부했으며 유교윤리적 규범을 학생들에게 가르쳤다고 한다. 이런 점에서 <김씨효행록>은 권재갑이 학생들의 공부와 유교윤리를 강의하기 위해서 필사한 것으로 보인다.[86] 따라서 <김씨효행록>은 선비집안 및 학자집안의 남성에 의해서 향유되었다고 하겠다.

이상에서 호남 지역에 유통된 필사본 고소설의 향유층을 신분 계층별로 구분해보았다. 호남 지역에서는 양반계층보다 선비계층 및 학자계층에서 필사본 고소설을 자주 향유한 것으로 보인다. 특히 양반계층에서는 남성이 여성보다 고소설을 많이 향유한 반면에 선비계층 및 학자계층에서는 여성이 남성보다 고소설을 많이 향유한 것으로 나타난다. 이렇게 호남 지역 필사본 고소설의 향유층은 선비계층 및 학자계층의 여성이

84) 2009년 8월 7일 현장조사에서 마을 주민 이기하(남, 75세)의 증언에 의하면 고종 때 신재효본을 보고 필사한 것이 성두본이라고 한다. 고창읍에 살고 있는 이기하는 일찍부터 신재효 관련 자료를 수집·정리하여 기록으로 남기고 있다. 그는 유충석에 관한 기록과 자세한 내용을 생생하게 증언해주었다.

85) 2009년 8월 7일 현장조사에서 마을 주민과 친척인 김복철의 증언에 의하면 김묘적이 <매화전>을 필사한 것으로 보인다. 마을에서 유일하게 글을 알고 있는 김묘적(1905년 출생)은 한문과 한글에 능통하여 주민들에게 글을 가르쳐 주었다고 한다. 한학을 공부했던 김판철(1910년 출생)의 아내 김묘적이 작품을 필사한 게 아닌가 한다.

86) 2009년 8월 7일 현장조사에서 마을주민 이운학과 친척인 권경태에 의하면 권재갑은 집안이 가난했으나 옛날 학문을 공부하여 주변 학생들을 가르치는 훈장을 오랫동안 했다고 한다.

주로 향유했다. 이것은 영남 지역의 선비집안 및 학자집안의 여성들에 의해서 필사본 고소설이 집중적으로 향유된 것과 동일한 결과를 보여준다. 호남 지역은 남성 필사자가 증가한 반면에 여성 향유층은 풍부한 실정이다.

5) 호남 지역에 유통된 필사본 고소설의 특징

호남 지역에는 생각보다 적은 83종의 필사본 고소설이 유통되었다. 이것을 전남과 전북으로 구분하면 각각 34종과 48종으로 나타난다. 호남 지역에서는 나주(10), 고창(9), 정읍(6), 김제(6), 전주(5), 남원(5), 보성(5), 임실(5) 등의 지역에서 필사본 고소설이 빈번하게 유통되었다. 호남 지역은 필사본 고소설의 유통이 빈약하지만 상대적으로 다양한 작품이 유통되었기 때문에 지역 향유층의 성격을 반영하고 있다.

호남 지역의 필사본 고소설 중에서 한문본은 <장두영전>, <사씨남정기>, <아국열성록>, <이화정기우기> 등과 같이 4종이 존재한다. 한문본을 제외한 국문본은 79종으로 압도적인 비중을 차지한다. 호남 지역에 유통된 필사본 고소설은 판소리 및 판소리계 소설의 유통이 매우 빈번하였다. 판소리가 발생하여 성장한 호남 지역의 공연문화적 특징에 알맞은 판소리 및 판소리계 소설 16종과 판소리 발전과정에서 사라진 작품까지 합치면 모두 22종이나 존재하기 때문이다. 영남 지역에서는 유교윤리의 영향으로 가족간의 갈등과 화합을 다룬 가정소설과 가문의 창달과 번창을 염원하는 장편가문소설이 풍부하게 유통된 것과 대조된다. 호남 지역에도 영웅소설이 유통되었지만 가장 인기를 모았던 <유충렬전>과 <조웅전>은 매우 빈약한 실정이다. 영남 지역에서는 영웅소설의 유통이 빈번한 것으로 보아 두 지역의 문화적 차이를 뚜렷이 보여준다고 하겠다.

호남 지역에 유통된 필사본 고소설 83종 가운데 이본을 제외하면 모두 54종이다. 이러한 결과는 동일한 작품보다 다양한 작품이 호남 지역에 유통되었음을 보여준다. 호남 지역에는 판소리 및 판소리계 소설 <춘향전> 6종과 <토끼전> 4종이 풍부하게 유통되었다. 그리고 <창선감의록>과 <숙영낭자저>도 4종 유통되었다. 그런데 호남 지역에는 <진대방전>이 4종이 분포하고 있다. 필사본 고소설이 상대적으로 빈약한 호남 지역에 <진대방전>이 풍부한 점은 주목된다. 호남 지역의 향유층은 <진대방전>을 선호한 것으로 생각된다.

호남 지역의 필사본 고소설은 19세기 후반에서 20세기 초반까지 필사되었다. 좀더 구체적으로 말하면 1876년에서 1952까지 약 80년 동안 유통된 작품은 대체로 농한기에 집중적으로 필사되었다. 호남 지역은 드넓은 평야가 발달했기 때문에 논농사가 밭농사보다 우세한 지역이다. 이 때문에 농한기에 필사된 작품은 35편이고 농번기에 필사된 작품은 14편이다. 이렇게 호남의 필사본 고소설은 농사주기와 밀접한 관련을 가지고 있는 것으로 보인다. 대부분의 작품은 농사가 한가한 겨울의 농한기에 단권으로 필사되었다.

호남 지역의 필사본 고소설은 여성보다 남성이 필사에 적극적으로 참여하였다. 남성이 필사한 작품은 35종이고 여성이 필사한 작품은 28종이다. 호남 지역은 상대적으로 양반이나 선비의 비율이 낮았을 뿐만 아니라 고소설 필사의 전통도 영남에 비해 미약했던 것으로 보인다. 이 때문에 고소설의 필사에는 여성보다 남성의 참여비율이 높게 나타난다. 그럼에도 실제로 필사본 고소설을 향유한 경우는 남성보다 여성이 풍부한 실정이다. 호남 지역의 고소설 필사에 남성의 비율이 높은 것은 한글을 알고 있는 여성이 빈약했기 때문이 아닌가 한다. 호남 지역은 고소설 필사와 같은 기록문화보다 판소리와 같은 공연문화를 선호했던 지역문화적 특징을 뚜렷이 보여준다.

호남 지역의 필사본 고소설은 양반보다는 경제력이 몰락한 선비집안의 여성들이 작품을 향유한 것으로 보인다. 양반집안에서 필사한 작품은 11종이고 선비집안에서 필사한 작품은 29종이다. 호남 지역에서도 양반보다는 경제력이 약화된 선비집안의 여성이 필사본 고소설을 집중적으로 향유했다. 이것은 영남 지역의 선비집안의 여성 향유층과 유사한 결과를 보여준다. 다만 호남 지역은 영남 지역보다 여성이 고소설을 필사하는 전통은 상대적으로 빈약한지만 향유에는 적극 참여한 것으로 보인다. 이러한 결과는 영남과 호남의 지역별 문화적 특성을 반영한 것으로 보인다. 영남 지역은 기록문학이 우세한 반면에 호남 지역은 공연문화가 우세하기 때문이다.

3. 충청 지역에 유통된 필사본 고소설의 종류와 향유층

1) 충청 지역에 유통된 필사본 고소설의 종류와 현황

충청 지역에는 생각보다 다양한 종류의 필사본 고소설이 유통된 것으로 보인다. 그럼에도 아직까지 충청도에서 필사되고 향유된 고소설의 종류에 대한 통계자료도 제대로 제시되어 있지 않다.[87] 이 때문에 어떤 작품이 어느 지역에서 어떻게 유통되고 향유되었는지에 대한 구체적이고

87) 김재웅, 「충북 지역에 유통된 필사본 고소설의 종류와 향유층」, 『고소설연구』 32집, 한국고소설학회, 2011, 281-311쪽. 여기서는 기존의 39종과 새로 발굴한 93종을 합쳐 모두 132종을 대상으로 논의하고자 한다.

도 체계적인 연구가 필요한 실정이다. 충청 지역에 유통된 필사본 고소설의 종류와 향유층에 대한 실증적 접근을 실시하고자 한다.

이러한 충청 지역에 유통된 필사본 고소설의 종류와 향유층에 대한 실증적 연구를 수행하기 위해서는 작품에 기록된 필사기와 현장조사를 병행해야 한다. 이를 바탕으로 충청 지역 필사본 고소설의 유형적 특징과 이본의 비교 및 향유층의 성격을 구체적으로 밝히고자 한다. 충청 지역에 유통된 필사본 고소설에 대한 실증적 접근은 작품의 지역별 유통양상과 향유층의 작품 선호도를 구체적으로 확인하는 계기가 될 것이다.

현재까지 충청 지역에 유통된 필사본 고소설은 132종이다. 여기에 작품의 필사과정에서 첨가된 방언과 현장조사에서 발굴한 자료를 첨가한다면 좀더 풍부한 통계자료를 작성할 수 있을 것이다. 충청 지역의 필사본 고소설은 영남 지역보다는 작품의 수량이 적지만 호남 지역보다는 조금 풍부하다. 왜냐하면 충청 지역은 공연문화가 발달한 호남 지역보다 서울로 가는 교통의 요지에 넓은 토지를 소유한 양반의 별서가 많았기 때문이다.[88] 충청 지역에 유통된 필사본 고소설의 종류와 필사기를 제시하면 다음과 같다.

---

88) 충청도에서도 충남 지역에 양반의 별서가 많은 것으로 나타난다. 충북 지역은 양반의 별서는 적었지만 새로운 문화를 수용하기보다는 유교적 전통문화를 오랫동안 지속한 것으로 보인다. 정승모, 「경저 · 향저 · 별서와 조선후기 문화의 지역성」, 『한국사에 있어서 지방과 중앙』, 서강대출판부, 2003, 189-204쪽.

충청 지역에 유통된 필사본 고소설의 종류와 필사기(132종)

항목 작품명	작품소장자	필사자의 성별과 신분	작품의 유통지역 및 책 주인	필사년도 및 기간
강능추월전	이대본	신규선(여)	연산 불암 민도사댁 신규선 (충남 논산 성동면 개척리)	1915년
계상국전 (4권)	고려대 (아필전22)	이수사(양반)	충남 대흥군 내북면 세곡 1통 5호 이수사댁(예산군 응봉면 평촌리)	을유(1885)년 2월-4월, 7월
강태공전	사재동		회인면 동막동 봉생원댁(충북 보은군 회인면 동막리)	을유(1885)년 1월
곽해룡전	홍윤표	이윤중	충북 옥천군 청산면 장위리 이윤중	병진(1916)년 음1월13일
구운몽①	박순호 (55권)	김서사(남)	충북 보은군 살내면 1통 10반 김서사내 권이라	신해(1911)년 2월 회일-3월 망일
구운몽②	한중연		충남 공주목	광서2(1876)년
구운몽③ (한문본)	사재동 (2권)	양반집안의 남성	충남 연기군 근남면 금사리 금천정사	정사(1917)년 8월 15일
김진옥전	사재동	고약국댁의 여성	충남 대전군 북면 하갈전리 고약국댁(회덕 갈전하리)	무신(1908)년 1월 29일
김취경전 (4권)	국중도 (아필전14)	배판서 이기영 외손 상규 근작	청주 남일상 와송리 1통9호 장단읍	계축(1913)년, 계사(1893)년 12월 1일
둑겁전①	박순호	이강훈(남)	청주시내 덕동 104 이강훈	병오(1906)년 2월 15일
두껍전②	홍윤표	박오위장댁 여성	아산군 삼서면 강청동 하리 책주 박오위장댁	명치44(1911)년 3월일
섬처사전③	박순호 (59권)	우학정사의 남성	충북 충주 앙아면 천조 학미동 우학정사	신해(1911)년 4월 5일
두화룡전	이현조		충북 충주 가금면 무련이 책이라	

항목 작품명	작품소장자	필사자의 성별과 신분	작품의 유통지역 및 책 주인	필사년도 및 기간
매화전	정명기	임태규 집안의 여성	충남 서천군 비인면 성내리 책주 임태규	
무양공주불전취서 삼연록	사재동		충북 옥천군 군북면 증지리	대정5(1916)년 2월 27일
박씨전①	단국대	박수봉(여)	충북 괴산군 불정면 지장리 72구	<여자자탄가> 합철
박씨전②	서울대	모수적(여)	충북 충주군 이류면 매현리 모슈적	임신(1932)년 10월 17일
박씨전③	임형택	한치운(여)	청주군 산의일면 덕동니 한치운 책	임자(1912)년 2월 25일-3월 13일
박씨전④	홍윤표	최진영(여)	충남 서천군 남양면 정산리 3통10호 책주 최진영	대정5(1916)년 2월 15일, 12월 15일
박씨전⑤	국립중앙 도서관	이강순(여)	충남 논산군 채운면 화정리	
박씨전⑥	사재동	성복춘(여)	충남 연기군 남면 달천 성복춘 책	경오(1930)년 2월 14일
박씨전⑦	사재동	영풍댁	충북 청주군 가덕면 수곡리 97번지 책주 윤창구	정사(1917)년 1월 25일
백학선전	코베이	정옥(여성)	충북 청교전 정옥은 서하노라	병진(1916)년 12월 6일, 계축(1913)년 1월
부장양문록	미도 민속관	김문안 집의 할머니와 종손부	충남 보령군 결성리 김문안 집 할머니	정미(1907)년
봉내신선록(2책)	이가원	남원댁	충북 청풍군 노탄리 남원댁(제천시 한수면)북노리 북쪽	무오(1918)년 12월 회일
사씨전(2권)(사씨남정기)	정림사지 박물관	여흥민씨 집안의 여성	충남 부여군 부여읍 중정리 여흥민씨 민칠식	

항목 작품명	작품소장자	필사자의 성별과 신분	작품의 유통지역 및 책 주인	필사년도 및 기간
산양대전	홍윤표	유동진(남)	충북 옥천군 안남면 청재리 책주 유동진	대정10(1921)년 음9월 29일
삼국지① (별삼국지)	단국대 (필총14권)	이범익(남)	예산군 봉산면 사설리 이범익 필적	경술(1910)년 12월 9일
삼국지② (17권)	국립중앙 도서관	광주이씨	충북 진천군 논실 신사간댁 책(진천군 이월면 노원리)	동치7(1868)년 추7월 -신미(1871) 1월
삼사명행록 (2권)	단국대 (필총21)	이주사댁 이정자(여)	충남 직산군 동편리 주사댁 책주 리정자(천안시)	임자(1912)년 5월 6일
서대주전	단국대	꼭두각시전 합철	충남 천안군 대동면 주양리 2통8호	대정2(1913)년 음11월 염일
서진사전	권혁래	이명재(남)	충북 충주시 중원군 동량면 이명재	1920년-1930년
소현성록	문암영당	옥소 권섭의 모친 용인이씨	충북 제천시 봉양면 신동리 안동권씨 연잠공파	17세기 말-18세기 초
소대성전① (용문전)	박순호	임씨(여)	충남 비인군 내면 교촌리 책주 임	명치44(1911)년 6월 28일
소대성전②	코베이	한만선(여, 1846년 출생)	충남 금산군 금성면 중양리 책주 정헌식, 필사 한만선 할머니	병진(1916)년 1월 27일
용문전③	홍윤표		충남 홍성군 홍주면 옥암리 723번지	무오(1918)년 음3월 23일
용문전④	단국대		충남 아산군 탕정면 모종리	대정3(1914)년 2월 21일-4월 28일
소대성전⑤	문암영당	옥소 권섭 집안의 여성	충북 제천시 봉양면 신동리 안동권씨 연잠공파	
수매청심록 ①	홍윤표	한유당(여)	충북 괴산군 괴산읍 정룡리 한유당 필서	갑자(1924)년 3월 염일-6월 2일
수매청심록 ②	정림사지 박물관	여흥민씨 집안의 여성	충남 부여군 부여읍 중정리 여흥민씨 민칠식	

항목 / 작품명	작품소장자	필사자의 성별과 신분	작품의 유통지역 및 책 주인	필사년도 및 기간
수매청심록③	선비 박물관	동춘당 집안의 여성	대전시 대덕구 송천동 송봉기 (동춘당 송준길)	1929년 5월 그뭄
숙향전①(한문)	한중연	안씨(남)	충남 보령읍 상리 거 책주 안	을사(1905)년 개장
슉향전②	여태명	채규철	충남 아산군 원남면 황곡 이팔 채규철	
신계후전①	박순호	염재선(여)	충남 연기군 전동면 사촌리 3통7호 책주 염재선	대정2(1913)년 12월 26일
신계후전②	사재동	인장댁 여성	충북 음성군 안호면 성리 인장댁	
심청전①	단국대	오등근	충북 음성군 대죽면 부윤리 468번지 오등근	계유(1933)년 12월 14일
심청전②	이현조	서생댁의 여성	충남 은진군 서생댁(논산시)	갑오(1894)년 1월필서
심청전③	사재동	황만수 집안의 여성	충북 청주군 남일면 황만수	기유(1909) 11월 27일
양풍전	박순호 (74권)	김부인	충북 음성군 오류리 김부인	계해(1923)년 1월 9일
어룡전①	홍윤표		충북 보은군 수한면 병원리(병천이) 가리원	
어룡전②	사재동	이상익	충북 보은군 이상익 필서	갑인(1914)년 음11월 10일
어룡전③	사재동	윤소저	충남 논산시 연무읍 고내리 윤호중 책	
옥련몽①	여승구	김동원, 김낙원 형제	충북 진천읍 김동원 김낙원	정미(1907)년
옥련몽②	충남대		충남 공주군 외면 용노	

항목 / 작품명	작품소장자	필사자의 성별과 신분	작품의 유통지역 및 책 주인	필사년도 및 기간
옥련몽③	사재동	문재성(남)	충북 보은군 덕남면 새별 질서 문재성	을묘(1914)년 12월 24일
옥루몽④	민옥순	민옥순(1936년생)의 오빠	충북 영동군 학산면 서산리	1946년 이후
옥린몽	이화여대	권순정(여)	충남 천안군 목천면 서리 권순정	병자(1936)년 11월 19일, 무진(1928)년 2월일, 5월 5일
옹고집전	여승구	민문의댁 여성	대전 탄동 가정 민문의댁	계해(1923)
유문성전	박순호 (79권)	박상근	충북 충주군 소태면 오촌 오취정 박상근	
유효공전 (유효공 선행록)	선비 박물관	동춘당 집안의 여성	대전시 대덕구 송천동 송봉기 (동춘당 송준길)	
유씨삼대록	선비 박물관	동춘당 집안의 여성	대전시 대덕구 송천동 송봉기 (동춘당 송준길)	
월봉기	사재동	김석순(여)	충북 옥천군 군북면 증약리 이원댁	임자(1912)년 12월 상순
위봉월전	사재동	도평댁(여)	충남 논산군 벌곡면 신양리 도평댁	대정3(1914)년 2월
유충렬전①	박순호		충북 옥천군 청서면 ??리	대정4(1915)년 1월 9일
유충렬전②	동국대	박기호(남)	충북 단양 책주 박기호	대정6(1917)년 1월 20일
유충렬전③	이현조	유씨집안의 여성	충북 진천군 덕산면 상신리 책주 유?열댁	기유(1909)년 음2월 8일
유충렬전④	이현조	유응구 집안의 여성	충북 진천군 진천면 화송리 38번지 책주 유응구	대정5(1916)년 12월 2일, 기유(1909)년 2월 8일

항목 / 작품명	작품소장자	필사자의 성별과 신분	작품의 유통지역 및 책 주인	필사년도 및 기간
유충렬전⑤	사재동	이생(남)	충남 아산군 이동면 신학동 이생서	광무2(1898)년 11월 23일
유충렬전⑥	사재동	손창현 집안의 여성	충남 서산군 태안면 동문리 혈동 손창현	임자(1912)년 3월 27일
월궁옥섬가	박순호		충남 한산면 서언면 오산평	정미(1907)년 11월 5일
이태경전①	미도 민속관		충남 보령시 천북면 하만리 천북공립초등학교	단기4285년(1952)
이진사전②(이태경전)	정용현	정하영(1865년생)의 부인 경주이씨	충북 괴산군 불정면 지장리 석정마을 정하영	기미(1919)년 국추
이윤구전	국중도	이진사댁 여성	충남 부여군 중도 신화리 책주 리진사댁	신해(1911)년 11월 27일-12월 20일
이대봉전①	충남대	옥천 전씨 학천파의 여성	충북 영동군 학산면 학하리 양호동 양호정사	을축(1925)년 7월 26일
이대봉전②	사재동		충북 영동군 양산면 가곡리	대정6(1917)년 11월-1918년 8월 21일
이대봉전③	사재동	정정숙(여)	충북 괴산군 괴산면 대사리	대정7(1918)년 1월 17일
임경업전(한문)	국중도	김경문(남)	충주 단천 임오동 학현지정사 김경문 사적	기사(1929)년 12월회일
임진록①	여태명		충북 영동군 용산면 청화리	
임진록②	홍윤표	김진구	충남 공주 신하면 백만리 401번지 김진구	무오(1918)년 1월 7일
임진록③	사재동		충남 연기군 초면 방수리	
장국진전①	단국대		대전군 유성면 궁동리	계해(1923)년
장국진전②	박순호		충남 청양군 증산 천장리	경신(1920)년 1월

작품명 \ 항목	작품소장자	필사자의 성별과 신분	작품의 유통지역 및 책 주인	필사년도 및 기간
장끼전 (한문현토)	사재동	송학성(남)	대전군 외남면 대동리 송학성 대전공립보통학교 1학년	
장익성전①	단국대	지병룡 집안의 여성	충남 천안군 광덕면내 신흥리 책주 지병룡	갑인(1914)년 12월 25일
장익성전②	여승구		충남 아산 인주 문방리	경신(1920)년
장인걸전	서울대	심장연댁 여성	충북 금산군 금천 자양동 심장연댁	신축(1901)년 9월 13일
장두영전① (한문)	성균관대	유복영(남)	충남 보령군 미산면 개화리 유복영	
금선각② (한문)		신경원 (남, 양반)	충북 음성군 음성진사 신공경원저	계미(1883)년 국추
적성의전	한중연	이주사댁 여성	충북 제천군 원서면 왕당리 이주사댁	명치44(1911)년 2월 4일
전우치전	서울대	정소저	충남 죽산 안중리 추계댁 책주 정소저	임진(1892)년 하4월-5월 2일
정수경전	사재동		충북 문의군 읍내면 호동 4통 1호 (청주시)	임자(1912)년 12월 8일
정을선전①	충남대	이건호	충남 공주 반죽 이건호	대정5(1916)년 1월 10일
정을선전②	충남대		충북 괴산군 정광면 율어신판	대정6(1917)년 2월 10일
정을선전③	이현조		충북 진천군	임자(1912)년 1월 초4일
유최현전④	명재 연구소	윤증 집안의 여성	충남 논산시 노성면 교촌리 윤증고택	정축(1937)년 2월 초납일
정을선전⑤	사재동		충남 천안군 성거면 송남	계사(1893)년 12월 30일 미시

항목 작품명	작품소장자	필사자의 성별과 신분	작품의 유통지역 및 책 주인	필사년도 및 기간
정후비전	사재동	강홍석(남)	충남 대전군 진잠면 학하리 강홍석	을묘(1915)년 3월
조웅전①	홍윤표		충북 보은군 탄금면 상장리 331번지	대정7(1918)년 1월 14일-1월 19일
조웅전②	정림사지 박물관	여홍민씨 집안의 여성	충남 부여군 부여읍 중정리 여홍민씨 민칠식	
조웅전③	사재동	전생원 댁의 여성	충청우도 회덕 외남면 탁곤리 전생원 댁 경제서(대전)	을묘(1915)년 1월
조웅전④	사재동	송광공 댁의 여성	충남 공주 살내면 대살리 송황공 댁	무술(1898)년 10월 15일
조웅전⑤	사재동	박창규	충남 예산군 덕산면 복당리 116번지 박창규	
주봉전	사재동	이광보(남)	충남 금산군 진산면 묵산리 이광보	기유(1909)년 1월 26일
진대방전①	신재욱	증조부 신성집 (1877-1955)	충북 괴산군 감물면 백양리 323-5번지 신재욱	
진대방전②	사재동	이생원 댁의 여성	충남 홍성군 화산면 남산리2통9호 이생원 댁(주항면)	대정1(1912)년 1월일
진성운전 (김성운전)	단국대	유철호 집안의 여성	충남 연기군 금남면 축산리 책주 유철호	경신(1920)년 1월 5일
창선감의록 ①	조병순		충남 공주군 장촌 상방하의 필서	을축(1865)년 12월 염5일
창선감의록 ②	박순호	김태동	충남 공주군 우성면 방문리 남달조방 김태동	계사(1893)년 2월 5일
창선감의록 ③	여태명	김강용	충남 예산군 북삼면 야정니 최류의 김강용	계축(1913)년 3월 16일
창선감의록 ④	박순호		충남 부여군 장암면 지사리	

항목 작품명	작품소장자	필사자의 성별과 신분	작품의 유통지역 및 책 주인	필사년도 및 기간
창선감의록⑤	사재동	이동낙	충남 논산군 채운면 신촌리 정상만, 1916년 1월 27일	융희1(1907)년 12-12월 27일
취미삼선록	한중연		충남 온양(온양시) 운성 무사 획 노은 아이를 명하여 기록함	기묘(1879)년 1월
열녀춘향수절가①	박순호	권씨댁의 여성	대전군 한덕면 법동리 권씨서 택 책	임술(1922)년 12월 28일
춘양가②	홍윤표	김봉학 집안의 여성	충남 청양군 광시면 책주 김봉학	
별춘향전③	충남대	박순명(여)	청주 북면 북강내니 화상사넌 박순명	기유(1909)년 11월 8일-12월 2일
춘향전④	충주 박물관	김순선(여)	충북 괴산군 칠성면 쌍곡리 책주 김순선	대정7(1918)년 음3월 24일
별춘향전⑤	박순호(82권)	이청우 집안의 여성	충북 문의군(청주시) 남면 소여리 2통9호 이청우	대정3(1914)년 1월 5일-음1월 18일
춘향전⑥(열녀춘향전)	사재동	이성렬' 집안의 여성	충북 진천군 서암면(진천읍) 금성리 사는 이성렬	명치44(1911)년 12월일
별춘향전⑦	사재동		충남 회덕군 서면 청유리(대전시)	대정1(1912)년 12월 초3일
최현전①	고려대		충북 충주 신창 유한거 기사생 무사필서	광서20(1894)년 3월 3일
최현전②	단국대	유성덕 집안의 여성	충남 서산군 서령면 서문리 책주 유성덕 명림당 필서	을묘(1915)년 3월 28일
토끼전(경화수궁전)	단국대		충북 음성군 원남면	병진(1916)년 1월 27일
화룡도전①	연세대	김참봉댁의 여성	충북 괴산군 동명의서 부객사후의 김참봉댁 책	갑진(1904)년 2월 21일
적벽대전②	사재동	이성천(남)	충남 공주읍 내00 이성천	광무1(1897)년 -1898년 4월 25일

항목 작품명	작품소장자	필사자의 성별과 신분	작품의 유통지역 및 책 주인	필사년도 및 기간
화왕본기	서울대	김례연(남)	충북 괴산군 연안김씨가 내자시 윤공파 김례연	
황월선전①	이현조		충남 대덕군 동면 직동리(대전시)	기미(1919)년 2월 16일필서
황월선전②	시흥향토 사료실	청주 한씨 집안의 여성	충북 청주 한씨 소장	
황월선전③	명재 윤증연구소	윤증 집안의 여성	충남 논산시 노성면 교촌리 윤증 고택	
황월선전④	박순호 (79권)		충북 충주군 소태면 오촌	
황운전(2권)	단국대 (필총82)	온양댁	충남 신창 남상면 화동 온양댁 (아산시 도고면)	무신(1908)년 1월-1월 17일
현씨냥웅쌍닌긔전	미도 민속관	김한조(여)	충북 보은 산내 종서 1통10호 김한조 한남신초	경술(1910)년 12월 19일
홍길동	사재동	이소저 필서	충북 보은군 마로면	무오(1918)년 1월 19일
홍보전	충남대	이생원댁 여성	충북 괴산군 문광면 흑석리 387번지 이생원댁	경신(1920)년 무월14일

이렇게 충청 지역에는 다양한 필사본 고소설이 유통된 것으로 보인다. 지금까지 확인된 충청 지역에 유통된 필사본 고소설은 모두 132종이다. 충청 지역의 필사본 고소설은 충북 62종과 충남 70종으로 비슷한 유통양상을 보이고 있다. 이것은 산악과 구릉이 발달한 충북 지역과 해안가와 넓은 평야가 발달한 충남 지역에서도 필사본 고소설이 골고루 유통되었음을 보여준다. 따라서 충청 지역의 필사본 고소설은 충북과 충남에서 비교적 고르게 분포하고 있다.

충청 지역 필사본 고소설의 지역별 유통양상을 살펴볼 필요가 있다. 충청 지역에 유통된 필사본 고소설은 대전(12종), 괴산(10종), 청주(9종), 충주(8종), 공주(8종), 보은(8종), 아산(7종), 논산(7종), 서천(6종) 등의 순으로 나타난다.[89] 충북 지역에는 괴산, 청주, 충주, 보은 등과 같이 역사문화가 풍부하거나 전통문화를 오랫동안 유지한 곳에서 필사본 고소설이 풍부하다. 이러한 경우는 충남 지역도 마찬가지이다. 충남 지역은 대전, 공주, 아산, 논산, 서천 등과 같이 역사문화가 풍부한 곳에서 필사본의 유통이 빈번했음을 보여준다. 따라서 필사본 고소설이 풍부하게 유통된 대전, 괴산, 청주, 충주, 공주, 보은, 아산, 논산 등은 충청도에서도 비교적 인구가 많은 큰 고을이거나 역사문화가 풍부한 공통점을 보여준다.

충청 지역에 유통된 필사본 고소설의 종류를 지역별로 정리하면 다음과 같다. 대전에는 <김진옥전>, <수매청심록>, <옹고집전>, <유효공전>, <유씨삼대록>, <장국진전>, <장끼전>, <정후비전>, <조웅전>, <열녀춘향수절가>, <별춘향전>, <황월선전> 등과 같이 필사본 고소설이 가장 풍부하게 유통되었다. 충남의 중심도시 대전에는 다양한 필사본 고소설이 유통된 것으로 보인다. 분지형 충적평야에 자리한 대전 지역은 오랜 역사적 전통문화가 풍부한 곳은 아니다. 그럼에도 일제강점기에 신문물을 수용한 대전 지역에 필사본 고소설의 유통이 풍부한 점은 주목된다.

괴산에는 <박씨전>, <수매청심록>, <이대봉전>, <이태경전>, <정을선전>, <진대방전>, <춘향전>, <화룡도전>, <화왕본기>, <홍보전> 등이 유통되었다. 산악과 구릉이 많은 괴산 에서 필사본 고소설이 풍부하게 유통된 점은 주목된다.[90] 괴산 지역은 산악이 풍부한 지리적

89) 이밖에도 충청 지역에는 진천(5종), 부여(5종), 천안(5종), 음성(5종), 옥천(5종) 예산(4종), 보령(4종), 영동(4종), 연기(4종) 등과 같이 필사본 고소설이 유통되었다.

입지조건 덕분에 조선후기 유교문화가 오랫동안 유지되면서 신문물의 수용보다는 전통문화를 계승하려는 의식이 매우 강했기 때문이다. 따라서 괴산 지역에 유통된 필사본 고소설은 유교윤리적 규범의식을 강조하는 양반문화와 선비문화를 반영하고 있다.

충북 지역의 청주, 충주, 보은 등에도 필사본 고소설의 유통이 풍부하다. 청주에는 <김취경전>, <둑겁전>, <박씨전> 2종, <심청전>, <정수경전>, <별춘향전> 2종, <황월선전> 등이 유통되었다. 충주와 보은에는 <박씨전>, <서진사전>, <섬처사전>, <황월선전>, <임경업전>, <최현전>, <두화룡전>, <유문성전> 등과 <강태공전>, <구운몽>, <어룡전> 2종, <옥련몽>, <조웅전>, <현씨양웅쌍린기>, <홍길동전> 등이 각각 유통되었다.

충남 지역의 공주, 아산, 논산 등에도 필사본 고소설의 유통이 풍부하다. 공주에는 <구운몽>, <옥련몽>, <임진록>, <정을선전>, <조웅전>, <창선감의록> 2종, <적벽대전> 등의 작품이 유통되었다. 아산과 논산에는 <둑겁전>, <숙향전>, <용문전>, <유충렬전>, <장익성전>, <취미삼선록>, <황운전> 등과 <박씨전>, <어룡전>, <위봉월전>, <유최현전>, <창선감의록>, <심청전>, <황월선전> 등이 각각 유통되었다.

이러한 충북의 괴산, 청주, 충주, 보은 등은 산악이 발달한 곳이라면 충남의 대전, 공주, 아산, 논산 등은 평야가 발달한 곳이다. 충북의 괴산, 청주, 충주, 보은 등은 오랜 유교문화적 전통과 역사문화가 발달한 고장

---

90) 괴산 지역에는 필사본 고소설의 유통이 상당히 풍부한 실정이다. 문광면 유평리 성주이씨 문중에 보관된 묵재 이문건 선생의 『묵재일기』 이면에 적힌 필사본 <설공찬전>, <왕시전>, <왕시봉전>, <비군전> 등이 발굴되었다. 이러한 필사본 고소설들이 발굴된 점으로 보아 괴산 지역은 오랫동안 고소설 필사의 전통을 유지한 것으로 생각된다.

이라면 충남의 대전, 공주, 아산, 논산 등은 전통문화보다 신문물이 수용되면서 발달한 고장이다. 유교문화적 전통이 풍부한 충북과 신문물이 수용된 충남에 유통된 필사본 고소설은 비슷한 양상을 보여준다. 왜냐하면 충북 지역과 충남 지역에서도 작품의 분량이 적은 단편의 필사본 고소설이 유통되었기 때문이다. 따라서 충청 지역의 필사본 고소설은 향촌의 선비집안에서 적극 향유했음을 보여준다.

이밖에도 충남의 서천에는 <매화전>, <박씨전>, <황월선전>, <소대성전>, <용문전>, <월궁옥섬가> 등이 유통되었다. 천안과 보령에는 <삼사명행록>, <서대주전>, <옥린몽>, <장익성전> 등과 <숙향전>, <이태경전>, <장두영전>, <부장양문록> 등이 유통되었다. 충북의 진천에는 <옥련몽>, <유충렬전> 2종, <정을선전>, <춘향전> 등이 유통되었다. 그런데 보은의 <현씨양웅쌍린기>, 천안의 <옥린몽>, 보령의 <부장양문록> 등은 여러 권으로 분권된 장편 가문소설이다. 이러한 장편가문소설은 향촌의 선비집안보다 양반집안에서 주로 향유한 것으로 보인다.

그렇다면 충청 지역에는 어떤 작품이 가장 풍부하게 유통되었을까? 충청 지역에는 <박씨전>(7종), <춘향전>(7종), <유충렬전>(6종), <소대성전>(5종), <정을선전>(5종), <조웅전>(5종), <창선감의록>(5종), <옥련몽>(4종), <황월선전>(4종) 등의 순으로 나타난다. 이밖에도 <구운몽>, <두껍전>, <수매청심록>, <심청전>, <어룡전>, <이대봉전>, <임진록> 등은 3종이 각각 유통되었다. 충청 지역에는 영웅소설 <박씨전>과 <유충렬전>, <소대성전>, <조웅전> 등과 판소리계소설 <춘향전>이 매우 풍부한 실정이다. 그리고 가정소설 <창선감의록>, <정을선전>, <옥련몽>, <황월선전> 등도 풍부하게 유통되었다.

충청 지역에는 <박씨전>, <춘향전>, <유충렬전>, <소대성전>, <정을선전>, <조웅전>, <창선감의록>, <옥련몽>, <황월선전> 등이 풍부하게 유통되었다. 이러한 필사본 고소설들은 충청 지역의 여성 향유층이 선호한 작품이다. 충청 지역의 작품은 영·호남 지역과 비교하면 커다란 편차가 나타난다. 영남 지역에는 <강능추월전>, <조웅전>, <황월선전>, <유충열전> 등의 작품이 풍부한 반면[91], 호남 지역에는 <춘향전>, <토끼전>이 풍부하게 유통되었다. 따라서 충청 지역은 영·호남 지역과 달리 병자호란의 역사적 성격을 내포한 여성 영웅소설 <박씨전>이 매우 풍부한 실정이다.

이상에서 충청 지역에 유통된 필사본 고소설 132종의 지역별 유통양상을 살펴보았다. 충청도에서는 대전, 괴산, 청주, 충주, 공주, 보은, 논산, 아산, 서천 등과 같이 유교적 전통문화가 풍부한 곳에서 필사본 고소설의 유통이 풍부한 실정이다. 충북의 괴산, 청주, 충주, 보은 등은 유교문화적 전통을 오랫동안 유지한 고장이라면 충남의 대전, 공주, 아산, 서천 등은 신문물을 수용하여 발전한 고장이다. 그럼에도 충북과 충남에 유통된 필사본 고소설의 지역별 편차가 뚜렷한 것은 아니다. 충청 지역의 고소설은 역사문화적 전통과 자연지리적 입지조건에 따라서 오랫동안 필사의 전통을 유지한 것으로 보인다. 이 때문에 충청 지역의 필사본 고소설은 지역민의 필사의식과 향유의식을 반영하고 있다.

2) 충청 지역에 유통된 필사본 고소설의 유형적 성격

이제 충청 지역에 유통된 필사본 고소설의 유형별 성격을 살펴볼 필요가 있다. 충청 지역에는 어떤 유형의 필사본 고소설이 가장 풍부하게 유통되었을까? 이런 질문에 대답하기 위해서라도 작품의 유형을 구체적

91) 김재웅, 앞의 글, 231쪽.

으로 분류해야 한다. 고소설의 유형 분류는 작품의 특징을 전반적으로 파악하는 기준이기도 하다. 연구자의 자의성이 개입될 가능성이 있지만 충청 지역에 유통된 필사본 고소설의 전반적 성격을 고찰하기 위해서는 유형 분류가 필요한 실정이다.

충청 지역 필사본 고소설의 유형은 영웅소설 55종, 가정소설 22종, 가문소설 11종, 판소리 및 판소리계 소설 15종, 애정소설 6종 등으로 나타난다. 이렇게 보면 충청 지역은 영웅소설이 가장 풍부한 반면에 애정소설은 상당히 빈약한 실정이다. 영웅소설은 충청 지역을 대표한다고 해도 지나친 말이 아니다. 영웅소설 다음에는 가정소설도 상당히 풍부하게 유통되었다. 그런데 충청 지역은 판소리계 소설과 장편가문소설도 상대적으로 풍부한 것으로 보인다. 장편가문소설은 영남 지역에서 풍부한 반면에 판소리계 소설은 호남 지역에서 상당히 풍부한 실정이다. 따라서 충청 지역의 고소설 향유층은 영웅소설과 가정소설 및 판소리계 소설 등에 상당한 관심을 보이고 있다.

이러한 충청 지역에 유통된 필사본 고소설의 유형을 충북과 충남으로 구분해볼 필요가 있다. 충북 지역에는 영웅소설 27종, 판소리 및 판소리계 소설 9종, 가정소설 9종, 가문소설 4종 등으로 나타난다. 충남 지역에는 영웅소설 28종, 가정소설 13종, 가문소설 6종, 판소리 및 판소리계 소설 6종 등으로 나타난다. 이렇게 보면 충청 지역의 필사본 고소설은 충북과 충남에서 비슷한 분포를 보여준다. 따라서 충청 지역에 유통된 필사본 고소설은 유형별 지역적 편차가 미약한 실정이다.

탁월한 인물의 활약을 다룬 영웅소설은 <계상국전>, <곽해룡전>, <금선각>, <박씨전> 4종, <백학선전>, <소대성전> 5종, <신계후전>, <양풍전>, <위봉월전>,[92] <유충열전> 4종, <유문성전>, <이대봉전>, <이태경전> 2종, <임경업전>, <임진록> 2종, <장국진전>

2종, <장두영전>, <장인걸전>, <장익성전> 2종, <조웅전> 2종, <최현전>2종, <황운전> 등이 있다. 충청 지역에는 영웅소설의 유통이 매우 풍부하다. 그 중에서도 창작형 영웅소설이 역사형 영웅소설보다 풍부하게 나타나고 있다. 역사형 영웅소설은 <박씨전> 7종, <임경업전>, <임진록> 3종 등과 같이 11종이다.[93] 창작형 영웅소설은 모두 41종이다. 이러한 창작형 영웅소설은 충청 지역의 보편성을 보여준다.

충청 지역에는 판소리와 판소리계 소설도 풍부한 실정이다. 충청 지역에는 모두 15종의 판소리 및 판소리계 소설이 존재한다. 충북 지역에는 <심청전> 2종, <춘향전> 4종, <토끼전>, <화룡도전>, <흥보전> 등의 9종이 유통되었다. 충남 지역에는 <심청전>, <옹고집전>, <적벽대전>, <춘향전> 3종 등의 6종이 유통되었다. 따라서 충청 지역은 판소리와 판소리계 소설이 풍부하지만 충북과 충남의 지역별 편차는 크지 않다.

충청 지역의 판소리와 판소리계 소설 중에서는 남녀 간의 사랑을 다룬 <춘향전>이 가장 풍부하다. <춘향전>은 <심청전>, <흥부전>과 함께 남성보다 여성 향유층에게 상당한 인기를 모았던 작품이다. <춘향전>은 충북과 충남에서 유통되었기 때문에 지역성을 반영하고 있다. 그런데 남성 향유층에게 상당한 인기를 끌었던 <적벽대전>과 <화룡도전>도 존재한다. 독서물의 성격을 내포한 <적벽대전>은 남성이 향유한

---

92) 전용문, 「<위봉월전> 연구」, 『지헌영선생고희기념논총』, 동간행위원회, 1980. <위봉월전>은 여성 여웅소설의 후대본에 속한다. 작품의 구조는 남성 영웅소설과 유사하게 영웅의 일생을 구비하고 있다. 초기 영웅소설이 국난타개와 개인의 문제가 저절로 해결된다면 후기 영웅소설은 개인적 성취와 국가의 문제가 어느 정도 분리되어 단계적으로 성취된다. 따라서 <위봉월전>은 여성으로서 탁월한 능력을 보여주어 황제에게 인정받는 여성 영웅소설이지만 <운향전>, <박씨전>보다 후기적 양상을 보여준다.

93) <삼국지> 2종과 <산양대전>은 진수의 『삼국지』를 토대로 재창작한 번역형 영웅소설이다.

반면에 창본의 성격을 내포한 <화룡도전>은 여성이 향유한 것으로 보인다.[94] 더욱이 <옹고집전>은 판소리 12마당 가운데 <옹고집타령>으로 전승되다가 나중에 판소리 가창이 중단되어 독서물로 정착된 판소리계 소설이다.[95] 따라서 판소리와 판소리계 소설은 충청 지역의 여성 향유층에게 상당한 인기를 모았던 것으로 보인다.

그런데 충청 지역에는 장편가문소설이 양반 사대부 집안에서 유통되었다. 충청 지역에 유통된 장편가문소설은 충북(4종)과 충남(6종)을 합치면 모두 10종이다. 예컨대 <부장양문록>, <삼사명행록>, <소현성록>, <옥련몽> 3종, <옥린몽>, <유효공선행록>, <유씨삼대록>, <현씨양웅쌍린기> 등의 장편가문소설이 존재한다. 그 중에서도 <유효공선행록>과 <유씨삼대록>은 대전의 양반 사대부 소대헌 집안에서 향유한 작품이다.[96] <부장양문록>과 <소현성록>도 보령의 김문안 집안과 제천의 옥소 권섭집안에서 향유되었다. 이러한 양반 사대부 집안에서는 <사씨남정기>, <수매청심록>, <유최현전>, <조웅전> 등도 향유한 것으로 보인다. 따라서 충청 지역의 양반 사대부 집안에서는 장편가문소설뿐만 아니라 단편의 가정소설, 영웅소설, 애정소설 등도 함께 향유한 것으로 나타난다. 이런 점에서 충청 지역은 가문 사이의 혼사장애담을 내포한 장편가문소설의 유통이 빈약하지 않았음을 보여준다.

충청 지역은 장편가문소설보다 가정소설의 유통이 상대적으로 풍부한

---

94) 이기형, 『필사본 화용도 연구』, 민속원, 2003, 98쪽.

95) 판소리 <옹고집타령>은 조선 순조 때의 문인 송만재의 <관우희>와 정노식의 <조선창극사>에 수록되어 있다. 판소리 12마당으로 전승되다가 신재효의 판소리 6마당으로 정리할 때 사라진 것으로 보인다. 그래서 지금은 판소리 가창이 중단되었지만 다행히 판소리계 소설 <옹고집전>으로 전한다.

96) 허경진, 『사대부 소대헌・호연재 부부의 한평생』, 푸른역사, 2003, 232-238쪽. 대전의 소대헌 집안에는 <유효공전> 7책과 <유씨삼대록> 17책, <수매청심록> 2책 등이 소장되어 있다.

실정이다. 충청 지역의 가정소설은 <김취경전>, <사씨남정기>, <양풍전>, <어룡전> 3종, <유최현전>, <정을선전> 4종, <주봉전>, <창선감의록> 5종, <황월선전> 4종 등의 21종이 유통되었다. 아마도 단편으로 구성된 가정소설은 장편의 가문소설보다 필사와 향유가 비교적 편리했기 때문이다. 충청 지역에 유통된 가정소설은 계모형과 쟁총형이 비슷하게 분포한다. <양풍전>, <주봉전>, <황월선전> 등은 계모형 가정소설에 속한다면 <사씨남정기>, <어룡전>, <창선감의록> 등은 쟁총형 가정소설은 속한다. 그리고 <정을선전>과 <유최현전>은 계모형과 쟁총형의 구조를 결합한 가정소설이다.

이밖에도 충청 지역에는 <매화전>, <수매청심록> 3종, <숙향전> 2종 등과 같이 애정소설 6종이 유통되었다. 애정소설은 충청 지역의 남성보다 여성 향유층이 즐겨 향유했을 가능성이 높은 작품이다. 다만, 한문필사본 <숙향전>은 남성이 필사하고 향유했을 것으로 짐작된다. 나머지 애정소설들은 대체로 여성 향유층이 선호한 작품이라 하겠다. 더욱이 양반 집안의 여성들이 <수매청심록> 3종을 향유했다는 점에서 주목된다.[97] <수매청심록>은 한유당, 여흥민씨 집안, 동춘당 송준길 증손 소대헌(1982-1764) 집안의 여성들이 필사와 향유에 참여한 작품이다.

충청 지역의 필사본 고소설은 지역별 향유층의 선호도를 뚜렷하게 보여준다. 충청 지역에는 <구운몽>, <두껍전>, <박씨전>, <삼국지>,

---

97) 김정녀, 「<수매청심록>의 창작 방식과 의도」, 『한족문화연구』 36권, 한민족문화학회, 2011, 211-247쪽.
<수매청심록>은 통속적 애정소설과 구조적 동질성을 보여준다. 그럼에도 인물의 성격과 갈등 상황에서는 독특한 면모를 보인다. 필사본 <수매청심록>에서 활자본 <권용선전>으로 개작되었다. <수매청심록>은 <윤지경전>의 주요 서사구조와 인물 배치를 적극 수용하면서도 세부적인 서사전개와 인물의 형상화에서 통속적 흥미를 제고하고 있다.

<소대성전>, <수매청심록>, <신계후전>, <심청전>, <어룡전>, <옥련몽>, <유충렬전>, <이태경전>, <임진록>, <장두영전>, <정을선전>, <조웅전>, <진대방전>, <최현전>, <춘향전>, <화룡도>, <황월선전> 등의 필사본 고소설이 유통되었다. 이러한 충북과 충남에서 유통된 21종의 필사본 고소설은 충청 지역 향유층의 보편적 성격을 대변하고 있다. 그런데 충남 지역에는 <숙향전> 2종, <소대성전> 4종, <장익성전> 2종, <창선감의록> 4종 등이 유통된 반면에 충북 지역에는 <유충렬전> 4종이 유통되었다. 따라서 충남 지역에는 영웅소설 <소대성전>, 애정소설 <숙향전>, 가정소설 <창선감의록>이 풍부한 반면에 충북 지역에는 영웅소설 <유충렬전>이 풍부한 실정이다.

이상에서 충청 지역은 영웅소설의 유통이 매우 풍부한 실정이다. 영웅소설은 충북 지역과 충남 지역에서도 비슷하게 나타난다. 영남 지역에는 유교윤리의 영향으로 가족 간의 갈등과 가문의 창달을 기원하는 영웅소설, 가정소설, 장편가문소설 등이 풍부하게 유통되었다. 호남 지역에는 판소리와 판소리계 소설의 유통이 활발한 반면에 충청 지역에는 영웅소설이 빈번하게 유통되었다. 여기에 충청 지역의 양반 사대부집안에서는 장편의 가문소설도 향유한 것으로 보인다. 따라서 충청 지역의 필사본 고소설은 영・호남 지역과 달리 지역별 유통과 유형별 향유층의 선호도를 뚜렷이 보여주고 있다.

3) 충청 지역에 유통된 필사본 고소설의 이본 비교

충청 지역에 유통된 필사본 고소설의 변모양상을 고찰하여 작품의 성격을 파악해야 할 차례이다. 앞에서 언급한 132종에 대한 서지학적 검토와 이본의 변모를 살펴보고자 한다. 특히 기존 연구에서 밝혀진 선후관계와 선본(善本)에 대한 고찰을 통해서 충청 지역에 유통된 고소설의 이본적 특징을 분석하고자 한다. 왜냐하면 필사본 고소설이 기존의 어떤 이본과 영향관계를 맺고 어떤 방향으로 변모했는지를 분석해야만 지역별 개별성과 보편성을 해명할 수 있기 때문이다.

이러한 필사본 고소설의 이본을 검토하는 과정에서 동일한 작품의 다양한 영향관계와 지역적 특성을 밝힐 수 있을 것이다. 충청 지역의 영웅소설, 호남 지역의 판소리와 판소리계 소설, 영남 지역의 영웅소설, 가정소설, 가문소설 등을 상호 비교하는 작업은 필사본의 지역별 유통과정을 실증적으로 이해하는 지름길이기도 하다. 특히 삼남지방에 유통된 필사본 고소설의 변모양상이나 작품의 성격을 비교할 필요가 있다. 이를 통해서 충청 지역에 유통된 작품의 구조와 특성을 비교하여 이본의 공통점과 차이점을 분석하고자 한다.

충청 지역의 필사본 고소설은 오랫동안 필사의 전통이 지속된 것으로 보인다. 그 당시 고소설은 필사본, 방각본, 활판본, 세책본 등과 같이 다양한 매체로 출판되었다. 이 때문에 충청 지역의 필사본 고소설은 방각본, 활판본, 세책본 등의 영향을 어느 정도 받았을 것으로 짐작된다. 예컨대, <정을선전>②에는 '율어신판'과 <현씨양웅쌍린기>에는 '한남신초'의 필사기록이 등장하고 있다. <옥루몽>④는 민옥순이 활자본을 읽고 재구연한 것을 오빠가 필사한 작품이다.[98] 이 작품들은 필사본으로 존재하지만 방각본이나 활자본의 영향을 받았을 가능성이 높다. 설사 경판본과 활자본을 그대로 필사하지는 않았다고 해도 판본의 영향을 무시할 수는 없을 것이다. 이러한 필사본 고소설의 영향관계를 밝히기 위해서는 다양한 이본 검토가 선행되어야 한다.

---

98) 김진영, 『고전소설의 효용과 쓰임』, 박문사, 2012, 231-263쪽.

현재까지 확인된 충청 지역에 유통된 필사본 고소설은 132종이다. 필사본 고소설 중에서 한문본은 <구운몽>, <금선각>, <숙향전>, <임경업전>, <장두영전> 등과 같이 5종이 존재한다. 여기에 한문에 토를 달은 <장끼전>을 추가한다고 해도 한문본은 상대적으로 매우 빈약한 실정이다. 충청 지역에 유통된 국문 필사본은 127종으로 96%가 넘는 비율을 보여준다. 충청 지역의 필사본 고소설은 한문본보다 국문본이 압도적인 비중을 차지하고 있다. 이러한 국문 필사본의 비중이 앞도적인 현상은 영남과 호남에서도 동일하게 나타나는 보편적 현상이다.

충청 지역의 필사본 고소설 132종 가운데 이본을 제외하면 모두 69종이다. 충청 지역에는 동일한 이본보다 매우 다양한 작품이 유통되었다. 그럼에도 <박씨전>(7종), <춘향전>(7종), <유충렬전>(6종), <소대성전>(5종), <정을선전>(5종), <조웅전>(5종), <창선감의록>(5종), <옥련몽>(4종), <황월선전>(4종) 등은 이본이 풍부하게 존재한다. 여기에 <구운몽>, <두껍전>, <수매청심록>, <심청전>, <어룡전>, <이대봉전>, <임진록> 등도 3종의 이본이 존재하고 있다. 나머지 작품은 한 두 종의 이본만 존재하고 있을 뿐이다.

이렇게 충청 지역에는 다양한 작품이 유통되었기 때문에 이본의 변모양상을 고찰하기는 쉽지 않다. 그래도 판소리와 판소리계 소설인 <춘향전>과 병자호란의 역사적 내용을 담고 있는 여성 영웅소설 <박씨전>과 창작형 영웅소설 <유충렬전>, <소대성전>, <조웅전> 등과 같이 이본이 풍부한 작품을 대상으로 비교하고자 한다. 더욱이 양반 부녀자들이 규방에서 향유했던 가정소설 <창선감의록>, <정을선전>, <옥련몽>, <황월선전> 등의 이본적 성격을 밝히는 작업은 매우 중요하다. 가정소설의 이본적 특성은 여성 향유층의 선호도를 보여주기 때문이다. 이밖에도 <수매청심록>, <구운몽>, <심청전>, <어룡전>, <이대봉

전>, <임진록> 등의 이본도 검토할 필요가 있다.

충청 지역에는 동일한 작품의 이본이 빈약한 반면에 다양한 필사본 고소설이 유통된 것으로 보인다. 물론 아직까지 충북 지역에 유통된 필사본 고소설의 종류를 모두 확인하지 못했기 때문에 섣부른 판단은 유보하는 게 좋을 것이다. 충청 지역에는 유일본이 다수 존재하고 있다. 예컨대 <김취경전>, <두화룡전>, <무양공주불전취서삼연록>, <삼사명행록>, <서진사전>, <위봉월전>, <정후비전> 등과 같이 7종의 유일본이 존재한다. 그 중에서도 <무양공주불전취서삼연록>, <두화룡전>, <정후비전> 등은 고소설의 이본목록에도 등장하지 않는 새로운 작품이다.[99] <서진사전>은 최근에 발굴된 신작구소설로 한학을 공부한 이명재(1897-1965)가 필사한 작품이다.[100] <김취경전>은 배상규가 창작한 작품으로 전반부의 계모형 갈등구조와 후반부의 영웅적 군담이 결합된 후기 가정소설이다.

그런데 유일본은 아니지만 <봉내신선록>과 <취미삼선록>은 이본이 매우 적은 작품이다. <봉내신선록>은 1904년 심원명이 창작한 작품이다. 이 작품은 한문본과 국문본을 합쳐 4종이 존재하는데 한문본에서 국문본으로 변모한 것으로 보인다.[101] 충청 지역에는 남원댁이 필사한 국문본 <봉내신설록> 2책이 유통되었다. 그리고 <취미삼선록>은 18세기 후반에 창작된 작품으로 국문 필사본 5종의 이본이 존재한다. 이 작품은 가부장제 하에서 고통을 받는 여성들의 처지와 설움을 여성의 시각에서 재구성하여 가문소설의 남성우월주의에 반대하고 있다.[102]

---

99) 조희웅의 이본 목록에는 이런 작품이 등장하지 않는다.

100) 권혁래, 『서진사전 연구』, 보고사, 2011, 11-37쪽.

101) 김경미, 「<방운전>, <봉래신설> 해제」, 『열상고전연구』 1집, 열상고전연구회, 1988, 371쪽.

102) 소인호, 「<취미삼선록> 이본 연구」, 『우리어문연구』 33권, 우리어문학회, 2009,

충청 지역은 동일한 작품의 이본보다 다양한 작품이 유통된 것으로 보인다. 그 중에서도 판소리와 판소리계 소설 <춘향전>은 7종이 유통되었다. 충청 지역의 <춘향전>은 어떤 이본적 성격과 변모를 보여주는지 궁금하다. 충북 지역에는 <별춘향전>③, <춘향전>④, <별춘향전>⑤, <춘향전>⑥ 등의 4종과 충남 지역에는 <열녀춘향수절가>①, <춘양가>②, <별춘향전>⑦ 등의 3종이 각각 유통되었다. 충청 지역에 유통된 <열녀춘향수절가>①, <춘양가>②, <춘향전>④, <춘향전>⑥은 모두 <열녀춘향수절가> 계통의 이본적 성격을 보여준다.[103] 특히 <춘향전>④는 68장본으로 구성되었을 뿐 아니라 가끔 한자와 이두체를 섞어 쓰고 있다. 작품의 서두는 "숙종ᄃᆡ왕 즉위 초의 국ᄐᆡ민안하고 세화연풍이라 닛쩍 절나도 남원부사 이등이 한 아들얼 두어시되"와 같다. 따라서 <춘향전>④는 <열녀춘향수절가> 계통의 이본적 성격을 뚜렷이 보여준다.

<별춘향전>⑤는 94장본으로 구성되었을 뿐만 아니라 '짝타령'과 '권주가' 등의 삽입가요가 풍부하다.[104] 이 작품은 전반적으로 <열녀춘향수절가>와 동일한 이본 계통이지만 작품의 서두는 조금 다른 변모를 보여준다.[105] 그런데 <별춘향전>③은 경판 35장본 <춘향전>을 모본으로 필사한 작품이다.[106] 이 작품은 여성 향유층이 방각본으로 간행된 경판

133-159쪽.

103) 김진영 외, <춘향전>, 『춘향전 전집』 8권, 박이정, 1999, 263-320쪽.

104) 박순호, <별춘향전>, 『한글 필사본 고소설자료총서』 18권, 월촌문헌연구소, 1986, 1-190쪽. 김진영 외, 앞의 책, 9권, 463쪽.

105) 박순호, <별춘향전>, 1쪽. 아죠 즁연 즉위 초의 시화연풍하고 국ᄐᆡ미난하고 요쳔지슌 일월의 ᄐᆡ편천지 안닐넌ᄀᆞ 강구의 져노인 졔의 힘열 몰낙군나 잇쩍 경셩 삼천동 리할임 날라의셔 남졈ᄒᆞᄉᆞ 남원부사를 졔슈ᄒᆞ시니.

106) 김진영 외, 앞의 책, 12권, 223쪽. 화셜 아국 숙종조 시졀의 졀나도 남원부사 이등 자제 이도령 연광이 십뉵세라

본을 모본으로 활용하여 새롭게 필사한 것이다.[107] 경판 35장에 비하여 <별춘향전>③은 암행어사 출도 이후의 대목에서는 상당부분 축약되었기 때문이다. <별춘향전>③과 <별춘향전>⑤는 제목이 동일하지만 내용은 상당히 다른 작품이다. 이런 점에서 <별춘향전>⑤는 필사본 계통의 전통을 유지하고 있다. 충청 지역에서는 경판본을 모본으로 필사한 <별춘향전>③을 제외하면 모두 <열녀춘향수절가> 계통의 필사본 이본이 풍부하게 유통되었다.

<박씨전>은 충청 지역에서 7종이 유통되었는데 충북(4종)과 충남(3종)에서 비슷하게 존재한다. <박씨전>①은 작품의 후반부에 <여자자탄가>가 합철되어 있어서 여성이 향유한 작품이다. <박씨전>②는 활자본의 영향과 관계없이 충북 지역에서 필사본으로 향유되었다.[108] <박씨전>②의 말미에는 임경업이 호병과 대적하는 군담과 임금의 항서로 호국의 장수들을 풀어주는 임경업의 안타가운 심정이 첨가되어 있다.[109] 이러한 내용은 <박씨전>①, <박씨전>③, <박씨전>④, <박씨전>⑦ 등에서도 동일하게 나타난다. 따라서 <박씨전>은 방각본과 활자본의 영향과 관계없이 오랫동안 충청 지역에서 필사본으로 유통되었다.

<유충렬전>은 필사본, 목판본, 활판본 등과 같이 상당한 이본이 존재하고 있다. 충청 지역에 유통된 필사본 <유충렬전>은 6편인데 충북(4종)과 충남(2종)의 분포를 보여준다. 충북에서는 <유충렬전>①, <유충렬전>②, <유충렬전>③, <유충렬전>④ 등과 충남에서는 <유충렬전>⑤,

---

107) 김진영 외, 앞의 책, 262쪽. 이 칙쥬난 청쥬 붕면 북강너니 화상 사넌 박슌명일너라 이 칙 베긴 사람이 글리 단문하기로 외자낙셔을 만이 ᄒᆞ올분 안이라 글씨가 용열ᄒᆞ온이 노소와 아동 조졸읍시 무른 누가 보시던지 그ᄃᆡ로 눌너보소셔 하여더라

108) 서울대 가람문고본, <박씨전권지단>은 모두 65장의 필사본이다.

109) 서혜은, 「<박씨전> 이본 계열의 양상과 상관관계」, 『고전문학연구』 34집, 한국고전문학회, 2008, 199-224쪽.

<유충렬전>⑥이 각각 유통되었다. 충북 지역의 여성 향유층들은 <유충렬전>의 영웅의 일생구조와 가문의 번창을 이룩하는 내용에 상당한 감동을 받았던 것으로 추측된다. <유충렬전>은 충청도에서도 충북의 여성 향유층이 선호한 작품이다. 왜냐하면 <유충렬전>은 충남보다 충북에서 풍부하게 유통되었기 때문이다. 이러한 <유충렬전>의 지역별 편차와 향유층의 선호도는 주목된다.

<소대성전>은 자객을 도술로 물리치는 영웅적 인물의 활약이 강화된 초기 영웅소설의 성격을 보여준다. 그래서 <소대성전>은 영웅의 일생구조를 뚜렷이 내포하고 있다. 충청 지역에 유통된 필사본 <소대성전>은 5종이다. <소대성전>은 충남(4종)과 충북(1종)의 지역별 유통의 편차를 보여준다. 충남 지역의 향유층은 <소대성전>을 향유하면서 영웅적 활약과 유교윤리적 규범의식을 학습했을 것으로 생각된다. 따라서 <소대성전>은 충남 지역 고소설 향유층의 의식을 반영한 것으로 보인다.

가정소설 <정을선전>은 5종이 유통되었다. 여기에는 <정을선전>의 이본인 <유최현전>도 포함되어 있다. <정을선전>은 충북과 충남에 비슷하게 분포하고 있다. 전반부의 계모형 갈등구조와 후반부의 쟁총형 갈등구조를 통합한 <정을선전>은 후기 가정소설의 성격을 보여준다. 이러한 <정을선전>은 충정 지역민의 향유의식을 반영한 것으로 보인다. 그리고 양반집안의 규방에서 여성이 즐겨 향유한 <창선감의록>은 충남 지역에서 5종이 유통되었다. 이 때문에 쟁총형 가정소설 <창선감의록>은 충남 지역 여성 향유층의 의식을 반영한다고 하겠다.

계모형 가정소설 <황월선전>은 4종이 존재한다. 예컨대 <황월선전>①, <황월선전>②, <황월선전>③, <황월선전>④ 등은 계모에 대한 벌주대목과 천벌대목이 내포된 이본군에 속한다.[110] <황월선전>③은 청주 한씨의 소장본이다. 이 작품은 선비집안뿐 아니라 양반집안에서도 여성이 고소설을 향유했음을 보여준다. 따라서 <황월선전>은 조선후기 다양한 지역에서 폭넓은 여성 향유층을 확보한 것으로 보인다.

이밖에도 송사소설과 애정소설은 상당히 빈약한 실정이다. 그럼에도 송사소설 <두껍전>과 애정소설 <수매청심록>은 충청 지역에 3종이 유통되었다. 충청 지역은 영남 지역과 비교할 때 동일한 작품보다 다양한 작품이 유통된 것은 분명하다. 그럼에도 <박씨전>, <춘향전>, <유충렬전>, <조웅전>, <소대성전>, <창선감의록>, <정을선전> 등은 이본이 풍부하다. 그 중에서도 충청 지역은 <박씨전>과 <춘향전>이 가장 풍부하다. 이러한 작품들은 충청 지역의 여성들이 필사와 향유에 적극 참여한 결과로 보인다.

4) 충청 지역에 유통된 필사본 고소설의 향유층

필사본 고소설의 필사기록을 분석하여 충청 지역에 유통된 작품의 종류를 구체적으로 확인하였다. 이러한 필사기록에 남아있는 고소설의 필사시기, 필사지역, 필사자의 신분, 성별, 나이, 필사목적, 향유의식 등에 대한 실증적 고찰은 필사본의 문학적 성격과 향유층에 대한 구체적인 내용을 파악할 수 있는 근거가 되기에 충분하다. 실제로 고소설을 필사하거나 향유한 독자층에 대한 현장조사를 통해서 다양한 필사의 전통과 의식을 밝히고자 한다.

충청 지역에 유통된 필사본 고소설의 향유층에 대한 실증적 연구를 위해서 현장조사를 실시했다. 작품에 기록된 필사기를 중심으로 충청 지역 향유층의 필사의식과 향유의식을 구체적으로 조사했지만 만족할 만

110) 김민조, 「<황월선전> 이본 연구」, 『고소설연구』 15집, 한국고소설학회, 2003, 215-247쪽. <황월선전>은 영남(3종), 충청(4종), 강원(1종) 등과 같이 유통되었다.

한 성과를 거두지는 못했다.[111] 그렇지만 필사본 고소설이 유통된 충청 지역을 방문해 실증적 자료조사 과정에서 좀더 새로운 사실을 밝혔다. 충청 지역에 유통된 고소설의 필사자와 향유층의 후손이나 친척의 증언을 토대로 필사의 전통과 향유의식을 구체화할 수 있기 때문이다.

이러한 필사본 고소설에 대한 현장조사는 작품의 유통양상과 향유층의 의식을 파악하는 기초 작업이다. 충청 지역의 현장을 한꺼번에 조사하기 어렵기 때문에 지역별로 구분해 필사본 고소설의 유통현장을 확인했다.[112] 이런 작업을 통해서 필사자 및 향유자의 성별, 신분계층, 지역별 이본의 변모, 필사본의 파생과 전파양상 등과 같은 새로운 사실을 확인하는 성과를 거두었다. 이러한 충청 지역 필사본 고소설의 유통양상과 향유층의 성격을 밝히는 작업은 고소설의 담당층에 대한 실질적 해명을 뒷받침하는 중요한 연구이다.

(1) 여성 필사자와 향유층의 증가

충청 지역에 유통된 필사본 고소설에 대한 현장조사는 생각보다 쉽지

111) 충북 지역에 대한 현장조사는 2011년 9월 24-25일, 28-29일, 10월 1-4일 실시하였다. 충북에 유통된 필사본 고소설의 필사기록을 토대로 현장조사를 실시했지만 많은 성과를 거두지는 못했다. 그 이유는 현장조사 과정에서 필사기에 적힌 이름을 면사무소 제적부를 통해서 역추적 작업이 쉽지 않았기 때문이다. 그럼에도 현장조사를 통해서 필사자와 향유층의 신원이나 유통과정을 일부 확인하는 성과를 거두었다. 앞으로 지속적 현장조사를 실시한다면 조금 더 풍부한 내용을 파악할 수 있을 것으로 생각된다.

112) 충청 지역에 대한 현장조사는 1차 전화조사 및 2차 현장조사로 구분하여 실시하였다. 1차 전화조사에서 작품의 유통에 관련된 제보자를 확보한 뒤에 2차 현장조사를 실시한 것이다. 이 때문에 충청 지역의 필사본 고소설의 현장조사가 가능한 곳은 매우 제한적일 수밖에 없다. 충청 지역의 필사본에 대한 현장조사는 가장 많이 유통된 괴산에 집중하게 되었다. 조사일시는 2012년 12월 20일-22일 현장조사를 하고 다시 2013년 1월 20일-21일 추가조사를 실시하였다.

않다. 적어도 100여 년 전에 살았던 필사자와 향유층을 조사하는 작업은 제보자의 기억에 의존할 수밖에 없기 때문이다. 그마저도 노인들이 세상을 떠나고 있어서 자세한 내막을 알고 있는 제보자 찾기가 어렵다. 하지만 고소설에 적힌 필사기록을 토대로 충청 지역을 조사한 결과 일정한 성과를 거두었다. 충청 지역의 필사본 고소설은 유통과정에 대한 현장조사가 풍부할수록 정확한 성과를 거둘 수 있기 때문이다.

충청 지역에 유통된 필사본 고소설의 필사자와 향유층에 대한 현장조사는 작품의 다양성을 이해하는 데 도움을 준다. 나아가 필사본 고소설의 향유층에 대한 실증적 접근은 작가층에 대한 연구를 파생시키기도 한다. 왜냐하면 필사본 고소설의 필사자와 적극적 향유층은 작품을 변개하거나 재창작하는 작가와 유사한 성격을 내포하고 있기 때문이다. 여기서는 충청 지역에 유통된 고소설의 필사자와 향유층을 성별로 구분하여 살펴보고자 한다.

성별	작품의 종류	수량
여성 필사자 향유층	<곽해룡전>, <두껍전>②, <무량공주불전취서삼연록>, <매화전>, <박씨전> 7종, <백학선전>, <부장양문록>, <봉내신선록>, <사씨남정기>, <삼사명행록>, <소현성록>, <수매청심록> 3종, <신계후전> 2종, <심청전> 3종, <양풍전>, <어룡전> 2종, <옥루몽>, <옥린몽>, <옹고집전>, <소대성전> 2종, <월봉기>, <위봉월전>, <유충렬전> 3종, <유효공선행록>, <유씨삼대록>, <유충렬전> 2종, <이태경전>, <이윤구전>, <이대봉전> 2종, <장인걸전>, <장익성전>①, <적성의전>, <전우치전>, <조웅전> 2종, <진대방전>②, <춘향전> 6종, <최현전>②, <화룡도전>, <황월선전> 3종, <황운전>, <현씨양웅쌍린기>, <홍길동전>, <흥보전>	68종
남성 필사자 향유층	<구운몽> 2종, <김취경전>, <둑껍전>, <서진사전>, <숙향전>①, <옥련몽> 2종, <유문성전>, <유충렬전>②, <임경업전>, <임진록> 2종, <장끼전>, <장두영전>, <금선각>, <진대방전>①, <적벽대전>, <화왕본기>	19종

위와 같이 충청 지역의 필사본 고소설 향유층은 남성보다 여성이 풍부한 실정이다. 여성이 고소설을 필사하거나 향유한 작품은 68종이다. 반면에 남성이 고소설을 필사하고 향유한 경우는 19종이다. 이렇게 충청 지역의 필사본 고소설은 남성보다 여성이 필사와 향유에 적극적으로 참여했음을 보여준다. 충청 지역의 여성들은 애정소설, 영웅소설, 판소리계소설, 장편가문소설 등의 필사와 향유에 적극 참여한 것이다. 따라서 충청 지역의 여성 필사자와 향유층은 이런 유형의 필사본 고소설을 선호했음을 보여준다.

애정소설 <매화전>에는 ‘책주 임태규’가 등장한다. 비록 임태규의 성별이 여성이 아닌 남성이라고 해도 작품을 향유한은 경우는 여성일 가능성이 매우 높다. 왜냐하면 <매화전>은 남성의 정치적 군담보다는 여성의 혼례에 풍부한 관심을 보여주기 때문이다. 더욱이 애정소설 <수매청심록>①은 ‘한유당’이라는 여성이 필사한 것으로 보인다. <수매청심록>②는 부여의 여흥민씨 집안에서 향유했다면 <수매청심록>③은 대전의 동춘당 송준길의 증손 소대헌 집안에서 향유했던 작품이다. 이러한 <수매청심록>은 양반 집안의 부녀자들이 필사하고 향유한 것이 분명하다.

여성 영웅소설 <박씨전>은 여성이 필사하고 향유한 작품이다. <박씨전>①은 작품의 말미에 <여자자탄가>가 합철된 점으로 보아 여성 향유층이 분명하다. <박씨전>②는 ‘모수적’이라는 여성 필사자가 구체적으로 등장한다. <박씨전>③과 <박씨전>④에는 ‘한치운의 책’과 ‘책주 최진영’으로 기록되어 있다. 이러한 필사기에 등장하는 책주인들은 남성인지도 모른다. 그들이 필사본 <박씨전>을 소장한 것으로 볼 수 있다. 그런데 실제로 작품이 유통된 현장을 조사해보면 <박씨전>을 필사하고 향유한 경우는 그 집안의 여성이다. 따라서 <박씨전>은 충청 지역의 여성이 필사와 향유에 적극 참여했음을 보여준다.

영웅소설 <유충열전>①에는 필사자와 향유층이 구체적으로 나타나지 않는다. <유충열전>②에는 '박기호'가 책주인으로 등장한다. <유충열전>은 소장자와 향유자가 다를 수 있음을 보여준다. 이러한 <유충열전>의 필사기록을 토대로 현장조사를 실시하면 여성이 작품을 향유했음을 확인할 수 있다.[113] 더욱이 <유충렬전>③과 <유충렬전>④에는 '책주 유○열 댁'과 '책주 유응구'로 나타난다. 이들은 여성들이 필사하고 향유한 <유충렬전>을 소장한 남성이다. 이런 점에서 <유충렬전>을 필사하고 향유한 경우는 유씨 집안의 여성이 아닌가 한다.

여성 영웅소설인 <백학선전>에는 '정옥'이라는 여성 필사자가 구체적으로 등장한다. <양풍전>은 '김부인'이 필사했고 <곽해룡전>은 '이윤중'이라는 이름이 등장하지만 여성이 작품을 향유했을 것으로 추정된다. <봉내신선록>에는 '남원댁'이 소장자 및 필사자로 등장한다. <이윤구전>에는 '책주 리진사댁'이라는 기록이 등장하고 있다. 그럼에도 작품을 필사한 경우는 이진사댁의 여성이라 생각된다. <이대봉전>은 '양호정사'에서 필사했지만 작품을 향유한 경우는 여성이다. 이러한 고소설의 필사기록을 참고하여 현장조사를 실시하면 다양한 여성 향유층의 존재를 확인할 수 있다.[114]

<소대성전>①은 '책주 임'으로 등장하고 있지만 실제로 작품을 향유한 경우는 임씨 집안의 여성이다. <소대성전>②는 '책주 정헌식'이 등장하는데 실제 필사자는 한만선(70세) 할머니이다. 나머지 작품은 구체적

---

113) <유충열전>은 남성보다 여성이 향유한 경우가 훨씬 풍부하다. 필사기에 남성이 책 주인으로 등장하지만 실제로 필사하거나 향유한 경우는 여성이라 하겠다.

114) 2011년 10월 1-2일 현장조사에서 김참봉 집안의 여성이 <화룡도전>을 향유하고 옥천 전씨 집안의 여성이 <이대봉전>을 향유했음을 마을 주민의 증언을 통해서 확인하였다.

인 필사기록이 없어서 필사와 향유자를 파악할 수 없다. 그렇지만 <소대성전>의 필사와 향유는 대체로 여성일 가능성이 매우 높다고 하겠다. 이러한 경우는 <조웅전>도 예외는 아니다. <조웅전>에는 필사와 향유에 관한 기록이 등장하지 않는다. 그럼에도 <조웅전>은 여성이 향유했을 가능성은 매우 높은 실정이다.

영웅소설 <이태경전>은 정하영의 아내 경주이씨가 필사한 작품이다. 현장조사에서 <이태경전>의 실물을 확인한 결과 작품의 말미에 “이 책은 어만님이 베끼신니다”라고 기록되어 있다. 이러한 필사기록과 작품 소장자에게 문의한 결과 <이태경전>은 정하영(1865년 생)의 아내가 필사한 것이 분명하다.[115] 이 작품은 정용현의 조부 정하영이 소장하고 있었을 뿐 실제로 작품을 필사하고 향유한 것은 그의 아내 경주이씨가 분명하다. <전우치전>은 ‘추계댁 책주 정소저’가 등장하고 있어서 정소저가 필사하고 향유한 작품이다.

장편가문소설은 양반 사대부 집안의 여성들이 필사하고 향유했다. 장편의 여성 영웅소설과 가문소설의 성격을 동시에 내포한 <부장양문록>은 김문안 댁의 할머니와 증손부가 함께 필사한 것이다.[116] 이 작품은 양반 집안의 여성에 의해서 필사되고 향유되었다는 점에서 주목된다.

115) 충북 괴산군 불정면 지장리 석정마을에 대한 현장조사는 2013년 1월 20일-22일까지 실시했다. 작품을 소장한 정용현(남, 55세)씨를 만나서 <이태경전>의 실물을 확인했는데 작품의 표지는 <니진사전>이라고 되어 있다. 당초에 괴산향토사연구회에서 간행한 『괴향문화』 20집에 소개된 것과 달리 실제로 작품을 필사한 것은 정하영(1865년생)의 아내이다. 따라서 현장조사에서 <이태경전>을 필사하고 향유한 정하영의 아내 경주이씨의 존재를 확인하였다. 초계 정씨의 족보를 통해서 정하영의 아내 경주이씨가 필사했다는 사실을 밝혔다. 또한 정용현 씨의 증언에 의하면 예전 큰집에 고서들이 아주 많았다고 한다. 지금도 집안에는 상당히 많은 양의 한문본 고서들이 소장되어 있다. 이 집안이 굉장한 부자였다고 마을 주민과 친척들이 말해주었다.

116) 정병설, 「여성영웅소설의 전개와 <부장양문록>」, 『고전문학연구』 19집, 한국고전문학회, 2001, 217쪽. 채윤미, 「<부장양문록> 연구」, 서울대 석사논문, 2009, 1-103쪽.

<삼사명행록>은 '주사댁의 여성 이정자'가 필사하고 향유한 작품이다. <소현성록>은 옥소 권섭의 모친인 용인이씨가 손수 필사한 작품이다.[117] <유효공선행록>과 <유씨삼대록>은 동춘당 송준길의 증손 소대헌 집안의 시어머니와 며느리가 함께 필사한 작품이다. <현씨양웅쌍린기>에는 '김한조'의 이름이 등장한다. 김한조가 작품을 소장한 남성이라고 해도 실제로 작품을 필사하고 향유한 경우는 여성임이 분명하다. 이러한 장편 가문소설은 남성보다 여성들이 선호했던 필사본 고소설이기 때문이다.

충청 지역의 양반 사대부 집안에서 장편가문소설이 유통되었다는 점은 주목된다. 충남 보령의 김문안 집안에서는 <부장양문록>을 필사하고 향유했다. 충북 제천의 안동권씨 연잠파인 옥소 권섭의 가문에서는 장편가문소설 <소현성록>이 유통되었다. 충남 대전의 동춘당 송준길 가문에서는 <유효공선행록>과 <유씨삼대록>을 필사하고 향유했다. 이러한 장편가문소설은 충청 지역에서도 수십 권으로 분책된 필사본을 향유했음을 보여준다. 충청 지역의 양반 사대부 문중의 여성들이 장편가문소설을 필사하고 향유한 사례를 확인한 것은 커다란 성과이다. 양반 문중에서는 장편가문소설 향유를 통해서 유교윤리적 규범의식을 학습하도록 배려한 것으로 보인다.

판소리계 소설인 <춘향전>은 모두 여성이 향유한 작품이다. <춘향전>①은 '권씨 서책'으로 등장하고 <춘양가>②는 '책주 김봉학'으로 나타난다. 이들 작품은 권씨 집안의 여성과 김봉학이라는 여성이 필사하고 향유한 것이다. 더욱이 <별춘향전>③과 <춘향전>④는 '박순명'과 '김순선'처럼 여성 필사자의 이름이 등장하고 있다. 그런데 <별춘향전>

117) 박영희, 「<소현성록> 연작 연구」, 이화여대 박사논문, 1994, 1-250쪽.

⑤와 <춘향전>⑥은 '이청우'와 '이성렬'의 남성 이름이 등장한다. 하지만 실제로 작품을 필사하고 향유한 경우는 그 집안의 여성임이 분명하다. 따라서 판소리계 소설 <춘향전>은 남성이 소장한 경우라도 작품을 필사하고 향유한 것은 여성이라 하겠다.

이밖에도 <옥린몽>은 '권순정'이라는 여성이 필사하고 향유한 것이다. <신계후전>은 '염재선'이라는 여성이 작품을 소장하면서 지속적 독서를 한 것으로 보인다. 판소리계소설 <화룡도전>은 여성보다 남성이 즐겨 향유한 작품이다. 그런데 충청 지역에서는 여성이 <화룡도전>을 향유한 것으로 보인다. 이 작품은 양반집안의 남성이 여성을 위해서 손수 고소설 작품을 필사해준 경우이다. <화룡도전>에는 '부객사후의 김참봉 댁'과 같이 소장처가 등장한다. 그럼에도 실제로 작품을 향유한 경우는 그 집안의 여성임이 분명하다.

여성 향유층은 영웅소설 <박씨전>, <소대성전>, <유충렬전> 등과 가정소설 <정을선전>, <황월선전>이나 판소리계 소설 <춘향전>, <심청전>에 상당한 관심을 보이고 있다. 충청 지역의 여성들은 작품의 분량이 적은 고소설을 필사하거나 향유하면서 자신들의 욕망을 대리 충족했을 것으로 짐작된다. 여성 향유층은 애정소설, 영웅소설, 가정소설, 판소리계 소설, 장편가문소설 등을 선호하고 있다. 이러한 점은 영·호남 지역과 비교하면 차이점이 나타난다. 영남 지역의 여성 향유층은 영웅소설, 가정소설, 가문소설 등을 선호했다면[118] 호남 지역의 여성 향유층은 판소리와 판소리계 소설을 선호했다. 따라서 충청 지역의 여성 향유층은 영웅소설, 가정소설, 판소리계 소설 등을 선호한 것으로 보인다.

한편, 충청 지역의 남성 향유층은 <김취경전>, <두껍전>, <산양대

---

118) 김재웅, 「영남 지역 필사본 고소설에 나타난 여성 향유층의 욕망」, 『한국고전여성문학연구』 16집, 한국고전여성문학회, 2008, 5-35쪽.

전>, <삼국지>, <서진사전>, <숙향전>, <옥련몽>, <유문성전>, <유충렬전>, <임경업전>, <임진록> 2종, <장끼전>, <장두영전>, <금선각>, <진대방전>, <화왕본기> 등과 같이 19작품을 필사하거나 향유했다. 그 중에서도 <구운몽>, <금선각>, <숙향전>, <임경업전>, <장두영전> 등의 한문본은 남성이 필사하고 향유한 것이 분명하다. 여기에 한문현토본 <장끼전>도 남성이 향유했을 가능성이 높다고 하겠다. 따라서 남성 향유층은 한문본을 선호한 것으로 보인다.

<구운몽>①은 '김서사내 권'이라는 소장처만 등장하고 있어서 필사자를 확인하기 어렵다. 그럼에도 <구운몽>①은 대체로 남성이 향유한 작품으로 추측된다. <산양대전>은 <조자룡실기>, <조자룡전>으로 불린다. 경판『삼국지』3권의 줄거리와 거의 동일한 <산양대전>은 여성보다 남성 향유층이 선호한 작품이다. 더욱이 <산양대전>의 필사기에는 책을 소장한 남성 '유동진'이 등장한다. <삼국지>에는 '이범익 필적'이라고 기록되어 있어서 남성이 필사한 것이 분명하다. 따라서 <산양대전>, <삼국지>는 충청 지역의 남성이 필사하거나 향유한 작품이다.

가정소설 <김취경전>은 '배판서의 외손 상규 근작'이라는 필사기록을 볼 때 남성이 필사한 작품이다. <두껍전>①에는 '이강훈'과 <두껍전>②에는 '우학정사'가 등장하고 있어서 남성과 관련된 내용이 등장한다. 왜냐하면 <두껍전>②를 필사한 '우학정사'는 여성보다 남성의 생활공간이기 때문이다. <옥련몽>은 '김동원과 김낙원'의 형제가 필사하고 향유한 것으로 보이다. <화왕본기>는 '연안 김씨 내자시 윤공과 김려연'이 필사했다. 김려연(1781-1837)은 조선후기 정조 5년에서 헌종 3년까지 활약한 문인이다. 그는 연안김씨 사대부 남성이면서도 한글로 가전체소설 <화왕본기>를 창작했다는 점에서 주목된다.[119] 이러한 고소설은 사대부 남성이 손수 필사하거나 향유한 작품으로 보인다.

그런데 <서진사전>에는 남성 필사자 '이명재'가 등장한다. 한학에 조예가 깊은 이명재(1897-1965)는 <조웅전>, <유충열전>, <숙영낭자전>, <매화전> 등과 같은 작품을 필사했다고 한다.[120] 이명재가 작품을 필사한 목적은 일찍 홀로 되신 모친을 위하여 손수 이야기책을 구하여 필사했다는 점은 주목된다. 이러한 경우는 서포 김만중이 노모를 위해서 작품을 창작했다는 점과 동일하기 때문이다. 따라서 남성 필사자 이명재는 집안의 여성을 위해서 손수 작품을 필사한 것으로 보인다. 이런 측면에서 여성 향유층이 작품을 향유한 경우는 좀더 풍부하다고 하겠다.

<진대방전>은 신재욱의 할아버지 신성집(1877-1955)이 필사했다. 괴산 감물면 백양리에 살았던 신성집은 한학을 공부한 학자요 선비라고 한다. 실제로 유학을 공부하는 선비가 집으로 찾아오기도 하고 함께 한학을 공부했다고 후손이 증언해주었다.[121] 현장조사에서 <진대방전>의 실물을 확인한 결과 필체가 유려하지 못한 듯하다. 아마도 한글을 배우는 초보자에 의해서 필사된 것으로 생각된다. 이러한 <진대방전>을 신성집 할아버지가 필사했다고 후손들이 증언하고 있지만 글씨로 보아 그 집안의 부녀자가 필사한 것으로 추측된다.

이상에서 충청 지역의 필사본 고소설은 남성보다 여성의 비율이 상당히 높은 편이다. 충청 지역의 남성은 한문본 <금선각>, <장두영전>,

---

119) 양승민, 「국문 창작 가전체소설 <화왕본기>와 그 한문번역본」, 『고소설연구』 29집, 한국고소설학회, 2010, 181-222쪽.

120) 권혁래, 「신작 구소설 <서진사전>에 그려진 피난자의 형상과 현실인식」, 『온지논총』 14집, 온지학회, 2006, 287-310쪽.

121) 괴산군 감물면 백양리에 대한 현장조사는 2013년 1월 21일 실시했다. 필사본 <진대방전>은 신재욱 씨가 소장하고 있다. 이 작품은 신재욱 할아버지 신성집(1877년-1955년)이 필사한 것이라 한다. 한편 신성집의 부인 경주김씨(1881-1946)는 김적주의 딸로 국문을 필사했을 가능성이 희박하다고 증언해주었다. 신성집은 한학을 공부하여 주변의 학자들과 교류하였다. 또한 신성집은 광서 19년(1893) 절충장군행용양위 부호군의 무관직 벼슬을 지냈다고 한다.

<임경업전>, <임진록> 등과 국문본 <산양대전>, <삼국지>를 선호한 것이다. 반면에 여성 향유층은 <박씨전>, <소대성전>, <수매청심록>, <유충열전>, <춘향전>, <황월선전> 등과 같은 작품을 선호하고 있다. 이렇게 충청 지역의 필사본 고소설 향유층은 남녀의 성별에 따라서 작품의 선호도가 뚜렷이 구분되고 있다. 더욱이 고소설의 필사기록을 토대로 현장조사를 실시하면 남성보다 여성이 작품을 향유했던 사례는 좀더 풍부한 실정이다.

(2) 농한기를 활용한 집중적 필사

충청 지역에 유통된 필사본 고소설의 필사년도는 대체로 1850년에서 1950년까지이다. 이 기간은 조선후기에서 대한제국 및 일제강점기를 포함하는 격동의 100년이다. 충청 지역에도 방각본과 활판본이 유통되었으나 필사의 전통은 지역별로 오랫동안 지속되었다. 더욱이 충청 지역의 필사본 고소설은 1900년에서 1920년대까지 가장 풍부하게 유통되었다. 이 시기에 유통된 충청 지역의 고소설 51종은 여전히 필사의 전통을 유지한 것으로 보인다.[122)]

---

122) 여기에 해당하는 작품은 <곽해룡전>(1916), <구운몽>(1911), <둑껍전>①, ②, ③(1906, 1911, 1911), <박씨전>③, ④(1912, 1916), <백학선전>(1916), <부장양문록>(1907), <산양대전>(1921), <삼국지>(1910), <삼사명행록>(1912), <서대주전>(1913), <숙향전>(1905), <신계후전>(1913), <소대성전>①, ②, ③, ④(1911, 1916, 1918, 1914), <옥련몽>(1907), <위월봉전>(1914), <유충열전>①, ②, ③, ④(1915, 1917, 1909, 1916), <월궁옥섬가>(1907), <이태경전>(1919), <이윤구전>(1911), <임진록>②(1918), <장국진전>②(1920), <장익성전>①, ②(1914, 1920), <장인걸전>(1901), <적성의전>(1911), <조웅전>(1918), <정을선전>①, ②, ③(1916, 1917, 1912), <진성운전>(1920), <창선감의록>③(1913), <춘향전>①, ③, ④, ⑤, ⑥(1922, 1909, 1918, 1914, 1911), <최현전>②(1915), <토끼전>(1916), <화룡도전>(1904), <황운전>(1908), <현씨양웅쌍린기>(1910), <흥보전>(1920) 등과 같다.

한문본 <금선각>은 1883에 필사되어 가장 빠른 필사시기를 보여준다. <임경업전>은 1929년에 필사되어 한문본 중에서는 가장 늦게 필사되었다. 특히 <이태경전>①은 단기 4285년(1952)으로 한국 전쟁기에 필사되었다는 점에서 주목된다. 이밖에도 <봉내신선록>(1858, 1918), <박씨전>②(1872, 1932), <박씨전>③(1852, 1912), <심청전>①(1873, 1933) 등은 60년의 편차가 존재하여 정확한 필사시기를 확정하기 어렵다. 그렇지만 대체로 전자보다 후자일 가능성이 높다고 하겠다.

충청 지역의 필사본 고소설은 대체로 단편으로 구성된 단행본으로 유통되었다. 분책되었다고 해도 2-3권 안팎이 대부분을 차지한다. 이 때문에 <구운몽>① 2월-3월, <박씨전>③ 2월 25일-3월 13일, <용문전>④ 2월 21일-4월 28일, <이윤구전> 11월 27일-12월 20일, <전우치전> 4월-5월 2일, <조웅전>① 1월 14일-19일, <별춘향전>③ 11월 8일-12월 2일, <별춘향전>⑤ 1월 5일-1월 18일, <황운전> 1월-1월 17일 등과 같이 필사자의 능력에 따른 다양한 필사기간이 등장한다. 이러한 단행본으로 구성된 필사본 고소설은 대체로 한 달 정도의 필사시간이 소요된 것으로 보인다.

그런데 <계상국전> 4책은 2월, 4월, 7월 등과 같이 오랜 시간동안 필사되었다. <수매청심록>①은 3월에서 6월 2일까지 필사되었다. 이러한 경우는 작품의 분량이 많은 <옥린몽>에서 더욱 뚜렷하게 나타난다. <옥린몽>은 여러 책으로 분권되어 있기 때문에 11월 19일, 2월, 5월 5일 등과 같이 오랫동안 필사할 수밖에 없었을 것이다. 이렇게 여러 책으로 분권된 장편의 고소설들은 장기간에 걸쳐 오랫동안 필사했음을 보여준다.

충청 지역에 유통된 필사본 고소설의 필사시기를 농한기와 농번기로 구분하고자 한다. 작품을 필사한 시기는 대체로 농번기가 아닌 농한기에 집중되어 있다. 농한기에 필사본 고소설을 향유한 신분계층은 대체로 몰락양반인 반면에 농번기에 작품을 향유한 신분계층은 양반 사대부 집안이라 하겠다. 이러한 충청 지역 고소설의 필사시기를 농한기와 농번기로 구분하면 다음과 같다.

월별	고소설의 필사시기	비고
12-3월	<강태공전> 1월, <곽해룡전> 음1월13일, <구운몽> 2월 회일-3월 망간, <김진옥전> 1월29일, <김취경전> 12월1일, <두껍전>① 2월15일, <두껍전>② 3월일, <무량공주불전취서삼연록> 2월27일, <박씨전>③ 2월25일-3월13일, <박씨전>④ 12월15일, <박씨전>⑥ 2월14일, <박씨전>⑦ 1월25일, <백학선전> 12월6일, 1월, <봉내신설록> 12월회일, <삼국지> 12월9일, <서대주전> 음11월염일, <소대성전>② 1월27일, <용문전>④ 2월21일, <신계후전> 12월26일, <심청전>① 12월14일, <심청전>② 1월, <심청전>③ 11월27일, <양풍전> 1월9일, <어룡전>② 음11월10일, <옥련몽>③ 12월24일, <유문성전> 1월18일, <월봉기> 12월상순, <유충열전>① 1월9일, <유충열전>② 1월20일, <유충렬전>③ 음2월8일, <유충렬전>④ 음12월2일, 2월8일, <유충렬전>⑤ 11월23일, <유충렬전>⑥ 3월27일, <월궁옥섬가> 11월5일, <위봉월전> 2월, <이대봉전>③ 1월17일, <이윤구전> 11월27일-12월20일, <임경업전> 12월회일, <임진록>② 1월7일, <장국진전>② 1월, <장익성전>① 12월25일, <적성의전> 2월4일, <정수경전> 12월8일, <정을선전>① 1월10일, <정을선전>② 2월10일, <정을선전>③ 1월4일, <유최현전>④ 2월초, <정을선전>⑤ 12월30일, <정후비전> 3월, <조웅전>① 1월14-1월19일, <조웅전>③ 1월, <주봉전> 1월26일, <진대방전>② 1월, <진성운전>②1월5일, <창선감의록>① 12월5일, <창선감의록>② 2월5일, <창선감의록>③ 3월16일, <창선감의록>⑤ 12월27일, <취미삼선록> 1월, <열녀춘향수절가>① 12월28일, <별춘향전>③ 11월8일-12월2일, <별춘향전>⑤ 1월5일-음1월18일, <춘향전>⑥ 12월, <별춘향전>⑦ 12월초3일, <최현전>① 3월3일, <최현전>② 3월28일, <토끼전> 1월27일, <화룡도전> 2월21일, <황운전> 1월-1월17일, <현씨양웅쌍린기> 12월19일 <황월선전>① 1월20일, <황월선전>② 2월16일, <홍길동전> 1월19일	농한기 (73편)
기타	<구운몽> 8월15일, <섬처사전>③ 4월5일, <박씨전>② 10월17일, <산양대전> 음9월29일, <삼사명행록> 5월6일, <소대성전>① 6월28일, <수매청심록>① 3월염일-6월2일, <수매청심록>③ 5월 그뭄, <옥린몽> 11월19일, 2월일, 5월5일, <이대봉전> 7월26일, <장인걸전> 9월13일, <전우치전> 하4월-5월2일, <적벽대전> 4월25일, <조웅전>④ 10월15일, <춘향전>④ 음3월24일	농번기 (15편)

위의 표와 같이 농한기에 필사된 고소설은 모두 73편이다. 충청 지역의 필사본 고소설이 농한기에 집중적으로 필사되었다는 점은 주목된다. 농한기에 필사한 고소설은 충청 지역 향유층의 생활상을 대변하고 있다. 평야지대보다 산악이 많은 충북 지역에서는 논농사와 밭농사가 병행되었다. 이 때문에 충북 지역의 고소설 향유층은 농번기를 피하여 농한기에 작품을 집중적으로 필사했다.[123] 반면에 서해안을 끼고 있는 충남 지역에는 넓은 평야가 발달하여 논농사가 주축을 이루고 있다. 넓은 평야에서 재배되는 농산물을 파종하고 수확하는 작업 때문에 농번기를 피하여 농한기에 작품을 필사한 것으로 보인다.

농한기에 필사된 고소설은 대체로 단권 또는 2-3권으로 분책되어 있다. 고소설을 전문적으로 필사하는 사람이 아니라면 농한기에 필사할 수 있는 분량은 한두 작품이면 충분했을 것이다. 초보자가 농한기에 고소설을 필사할 수 있는 분량은 대체로 그쯤은 되지 않았을까 한다. 간혹 고소설 필사를 통해서 언문을 깨우친 정도를 가늠하기도 했다. 충청 지역의 고소설은 한글을 깨우치는 언문공부를 위한 경우와 능숙한 필사자들이 작품을 향유한 경우가 함께 등장한다. 초보자들은 언문을 배우기 위해 고소설을 필사했다면 전문 필사자들은 고소설 향유에 익숙한 사람들이 아닐까 한다.

농한기에 필사된 고소설은 영웅소설, 가정소설, 판소리계 소설 등이 대부분을 차지하고 있다. 영웅소설에 해당하는 작품은 <곽해룡전>, <박씨전> 2종, <백학선전>, <소대성전> 2종, <유문성전>, <양풍전>, <유충렬전> 4종, <임경업전>, <조웅전>, <장국진전>, <최현전> 2종, <황운전> 등과 같이 18편이다. 가정소설에 해당하는 작품은

123) 농한기에 고소설을 필사하거나 향유한 경우는 영·호남 지역에서도 동일하게 나타난다.

<김취경전>, <정을선전> 3종, <창선감의록> 3종, <황월선전> 2종 등과 같이 9편이다. 여기에 판소리계 소설에 해당하는 작품은 <심청전> 2종, <춘향전> 4종, <토끼전>, <화룡도전> 등과 같이 8편이다. 이를 모두 합치면 35편이다. 다만, <현씨양웅쌍린기>는 장편의 가문소설이지만 농한기에 필사되었다. 따라서 충청 지역에서는 농한기에 영웅소설, 가정소설, 판소리계 소설 등이 풍부하게 필사된 것이다.

한편 농번기에 필사된 고소설 작품은 모두 15편이다. 농한기가 아닌 농번기에 필사된 작품은 <박씨전>②, <산양대전>, <삼사명행록>, <섬처사전>③, <소대성전>①, <수매청심록>①, ③, <옥린몽>, <이대봉전>, <장인걸전>, <전우치전>, <춘향전>④ 등과 같다. 농번기에 필사된 작품은 비교적 농사일과 관련이 없는 사람들이 필사했을 것이다. 농번기에 고소설을 필사한 사람들은 양반 사대부 집안과 선비 집안 및 재산이 넉넉한 집안의 부녀자들이다. 이러한 부녀자들은 농사와 관계없기 때문에 농번기에도 단권으로 구성된 작품과 여러 권으로 분권된 장편가문소설을 필사한 것이다.

농번기에 필사된 <섬처사전>③, <소대성전>①, <이대봉전>, <장인걸전>, <춘향전>④ 등은 작품의 분량이 적기 때문에 단기간에 필사되었을 가능성이 매우 높다. 예컨대 <소대성전>①은 6월 28일 필사되었고 <이대봉전>은 7월 26일 필사되었다. 이들 작품의 필사시기는 음력이기 때문에 양력으로 환산하면 7월 28일, 8월 26일이 된다. 충청 지역의 농사주기로 보면 이 시기는 농번기가 지나고 잠시 휴식을 취하는 기간이다.[124] 이러한 농사주기의 짧은 휴식 기간을 활용하여 단권의 필사

124) 벼농사 주기로 보면 이때가 논에서 김을 매는 시기이다. 민속학적으로 보면 호미씨이와 백중놀이가 벌어지는 시기이기도 하다. 이때는 힘겨운 농사에서 잠시 벗어나 휴식을 취할 수 있는 농한기로 볼 수 있다. 따라서 이런 시기에 충청 지역의 필사본 고소설

본 고소설을 향유한 점은 주목된다.

충청 지역에 유통된 <부장양문록>, <소현성록>, <옥린몽>, <유효공선행록>, <유씨삼대록>, <현씨양웅쌍린기> 등의 장편가문소설은 농사주기와 관계없이 필사된 작품이다. 여러 책으로 구분된 장편 가문소설은 대체로 농사와 관계없는 양반 사대부 집안에서 필사하고 향유한 것이 분명하다. 예컨대 <부장양문록>은 보령의 김문안 댁 할머니와 종손부가 함께 필사했고 <소현성록>은 제천의 안동권씨 연잠공파 옥소 권섭의 모친 용인이씨와 며느리들이 함께 필사했다. <유효공전>과 <유씨삼대록>은 대전의 동춘당 송준길의 증손 소대헌 집안의 시어머니와 며느리가 함께 필사한 것이다. 이러한 장편 가문소설은 양반 사대부 집안의 여성들이 필사하고 향유한 작품이다. 더욱이 <옥린몽>은 천안의 여성 권순정이 11월 19일, 2월일, 5월 5일 등과 같이 분량이 많은 작품을 오랫동안 필사했음을 보여준다.

이상에서 충청 지역에서는 농한기에 73편의 고소설을 필사했다. 이 때문에 충청 지역의 고소설은 대부분 농한기에 필사되었다고 해도 과언이 아니다. 농번기에는 고작 15편이 필사되었다. 농한기에 고소설을 집중적으로 필사한 경우는 영·호남 지역에서도 동일하게 나타난다. 영남 지역은 농한기와 농번기에 필사된 작품의 성격이 뚜렷한 차이를 보여준다. 농한기에는 단편으로 구성된 작품을 필사한 반면에 농번기에는 장편의 가문소설을 필사했다. 이런 점에서 농한기에 고소설을 집중적으로 필사한 충청 지역 향유층의 신분계층을 어느 정도 짐작할 수 있다.

향유자는 단권으로 구성된 필사본을 필사한 것으로 생각된다.

(3) 필사본 고소설 향유층의 신분계층

충정 지역의 필사본 고소설은 1900년에서 1920년대에 가장 풍부하게 유통되었다. 이 시기는 대한제국에서 일제강점기로 접어드는 격동기에 해당한다. 이러한 정치, 경제, 사회, 문화 등의 급격한 변화에도 충청 지역에서는 필사본 고소설의 향유가 지속되었다는 점에서 주목된다.[125] 충청 지역은 급격한 변화의 물결을 피할 수 있는 자연지리적 입지조건을 갖추고 있었기 때문이다. 더욱이 충청 지역은 신문물이 쏟아지는 서울과 일정한 거리를 유지하면서도 교통이 불편하여 전통문화를 계승하는 데 유리했을 것이다. 따라서 충청 지역민들은 방각본이나 활자본보다 필사본을 향유하는 고소설 필사의 전통을 유지하고 있다.

여기서는 충청 지역 고소설 향유층의 신분 계층을 구분하여 향유방식을 파악하고자 한다. 충청 지역에는 신문물의 수용보다는 필사본 고소설을 향유하는 전통이 오랫동안 지속되었기 때문이다. 충청 지역의 필사본 고소설을 즐겨 향유한 사람들의 신분 계층을 양반집안과 선비집안으로 구분하고자 한다.[126] 신문물이 밀려드는 격동기에 필사본 고소설 향유층의 신분 계층을 구분하는 작업은 쉽지 않다. 그래서 작품의 필사시기와 관련된 내용을 중심으로 향유층의 신분 계층을 구분하기로 한다.

---

125) 조선후기 신분제도는 갑오경장의 정치적 변화를 통해서 폐지되었다. 그럼에도 충북 지역에는 1900-1920년대까지 신분제도가 지속되었다. 이러한 사회변화에도 향촌에서는 신문물보다 전통문화의 계승에 관심을 가졌다. 따라서 충북 지역의 필사본 고소설은 향촌의 양반집안 또는 선비집안에서 향유한 것으로 보인다.

126) 양반집안은 할아버지가 관직에 있었거나 과거에 급제하여 경제력이 충분한 경우를 말한다면 선비집안은 경제력을 상실한 몰락양반을 포함한 한학을 공부하는 사람을 말한다. 이러한 충북 지역의 필사본 고소설 향유층에 대한 신분 계층의 구분은 현장조사를 반영한 것이다.

	남성	여성
양반 계층 (19종)	<계상국전> 이수사댁, <두껍전>② 박오위장댁, <임경업전> 학현 지정사 김경문 사적, <금선각>② 음성진사 신경원, <화왕본기> 연안김씨 내자시 윤공파	<부장양문록> 김문안집의 할머니와 종손부, <사씨남정기> 여흥민씨, <삼사명행록> 주사댁 이정자, <소현성록> 옥소 권섭의 모친 용인이씨와 며느리, <수매청심록>① 한유당 필서, <수매청심록>② 여흥민씨, <수매청심록>③ 동춘당 송준길 가문, <유최현전> 명재 윤증고택, <이대봉전> 양호정사, 옥천전씨 학천파, <황월선전>③ 청주 한씨소장, <유효공선행록> 동춘당 가문, <유씨삼대록> 동춘당 가문, <조웅전>② 여흥민씨, <화룡도전> 부객사후의 김참봉댁 책
선비 계층 (47종)	<곽해룡전> 이윤중, <김취경전> 배판서의 외손 상규 근작, <두껍전>① 이강훈, <두껍전>③ 우학정사, <서진사전> 이명재, <옥련몽> 김동원, 김낙원, <유문성전> 오취정 박상근, <진대방전> 신성집	<박씨전>② 모수적, <박씨전>③ 한치운, <박씨전>④ 최진영, <백학선전> 정옥, <봉내신설록> 남원댁, <숙향전>② 채규철, <신계후전> 염재선, <심청전>① 오등근, <심청전>② 서생댁, <양풍전> 김부인, <옥린몽> 권순정, <옹고집전> 민문의 댁, <소대성전>① 책주 임, <소대성전>② 책주 정헌식, 한만선, <황월선전>① 이생원 댁, <위월봉전> 도평댁, <유충렬전>② 책주 박기호, <유충렬전>③ 책주 유○열댁, <유충렬전>④ 책주 유응구, <이진사전>② 정하영의 아내 경주이씨, <이윤구전> 이진사댁, <임진록>② 김진구, <장익성전>① 책주 지병용, <장인걸전> 심연장댁, <적성의전> 이주사댁, <전우치전> 책주 정소저, <정을선전>① 이건호, <진성운전>② 책주 유철호, <창선감의록>② 김태동, <창선감의록>③ 김강용, <열녀춘향수절가>① 권씨 서책, <춘양가>② 책주 김봉학, <별춘향전>③ 박순명, <춘향전>④ 김순선, <별춘향전>⑤ 이청우, <춘향전>⑥ 이성렬, <최현전>② 책주 유성덕, <황운전> 온양댁, <흥보전> 이생원댁

위의 표와 같이 필사본 고소설은 충청 지역의 선비집안에서 향유했다. 충청 지역의 선비집안에서 향유한 작품은 47종으로 매우 풍부하다. 그중에서도 남성(8종)보다 여성(39종)이 필사본 고소설 향유에 적극성을 보여준다. 이러한 작품들은 한글을 배운 선비집안의 여성들이 주로 향유한 것이다. 반면에 충청 지역의 양반 집안에서 향유한 필사본 고소설은 19종이다. 그 중에서 남성(5종)보다 여성(14종)이 필사본 고소설을 적극 향

유했음을 알 수 있다. 따라서 충청 지역의 필사본 고소설은 선비집안 또는 몰락한 양반집안의 여성들이 오랫동안 작품을 향유한 것으로 보인다. 다만, 양반 사대부 집안의 여성들도 필사본 고소설 향유에 적극 동참했지만 작품의 유형에서는 차이점을 보이고 있다.

<김취경전>은 배판서의 외손인 상규가 필사한 것으로 기록되어 있다. 작품의 필사기에 등장하는 '배판서'가 필사자의 이름인지 벼슬인지 분명하지 않다. 아마도 가정소설의 후대본인 <김취경전>을 필사한 것으로 보아 '배판서'는 관직 명칭이 아닌 것 같다. 그래서 작품에 등장하는 '배판서'는 사람의 이름으로 보는 것이 마땅하다고 생각한다. 따라서 <김취경전>을 향유한 사람은 선비집안이거나 학자집안의 남성으로 추정된다.

<곽해룡전>과 <두껍전>①, ②에는 이윤중과 이강훈, 우학정사 등의 필사기록이 등장한다.[127] 이러한 작품들은 남성들과 관련된 기록이 등장하고 있지만 실제로 고소설을 향유한 것은 선비집안의 여성이 분명하다. <박씨전>②, ③에는 모수적, 한치운처럼 선비집안의 여성 향유층이 구체적으로 등장한다. <백학선전>, <심청전>①, <양풍전> 등에는 정옥, 오등근, 김부인 등과 같이 선비집안의 여성이 나타난다. 또한 <심청전>②는 서생댁이 작품을 소장하고 있지만 실제로 작품을 향유한 경우는 여성이 분명하다. 이렇게 충청 지역의 선비집안에서는 부녀자의 유교윤리적 규범의식과 한글공부를 위해서 필사본 고소설을 향유한 것으로 보인다.

그런데 <유충렬전>②, <춘향전>②와 <별춘향전>④는 박기호, 이성렬과 이시우 등의 남성이 등장하지만 현장조사에서 선비집안의 여성이

---

127) 지역주민 유기영(72세, 남)과 전주 이씨 후손 이인수(73세, 남)에 의하면 필사본 고소설은 한학을 공부하는 선비집안의 여성들이 주로 향유했다고 한다.

작품을 향유했음을 확인했다.[128] <흥보전>에도 이생원댁이 등장하지만 실제로는 이생원집안의 여성이 작품을 향유한 것이다.[129] 이밖에도 <박씨전>①, <어룡전>, <정을선전>, <조웅전>, <유충렬전>① 등은 필사기록이 없지만 대체로 선비집안의 여성이 선호한 작품이다. 따라서 충청 지역에는 선비집안 또는 학자집안의 여성이 다양한 작품을 향유한 것으로 보인다.

충청 지역의 선비집안에서는 농한기에 필사본 고소설을 집중적으로 향유했다. 당시 고소설을 향유한 신분 계층은 전통문화를 고수하던 선비집안의 사람들이다. 특히 농한기에 집중적으로 고소설을 필사한 사람들은 단행본으로 구성된 영웅소설, 가정소설, 판소리계 소설 등을 즐겨 향유했다. 이러한 고소설은 한글을 깨친 선비집안의 여성들이 주로 향유한 것으로 보인다.[130] 따라서 충청 지역에는 향촌의 몰락양반을 포함한 선비집안의 여성들이 농한기에 필사본 고소설을 향유한 것이 분명하다고 하겠다.

한편, 양반집안에서 향유한 필사본 고소설은 상대적으로 빈약한 실정이다. 선비집안과 달리 양반집안에서는 장편의 가문소설을 향유했다는 점에서 주목된다. <계상국전>이 소장된 이수사댁은 양반 사대부 집안이다. 작품에 기록된 '이수사'는 종2품 내지 정3품의 무관직 벼슬을 말

128) 2011년 9월 28-29일까지 현장조사를 실시하였다. 이 작품들은 선비집안의 여성이 필사하고 향유했음을 마을주민들의 증언을 통해서 확인하였다.

129) 이생원의 후손 이재호(80세, 남)는 집안의 부녀자들이 <흥보전>, <장화홍련전> 같은 작품을 읽었다고 증언해주었다.

130) 김진영 외, <춘향전>, 『춘향전 전집』 8권, 박이정, 1999, 263-320쪽. 이 칙 등서할 제 한유이 못 등서ᄒᆞ고 전약의 잠싼 등하의 등서ᄒᆞᆯ제 초군목동니 비움 글씨로 씨기의 외자 낙서 만코 오다가다 큰 글얼 작난으로 너흐신이 눌너덜 보고 과이 탈잡지 마오. 어화 세상 사ᄅᆞᆷ덜아 웃지웃지하여 글언 배우지 못ᄒᆡ신이 공밍지도넌 몰울망정 은문니라도 심써 비워 닐런 칙도 쓰더보면 유리한 말도 만코 ᄉᆞᆫ불선얼 짐작하난이 비단 심심파적으로만 아지말고 언어수작과 망불망얼 헤알여 심중의 너허두오.

한다. 이수사댁에서 작품을 소장한 것으로 보아 <계상국전>은 양반집안의 여성이 향유했을 것으로 짐작된다. <두껍전>②는 박오위장 댁에서 향유한 작품이다. 오위장은 명예직 벼슬이지만 양반집안인 것은 분명하다. <이대봉전>과 <임경업전>은 작품을 필사한 곳이 양반들의 정사(亭舍)로 나타난다. <이대봉전>은 옥천전씨 학천파 문중에서 관리하는 양호정사에서 필사한 작품이다. <임경업전>은 학현정사의 김경문 사적이라 기록되어 있다. 이 작품들은 양반집안의 남성들이 향유했을 수도 있지만 집안의 부녀자들을 위해 손수 필사해준 것으로 짐작된다.

충청 지역의 양반집안에서는 <부장양문록>, <소현성록>, <사씨남정기>, <수매청심록>② ③, <유효공선행록>, <유씨삼대록>, <조웅전> ② 등의 작품을 향유했다. 부여의 여흥민씨 집안에는 <사씨남정기>, <수매청심록>②, <조웅전> 등을 소장하고 있다. 대전의 동춘당 송준길 집안에는 <수매청심록>③, <유효공선행록>, <유씨삼대록> 등을 소장하고 있다. 제천의 옥소 권섭집안에서는 <소현성록>, <소대성전>⑤[131]를 필사하고 향유했다는 기록이 전한다. <수매청심록>①은 한유당이라는 당호를 가진 양반집안의 여성이 필사한 작품이다. 이러한 작품은 충청 지역의 양반집안에서 향유한 작품이다. 따라서 충청 지역에서는 양반집안의 남성보다 여성들이 고소설의 필사와 향유에 더욱 적극적으로 참여한 것은 분명하다.

이러한 충청 지역의 필사본 고소설을 향유한 신분 계층은 선비집안과 양반집안으로 구분할 수 있다. 그 중에서도 선비집안의 여성들이 필사본

---

131) 김연호, 「문암영당의 고전적 정리와 해제」의 목록에 보면 <소대성전> 1종이 등장한다. 이 작품은 충북 제천시 봉양면 신동리 안동권씨 연잠공파 문암영당에 소장되어 있다. 문암영당은 옥소 권섭 선생을 포함한 문중의 책을 보관한 곳이다. 책과 관련된 내용을 문중 관계자(권시필 회장)에게 확인했으나 사정을 자세히 알지 못했다. 이 책은 옥소 선생이 번역했다기보다 문중의 부녀자들이 향유한 책이 아닌가 한다.

고소설을 풍부하게 향유했다. 선비집안에서는 영웅소설, 가정소설, 판소리계 소설 등을 즐겨 향유한 반면에 양반집안에서는 장편의 가문소설을 즐겨 향유한 것으로 보인다. 충청 지역은 양반과 선비의 신분 계층에 따른 작품의 향유방식이 뚜렷하게 나타난다. 장편의 가문소설을 향유한 양반집안과 단편의 영웅소설, 가정소설, 판소리계 소설 등을 향유한 선비집안의 작품 선호도가 그것이다. 따라서 충청 지역의 필사본 고소설은 양반집안과 선비집안에서 향유한 작품의 종류와 선호도가 뚜렷하게 나타난다.

이상에서 충청 지역에는 선비집안의 여성들이 필사본 고소설을 즐겨 향유했다. 양반집안의 여성들은 장편의 가문소설을 즐겨 향유했고 선비집안의 여성들은 단편의 영웅소설, 가정소설, 판소리계 소설 등을 향유했던 것으로 보인다. 이러한 현상은 영남과 유사하다고 하겠다. 충청 지역에서는 양반집안과 선비집안에서 향유한 작품의 유형별 특징이 뚜렷하게 나타난다. 충청 지역의 필사본 고소설 향유층은 양반집안보다 선비집안의 여성들이 풍부한 실정이다. 아마도 예전 양반집안에서 유통되었던 필사본 고소설이 조선후기와 대한제국 및 일제강점기로 접어들면서 점차 몰락한 양반이나 선비집안에서 작품을 향유한 것으로 생각된다. 따라서 충청 지역의 필사본 고소설을 향유한 신분 계층은 양반집안보다 선비집안의 여성이 매우 풍부한 실정이다.

5) 충청 지역에 유통된 필사본 고소설의 특징

충청 지역에 유통된 필사본 고소설은 모두 132종이다. 이를 충북과 충남으로 구분하면 각각 62종, 70종으로 나타난다. 충청 지역에 유통된 필사본 고소설은 대전(12), 괴산(10), 청주(9), 충주(8), 공주(8), 보은(8), 아산(7), 논산(7), 서천(6) 등으로 나타난다. 이러한 대전, 괴산, 청주, 충주, 공주, 보은, 아산, 논산, 서천 등과 같이 역사문화적 전통이 풍부한 고장에서 필사본 고소설의 유통이 풍부했음을 보여준다.

충청 지역의 필사본 고소설은 영웅소설(55종), 가정소설(22종), 가문소설(11종), 판소리계 소설(15종), 애정소설(6종) 등으로 구분된다. 이를 충북과 충남으로 구분해보아도 비슷한 결과를 보여준다. 충북 지역에는 영웅소설(27종), 판소리 및 판소리계 소설(9종), 가정소설(9종), 가문소설(4종) 등이 유통된 반면에 충남 지역에도 영웅소설(28종), 가정소설(13종), 가문소설(6종), 판소리계 소설(6종) 등이 유통되었다. 따라서 충청 지역에는 영웅소설이 가장 풍부한 실정이다. 그런데 충청 지역에는 가문소설과 판소리계 소설도 풍부하게 나타난다. 가문소설은 충청 지역의 양반 가문에서 향유했다면 판소리계 소설은 선비 집안에서 향유한 것으로 보인다.

충청 지역의 필사본 고소설 132종 가운데 동일한 작품의 이본을 제외하면 모두 69종이다. 이런 점에서 충청에서는 이본의 유통보다 다양한 작품이 유통된 것으로 보인다. 충청 지역에는 한문본 5종을 제외하면 모두 127종이 한글본으로 유통되었다. 그 중에서도 <춘향전>과 <박씨전>이 가장 풍부한 실정이다. <춘향전>과 <박씨전>은 7종이 존재하고 있어서 호남보다 풍부하다. 그 다음에는 <유충렬전>(6종), <소대성전>(5종), <정을선전>(5종) 등이 존재하고 있다. 이밖에도 가정소설 <창선감의록>, <황월선전>이 각각 4종이 유통되었다. 따라서 충청 지역민은 판소리계 소설 <춘향전>과 영웅소설 <박씨전>, <유충렬전>, <소대성전> 등을 선호하고 있다.

충청 지역에 유통된 필사본 고소설의 향유층은 남성보다 여성이 풍부한 실정이다. 여성이 필사하고 향유한 작품은 68종이고 남성이 필사하고 향유한 작품은 19종이다. 충청 지역의 여성들은 영웅소설, 판소리계 소설, 장편 가문소설, 애정소설 등을 즐겨 향유한 것이다. 여성 향유층은 판소리계 소설 <춘향전>과 영웅소설 <박씨전>, <유충렬전>, <소대성전> 등과 가정소설 <정을선전>, <황월선전> 등에 상당한 관심을 보여준다. 더욱이 <부장양문록>, <삼사명행록>, <소현성록>, <유씨삼대록>, <유효공선행록>, <현씨양웅쌍린기> 등의 장편 가문소설은 양반 집안의 여성들이 향유한 것으로 보인다. 따라서 충청 지역의 여성 향유층은 남성보다 풍부할 뿐만 아니라 여성의 관심을 필사본 고소설에 투영하고 있다.

충청 지역의 필사본 고소설은 농한기에 집중적으로 향유하였다. 필사본 고소설은 1850년에서 1950년까지 필사되었다. 이 시기는 조선후기에서 대한제국 및 일제강점기를 포함하는 격동의 100년이다. 이러한 격동의 시기에 지역의 여성은 농한기에 필사본 고소설을 향유한 다. 그 중에서도 1900년에서 1920년까지는 세책본, 방각본, 활판본 등이 출간되어 필사본과 경쟁하는 시기이기도 하다. 그럼에도 지역민들은 농한기에 필사본 고소설을 향유하는 필사의 전통을 지속한다. 고소설의 필사기에 의하면 농한기 73종과 농번기 15종을 필사하였다. 이렇게 충청 지역의 필사본 고소설은 농한기에 집중적으로 필사되었음을 보여준다. 농사주기에 따른 농한기에 작품을 즐겨 필사했다면 향유층의 신분 계층은 양반보다 선비 또는 학자로 추정할 수 있다.

충청 지역에 유통된 필사본 고소설 향유층의 신분 계층을 구분하면 양반 19종, 선비 및 학자 47종으로 나타난다. 이렇게 필사본 고소설을 향유한 사람들은 지역의 양반보다 선비 또는 몰락한 양반이 대부분을 차지한다. 더욱이 선비와 학자 계층에서도 남성보다 여성이 필사본 고소설의 향유에 적극 참여한 것으로 보인다. 그래서 충청 지역의 필사본 고소설에는 선비 집안 또는 학자 집안의 여성들의 욕망이 투영되었다. 따라서 선비 집안에서는 단편의 영웅소설, 가정소설, 판소리계 소설 등을 향유한 반면에 양반 집안에서는 장편의 가문소설을 향유한 것이다.

4. 서울과 경기 지역 필사본 고소설의 유통양상과 향유층

1) 서울과 경기 지역에 유통된 필사본 고소설의 종류와 현황

서울과 경기 지역에 유통된 필사본 고소설의 지역별 유통양상과 향유층에 대한 실증적 접근을 시도하고자 한다. 서울을 포함한 경기 지역에는 조선후기부터 일제강점기까지 필사본 고소설이 다양하게 유통된 것으로 추측된다. 조선시대부터 현재까지 국가의 중심지 역할을 수행한 서울과 경기 지역에는 어떤 필사본 고소설이 유통되었을까? 이러한 궁금증을 해결하기 위해서는 서울과 경기 지역에 유통된 고소설의 필사기록을 분석하고 현장조사를 실시해야 한다.

서울과 경기 지역은 급격한 도시화와 상업화 덕분에 고소설의 필사기록을 역추적하는 작업은 거의 불가능한 실정이다. 그럼에도 필사본 고소설에 등장하는 필사기록을 살펴보면 서울에는 52종이 유통된 것으로 나타난다. 필사본 고소설 52종은 서울과 인천 및 경기 지역까지 모두 포함한 수량이다. 현재까지 필사기록과 현장조사를 통해서 확인한 서울과 경기 지역에 유통된 필사본 고소설은 상대적으로 빈약한 실정이다.

조선후기 국왕이 거쳐하는 궁궐이나 수많은 관청이 모여 있는 도성과 가까운 서울과 경기 지역에는 양반 사대부집과 양반의 별서들이 풍부했을 것이다. 이 때문에 실제로 서울과 경기 지역에는 필사본 고소설이 풍부하게 유통되었을 것으로 짐작된다. 그럼에도 고소설의 필사기록과 현장조사를 통해서 확인한 작품은 모두 52종이다. 서울과 경기 지역에는 필사본 고소설의 유통이 빈약하지만 영남, 호남, 충청, 강원 등의 지역과 상호 비교할 수 있다는 점에서 주목해야 한다.

서울과 경기 지역에 유통된 필사본 고소설은 매우 빈약한 실정이다. 조선후기 궁궐과 수많은 관청이 몰려 있을 뿐만 아니라 인구가 풍부한 서울과 경기 지역에서 필사본 고소설이 빈약하게 유통되었다는 점은 주목된다. 조선후기와 대한제국 및 일제강점기까지 급격한 도시화와 상업화를 거친 서울과 경기 지역은 필사본 고소설을 향유할 수 있는 공동체문화가 해체된 것이 아닌가 한다. 왜냐하면 마을의 공동체문화가 해체된 지역에서는 고소설 필사의 전통을 유지하기 어렵기 때문이다. 이러한 서울과 경기 지역에 유통된 필사본 고소설을 제시하면 다음과 같다.

서울과 경기 지역에 유통된 필사본 고소설의 종류(52종)

항목 작품명	소장자	필사자의 성별	유통지역 및 책 주인	필사년도 및 기간
강능추월전 (3권2책)	성균관대	전주이씨 필사, 양반 여성	경기도 양주 광암(양주시 광사동) 윤지사 댁	신해(1911)년 3월5일, 1896년
구운몽(3권)①	계명대	남성	수원 일원정사	무술(1898)년
구운몽②	정규복	화운 강한선	경기도 가평군 읍내리	대정9(1920)년 5월 17일
구운몽③	간호윤	간동학 (1899-1916)	경기도 화성시 장안면 사곡3리 홍천동 간소저(간동학) 17세 필서	을묘(1915)년 12월일
구운몽④	사재동	권소저 등서	경성부 봉○정 2정목	병인(1926)년 1월 26일
금향정녹 (금향정기)	한중연		경기우도 가평 조종하면 봉리 등출	광서3(1877)년 2월 춘망일
김진옥전①	국민대	지홍댁	강화군 부내면(강화읍) 신문리 책주 어정 지홍댁	대정8(1919)년 음2월 1일

항목 작품명	소장자	필사자의 성별	유통지역 및 책 주인	필사년도 및 기간
김진옥전②	박순호		경기 광주군 조헌면	
김태백전	계명대	김구장(남)	경기도 고양군 숭인면 김구장전	1914년-1930년
박씨전①	문종률	박낭자 필서	안산시 와동 747-8번지	융희3(1909)년 10월
박씨전②	손낙범	이련암	홍인문 외 숭신방 홍수동 통1호 책주 이련암(서울)	융희4(1910)년 경술 3월 19일
박씨전③	하버드	이련암	경성부 광화문 통42번지 책주 이련암(경 북부 예빈동)	갑인(1914)년 음8월 18일
백학선전①	박순호	홍춘삼	경기 안성읍 숭룡동 본주 홍춘삼	무신(1908)년 5월일
백학선전②	김기동		경기도 안성읍	무신(1908)년
백학선전③	국립중앙 도서관	김소저 필서	경기도 이천의 예천댁	계축(1913)년 2월 초6일
사각전	박순호	고영윤	경기도 수원 안영면 작현동 거 고○산책 책주 고영윤	명치44(1911)년
사씨남정기① (한문)	한중연	이용재(남)	경 북부 순화방 온정동 34통7호 이용재 서(서울)	임자(1912)년 3월 순5일
남정기② (3책)	사재동	고진국	생민동 정병사 댁 입납, 수청 고진국(서울 중구 충무로4가)	을묘(1915)년 3월일
소강절실기	사재동	70세 여성 (1874년생)	조선관직 여주현 부호	임오(1882)년 12월 15일
소학사전	계명대		경 아현(서울시 아현동)	
서상기	고려대	송치홍(남)	인천 구을면 대승리 사숙교사동 농서 은진후인 송치홍	융희4(1911)년 신해 7월순간
소향난전	박순호	묵동서(여)	인천부 서면 일리 묵동시성책	무신(1908)년 춘
오옥기담	김기동		양생방 태평동 71통9호(서울)	광무10(1906)년 병오 4월 18일
옥난기연	하버드	신소저	경 수표교 신소저 필서(서울)	융희4(1910)년 경술 7월 28일

작품명 \ 항목	소장자	필사자의 성별	유통지역 및 책 주인	필사년도 및 기간
옥련몽①	박순호	권씨집안의 여성	경기도 안성군 우곡면 신계촌 권씨 소유	
옥련몽②	국립중앙도서관	이화서(여)	경기도 수원 거하는 이화서 등서 책주 유동 박씨댁	임인(1902)년 2월 23일
옥루몽③	박순호	오위장댁 여성	창동 오위장댁(서울시 도봉구)	무술(1898)년 6월 25일, 기해(1899)년 3월염3일
유충렬전①	한중연	남이댁	경기도 양주 판동 장내이씨 남이댁 동래후인 등초	병오(1906)년 7월 망간
유충렬전②	박순호	목여성	양평군 서종면 정배리 목여성	
유충렬전③	김광순(59)	남이댁	양주 판동 장내이씨 남이댁 동래후인 등초	병오(1906)년 7월 망간
임경업전①	하버드		경성부 익선동 145번지(서울)	경오(1870)년 12월 3일
임경업전②	조병순	채석사댁의 남성	안성군 가동면(금광면) 내동 채석사댁	무신(1908)년 2월 11일
이태경전	이현조	이종원(남)	사동(서울) 책주 이종원	을묘(1915)년 12월 15일
장국진전	박순호		경기 수원군 수원면 북수리	을묘(1915)년 음1월 24일
장두영전	박순호		진위군 현덕면 기산리(경기 평택시)	대정5(1916)년 12월 초1일-12월 22일
장학사전	박순호	연동거인(남)	경성 동부 연화방 연동거인(서울)	융희4(1910)년 12월
정수경전	박순호	사용근	경성 서부 적선방 공후동 11통6호 전주 사용근씨 언문책	임진(1892)년 춘3월 망간-3월 25일
조웅전①	한중연	신강대	강화부 길상면 감목 신강댁 책주 경오	광무8(1904)년 12월
조웅전②	박순호	배달우 집안의 여성	경기도 이천시 호법면 괴촌리 책주 괴촌 배달우	정사(1917)년 12월 12일-대정7(1918)년 2월4일

항목 / 작품명	소장자	필사자의 성별	유통지역 및 책 주인	필사년도 및 기간
조웅전③	홍윤표		진위군 현덕면 문곡리(경기도 평택시)	기축(1889)년 10월 1일
주씨청행록①	단국대	민소저	강화 덕곡 민소저 남창하에서 필서	임진(1892)년 11월 초순
주씨청행록②	박순호	민소저(24세) 1884년 출생	강화 덕곡 민소저	무신(1908)년 3월
진대방전	하버드	김소암(남)	남평 일동산인 집필 경서 거하는 김소암 서(경기도 평택시)	무술(1898)년 4월 3일
창선감의록	박순호		인천부 외리 26번지	갑인(1914)년 추-을묘(1915)년 춘
청월당 (3권, 5권)	사재동		생민동 정병사 댁(서울 중구 충무로 4가)	정축(1877)년1월 14(3권)-23일(5권)
최현전	박순호	대명동댁	안성군 개고면 개남리 유진현, 책주 안성군 대문면 매남리 유진형댁 대명동댁	기유(1909)년 2월 10일-2월 12일
취미삼선록①	박순호	홍경표(남)	양평군 용문면 화전리 홍경표	경인(1890)년 6월-신묘(1891)년 7월 8일
취미삼선록②	서강대		한동(서울 약현 근처 세책가)	갑진(1904)년 5월 염7일
화용도전	조병순	채석사댁의 남성	안성군 가동면(금광면) 내동 채석사댁	무신(1908)년 2월 11일
황운전	사재동	월방구씨부인 필서	경성 대묘동 유참판 댁	기유(1909)년 4월 초9일
현수문전	홍윤표	사미동댁	교하 산남 하대동 사미동댁 (경기 파주시 교하면 산남리)	기미(1919)년 12월 1일
홍부전 (박홍보전)	임형택	남성	군현댁 김의관(서울 중구 태평로)	병진(1916)년 9월 22일

위와 같이 서울과 경기 지역에서는 52종의 필사본 고소설의 유통되었다. 이러한 필사본 고소설을 서울, 경기, 인천 등으로 구분하면 각각 17종, 28종, 7종[132] 등으로 나타난다. 경기 지역에 유통된 필사본 고소설 28종을 지역별로 구분하면 안성(6종), 수원(4종), 평택(3종) 등으로 나타난다. 서울과 경기 지역에 유통된 필사본 고소설은 매우 빈약한 실정이다. 그래도 서울과 경기 지역에 유통된 필사본 고소설의 흔적을 찾을 수 있어서 그나마 다행이다.

조선후기에서 일제강점기까지 서울과 경기 지역에 유통된 필사본 고소설은 풍부할 것으로 짐작되지만 실제로는 굉장히 빈약한 실정이다. 그렇다면 서울과 경기 지역에 필사본 고소설의 유통이 빈약한 까닭은 무엇일까? 서울과 경기 지역은 개항과 더불어 신문물의 급격한 수용으로 필사본 고소설을 향유할 마을 공동체문화가 해체된 것으로 보인다. 그래서 서울과 경기 지역에는 고소설의 유통이 상대적으로 빈약한 것으로 생각된다.

조선후기 궁궐과 수많은 관청이 몰려 있을 뿐만 아니라 인구가 풍부한 서울과 경기도에는 필사본이 생각보다 빈약하게 나타난다. 더욱이 서울이 근대적 도시로 전환되는 1920년 중반에 필사본 고소설의 전통이 급격하게 약화되었다. 당시에는 인구의 과밀화와 도시의 무질서한 팽창이 진행되었다.[133] 급격한 도시화로 인해 서울에서는 마을 공동체문화가 사라진 것이다. 서울과 경기도의 필사본 고소설은 지역별 유통 편차가 생각보다 크지 않다.

서울과 경기도에 필사본 고소설의 유통이 빈약한 까닭은 무엇일까?

---

132) 인천이 경기도에서 분리된 것은 1981년이다. 이 때문에 인천 지역에 유통된 필사본 고소설 7종은 경기도에 포함해도 무방하다고 하겠다.

133) 김백영, 『지배와 공간-식민지도시 경성과 제국 일본』, 문학과지성사, 2009, 65-70쪽.

서울과 경기도는 조선후기 개항과 더불어 신문물의 급격한 수용으로 필사본을 향유할 수 있는 마을 공동체문화가 해체된 것으로 보인다.[134] 더욱이 당시에는 신소설과 신문 및 잡지도 출판되어 새로운 독서물이 풍부했던 것도 필사본 고소설의 유통을 제약한 것으로 추측된다.[135] 이러한 신문물의 수용과 더불어 방각본과 활자본의 출간이 서울과 경기도에 필사본의 유통을 약화시킨 것이 아닌가 한다.

서울과 경기도에는 개항과 더불어 신문물이 급격하게 수용되었기 때문에 고소설 필사의 전통이 단절된 것으로 보인다. 농경사회에서 급격한 도시화로 변모한 서울 지역민들은 고소설을 필사할 수 있는 시간적 여유를 갖지 못했다. 더욱이 상업이 발달한 서울과 경기 지역에는 방각본과 활판본이 출간되어 고소설 향유층의 저변을 확대한 것이다. 따라서 서울과 경기도는 필사본 고소설의 유통이 빈약한 대신에 방각본과 활자본 및 세책본 등이 풍부하게 유통되었다.

이상에서 서울과 경기 지역에 유통된 필사본 고소설은 매우 빈약한 실정이다. 조선후기에서 대한제국과 일제강점기로 접어들면서 서울과 경기 지역은 상업과 도시문명이 발달하여 방각본이나 활판본 고소설이 풍부하게 유통되었을 것으로 생각된다. 서울의 세책본은 필사본으로 유통되기는 했지만 상업적 성격이 강하게 반영된 작품이다. 그래서 서울과 경기 지역은 필사본 고소설을 향유할 수 있는 문화적 기반이 급격하게

---

134) 필사본 고소설은 양반 집성촌이나 마을 공동체문화가 유지되는 지역에 풍부하기 때문이다.

135) <한성순보>는 1883년 10월-1911년 5월까지 발간되었다. <독립신문>은 1896년 4월 7일-1899년 12월까지 발간되었다. 『소년』은 1908년 11월-1911년 5월, 『청춘』은 1914년에 발간되었다. 신소설은 이인직의 『혈의루』가 1906년 <만세보>에 연재되었다. 이러한 신문과 잡지 및 신소설은 서울과 경기 지역의 독서 다변화에 영향을 주었을 것으로 짐작된다.

변화되어 고소설 필사의 전통이 빈약했는지도 모른다. 따라서 서울과 경기 지역은 도시화와 상업의 발달로 인해 필사본 고소설을 향유하는 전통은 점차 약화되고 상업적 판본이 그 자리를 대신한 것으로 보인다.

2) 서울과 경기 지역에 유통된 필사본 고소설의 유형적 성격

서울과 경기 지역에 유통된 필사본 고소설의 유형을 분석할 차례이다. 서울과 경기 지역에 유통된 필사본 고소설 52종 가운데 한문으로 필사된 작품은 <사씨남정기>가 유일한 실정이다. 쟁총형 가정소설 또는 규방소설에 해당하는 <사씨남정기>만 한문본이고 나머지는 51종은 모두 국문본이다. 따라서 서울과 경기 지역에 유통된 필사본 고소설은 국문본이 대부분을 차지한다. 한문보다 국문 필사본 고소설이 풍부한 것은 전국적인 보편적 현상이기도 하다.

조선후기 국왕이 거쳐하는 궁궐이나 수많은 관청이 모여 있는 도성과 가까운 서울과 경기도에는 양반 사대부집과 양반의 별서들이 풍부했다. 이 때문에 서울과 경기도에는 필사본 고소설이 풍부하게 유통되었을 것으로 짐작된다. 하지만 현재까지 확인된 필사본 고소설의 유통은 상당히 빈약한 실정이다. 급격한 도시화와 상업화 덕분에 고소설의 필사기록을 역추적 하는 작업도 쉽지 않다. 그럼에도 1870에서 1926년까지 56년 동안 정치적 격동기[136]에 서울과 경기도에 유통된 필사본 고소설의 흔적을 찾을 수 있다.

서울 지역은 왕실이나 양반 사대부 집안에서 향유했던 장편가문소설

136) 조선후기에서 일제강점기까지는 1866년 병인양요, 1871년 신미양요, 1876년 강화도조약체결, 1882년 임오군란, 1884년 갑신정변, 1894년 갑오경장, 1910년 경술국치, 1919년 삼일운동 등과 같은 정치적 사회적 격변기의 연속이었다.

이 유통되었을 것으로 짐작된다. 그럼에도 서울에 유통된 작품은 <구운몽>, <박씨전> 2종, <사씨남정기> 2종, <오옥기담>, <옥란기연>, <옥루몽>, <임경업전>, <이태경전>, <장학사전>, <정수경전>, <청월당>, <취미삼선록>, <황운전>, <흥부전> 등과 같이 17종이다. 조선후기 왕실과 수많은 관청 및 궁궐이 있었던 서울 지역에 유통된 작품이 고작 이런 작품인지 의심스럽기도 하다. 더욱이 <옥란기연>과 <옥루몽>처럼 장편소설이 빈약한 반면에 분량이 적은 단편소설이 유통된 것으로 나타난다. 서울에 유통된 필사본 고소설이 빈약한 까닭은 필사기록이 부족하여 현장조사를 제대로 진행할 수 없었기 때문이 아닌가 한다.

서울에 유통된 필사본 고소설은 종로구와 중구에 풍부한 실정이다. 서울의 종로구에는 <오옥기담>, <임경업전>, <박씨전>, <장학사전>, <정수경전>, <황운전> 등의 6종이 유통되었다. 서울의 중구에는 <옥난기연>, <청월당>, <남정기>, <흥보전> 등의 4종이 유통되었다. 그렇다면 서울의 종로구와 중구에 필사본 고소설의 유통이 풍부한 까닭은 무엇일까? 19세기 경판 방각본 고소설은 종로구와 중구를 중심으로 간행되었다. 당시 방각본 고소설의 방각소는 종로와 명동에 집중되어 있었다. 특히 1900년에서 1920년까지 종로는 방각본 고소설 출판의 전성기를 누렸던 곳이다.[137] 이 때문에 종로와 명동에 유통된 <옥난기연>과 <청월당>을 제외하면 방각본에 적합한 단편소설이 풍부하게 유통되었다. 더욱이 1920년대 한남서림에서 간행한 고소설과 동일한 작품도 존재한다.[138] 따라서 서울의 종로구와 중구는 경판 방각본 고소설과 일정

137) 이창헌, 『경판방각소설 판본 연구』, 태학사, 2000, 111-575쪽.

138) 이민희, 「1920-1930년대 고소설 향유 양상과 비평 연구」, 『순천향 인문과학논총』 28권, 순천향대학교 인문과학연구소, 2011, 113-147쪽. 한남서림에서 간행된 <구운몽>,

한 연관성을 보여주고 있다.

경기 지역에 유통된 필사본 고소설은 <구운몽> 3종, <금향정록>, <김진옥전>, <김태백전>, <박씨전>, <백학선전> 3종, <사각전>, <소강절실기>, <옥련몽> 2종, <유충렬전> 3종, <임경업전>, <장국진전>, <장두영전>, <조웅전> 2종, <진대방전>, <최현전>, <취미삼선록>, <화룡도전>, <현수문전> 등과 같이 28종이 존재한다. 조선후기 도성을 감싸고 있는 경기 지역에는 생각보다 필사본 고소설의 유통이 빈약한 실정이다. 경기도는 도성을 감싸고 있기 때문에 양반 사대부들의 가옥과 별서들이 많았을 것이다. 이런 지역에는 필사본 고소설의 유통이 풍부했을 것으로 추측되지만 실제로는 상당히 빈약하게 나타난다.

경기도는 안성, 수원, 강화, 평택 등에 필사본 고소설이 풍부하다.[139] 안성에는 <옥련몽>, <임경업전>, <화룡도전>, <최현전>, <백학선전> 2종 등의 6종이 유통되었다. 수원에는 <옥련몽>, <장국진전>, <사각전>, <구운몽> 등과 평택에는 <진대방전>, <장두영전>, <조웅전> 등의 작품이 유통되었다. 인천의 강화에는 <김진옥전>, <조웅전>, <주씨청행록> 2종이 유통되었다. 그리고 가평의 <구운몽>, <금향정녹>, 안산의 <이태경전>, <박씨전>, 양주의 <유충렬전> 2종, 양평의 <유충렬전>, <취미삼선록>, 이천의 <백학선전>, <조웅전> 등의 작품이 유통되었다.

경기도 안성에 필사본 고소설의 유통이 풍부한 까닭은 무엇일까? 필

<백학선전>, <임장군전>, <정수경전>, <조웅전>, <홍부전> 등은 서울과 경기도에 유통된 작품과 유사하다.

139) 경기 지역은 고려 현종 20년(1029)에 처음 경기도가 되었다. 이후 조선 태종 2년(1402)에 전국을 8도로 행정구역을 개편되었다. 1910년에는 수원에 있던 도청을 경성부로 옮겼다. 이렇게 경기도는 서울을 감싸고 있는 중요한 지역이다.

사본 고소설은 서울과 연결되는 교통로 덕분에 상업이 발달한 안성에 풍부하다.[140] 안성은 남서부에 넓은 안성평야[141]가 발달했을 뿐만 아니라 상업이 발달한 교통의 요지이다. 서울의 길목에 위치한 지리적 환경 덕분에 안성은 전국의 물산이 모이기는 곳이다. 따라서 조선후기부터 상업이 발달한 경기도 안성에 필사본 고소설의 유통이 풍부한 점은 주목된다.

안성에 필사본 고소설이 풍부한 것은 방각본과 연관성을 생각해볼 필요가 있다. 안성은 1905년부터 안성판 방각본 고소설이 간행된 곳이기도 하다. 특히 안성군 보개면 기좌리의 북촌서포와 박성칠서점에서 안성판본 고소설을 간행했다.[142] 안성판 방각본과 필사본의 연관성은 이본 비교를 통해서 확인해야 하겠지만 직접적인 영향관계는 찾기 어려운 실정이다.[143] 그 대신에 안성과 인접한 충청의 음성, 진천, 천안 등에는 필사본 고소설이 풍부하게 유통되었다.[144] 이러한 작품이 안성으로 전파되었을 가능성도 배제할 수 없다.

이러한 필사본 고소설의 유통이 빈약한 곳은 인천 지역도 마찬가지이다. 인천 지역에는 <김진옥전>, <서상기>, <소향란전>, <조웅전>, <주씨청행록> 2종, <창선감의록> 등과 같이 모두 7종이 유통되었다. 그 중에서도 강화도에는 <김진옥전>, <조웅전>, <주씨정행록> 2종

---

140) 최호석, 「안성의 방각본 출판 입지」, 『국제어문』 34집, 국제어문학회, 2005, 89-118쪽.
141) 안성 지역은 전형적인 농촌으로 논밭의 비율이 67%와 33%이다.
142) 최호석, 「안성판 방각본 출판의 전개와 특성」, 『어문논집』 54호, 민족어문학회, 2006, 173-195쪽.
143) 안성판 방각본 고소설과 안성 지역에 유통된 필사본 고소설의 영향관계를 찾기 어렵다. 안성판 방각본(<적성의전>, <제마무전>, <홍길동전>, <조웅전>, <삼국지>, <춘향전>, <양풍운전>, <장풍운전>, <심청전>, <임장군전>, <진대방전>)과 필사본의 연관성이 부족하기 때문이다.
144) 충청 지역의 음성, 진천, 천안 등에는 필사본 고소설이 상대적으로 풍부하게 유통되었다.

등과 같이 4종이 유통되었다. 더욱이 <주씨청행록>의 필사자는 박순호본 <손천사영이록>을 필사한 인물이기도 하다.[145] 이런 작품의 필사기록을 꼼꼼하게 분석하면 좀더 풍부한 고소설의 지역별 유통양상을 발견할 수 있을 것이다. 그럼에도 서해안을 끼고 있는 인천 지역은 필사본 고소설의 유통이 상대적으로 빈약했던 곳이 아닌가 한다.

서울과 경기도에 필사본 고소설의 유통이 빈약한 원인을 찾는 것이 중요한 과제이다. 서울과 경기도는 필사본 고소설이 풍부하게 유통되었을 것으로 생각된다. 그런데 서울의 인구가 늘어나고 상업이 발달한 결과 세책본[146]이 본격적으로 보급되고 방각본과 활판본[147]이 출간되면서 필사본 고소설의 위상이 점차 추락한 것으로 추측된다. 또한 서울과 경기도는 급격한 도시화로 인하여 마을의 공동체문화가 해체되어 필사본 고소설을 향유할 수 있는 여건이 사라진 것이다. 따라서 오랫동안 지속된 고소설 필사의 전통이 사라진 틈새를 상업적으로 간행된 방각본과 활자본 및 세책본이 차지한 것으로 생각된다.

이상에서 서울과 경기도에 유통된 필사본 고소설은 매우 빈약한 실정이다. 조선후기에서 대한제국과 일제강점기로 접어들면서 서울과 경기도는 상업과 도시문명이 발달하여 방각본이나 활판본이 풍부하게 유통되었다. 서울의 세책본은 필사본으로 유통되기는 했지만 상업적 성격이 강하게 반영된 작품이다. 그래서 서울과 경기도는 필사본 고소설을 향유할 수 있는 문화적 기반이 급격하게 변화되어 고소설 필사의 전통이 빈약

---

145) 엄태식, 「<주씨청행록>과 <도앵행>의 관련 양상 및 구성적 특징」, 『열상고전연구』 35집, 열상고전연구회, 2012, 33-68쪽. <주씨청행록>과 <손천사영이록>은 동일한 사람에 의해서 필사된 것을 보인다.

146) 이윤석, 大谷森繁, 정명기, 『세책 고소설 연구』, 혜안, 2003, 41-88쪽.

147) 권순긍, 『활자본 고소설의 편폭과 지향』, 보고사, 2000, 9-321쪽. 이주영, 『활자본 고전소설 연구』, 역락, 2001, 9-234쪽.

했다. 서울과 경기도는 도시화와 상업의 발달로 인해 필사본 고소설을 향유하는 전통은 점차 약화되고 상업적 판본이 그 자리를 대신한 것으로 보인다.

서울과 경기 지역의 필사본 고소설의 유형을 분류하면 영웅소설(24종), 가정소설(5종), 가문소설(3종), 판소리계 소설(2종) 등과 같이 나타난다. 서울과 경기 지역에서도 영웅소설이 가장 풍부하게 유통되었다. 영웅소설에 해당하는 작품은 <김태백전>, <김진옥전> 2종, <박씨전> 3종, <백학선전> 2종, <사각전>, <소강절실기>, <유충렬전> 3종, <임경업전> 2종, <이태경전>, <장국진전>, <장두영전>, <조웅전> 3종, <최현전>, <현수문전>, <황운전> 등과 같다. 이러한 영웅소설이 가장 풍부한 것은 필사본 고소설의 보편적 특징이다. 영남, 호남, 충청 등에도 영웅소설이 가장 풍부하게 유통되었기 때문이다. 따라서 필사본 고소설 중에서도 영웅소설이 전국적으로 가장 풍부하게 유통되었다는 사실을 실증적으로 확인했다.

이러한 영웅소설 24종을 역사형과 창작형을 구분할 필요가 있다. 역사형 영웅소설은 <박씨전> 3종, <임경업전> 2종, <소강절실기> 등이 전부이다. 여기에 반해 창작형 영웅소설은 <김태백전>, <김진옥전> 2종, <백학선전> 2종, <유충렬전> 3종, <이태경전>, <장국진전>, <장두영전>, <조웅전> 3종, <최현전>, <현수문전>, <사각전>, <황운전> 등과 같이 18종이다. 이렇게 영웅소설은 역사형에 비하여 창작형이 풍부한 실정이다. 여성 영웅소설은 <박씨전> 3종과 <백학선전> 2종이 존재한다면 남성 영웅소설은 18종이 존재한다. 따라서 서울과 경기 지역의 영웅소설은 창작형이 역사형에 비하여 풍부할 뿐만 아니라 여성보다 남성 영웅소설이 풍부한 실정이다.[148]

가정소설은 <사씨남정기> 2종, <장학사전>, <창선감의록>, <정수

경전> 등과 같이 모두 5종이다. 장편가문소설은 <옥난기연>, <취미삼선록> 2종으로 매우 빈약한 실정이다. 이렇게 가정소설과 장편가문소설은 영웅소설에 비하여 상대적으로 매우 빈약하게 유통되었다. 그런데 <화룡도전>와 <흥부전>이 유통된 판소리계 소설은 더욱 빈약한 것으로 보인다. 물론 서울과 경기 지역에서는 판소리 공연과 판소리계 소설이 유통되었을 것으로 짐작되지만 필사기록으로 전하는 작품은 빈약하다.

이상에서 서울과 경기 지역은 영웅소설이 상대적으로 풍부한 반면에 가정소설과 가문소설 및 판소리계 소설은 매우 빈약한 실정이다. 영웅소설은 전국적인 유통양상을 보이는 반면에 가정소설과 가문소설 및 판소리계 소설은 지역별 편차를 뚜렷이 보여준다. 농촌과 달리 서울과 경기 지역에서는 급격한 도시화와 상업의 발달로 인하여 농한기와 농번기의 구분이 없어져 버렸다. 따라서 서울과 경기 지역의 향유층은 작품의 분량이 비교적 적은 영웅소설의 유형을 선호한 것으로 보인다.

3) 서울과 경기 지역에 유통된 필사본 고소설의 이본 비교

서울과 경기도에 유통된 <김태백전>, <사각전>, <청월당> 등은 유일본으로 존재한다. 그 중에서도 <김태백전>은 중국소설의 영향을 수용하여 새롭게 재창작된 영웅소설이다.[149] 이러한 유일본은 서울과 경기도의 향유층이 새롭게 필사하거나 재창작한 것으로 생각된다. 서울과 경기도의 향유층은 <구운몽>, <임경업전>, <취미삼선록> 등의 작품 선

148) 남성이 필사본 영웅소설을 즐겨 향유했는지에 대한 현장조사가 필요한 실정이다.
149) 김재웅, 「<김태백전>의 영웅소설적 성격과 의미」, 『고소설연구』 32집, 한국고소설학회, 2010, 315-343쪽.

호한 것으로 보인다. 왜냐하면 두 지역에 유통되었기 때문이다.

필사본 고소설은 오랫동안 필사의 전통을 유지했지만 세책본과 방각본, 활판본의 영향을 받았을 것으로 짐작된다. 더욱이 서울과 경기도는 세책본과 방각본, 활판본을 간행하고 전국에 유통시켰던 고장이기도 하다. 이 때문에 필사본 고소설은 상업적으로 간행된 세책본, 방각본, 활판본 등의 영향을 어느 정도 수용했을 것으로 짐작된다. 예컨대 <구운몽>③은 세책본의 형식을 취하고 <취미삼선록>②는 상업적 전문 필사자에 의해서 필사된 세책본이다. 이러한 세책본 고소설은 필사본으로 유통되었지만 상업적 성격이 강화된 작품이다.[150]

<백학선전>에는 “경긔 이쳔셔 ᄃᆡ방 한마님 침소의셔 유학ᄒᆞ노라 단문의 낙ᄌᆞ 만삽고 흉필인 고로 유식ᄒᆞ신 어룬들은 눌너 말숨 만드러 보시옵소셔”라는 필사기가 등장한다. 이 책은 이웃집 할머니에게 한글을 배운 사람이 <백학선전>을 필사한 것으로 추측된다. <백학선전>의 1-20장까지는 경판 24장본과 동일하지만 21-24장까지는 완전히 다른 양상을 보인다. 특히 군담 부분이 확대된 필사본은 경판 30장본 이상의 판본이 존재했을 가능성을 보여준다.[151] 경판 30장본이 발견되면 작품의 후반부에 대한 이본 비교가 필요한 실정이다. 따라서 <백학선전>은 방각본의 영향을 받았지만 그대로 필사하지 않았음을 보여준다.

<옥련몽>②는 무신본 계열의 51회본과 동일한 이본이다.[152] 작품의 필체는 달필이지만 3권, 4권, 9권의 중간에 다른 사람의 필체가 보인다. 이는 여러 사람이 필사에 동참했음을 보여준다. 이 작품은 ‘수원 거하는 이화서 등서’라는 필사기록으로 보아 여성이 필사한 것이 분명하다. 그

150) 이윤석, 大谷森繁, 정명기, 앞의 책, 41-88쪽.
151) 김준형, 「백학선전」, 『국립중앙도서관 선본해제』 11권, 2009, 80-82쪽.
152) 박재연, 「옥연몽」, 앞의 책, 174-177쪽.

리고 <옥련몽>②는 2-4권, 9권의 표지 이면에 '冊主人 榴洞 朴氏宅, 漢漢藏 守而勿失'이란 기록이 등장한다. 이러한 필사기록을 참고하면 '이화서'가 유동의 박씨댁에 소장된 <옥련몽>을 필사했음을 보여준다.

그런데 서울과 경기도의 필사본 고소설은 세책본, 방각본, 활판본 등의 영향을 적극 수용한 것 같지는 않다. 필사본 고소설의 이본을 검토하면 세책본, 방각본, 활판본 등의 영향관계를 구체적으로 확인할 수 있다. 더욱이 상업이 발달한 서울과 경기도의 필사본은 농업이 발달한 삼남지방의 작품과 비교하여 지역별 이본적 특징을 밝혀야 한다.[153]

필사본 고소설 50종 가운데 이본을 제외하면 33종이다. 이런 점에서 서울과 경기도의 필사본 고소설은 동일한 작품의 이본보다 다양한 작품이 유통되었다. 이본의 수량이 적고 다양한 작품이 유통된 것은 호남과 동일하다. 호남에는 필사본 고소설의 이본이 매우 빈약하지만 영남에는 동일한 작품의 이본이 풍부하게 분포하고 있다.[154] 서울과 경기도는 필사본 고소설의 유통이 빈약할 뿐만 아니라 이본의 수도 상당히 적은 특징을 보여준다.

서울과 경기도에 유통된 작품 중에서는 <구운몽>이 4종으로 가장 풍부하다. 그 다음에는 <박씨전>, <백학선전>, <옥루몽>, <유충렬전>, <조웅전> 등의 3종이 각각 유통되었다. 이밖에도 <김진옥전>, <사씨남정기>, <임경업전>, <주씨청행록>, <취미삼선록> 등은 각각 2종이 유통되었다. 이러한 작품을 제외하면 모두 한 작품만 존재한다. 서울과 경기도에는 <구운몽>과 <옥루몽>의 몽자류소설과 영웅소설 <박씨전>, <유충렬전>, <조웅전> 등의 이본이 상대적으로 풍부하다. 이

---

153) 이러한 지역별로 유통된 동일한 필사본 고소설에 대한 이본 검토는 상당한 시간이 소요되기 때문에 여기서는 방각본과 활자본 및 필사본의 관계만 검토하기로 한다.

154) 김재웅, 앞의 논문, 219-250쪽, 269-299쪽.

러한 영웅소설은 서울과 경기도뿐만 아니라 전국적으로 풍하게 유통되었다.

필사본 <구운몽>은 전국에 13종이 유통되었다. 이를 지역별로 구분하면 영남(4종), 호남(1종), 충청(3종), 서울과 경기(4종), 북한(1종) 등으로 나타난다. <구운몽>은 서울과 경기, 영남, 충청 등에서 풍부하게 유통되었다. 17세기 서포 김만중이 노모를 위해서 창작한 <구운몽>은 당시 노론 벌열층에 속하는 작가의 미의식이 반영된 작품이다. 그래서 양반 사대부의 교양과 조화의 세계를 내포하고 있어서 서울과 경기도의 양반 향유층이 선호한 작품이다. 더욱이 <구운몽> 2종은 한문으로 필사되었기 때문에 사대부 남성이 향유했을 가능성이 높다.

<유충렬전>은 전국에 21종이 유통되었다. 이 작품은 영남(9종), 호남(1종), 충청(6종), 서울과 경기(3종), 강원(1종), 북한(1종) 등과 같이 모든 지역에 분포하고 있다. <유충렬전>은 영남과 충청에서 풍부하지만 서울과 경기도에는 상대적으로 빈약하다. 이러한 경우는 <박씨전>과 <조웅전>도 동일하다. <박씨전>과 <조웅전>은 전국에 18종이 각각 유통되었다. <박씨전>은 영남(5종), 호남(3종), 충청(7종), 서울과 경기(3종) 등으로 나타난다. <조웅전>은 영남(9종), 호남(1종), 충청(5종), 서울과 경기(3종) 등으로 나타난다. 따라서 <유충렬전>, <박씨전>, <조웅전> 등의 영웅소설도 삼남 지방과 비교하면 상대적으로 빈약한 실정이다.

<임경업전>과 <화룡도전>은 경기도 안성의 채석사댁에 소장된 작품이다. 이 작품은 안성판본 고소설과 일정한 관련성을 보이고 있다. 안성에서 방각본 고소설이 간행되었기 때문에 필사본 고소설에도 일정한 영향을 미쳤을 것으로 생각된다. 그리고 <남정기>와 <청월당>은 서울의 중구 생민동 정병사댁 소장본이다. 한문본인 <남정기>는 1915년 3월에 고진국이 필사하여 집안에 보내준 작품이다. <청월당>은 1877년

1월 14일에서 23일까지 여러 명이 필사에 참여한 것으로 나타난다. 이렇게 서울의 정병사 댁에서는 고소설을 필사하다가 점차 전문 필사자가 보내준 작품을 향유한 것으로 보인다.

서울과 경기 지역의 필사본 고소설은 세책본, 방각본, 활판본 등의 영향을 적극 수용한 것 같지는 않다. 필사본 고소설의 이본을 검토하면 세책본, 방각본, 활판본 등의 영향을 구체적으로 확인할 수 있다. 이러한 작품의 이본 비교를 통해서 서울과 경기 지역의 필사본 고소설은 어떤 이본적 성격과 변모양상을 보여주는지 고찰해야 한다. 더욱이 상업이 발달한 서울과 경기 지역은 영남, 호남, 충청 등의 삼남 지방의 필사본 고소설과 비교하여 지역별 특징을 밝혀야 한다.

필사본 고소설 52종 가운데 이본을 제외하면 33종이다. 이런 점에서 서울과 경기 지역의 필사본 고소설은 동일한 작품의 이본보다 다양한 작품이 유통되었다. 필사본 고소설 중에서는 <구운몽>이 4종으로 가장 풍부하다. <박씨전>, <백학선전>, <옥루몽>, <유충렬전>, <조웅전> 등은 각각 3종이 유통되었다. 이밖에도 <김진옥전>, <사씨남정기>, <임경업전>, <주씨청행록>, <취미삼선록> 등은 각각 2종이 유통되었다. 이러한 작품을 제외하면 모두 한 작품만 존재한다. 따라서 서울과 경기 지역에는 <구운몽>과 <옥루몽>의 몽자류소설과 영웅소설 <박씨전>, <유충렬전>, <조웅전> 등의 이본이 상대적으로 풍부한 실정이다.

여성 영웅소설 <박씨전>과 남성 영웅소설 <유충렬전>과 <조웅전>은 서울과 경기 지역민들에게도 상당한 흥미를 끌었던 것으로 보인다. 이러한 영웅소설은 서울과 경기 지역뿐만 아니라 전국적으로 풍부한 유통 양상을 보여준다. 따라서 서울과 경기 지역에 유통된 <구운몽>, <박씨전>, <유충렬전>, <조웅전>, <옥루몽>, <백학선전> 등에 대한 지역별 유통양상과 이본 비교가 필요한 실정이다.

4) 서울과 경기 지역에 유통된 필사본 고소설의 향유층

서울과 경기 지역에 유통된 필사본 고소설은 장편가문소설보다 단편의 고소설이 풍부하게 유통되었다. 장편가문소설에 해당하는 작품은 <옥난기연>, <주씨청행록> 2종, <취미삼선록> 2종이 존재한다. 장편가문소설 <옥난기연>은 <창란호연록>의 후속편 연작이다. 여기에 <옥련몽>과 <옥루몽>을 포함해도 여러 책으로 분권된 작품은 상당히 빈약한 실정이다. 서울과 경기 지역에는 장편보다 단편의 필사본 고소설이 풍부하게 유통된 것으로 보인다.

이러한 필사본 고소설이 유통된 당시의 서울과 경기 지역은 신문물의 수입이 급증하여 전통문화를 향유할 수 있는 여건이 점차 와해되었던 것이 아닌가 한다. 상업이 발달하여 필사본 고소설을 향유할 수 있는 시간적 여유가 충분하지 못했기 때문에 단편소설을 즐겨 향유한 것이다. 이런 점에서 필사본 고소설 향유층의 신분계층을 어느 정도 추정할 수 있다. 서울과 경기 지역에서 필사본 고소설을 향유한 신분계층은 일부 양반과 선비 및 상민일 것으로 생각된다.

(1) 남성 필사자와 향유층의 증가

서울과 경기 지역의 필사본 고소설을 향유한 사람들은 누구일까? 이런 질문에 대답하기 위해서는 필사본 고소설을 베끼고 향유한 사람들의 성별을 구분할 필요가 있다. 여성들이 필사본 고소설을 향유한 작품은 <구운몽>③, ④, <김진옥전>①, <박씨전>①, <백학선전>①, <소강절실기>, <옥난기연>, <옥련몽>①, ②, <옥루몽>, <유충렬전>①, <유충렬전>②, <유출렬전>③, <이태경전>, <정수경전>,

<조웅전>①, <조웅전>②, <주씨청행록>①, <주씨청행록>②, <최현전>, <현수문전>, <황운전> 등과 같이 모두 22종이다. 이렇게 서울과 경기 지역의 여성들은 필사본 고소설의 향유에 적극적으로 참여한 것으로 보인다.

<김진옥전>①은 '책주 어정 지홍댁'이 등장하고 있어서 지홍댁의 여성이 작품을 향유한 것이다. 여기에 등장하는 책주는 단순히 책을 소장한 남성의 이름일 뿐이다. <박씨전>①은 '박낭자 필서'라는 필사기를 통해서 박낭자가 손수 필사하고 향유했음을 보여준다. <백학선전>①에는 '홍춘삼'이라는 남성의 이름이 등장한다. 그럼에도 여성 영웅소설 <백학선전>①을 남성이 향유했을 가능성은 매우 낮은 편이다. 이러한 필사기록에 대한 현장조사를 실시해보면 홍춘삼 집안의 여성이 작품을 향유했을 가능성이 높다고 하겠다.

<옥난기연>은 '신소저 필서'처럼 여성 향유층이 구체적으로 등장한다. <옥련몽>①과 ②에는 '권씨 소유'와 '박씨댁 이화서'로 기록되어 있다. <옥련몽>①은 권씨 집안의 여성이 향유했다면 <옥련몽>②는 박씨댁의 여성 이화서가 향유한 것으로 보인다. <옥루몽>은 '창동 오위장댁'처럼 작품의 유통지역이 필사기에 나타난다. <옥련몽>①과 <옥루몽>은 필사자와 향유자가 구체적으로 등장하지 않는다. 하지만 <옥련몽>①은 책을 소장한 권씨 집안의 여성이 향유에 적극 참여했다면 <옥루몽>은 오위장 벼슬을 했던 집안의 여성이 향유한 것이다. 따라서 오위장 댁의 여성이 장편소설 <옥루몽>을 향유했음을 구체적으로 보여준다.

<유충렬전>①과 <유충렬전>③은 '장내이씨 남이댁'이라는 필사기가 등장한다. <유충렬전>①은 남이댁이라는 택호를 가진 여성이 필사와 향유에 적극 참여한 것이다. <유충렬전>②는 '목여성'이라는 여성이 작

품을 향유하였다. 이렇게 <유충렬전>①, ②는 영웅소설에 대한 여성 향유층의 관심을 뚜렷이 반영하고 있다. 이는 영웅소설 <조웅전>도 마찬가지이다. <조웅전>①에는 '신강댁 책주 경오'와 <조웅전>②에는 '책주 괴촌 배달우'가 등장한다. <조웅전>②에 등장하는 책주 배달우가 필사에 참여했을 수도 있겠지만 실제로 오랫동안 작품을 향유한 경우는 그 집안의 여성이다. 따라서 <조웅전>①, ②의 향유자는 신강댁과 배달우 집안의 여성이 분명하다.

<이태경전>은 '책주 이종원'이라는 필사기가 등장한다. 책주 이종원은 작품을 소장하고 있었을 뿐 실제로 <이태경전>을 향유한 사람은 그 집안의 여성이라 하겠다. 이러한 경우는 <정수경전>에도 그대로 나타난다. <정수경전>에는 '사용근씨 언문책'이라는 필사기가 등장한다. 이 필사기는 사용근씨가 언문책의 주인이라는 의미를 담고 있다. 이러한 의미에는 사용근씨가 작품을 필사했을 가능성도 배제할 수 없다. 그럼에도 필사기의 일반적 내용으로 보아 사용근씨는 작품 소장자임이 분명하다. 따라서 <정수경전>을 필사하고 향유한 사람은 그 집안의 여성일 가능성이 매우 높다.

<주씨청행록>①과 <주씨청행록>②에는 필사자 민소저가 구체적으로 등장한다. 더욱이 민소저는 박순호본 <손천사영이록>도 필사한 것으로 보인다. <손천사영이록>의 필사기에는 '민소저'가 등장하는 점으로 보아 동일한 인물이라 하겠다.[155] 그리고 <최현전>에는 '유진형댁 대명동댁'이 구체적으로 나타난다. 유진형 집안의 대명동댁이 <최현전>을 향유한 것이다. 이 작품은 유진형 집안의 여성이 필사본 고소설을 향유했음을 분명히 보여준다. <현수문전>은 '사미동댁'이 작품을 필사하

155) 엄태식, 앞의 논문, 37-40쪽.

고 향유했다.

한편, 남성들이 필사본 고소설을 향유한 작품은 <구운몽>①, <구운몽>②, <김태백전>, <박씨전>②, <박씨전>③, <사각전>, <사씨남정기>, <서상기>, <임경업전>②, <진대방전>, <취미삼선록>①, <화룡도전>, <흥부전> 등과 같이 13종이다. 이렇게 서울과 경기 지역의 필사본 고소설 향유층은 남성들이 상당한 비중을 차지한다. 다른 지역과 비교할 때 남성 향유층이 상당히 증가하고 있다. 더욱이 서울과 경기 지역에 유통된 필사본 고소설을 향유한 남성 향유층은 어떤 신분계층인 궁금하다.

<구운몽>①은 필사자 대신에 필사지역인 '일원정사'가 등장한다. 남성의 공간인 일원정사에서 <구운몽>을 향유했다면 남성일 가능성이 매우 높다. <구운몽>②는 '화운 강한선'이라는 남성의 이름이 등장한다. 이렇게 <구운몽>은 남성이 즐겨 향유한 작품이라 하겠다. <김태백전>은 필사기에 나타난 '김구장 전'을 통해 볼 때 남성이 창작하거나 향유한 것이 분명하다.[156] <박씨전>②와 <박씨전>③에는 '책주 이련암'이란 필사기가 동일하게 등장한다. 그래서 <박씨전>은 남성 이련암이 작품을 소장하고 있었을 뿐만 아니라 실제로 필사했을 것으로 짐작된다. 작품의 필사기에 등장하는 '숭신방'과 '광하문'은 세책점과 방각본이 출간된 곳이다. 따라서 이련암은 고소설을 전문적으로 필사하는 남성으로 생각된다.

영웅소설 <사각전>에는 '책주 고영윤'이라는 필사기가 등장한다. 그래서 고씨 집안의 남성 고영윤이 손수 필사하고 향유한 것이다. 한문본인 <사씨남정기>는 '이용재 서'라는 필사기를 통해서 남성이 필사하고

156) 김재웅, 「<김태백전>의 영웅소설적 성격과 의미」, 『고소설연구』 32집, 한국고소설학회, 2010, 315-343쪽.

향유했음을 보여준다. <서상기>의 필사기에는 '농서 은진후인 송치홍'이 등장한다. <임경업전>②의 필사기에는 '채석사 댁'이 등장한다. '채석사 댁'에서는 <화룡도전>도 함께 향유하였다. 이렇게 채석사 댁에서는 <임경업전>과 <화룡도전>을 향유한 것으로 보아 필사자는 남성일 가능성이 높다.

<진대방전>에는 '김소암'이라는 남성의 이름이 구체적으로 등장한다. <취미삼선록>①에는 '홍경표'가 등장한다. '김소암'과 '홍경표'처럼 남성이 <진대방전>과 <취미삼선록>①을 향유한 것이다. 다만, <취미삼선록>①의 '홍경표'가 남성인지 여성인 불분명하다. 그럼에도 장편가문소설을 필사하고 향유한 경우는 남성보다 여성일 가능성은 여전히 높은 실정이다. 남성 향유층이 <취미삼선록>①을 필사하고 향유한 경우는 거의 없다고 하겠다.

<흥부전>은 남성이 필사한 것은 분명하다. 누군가 <흥부전>을 필사하여 군현댁 김의관 집에 보내준 필사기록이 등장하기 때문이다. <흥부전>을 요구한 김의관의 '의관'은 조선말기 중추원의 벼슬로 신분은 양반이다. 양반집안에서 <흥부전>을 요구했다면 남성보다 여성이 향유했을 가능성은 매우 높다. 따라서 <흥부전>의 필사자는 남성이지만 <흥부전>의 향유층은 양반집안의 여성으로 추정된다. 양반집안의 요구의 의해 필사된 <흥부전>은 세책점에 고용된 전문적 필사자로 보인다.

요컨대 서울과 경기 지역에 유통된 필사본 고소설의 향유층은 남성보다 여성이 상당히 풍부하게 나타난다. 그럼에도 다른 지역에 비하여 남성 향유층이 증가하고 있어서 주목된다. 남성 향유층이 증가하는 경우는 호남 지역과 비슷하다. 그런데 서울과 경기 지역에 대한 현장조사를 실시하면 점차 여성 향유층이 증가할 것으로 생각된다. 그렇지만 서울과 경기도에 대한 현장조사를 실시하는 것은 거의 불가능한 실정이다. 급격

한 도시화로 마을의 공동체문화가 해체되었기 때문이다. 따라서 서울과 경기 지역의 필사본 고소설은 여성 향유층이 풍부하지만 남성들도 필사와 향유에 참여했음을 보여준다.

(2) 상업의 발달과 필사본 고소설 향유의 다양화

서울과 경기 지역에 유통된 고소설의 필사시기는 대체로 1877년부터 1920년까지 대략 50년의 시차를 보여준다. 이때는 조선후기 고종 14년부터 대한제국 및 일제강점기까지 급격한 정치, 사회, 문화적 변동이 일어난 시기이다. 이러한 격변기에도 서울과 경기 지역민은 필사본 고소설을 향유한 것으로 보인다. 서양의 신문물을 가장 먼저 접한 서울과 경기 지역민들은 상당한 충격을 받았을 것으로 짐작된다. 이 때문에 지역민들은 서양문물의 급격한 수용에 대한 불안을 극복하기 위해 필사본 고소설을 향유했는지도 모른다. 필사본 고소설은 서울과 경기 지역에서는 빈약하지만 그나마 오랫동안 필사의 전통은 지속된 것으로 보인다.

서울과 경기 지역 필사본 고소설의 필사 시기는 작품의 분량에 따라 차이가 나타난다. 예컨대 장편소설 <옥루몽>은 무술(1898) 6월 25일부터 기해(1899) 3월 염3일까지 오랫동안 필사했음을 보여준다. 이에 반해 단편소설 <정수정전>은 임진(1892) 춘3월 15일에서 3월 25일까지 짧은 기간에 집중적으로 필사되었다. 그런데 단편소설 <조웅전>②는 정사(1917)년 12월 12일부터 1918년 2월 4일까지 필사한 것을 알 수 있다. 이렇게 단편 분량의 고소설이라도 필사자의 필사 능력과 필사 여건에 따라서 다양한 기간이 나타난다.

앞에서 서울과 경기 지역을 한꺼번에 논의했지만 고소설의 필사 시기는 상당히 다르게 접근해야 한다. 왜냐하면 서울과 경기도는 상당히 다른 문화지리적 면모를 보여주기 때문이다. 서울 지역에 유통된 필사본 고소설들의 필사시기를 살펴보고자 한다. 서울 지역의 필사본 고소설은 <구운몽>④ 1월 26일, <박씨전>② 3월 19일, <박씨전>③ 음8월 18일, <사씨남정기>① 3월 순5일, ②3월, <오옥기담> 4월 18일, <옥난기연> 7월 28일, <옥루몽> 무술 6월 25일-기해 3월 염3일, <임경업전>① 12월 3일, <이태경전> 12월 15일, <장학사전> 12월, <정수정전> 춘3월 15일-3월 25일, <청월당> 1월 14일-23일, <취미삼선록>② 5월 염7일, <황운전> 4월 초9일, <흥부전> 9월 22일 등으로 나타난다. 이렇게 서울 지역의 필사본 고소설은 다양한 필사시기가 등장하고 있다. 서울 지역은 특정한 시기를 정해놓고 고소설을 필사한 것이 아님을 뚜렷이 보여준다.

경기 지역에 유통된 고소설의 필사 시기는 상당히 다른 모습을 보여준다. 경기 지역에는 인천 지역도 포함해 논의하고자 한다. 바닷가와 인접한 인천은 경기도 문화권에 속하기 때문이다. 경기 지역은 서울과 달리 논농사와 밭농사를 포함한 농업과 서해안의 어업이 발달한 고장이다. 그래서 경기 지역에 유통된 필사본 고소설의 필사시기를 농한기와 농번기로 구분해 정리해보고자 한다.

월별	필사시기	비고
11월-2월 (13종)	<구운몽>③ 12월, <금향정기> 2월 춘망일, <김진옥전>① 음2월1일, <백학선전>③ 2월초6일, <소강절실기> 12월15일, <임경업전>② 2월11일, <장국진전> 음1월24일, <장두영전> 납월초일일-12월22일, <조웅전>① 납월, <조웅전>② 12월12일-2월4일, <주씨청행록>① 11월초순, <현수문전> 12월1일, <화룡도전> 2월11일	농한기
3월-10일 (12종)	<강능추월전> 3월5일, <구운몽>② 5월17일, <박씨전>① 10월, <백학선전>① 5월일, <서상기> 7월 순간, <유충렬전>① 7월 망간, <유충렬전>③ 7월 망간, <조웅전>③ 10월1일, <주씨청행록>① 1월, <주씨청행록>② 계춘 3월, <진대방전> 4월3일, <최현전> 2월10일-2월12일	농번기

위의 표와 같이 경기 지역에 유통된 필사본 고소설은 농한기와 농번기의 비율이 비슷하게 나타난다. 농한기에는 13종을 필사했다면 농번기에는 11종을 필사하였다. 경기 지역의 필사본 고소설은 농번기와 농한기의 구분은 별다른 의미를 찾을 수가 없다. 이러한 필사본 고소설은 농업과 어업에 커다란 영향을 받지 않았음을 보여준다. 필사본 고소설은 경기 지역의 농촌과 어촌에서 필사했다기보다는 양반집안 또는 선비집안에서 필사한 것이라 하겠다. 더욱이 상업이 발달한 도시의 상인들도 필사본 고소설을 즐겨 향유한 것으로 보인다. 경기 지역의 필사본 고소설은 양반 사대부에서 선비 및 상인들까지도 향유했다는 점에서 주목된다.

이상에서 서울과 경기 지역의 필사본 고소설은 농한기와 농번기에 관계없이 유통되었다. 이러한 결과는 영남, 호남, 충청 등의 삼남지방과 비교하면 커다란 차이점을 보여준다. 영남과 호남, 충청 지역이 농업과 연관된 농한기에 집중적으로 필사본 고소설을 향유했다면 서울과 경기 지역은 농사와 관계없이 필사본 고소설을 향유한 것이다. 이렇게 필사본 고소설의 필사시기를 통해서 향유층의 직업과 신분 계층을 어느 정도 확인할 수 있다. 서울과 경기 지역민들은 농한기와 농번기의 구분없이 필사본 고소설을 다양하게 향유한 것이다.

(3) 필사본 고소설 향유층의 신분계층

서울과 경기 지역에 유통된 필사본 고소설의 향유층을 구분하는 작업은 상당히 어려운 실정이다. 필사본 고소설이 유통된 1877년에서 1920년 사이에는 조선후기부터 대한제국 및 일제강점기로 이어지는 격동의 시기이기 때문이다. 이러한 정치, 사회, 문화적 변화의 격동기에 필사본 고소설을 향유한 신분계층을 체계적으로 분석하기는 쉽지 않다. 비록 신분계층이 다양하게 분화되었다고 해도 양반, 선비, 상민 등으로 구분하고자 한다. 더욱이 서울과 경기 지역의 필사본 고소설에 나타난 필사기를 통해서 향유층의 신분 계층을 제시하고자 한다.

앞에서 우리는 성별로 필사본 고소설을 향유한 경우를 살펴보았다. 남성과 여성은 각각 12종과 20종의 필사본 고소설을 향유했다. 그 중에서도 남성은 <구운몽>①, <구운몽>②, <김태백전>, <박씨전>②, <박씨전>③, <사각전>, <사씨남정기>, <서상기>, <임경업전>②, <진대방전>, <취미삼선록>①, <화룡도전> 등과 같은 작품을 필사하고 향유하였다. 이러한 작품에 등장하는 필사기를 통해서 남성 필사자와 향유층의 신분 계층을 구분하고자 한다.

먼저 <구운몽>①은 '일월정사'와 같은 양반의 생활공간이 등장한다. 이런 점에서 남성 향유층의 신분 계층은 양반으로 볼 수 있다. <박씨전>②와 <박씨전>③은 몰락한 양반이거나 전문 필사자로 추측된다. 왜냐하면 이들 작품이 필사된 장소가 세책점이나 방각본이 출간된 곳이기 때문이다. 한문본 <사씨남정기>를 향유한 이용재는 유학을 공부하는 학자 내지 선비로 생각된다. <서상기>에는 '은진후인 송치홍'이 등장하는 점으로 보아 몰락양반이거나 선비집안의 남성이다. 이렇게 서울과 경기 지역의 남성 향유층은 대체로 선비집안 또는 몰락양반으로 나타난다.

서울과 경기 지역의 여성들은 <구운몽>④ 권소저, <김진옥전>① 지홍댁, <박씨전>①, <소강절실기> 70세 여성, <소향란전> 묵동서, <옥난기연> 신소저, <옥련몽>① 권씨의 여성, <옥루몽>② 오위장 댁 여성, <유충렬전>① 남이댁, ② 목여성, ③ 남이댁, <이태경전> 이종원, <조웅전>① 신강댁, ② 배달우의 여성, <주씨청행록>① 민소저, ②

민소저, <최현전> 대명동댁, <현수문전> 사미동댁, <황운전> 구씨부인 등과 같은 작품을 향유했다. 이러한 필사본 고소설을 향유한 서울과 경기 지역 여성들의 신분은 선비집안 또는 상인집안으로 나타난다.

그런데 <주씨청행록>①과 <주씨청행록>②를 필사한 민소저는 양반집안의 여성이다. 민소저는 다양한 작품을 필사한 것으로 보인다. 단국대본 <주씨청행록>을 필사한 강화도 덕곡의 민소저는 박순호본 <주씨청행록>도 필사했다. 이러한 단국대본 <주씨청행록>과 박순호본 <주씨청행록>의 필사기를 제시하면 다음과 같다.

> 셰지 임진 지월 초슌의 강화 덕곡 민쇼져ᄂᆞᆫ 남창ᄒᆞ의셔 시셔ᄒᆞ니 글시 괴약괴약 망측ᄒᆞ다 ᄯᅩᄒᆞᆫ 낙ᄌᆞ 무슈ᄒᆞ니 보시ᄂᆞᆫ 이 웃지 말디어다[157]
> 셰지 무신 계춘의 시셔ᄒᆞ다 민쇼져 년이십ᄉᆞ셰로ᄃᆡ 평ᄉᆡᆼ 지조 무지ᄒᆞ야 글시 괴약ᄒᆞᆯ ᄲᅮᆫ 아니라 낙ᄌᆞ 무슈ᄒᆞ니 보시ᄂᆞ니 필지의 용열용축ᄒᆞ믈 웃지 말지어다[158]

위와 같이 <주씨청행록>의 필사기록을 비교하면 거의 동일한 실정이다. 이런 점에서 두 작품은 민소저가 필사한 작품이 분명하다. 더욱이 민소저는 박순호본 <손천사영이록>도 필사했다. 장편가문소설의 성격을 내포한 <손천사영이록>의 필체와 필사기를 살펴본 결과 민소저는 강화 덕곡에 사는 양반집안의 여성이다. 박순호본 <손천사영이록>의 필사기록을 보면 강화군 덕곡에 사는 민소저가 필사한 것이 분명하다.[159] 강화군 덕곡의 민소저는 <주씨청행록> 2종과 <손천사영이록>

---

157) 단국대본, <주씨청행록>1권, 47-48쪽.
158) 박순호본, <주씨청행록>3권, 82쪽.
159) 월촌문헌연구소, <손천사영이록>, 『한글필사본고소설자료총서』 25권, 오성사, 1986, 621-622쪽. 시셰 신ᄒᆡ ᄆᆡᆼ츄 념일 강화 덕곡 민소졔ᄂᆞᆫ 동창ᄒᆞ의셔 총총이 막필셔ᄒᆞ노라 막필노 슬흔 거술 겨유 강잉ᄒᆞ야쓰니 글시 괴약용열졸ᄒᆞᆯ ᄲᅮᆫ 아니라 낙ᄌᆞ 무수ᄒᆞ니

을 필사한 것이다. <주씨청행록> 2종과 <손천사영이록>의 필사기에 등장하는 민소저는 양반 집안의 여성으로 추정된다. 강화도에 사는 양반 집안의 여성이 필사본 고소설을 필사하고 향유했음을 뚜렷이 보여준다. 필사본 고소설은 전국적인 유통양상을 보여주고 있지만 지역별로 편차를 보이고 있다.

이렇게 서울과 경기 지역 필사본 고소설의 향유층은 대체로 일부 양반집안과 선비집안 또는 상인으로 보인다. 그 당시 필사본 고소설을 향유한 신분 계층은 양반집안보다 몰락양반이나 선비집안이 대다수를 차지한다. 그럼에도 <주씨청행록>을 필사한 강화 덕곡의 민소저는 양반 집안의 여성이 분명하다. 이밖에도 대다수의 작품은 상업에 종사하는 상인으로 추정된다. 상인들은 작품을 필사할 충분한 시간적 여유가 부족했기 때문에 단편소설을 즐겨 향유한 것이다.

이상에서 서울과 경기 지역에 유통된 작품을 향유한 사람들의 신분계층은 양반에서 점차 몰락양반과 장사를 하는 상인계층으로 확장되고 있다. 이런 점에서 서울과 경기 지역에는 장편의 가문소설이 빈약한 반면에 단편의 영웅소설이 풍부한 것으로 보인다. 서울과 경기 지역의 상인들은 방각본이나 활자본 및 신소설을 향유했을 것으로 짐작된다. 서울과 경기 지역은 농사주기와 관계없이 상업이 발달했기 때문에 농한기와 같은 휴식 시간을 갖기 어려웠기 때문이다. 따라서 서울과 경기 지역의 양반집안과 선비집안에서는 장편소설을 필사하고 향유한 반면에 상인들은 활자본과 방각본을 향유했을 것으로 생각된다.

필지의 용열ᄒᆞ믈 보시나니 웃지 말지어다

5) 서울과 경기 지역에 유통된 필사본 고소설의 특징

서울과 경기 지역에 유통된 필사본 고소설은 모두 52종이다. 여기에는 인천 지역에 유통된 작품까지 포함된 수량이다. 이러한 필사본 고소설을 지역별로 구분하면 서울(17종), 경기(28종), 인천(7종) 등으로 나타난다. 실제로 서울과 경기 지역에는 이러한 필사본 고소설보다 훨씬 풍부하게 유통된 것으로 짐작된다. 그럼에도 필사기에 등장하는 작품과 현장조사에서 확인한 작품은 52종이다. 따라서 서울과 경기 지역은 필사본 고소설의 유통이 상대적으로 빈약한 실정이다.

서울 지역에 유통된 작품은 <구운몽>, <박씨전> 2종, <사씨남정기> 2종, <오옥기담>, <옥란기연>, <옥루몽>, <임경업전>, <이태경전>, <장학사전>, <정수경전>, <취미삼선록>, <청월당>, <황운전>, <흥부전> 등과 같이 17종이 존재한다. 조선후기 왕실과 수많은 관청 및 궁궐이 있었던 서울 지역에 유통된 필사본 고소설은 매우 빈약한 실정이다. 조선후기 양반 사대부와 권문세족이 살았던 서울은 일제강점기를 거치면서 필사본 고소설을 향유하는 전통이 해체된 것으로 보인다. 따라서 서울 지역은 신문물의 수용으로 급격한 도시화와 상업화로 인하여 공동체문화가 파괴되었기 때문이다.

서울과 인접한 경기 지역에서도 필사본 고소설의 유통이 빈약한 실정이다. 경기 지역에는 28종의 필사본 고소설이 유통되었다. 그 중에서도 안성 지역에서는 <백학선전> 2종, <옥련몽>, <최현전>, <화룡도전>, <임경업전> 등과 같이 6종이 유통되었다. 안성 지역은 서울로 가는 교통의 요지로 상업이 발달한 고장이다. 안성 지역의 필사본 고소설은 <옥련몽>을 제외하면 단편의 분량을 가진 작품이다. 그런데 경기 지역에는 필사본 고소설을 향유하는 전통이 오랫동안 지속되었을 것이다. 그럼에도 고소설의 필사기록에 등장하는 작품은 매우 빈약한 실정이다. 서울과 경기 지역에 유통된 필사본 고소설이 빈약한 현상은 방각본과 활판본 및 세책본의 영향과 무관하지 않은 것으로 보인다. 더욱이 급격한 도시화와 상업의 발달로 마을 공동체문화가 파괴되었기 때문이다.

서울과 경기 지역의 필사본 고소설의 유형을 분석하면 영웅소설(24종), 가정소설(5종), 가문소설(3종), 판소리계 소설(2종) 등으로 나타난다. 이렇게 서울과 경기 지역은 가정소설과 가문소설 및 판소리계 소설에 비하여 영웅소설이 상대적으로 가장 풍부하게 유통되었다. 그 중에서도 역사형 영웅소설보다 창작형 영웅소설이 풍부하다. 더욱이 여성 영웅소설보다 남성 영웅소설이 훨씬 풍부하게 나타난다. 따라서 서울과 경기 지역의 필사본 고소설 향유층은 창작형 남성 영웅소설을 선호한 것으로 보인다.

서울과 경기 지역에 유통된 필사본 고소설 52종 가운데 이본을 제외하면 33종이 존재한다. 서울과 경기 지역은 동일한 작품의 이본보다 다양한 작품이 유통된 것으로 보인다. 그럼에도 <구운몽>은 4종이 존재하고 <박씨전>, <백학선전>, <옥루몽>, <유충렬전>, <조웅전> 등은 각각 3종이 유통되었다. 이러한 작품들은 상업적으로 간행된 세책본, 방각본, 활판본의 영향을 적극 수용한 것 같지 않다. 다만, 세책본을 필사한 <취미삼선록>을 제외하면 필사본을 대상으로 필사한 것으로 보인다. 따라서 서울과 경기 지역의 향유층은 빈약하지만 고소설 필사의 전통을 유지하고 있다.

서울과 경기 지역의 필사본 고소설 향유층은 여성보다 남성 향유층이 증가하고 있다. 필사본 고소설의 향유층은 여성 22종과 남성 13종으로 나타난다. 이는 남성보다 여성 향유층이 좀더 풍부하게 나타나고 있지만 남성 향유층이 상대적으로 증가하고 있다. 남성 향유층이 증가하는 현상은 호남 지역과 유사한 결과를 보여준다. 그런데 현장조사를 실시하면 작품의 필사자는 남성이고 실제로 오랫동안 작품을 향유한 여성의 존재를 확인할 수 있다. 이러한 서울과 경기 지역 필사본 고소설의 향유층은 여성이 좀더 풍부할 것으로 짐작된다.

필사본 고소설의 필사시기는 1877년부터 1952년까지로 나타난다. 그 중에서도 1900년에서 1930년까지 필사본 작품이 서울과 경기 지역에서 가장 풍부하게 유통되었다. 이때는 조선후기에서 일제강점기까지로 급격한 신문물의 수용과 상업화, 도시화가 진행된 혼돈의 시기이다. 그래서 고소설의 필사시기를 농번기 11종과 농한기 13종으로 구분하는 것은 별다른 의미를 추출하기 어렵다. 서울과 경기 지역은 상업화와 도시화로 인하여 농사주기와 관련성이 미약하기 때문이다. 따라서 필사본 고소설은 도시화와 상업화의 물결 속에서 단편소설이 주로 향유되었다. 이러한 단편 분량의 필사본 고소설을 향유한 사람들은 양반이나 선비보다 상인이 좀더 풍부한 것으로 생각된다.

서울과 경기 지역의 필사본 고소설은 상대적으로 빈약하게 유통되었다. 그 중에서도 영웅소설의 유형이 가장 풍부하게 유통되었다. 영웅소설 중에서도 창작형 남성 영웅소설이 풍부한 실정이다. 상업과 도시가 발달한 서울과 경기 지역은 단편 분량의 다양한 필사본 고소설이 유통되었다. 이러한 작품은 세책본, 방각본, 활판본의 영향과 관계없이 필사의 전통을 유지한 것으로 보인다. 필사시기는 1877년부터 1952년까지 농사주기와 관련 없이 향유되었다. 따라서 서울과 경기 지역의 필사본 고소설 향유층은 남성이 증가하고 있다. 그래도 현장조사를 실시하면 여성 향유층을 좀더 풍부하게 확인할 수 있다.

5. 강원 및 북한 지역 필사본 고소설의 유통양상과 향유층

강원 지역과 북한 지역에 유통된 필사본 고소설은 얼마나 될까? 높은 산맥으로 둘러싸인 강원 지역에는 교통이 불편하여 필사본 고소설의 유통도 생각보다 빈약한 실정이다. 태백산맥이 남북으로 길게 뻗어서 동서의 경계를 이루는 강원 지역에는 인구가 적었기 때문에 필사본의 유통이 빈약한 실정이다. 현재까지 강원 지역에는 17종의 필사본 고소설이 유통되었다. 이러한 사례는 9종이 유통된 북한 지역도 마찬가지이다. 북한 지역은 남한 지역보다 산악이 발달하여 인구 분포가 매우 빈약한 실정이다. 그럼에도 강원과 북한의 주요 역사문화의 중심지에서는 오랫동안 고소설 필사의 전통을 유지한 것으로 보인다.

강원 및 북한 지역에 유통된 필사본 고소설의 종류(26종)

항목 작품명	소장자	필사자의 성별	유통지역 및 책 주인	필사년도 및 기간
강로전 (한문)	국사편찬위	최기식 집안의 남성	강원도 강릉군 강릉 최기식 집, 1927년 6월 발굴	숭정3(1630)년 경오 추
구운몽	강윤호	오배연 필서	종성읍 새문안 (함경북도 온성군)	광서12(1885)년 3월초8일, 5월 12일(2권)
담랑전	이현조	김동헌 필	황해북도 황주군 천가면 내동리	계축(1913)년 1월 25일
사안전	이현조	황소저	강원도 삼척 이명협 책주 황소저 번역	병진(1916)년 8월 6일
소대성전①	박순호	박용식 집안의 여성	강원도 삼척군 하장면 하사미동 2통 4호 박용식	
소대성전②	김남돈	농은공 집안의 여성	동해시 망상동 농은공 책	신유(1921)년, 정해(1947)년 윤2월 중순 가의
소대성전③	박순호	권소저	강원도 평창군 봉평면 유포리 권소제	무인(1938)년 봄

항목 작품명	소장자	필사자의 성별	유통지역 및 책 주인	필사년도 및 기간
심청전	한중연	여성	평양부 동정 12번지(평안남도)	계해(1923)년 12월 20일
유충렬전①	박순호	박죽남(여) 필서	강원도 삼척군 하장면 하사미천포 거주 2통4호 책주 박식종 필	임자(1912)년 1월 28일
유충렬전②	한중연	여성	평양부 동정 12번지(평안남도)	계해(1923)년 12월 25일
임경업전	박순호		강원도 원주군 건등면 후명리(후용리) 춘포	계해(1923)년 7월 13일-8월 24일
임진역사①(한문)	박순호	조옥섭(남)	강원도 삼척군 노곡면 마읍천 거주시 등서 책주 조옥섭	기해(1899)년 음1월 19일, 1905년 2월 26일
갑진록②(임진록)	이현조	이종은(남)	강원도 삼척군 소달면 서하리 이종은	경진(1940)년 2월 2일
임진록③(용강전)	인민대학습당(평양)	○용원(남)	안변군 배화면 내원리 책주 ○용원(함경남도 안변군)	소화8(1933)년 1 월23일, 계유 12월7일
임진록④	사회과학원(평양)	김홍수(남)	황해도 해주군 운산면 백정리 책주 김홍수	병인(1926)년 11월
임진록⑤	인민대학습당(평양)	김인수(남)	함경도 북청읍 동촌 김인수 책(함경남도 북청군)	융희3(1909)년 12월 순2일
장경전	김남돈	참의공댁 여성	강원도 동해시 망상동 참의공댁 소장	무신(1908)년 2월 7일
정을선전	홍윤표	사향동댁(여)	강원도 명주군 연곡면 행정리 행정 사향동댁 책	무신(1908)년 5월 21일
조선사묵전	박순호	박상기	강원도 삼척군 하장면 갈전리 박상기	병인(1926)년 2월 23일 오전11시
조생원전(조한림전)	박순호	여성	강릉시 옥봉아래 사는 사람	기사(1929)년 4월 길일
창선감의록(화진전)	하버드	전일수(여)	평강 진중면 귀곡 전일수 종서(강원도 평강군)	을미(1895)년 12월, 12월 27일, 병신(1896)년 5월 14일

항목 작품명	소장자	필사자의 성별	유통지역 및 책 주인	필사년도 및 기간
춘향전①	단국대	이문팔(남)	강릉군 사천면 호동리 후동 책주 이문팔	병진(1916)년 1월 23일
춘향가② (츄양ᄀ라)	미도민속관	이보영(여)	강원도 삼척군 미로면 활기리 책주 이보영	
홍길동전	김남돈		강원도 동해시 망상동 참의공댁	
황백호전	인민대학습당(평양)	류○준(여)	경기도 개성군 북면 이소리 류○경 책주 류○준	계축(1913)년 1월 17일 -2월 염8일종
황월선전	이수봉		강원도 강릉군 연곡면 행정리 106번지 최사월 댁	정사(1917)년 1월 초순

지금까지 강원 및 북한 지역에 유통된 필사본 고소설은 모두 26종이다. 실제로는 이러한 작품보다 좀더 풍부하게 유통되었을 것으로 짐작된다. 고소설의 필사기와 현장조사에서 지역별 유통양상을 확인한 작품은 강원 17종이고 북한은 9종이다. 이렇게 보면 강원과 북한 지역에는 필사본 고소설의 유통이 상대적으로 빈약한 실정이다. 산악이 풍부한 강원과 북한 지역에는 필사본 고소설의 유통이 빈약했을 수도 있다. 그럼에도 강릉, 울진, 삼척, 동해 등의 강원 지역과 북한 지역의 개성과 평양의 주요도시에서는 필사본 고소설이 풍부하게 유통되었을 것이다.

강원 지역에는 <소대성전> 3종, <춘향전> 2종, <임진록> 2종 등이 유통되었다. 산악이 발달하여 교통이 불편한 강원 지역은 오랫동안 필사본 고소설을 향유하는 전통이 유지되었을 것으로 짐작된다. 필사본 고소설의 유통은 빈약하지만 양반가문을 중심으로 오랫동안 필사의 전통을 지속했을 것이다. 예컨대 동해시 망상동에서는 <소대성전>②, <장경전>, <홍길동전> 등의 작품을 향유한 것으로 보인다. 동해시 망상동의 참의공 댁에서는 <장경전>과 <홍길동전>을 소장하고 있다. 참의공 댁에 소장된 국문 완판본 <홍길동전>을 제외하면 필사본을 향유한 것이 분명하다.[160] 따라서 참의공 댁에서는 오랫동안 필사본 고소설을 필사하고 향유한 것을 보인다.

이러한 필사기록을 토대로 현장조사를 실시하면 필사본 고소설의 유통양상과 향유층에 대한 새로운 사실을 살펴볼 수 있다. 하지만 필사본 고소설의 현장조사는 생각보다 쉽지 않다. 동해시 망상동의 참의공 댁을 수소문하여 현장을 찾아간다고 해도 필사본 고소설과 관련된 상황을 아는 제보자를 만나기 어렵기 때문이다. 그럼에도 필사본 고소설에 등장하는 필사기록을 토대로 작품의 소장자와 필사자 및 향유층을 확인할 수 있기 때문에 현장조사는 꼭 필요한 실정이다.

강원 지역에는 영웅소설 <소대성전>과 <임진록>, 판소리계 소설 <춘향전>이 상대적으로 풍부한 실정이다. 강원 지역에는 <소대성전>이 가장 풍부하게 유통되었다. <소대성전>은 초기 영웅소설의 대표적인 작품이다. 창작형 남성 영웅소설의 전형적 성격을 내포한 <소대성전>이 강원 지역에 풍부한 까닭은 향유층의 성격과 연관된 것으로 보인다. 강원 지역민들은 <소대성전>을 향유하면서 몰락한 가문의 부흥을 염원하거나 영웅적 인물의 활약에 공감했을 것으로 생각된다. 반면에 역사소설 <임진록>은 임진왜란을 다룬 전쟁소설이다. 이러한 영웅소설이 그나마 강원 지역에 풍부한 실정이다.

강원 지역에는 판소리계 소설 <춘향전>도 2종이 유통되었다. 강원도에 유통된 판소리계 소설 <춘향전>은 전국적인 유통양상을 보여준 대표적 작품이다. 하지만 이들 작품은 필사본이 아니라 활자본을 베낀 것으로 보인다. 필사본 <춘향전> 2종의 이본을 비교한 결과 신소설 작가

160) 장정룡, 「동해시 참의공 댁 소장 <홍길동전> 고찰」, 『인문학보』 24집, 강릉대 인문과학연구소, 1997, 1-13쪽.

이해조가 개작한 활자본 <옥중화>을 필사한 것으로 보인다. 특히 <춘향전>①은 1916년 1월 23일 이문팔에 의해서 필사되었다. <춘향가>②는 필사시기는 정확하게 알 수 없지만 이보영 필사한 것으로 보인다. 이 작품들은 서울에서 출판된 <옥중화>가 동해안의 강릉으로 빠르게 전파되었다는 증거로 주목된다. 따라서 강원 지역에는 필사본 <춘향전>의 유통이 빈약한 반면에 활자본 <옥중화>를 대상으로 필사의 전통을 유지하고 있다.

강원 지역에는 영웅소설, 가정소설, 가문소설, 판소리계 소설 등이 유통되었다. 그 중에서도 <소대성전> 3종, <유충렬전>, <임경업전> 2종, <장경전>, <홍길동전> 등과 같이 영웅소설 유형이 풍부하다. 영웅소설 가운데 역사형은 <임경업전>, <임진록>, <홍길동전> 등이 있고, 창작형은 <소대성전> 3종, <유충렬전>, <장경전> 등이 있다. 따라서 강원 지역에는 창작형 남성 영웅소설이 풍부한 실정이다. 이러한 영웅소설은 전국적 유통을 보여준 보편적 특징이라 하겠다.

가정소설은 <정을선전>과 <조생원전>이 있고 장편가문소설은 존재하지 않는다. 실제로 양반가문에서는 장편가문소설이 유통되었을 것으로 짐작된다. 필사본 <유효공선행록>의 낙질이 강릉 선교장에 존재하고 있어서 양반 집성촌에서는 장편가문소설이 유통되었을 것으로 짐작된다.[161] 하지만 필사본 고소설의 필사기록이나 현장조사에서 장편가문소설을 확인하지 못한 것이다. 판소리계 소설은 <춘향가>와 <춘향전>이 유통되었다. 이러한 판소리계 소설은 전국적인 유통양상을 보여준다. 따라서 강원 지역에는 영웅소설이 가장 풍부하게 유통되었다.

한편, 북한 지역에 유통된 필사본 고소설의 존재에 대해서도 궁금하

161) 허경진, 앞의 책, 232-233쪽.

다. 남북이 분단된 지 60년이 넘었지만 아직까지 북한 지역의 고소설 자료에 대한 정보는 늘 부족하다. 그래서 북한 지역에는 필사본 고소설이 어떻게 유통되었는지 궁금할 따름이다. 남한에 존재하는 필사본 고소설과 일부 소개된 북한 고소설의 필사기록을 참고하여 유통양상을 정리하고자 한다. 앞으로 필사본 고소설과 함께 북한에 소장된 고소설 작품의 전모를 확인할 수 있기를 희망한다.

북한 지역에서는 필사본 고소설의 유통이 매우 빈약한 실정이다. 아마도 분단으로 인해 북한 지역의 필사본 고소설을 제대로 확보하지 못한 측면도 고려해야 한다. 그렇다고 해도 북한 지역의 필사본 고소설은 너무도 빈약하다. 실제로 북한 지역의 평양과 개성에는 필사본 고소설이 풍부하게 유통되었을 것으로 짐작된다. 조선후기에서 일제강점기까지 평양과 개성에는 양반 사대부들의 집성촌이 존재했기 때문이다. 그럼에도 북한 지역에는 필사본 고소설의 유통이 매우 제한적으로 유통된 것으로 생각된다.

북한 지역에 유통된 필사본 고소설이 빈약하지만 <임진록>은 3종이나 유통되었다. <임진록>은 임진왜란의 역사적 배경을 통해서 왜적을 물리치는 내용이 복합적으로 구성된 작품이다. <임진록>은 왜적의 침략에 맞서 조선을 지키는 영웅적 인물의 활약을 내포하고 있다. 왜적에 맞서 국가를 지키는 역사적 영웅소설 <임진록>은 주민들의 이념에 부합한 측면이 있다. 북한 지역에는 <임진록>을 비롯한 <유충렬전>, <황백호전>과 같은 영웅소설이 풍부하게 유통되었다.

이밖에도 가정소설 <창선감의록>, 판소리계 소설 <심청전>이 존재한다. 그런데 장편가문소설의 유통은 확인되지 않고 있다. 아직까지 북한 지역 필사본 고소설의 유통양상에 대한 구체적인 자료를 확보하지 못했기 때문에 미완으로 남겨두어야 한다. 북한 지역에 유통된 필사본 고소설에 대한 자료조사가 좀더 필요하기 때문이다. 앞으로 북한 지역에 유통된 필사본 고소설에 대한 자료조사를 체계적으로 진행할 수 있기를 바랄 뿐이다. 현재까지 확인된 북한 지역 필사본 고소설의 유통양상을 통해서 유형적 성격이나 이본의 변모를 파악할 수밖에 없다.

이상에서 강원과 북한 지역에 유통된 필사본 고소설은 매우 빈약한 실정이다. 강원에는 16종, 북한에는 9종의 필사본 고소설이 유통된 것으로 확인되었다. 산악이 풍부한 강원과 북한 지역에는 강릉, 울진, 삼척, 동해와 평양, 개성 등을 제외하면 필사본 고소설의 유통이 빈약했던 것으로 짐작된다.

강원 지역에는 창작형 남성 영웅소설이 풍부하게 유통되었다. 그 중에서도 <소대성전>(3종)과 <임진록>(2종)이 가장 풍부하게 존재한다. 판소리계 소설 <춘향전>(2종)도 강원 지역에 유통되었다. 북한 지역에는 <임진록>(3종)이 가장 풍부하게 유통되었다. 강원 지역에는 <소대성전>과 <임진록>, <춘향전>이 풍부하고 북한 지역에는 <임진록>이 풍부하다. 강원과 북한 지역에는 장편가문소설의 유통이 확인되지 않는다. 필사기를 통해서 장편가문소설의 유통을 확인하지 못했기 때문이다.

북한 지역은 분단으로 인하여 필사본 고소설의 유통양상을 제대로 조사하지 못했다. 이 때문에 북한 지역의 필사본 고소설에 대한 구체적인 실상을 파악하는 데 일정한 한계가 존재한다. 그럼에도 북한 지역에는 <임진록>이 가장 풍부하게 유통된 점은 주목된다. 외적의 침략을 물리친 영웅들의 활약상을 담은 <임진록>에 대한 관심이 필요했던 것이 아닐까 한다.

제4장

필사본 고소설의 문화적 기반과 문화지도 작성

이 장에서는 전국에 유통된 필사본 고소설의 지역별 유통 양상과 문화적 기반을 분석하여 문화지도를 작성하고자 한다. 필사본 고소설의 유통 문화지도에는 작품의 지역별 유통 분포와 자연환경 및 인문지리 등의 문화적 기반을 종합적으로 표시할 수 있다. 이 때문에 필사본 고소설의 지역별 유통 양상을 토대로 문화지도를 작성하면 당시 향촌사회의 문학생활상을 이해하는 데 상당한 도움이 될 것이다. 더욱이 지역별로 유통된 필사본 고소설의 유통 문화지도 제작에 필요한 기초 작업은 어느 정도 축적된 것으로 보인다.[1] 현재까지 필사본 고소설에 대한 문헌검토와 현장조사를 병행하여 513종의 자료를 확보했기 때문이다.[2]

---

1) 김재웅, 「경북 지역에 유통된 필사본 고소설에 대한 실증적 연구」, 『고소설연구』 24, 한국고소설학회, 2007, 219-250면. 김재웅, 「호남 지역에 유통된 필사본 고소설의 종류와 향유층에 대한 연구」, 『고소설연구』 28, 한국고소설학회, 2009, 269-299쪽. 김재웅, 「충북 지역에 유통된 필사본 고소설의 종류와 향유층」, 『고소설연구』 32, 한국고소설학회, 2011, 281-311쪽.

2) 필사본 고소설의 지역별 유통 양상은 조희웅의 『고전소설 이본목록』과 『고전소설 연구보정』을 토대로 삼았을 뿐만 아니라 아직까지 작품이 공개되지 않은 개인과 기관이 소장한 자료를 총망라했다. 필사본 고소설의 유통 문화지도는 513종을 대상으로 한 전체적인 윤

문화지도는 인간이 일정한 지리적 공간에서 오랫동안 살아온 다양한 삶의 흔적을 지도상에 표시하는 작업을 말한다. 한 지역의 공간적 폭과 시간적 깊이에 따라 형성된 사회·문화적 현상과 분포 양상을 체계적으로 표현한 것이 문화지도이다.[3] 문화지도는 지리적 공간의 변동을 포함한 사회적, 문화적 지속과 다양한 변화를 지도상에 표시하여 지역민의 생활문화를 역동적이고도 심층적으로 이해하는 기초 작업이기도 하다. 이러한 문화지도는 인문지리와 자연지리의 상호관계를 해명하는 데 아주 유용한 방법이다.

지금까지 필사본 고소설의 지역별 유통 양상에 대한 문화지도 작성은 거의 전무한 실정이다. 이는 고소설을 생활문화사적인 관점에서 접근하지 못했기 때문이 아닌가 한다. 조선후기 필사본 고소설은 방각본이나 활자본과 달리 당시의 지역별로 유통된 사회적, 문화적 현상을 다양하게 반영하고 있다. 이 때문에 19세기 중반부터 20세기 후반까지 생활문화사적 관점에서 필사본 고소설의 유통 양상에 대한 문화지도 제작의 필요성이 제기되고 있다.[4] 필사본 고소설의 유통 양상을 문화지도로 작성하면 지역별 사회·문화적 맥락을 역동적으로 이해할 수 있기 때문이다.

그렇다면 필사본 고소설의 유통 양상을 내포한 문화지도에는 어떤 지리적 공간의 변동과 사회적, 문화적 현상을 담아야 하는가? 고소설은 작가, 작품, 독자 등의 유기적 관계에 의해서 소통되는 문학이다. 그럼에도 고소설은 작가와 독자층에 대한 자료가 부족할 뿐만 아니라 수많은 이

곽을 파악하고자 한다.

3) 박성용, 「문화지도 자료활용방법과 조사내용」, 『비교문화연구』 7-1, 서울대학교 비교문화연구소, 2001, 3-28면. 박성용, 「지역사회의 문화지도」, 『민속학연구』 7, 국립민속박문관, 2000, 125-152면.

4) 필사본 고소설 문화지도의 핵심은 지역별로 유통된 작품의 분포도를 작성하는 것이다. 이러한 필사본 고소설의 유통 분포도에는 자연지리와 인문지리를 포함한 지역별 사회·문화적 특징을 표시할 수 있기 때문이다.

본이 존재하여 필사본의 유통과 관련된 문화지도 작성은 간단하지 않다. 그렇다고 해서 필사본 고소설의 유통 문화지도 작성을 계속 미루어둘 수는 없다. 전국에 유통된 필사본 고소설의 문화지도를 작성하면 지역별 사회·문화적 특징을 체계적으로 파악할 수 있을 것이다.

필사본 고소설의 문화지도에는 지역별로 유통된 작품의 종류와 향유층의 성별 및 신분계층을 표시해야 한다. 왜냐하면 필사본 고소설에는 필사자의 이름과 성별, 필사 시기와 지역, 필사자의 신분과 필사의도 등의 다양한 기록이 등장하고 있기 때문이다. 더욱이 작품을 소장하면서 지속적인 독서를 경험했던 향유층에 대한 실증적 사례는 필사본의 유통과 문화적 기반을 살펴보는 데 매우 중요한 자료이다.[5] 이러한 필사본 고소설의 지역별 유통과 문화지도 작성은 향촌사회의 문화적 기반을 체계적으로 이해하는 방법이라 생각한다. 필사본 고소설의 지역별 유통과 문화지도를 작성하기 위해서는 수집한 작품의 사회·문화적 특징을 지역문화와 상호 비교해야 한다.

1. 필사본 고소설의 지역별 유통과 문화적 기반

1) 영남 지역 필사본 고소설의 유통과 문화적 기반

영남 지역에 유통된 필사본 고소설은 모두 222종이다.[6] 영남 지역의

5) 이원주, 「고전소설 독자의 성향」, 『중재 이원주교수유고집』, 중재이원주교수추모사업회, 1994, 183-201면. 김재웅, 『강릉추월전의 종합적 이해』, 보고사, 2008, 145-189면.

6) 김재웅, 「경북 지역에 유통된 필사본 고소설에 대한 실증적 연구」, 『고소설연구』 24, 한국고소설학회, 2007, 219-250면. 여기서는 기존에 밝힌 작품 90종과 새로 발굴한 필사본 고소설을 합쳐 222종을 대상으로 논의한다.

필사본은 1842년에서 1963년까지 120년 동안 유통되었다. 이는 조선후기에서 대한제국 및 일제강점기를 거쳐 한국전쟁 이후까지도 필사본 고소설이 지속되었음을 보여준다. 이러한 필사본 고소설의 종류와 현황을 제시하면 다음과 같다.

유통 작품	강능추월전(12), 공신록전, 구운몽(4), 굿시하간전, 권익중전(4), 김이양문록(2), 김진옥전(7), 김태자전, 낙성비룡, 마두영전, 명사십리해당화(2), 목시룡전, 몽옥쌍봉연록(2), 박태보전, 박씨전(5), 삼국지(2), 사씨남정기(6), 사안전, 서상기, 서한연의(2), 서해무릉기, 두껍전(3), 설홍전, 소대성전(4), 소현성록, 송부인전(2), 수매청심록, 숙영낭자전(6), 숙향전(2), 순금전, 심청전(3), 쌍열옥소삼봉기, 양씨전, 어룡전(2), 옹고집전, 요열록(2), 열국지, 열녀전, 염시탁전, 옥루몽(2), 옥인몽, 왕능전, 월봉기, 월화전, 유문성전, 유생전, 유씨삼대록(6), 유충렬전(9), 유한당사씨언행록(2), 유효공선행록, 육미당기, 육선생전, 이대봉전(5), 이씨효문록, 이춘매전(2), 이태경전(2), 임경업전(2), 임진록, 장끼전, 장화홍련전, 장학사전, 장한절효기, 정수경전(2), 정을선전(5), 정비전, 정해경전, 제호연록, 조생원전(3), 조웅전(9), 주봉전(2), 진대방전(2), 진성운전(3), 창란호연록(7), 창선감의록(9), 창선록, 최현전(4), 최호양문록(3), 춘향전(4), 토끼전(3), 하진양문록, 현봉쌍의록(6), 현씨양웅기, 화경전, 화룡도(4), 화산중봉기, 화씨충효록, 홍길동전(2), 황월선전(10)
유통 지역	경북(171) : 안동(30), 상주(25), 성주(17), 합천(15), 문경(11), 예천(11), 영주(9), 영덕(8), 봉화(7), 대구(6), 울진(6), 칠곡(5), 달성(5), 경주(4), 김천(4), 고령(3), 구미(3), 포항(3), 영천(3), 군위(2), 영양(2), 의성(2), 경산(2), 청송(2), 청도
	경남(39) : 합천(15), 진주(5), 부산(3), 함안(2), 밀양(2), 의령(2), 하동(2), 산청(2), 거창, 고성, 남해, 사천, 양산, 함양
이본	종류(89) : 강능추월전(12), 황월선전(10), 유충열전(9), 조웅전(9), 창선감의록(9) 창란호연록(7), 김진옥전(7), 유씨삼대록(6), 현봉쌍의록(6), 사씨남정기(6), 숙영낭자전(6), 정을선전(5), 박씨전(5) 국문본(212) : 한문본(10)-박태보전, 사씨남정기, 염시탁전, 유생전, 임충신전, 창선감의록(3), 최현전, 초한연의
유형	가정소설(49) : 계모(19), 쟁총(19) 영웅소설(52) : 창작형(38), 역사형(9), 번역형(5)/ 남성영웅(46), 여성영웅(6) 판소리계 소설(23) : 판소리계 소설(14), 창이 사라진 작품(9) 장편소설(28) : 유씨삼대록(6), 현봉쌍의록(6), 창란호연록(7)

영남 지역에는 필사본 고소설이 매우 풍부하게 유통되었다. 영남 지역에 필사본 고소설이 풍부한 까닭은 무엇일까? 이 지역은 양반 집성촌을 중심으로 유교문화적 전통을 오랫동안 유지했던 곳이다. 이 때문에 지역민은 외부의 문화를 적극 수용하기보다 고소설을 필사하고 향유하는 전통을 지속한 것이다. 그런데 영남 지역은 경북(171)과 경남(39)처럼 남북의 유통 편차도 크게 나타난다. 양반 집성촌이 풍부할 뿐만 아니라 유교문화적 전통이 지속된 경북 지역은 경남 지역보다 필사본 고소설의 유통이 풍부한 실정이다.

경북 지역에는 안동(30), 상주(25), 성주(17), 문경(11), 예천(11), 영주(9), 영덕(8), 봉화(7), 대구(6), 울진(6) 등의 순으로 작품이 분포한다. 경남 지역에는 합천(15), 진주(5), 부산(3), 밀양(2) 등의 순으로 작품이 분포한다. 이러한 필사본 고소설의 지역별 유통 편차가 다양하게 나타난 까닭은 무엇일까? 영남 지역은 양반 집성촌과 유학을 공부하는 선비집안에서 고소설 필사의 전통을 오랫동안 지속했기 때문이 아닌가 한다. 따라서 영남 지역은 안동, 상주, 성주, 합천 등에 필사본 고소설이 풍부하게 유통되었다.

필사본 고소설은 안동, 상주, 문경, 예천, 영주, 봉화 등의 경북 북부에 풍부한 반면에 합천[7])을 제외하면 경남 지역에는 작품의 유통이 빈약한 실정이다. 합천은 유교문화적 전통을 오랫동안 유지했기 때문에 필사본 고소설이 풍부하다고 하겠다. 필사본 고소설이 가장 풍부한 안동, 상주, 성주 등에는 다양한 작품이 유통되었다. 그 중에서도 안동, 상주,[8]) 성

7) 합천 지역에는 <강능추월전> 2종, <박씨전>, <서상기>, <서한연의>, <송부인전>, <유충렬전> 2종, <유최현전>, <이대봉전>, <이태경전>, <정비전>, <최현전>, <황월선전> 2종 등이 유통되었다.

8) 상주 지역에는 <옥루몽>, <유씨삼대록>, <유한당사씨언행록>, <창란호연록>, <창선감의록>, <현봉쌍의록>, <현씨양웅기> 등의 장편소설이 유통되었다.

주[9] 등에는 장편소설이 풍부하게 분포한다. 영남 지역의 장편소설은 양반 집성촌이나 문중 또는 종가에서 발굴한 작품이 대부분을 차지하고 있다.[10]

이러한 영남 지역에 유통된 필사본 고소설의 지역별 분포도를 작성하면 다음과 같다.[11]

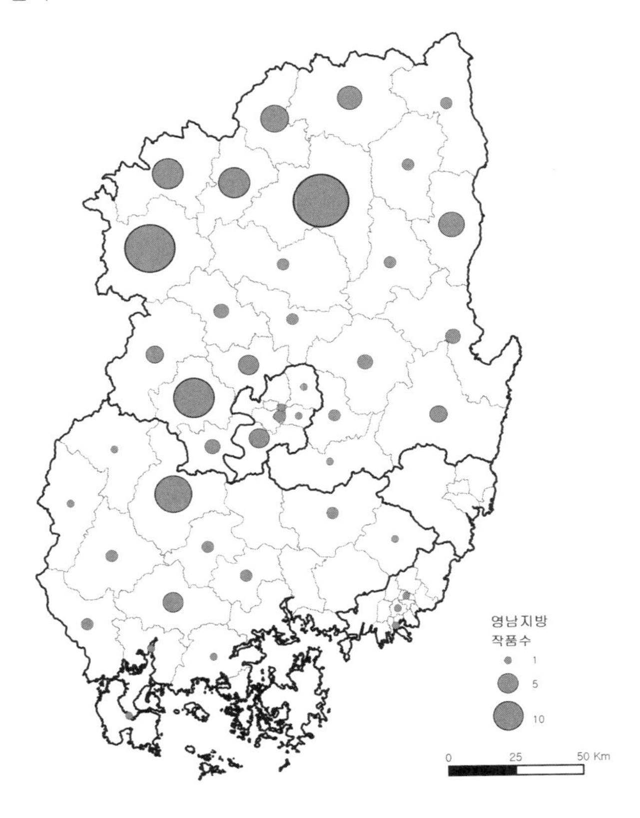

9) 성주 지역에는 <제호연록>, <유씨삼대록>, <옥인몽>, <쌍열옥소삼봉기> 등의 장편소설이 유통되었다.

10) 안동의 풍산 김씨 허백당 종택, 심곡파 종택, 영감댁과 성주의 성주이씨 집성촌이 대표적이다.

11) 경북대 김감영 교수의 도움으로 필사본 고소설의 유통분포도를 제작했다.

영남 지역 필사본 고소설의 유통 분포도를 통해서 전반적인 특징을 파악할 수 있다. 영남 지역에는 안동, 상주, 성주, 합천 등과 같이 유교 문화적 전통이 풍부한 곳에 필사본 고소설이 풍부하게 분포한다. 경북 지역은 울릉도를 제외하고 필사본 고소설이 전반적으로 유통되었다. 경남 지역은 김해, 울산, 창원, 통영, 거제 등의 해안가에서 필사본 고소설의 유통이 빈약한 실정이다. 따라서 영남 지역은 섬이나 어촌보다는 농촌에서 필사본 고소설이 풍부하게 분포하고 있다.

그런데 경북 동해안의 울진, 영덕, 포항, 경주 등에는 필사본 고소설이 유통되었다. 울진과 영덕에서는 양반 집성촌에서 필사본 고소설을 향유했다는 사실을 실증적으로 확인했다.[12] 포항과 경주는 해안이 아닌 내륙에서 필사본 고소설이 유통되었다. 반면에 경남 지역의 울산, 김해, 창원, 통영, 거제 등에는 필사본 고소설의 유통이 확인되지 않고 있다. 물론 이들 지역에도 양반 집성촌을 중심으로 작품이 유통되었을 것으로 짐작되지만 해안가 어촌에서는 필사본 고소설의 유통이 빈약한 실정이다.

영남 지역은 유교문화적 전통이 가장 풍부한 곳이다. 안동을 중심으로 하는 퇴계학과 진주를 중심으로 하는 남명학이 유학의 양대산맥을 형성하고 있다. 그런데 필사본 고소설의 유통 편차는 안동[13]과 진주에서 크게 나타난다. 안동은 오랫동안 유교문화적 전통을 지속한 반면에 진주는 새로운 문물을 수용한 것으로 추측된다. 교통이 불편한 안동은 마을 공

12) 울진 황씨종가와 영해 무안박씨 대소헌에서 필사본 고소설을 발굴했다.

13) 안동 지역에는 <강능추월전>, <구운몽> 2종, <진옥전>, <명사십리>, <몽옥쌍봉연록> 2종, <박씨전>, <사씨남정기>, <사안전>, <섬처사전>, <심청가>, <열국지>, <열녀전>, <옥루몽>, <유문성전>, <유충렬전>, <유씨삼대록>, <유효공선행록>, <육선생전>, <장끼전>, <주봉전>, <창선감의록> 3종, <초한연의>, <춘향전>, <현봉쌍의록> 2종, <화룡도> 등의 작품이 유통되었다.

동체문화를 유지한 반면에 교통이 편리한 진주는 신문물의 수용이 용이했기 때문이 아닌가 한다. 더욱이 안동과 진주에는 작품의 성격도 상당한 차이를 보여준다. 안동에는 <몽옥쌍봉연록>, <옥루몽>, <유씨삼대록>, <유효공선행록>, <초한연의>, <현봉쌍의록> 등의 장편소설이 풍부한 반면에 진주에는 <박씨전>, <소대성전>, <조웅전> 등의 영웅소설이 풍부하기 때문이다.

영남 지역에는 89종의 작품과 133종의 이본이 유통되었다. 이 지역에는 다양한 작품과 풍부한 이본이 분포하고 있다. 이본이 풍부한 작품은 <강능추월전>(12), <황월선전>(10), <유충렬전>(9), <조웅전>(9), <창선감의록>(9), <창란호연록>(7), <김진옥전>(7), <유씨삼대록>(6), <현봉쌍의록>(6), <사씨남정기>(6), <숙영낭자전>(6) 등이다. 이러한 작품은 영남 지역의 향유층이 선호한 것으로 보인다. 그 중에서도 <강능추월전>(10)과 <황월선전>(8)은 경북 지역에 집중적으로 분포한다. 영남 지역의 여성 향유층은 <강능추월전>을 가장 선호하고 있다.[14] 왜냐하면 전국에 유통된 14종의 <강능추월전> 가운데 영남 지역에만 12종이 유통되었기 때문이다.

영남 지역에는 국문 필사본이 압도적으로 분포한다. 한문본(10)보다 국문본(212)이 매우 풍부하기 때문이다. 국문 필사본은 여성이 필사하고 향유했다면 한문본[15]은 남성이 필사하고 향유한 작품이다. 영남 지역의 필사본은 남성보다 여성 향유층이 국문으로 작품을 필사했음을 보여준다. 더욱이 경북과 경남의 두 지역에 유통된 필사본 고소설 19종은 영남 지

---

14) 김재웅, 「영남 지역 필사본 고소설에 나타난 여성 향유층의 욕망」, 『한국고전여성문학연구』 16, 한국고전여성문학회, 2008, 5-35면.

15) <박태보전>, <사씨남정기>, <염시탁전>, <유생전>, <임충신전>, <창선감의록>(3), <최현전>, <초한연의>

역 향유층의 보편성을 보여준다고 하겠다.[16] 이러한 보편성과 달리 영남 지역은 장편소설이 풍부한 지역문화적 특징을 보여준다.

작품 유형은 영웅소설(52)이 가장 풍부하다. 영웅소설은 창작형(38)이 역사형(9)보다 풍부하고 남성영웅(46)이 여성영웅(6)보다 풍부하게 유통되었다. 가정소설(49)은 계모형(19)과 쟁총형(19)이 비슷한 분포를 보여준다. 영남 지역에는 판소리계 소설(23)과 장편소설(28)도 풍부하다. 판소리계 소설과 달리 장편소설은 양반 집성촌이나 문중에서 향유한 것으로 보인다.[17] 이렇게 영남 지역의 향유층은 영웅소설, 가정소설, 장편소설 등을 선호한 것으로 생각된다. 그 중에서도 장편소설은 영남 지역의 양반 집성촌에서 가장 풍부하게 유통된 특징을 보여준다.

이러한 영남 지역의 필사본 고소설은 여성과 남성이 각각 147종과 20종을 필사하고 향유했다. 여성이 남성보다 고소설 필사와 향유에 저극 참여했음을 보여준다. 필사본 고소설 향유층의 신분계층은 선비집안의 여성(45)보다 양반집안의 여성(60)이 좀더 풍부한 실정이다. 이 때문에 고소설의 향유층은 농번기(24)보다 농한기(72)에 필사와 향유에 적극 동참하고 있다. 선비집안의 여성은 농한기에 단편소설을 필사했다면 양반집안의 여성은 농번기에도 장편소설을 필사했다. 따라서 영남 지역에 유통된 필사본 고소설은 유교문화적 전통을 오랫동안 유지한 지역문화적 기반을 토대로 작품이 풍부하지만 남북의 지역별 편차가 크게 나타나고 있다.

16) <강능추월전>, <박씨전>, <서한연의>, <소대성전>, <송부인전>, <숙영낭자전>, <유충렬전>, <이대봉전>, <이태경전>, <이춘매전>, <정수경전>, <정을선전>, <조생원전>, <조웅전>, <주봉전>, <최현전>, <토끼전>, <현봉쌍의록>, <황월선전>

17) 영남 지역에는 <몽옥쌍봉연록>(2), <현봉쌍의록>(6), <현씨양웅쌍린기>, <유씨삼대록>(6), <소현성록>, <쌍열옥소삼봉기>, <유효공선행록>, <제호연록>, <하진양문록>, <창란호연록>(7), <화씨충효록> 등이 존재한다.

2) 호남 지역 필사본 고소설의 유통과 문화적 기반

호남 지역에 유통된 필사본 고소설은 83종이다. 호남 지역의 필사본 고소설은 1876년에서 1952년까지 80년 동안 유통되었다. 이는 한국전쟁 이후에는 필사본 고소설의 유통이 중단되었음을 보여준다. 이러한 필사본 고소설의 종류와 현황을 제시하면 다음과 같다.

유통 작품	강능추월전, 각설이전, 계상국전, 구운몽, 김씨효행록, 김진옥전, 꿩의전, 남씨충효열행록, 이대봉전, 매화전(2), 벽허담관제언록, 문성기, 민시영전, 박씨전(3), 백인창례록, 곽씨회행록, 박태보전(2), 변강쇠전, 사씨남정기, 두껍전(2), 서한연의(2), 소대성전, 숙영낭자전(4), 심청전, 아국열성록, 양태백전, 옥단춘전(3), 월봉기, 유성대전, 유씨삼대록, 유충렬전, 이수문전, 이화정기우기, 장화홍련전(2), 정설매전(2), 정소저전, 정수경전, 정을선전, 장두영전, 조생원전(2), 조웅전, 주벽전, 진시천선록, 진대방전(4), 창란호연록, 창선감의록(2), 춘향전(6), 토끼전(4), 팔상록, 하씨선행록, 화문효행록(2), 화룡도(2), 홍무왕연의, 홍부전(2)
유통 지역	전북(47) : 고창(9), 정읍(7), 김제(6), 전주(5), 임실(5), 남원(5), 익산(3), 군산(3), 부안(3), 순창(2), 완주
	전남(34) : 나주(11), 보성(5), 영광(3), 함평(3), 곡성(2), 해남(2), 강진, 광주, 광양, 담양, 화순, 신안, 영암, 장성
이본	종류(54) : 춘향전(6), 토끼전(4), 숙영낭자전(4), 창선감의록(4), 진대방전(4), 옥단춘전(3), 박씨전(3) 국문본(79) : 한문본(4)-장두영전, 사씨남정기, 아국열성록, 이화정기우기
유형	판소리계 소설(23) : 판소리계 소설(16), 창이 사라진 작품(7) 영웅소설(12) : 창작(9), 역사(3)/ 남성영웅(7), 여성영웅(5) 가정소설(11) : 계모(5), 쟁총(5), 복합(1) 장편소설(3) : 벽허담관제언록, 유씨삼대록, 창란호연록

호남 지역은 필사본 고소설의 유통이 빈약한 실정이다.[18] 호남 지역에 필사본 고소설이 빈약한 까닭은 무엇일까? 호남 지역은 판소리 공연 문화가 발달했기 때문에 판소리계 소설만 풍부할 뿐 고소설 필사의 전통이 상대적으로 빈약한 것이 아닌가 한다. 호남 지역의 필사본 고소설을 전북(47)과 전남(34)으로 구분해도 지역별 편차가 크지 않은 편이다. 그럼에도 전북의 고창(9), 정읍(7), 김제(6), 전주(5), 남원(5), 임실(5) 등과 전남의 나주(11), 보성(5)에서 필사본이 풍부한 실정이다. 따라서 호남 지역의 필사본 고소설은 남북의 유통 편차는 크지 않지만 시군별 유통 편차는 크다고 하겠다.

호남 지역은 유교문화적 전통이 오랫동안 지속된 고창과 나주에 필사본 고소설이 풍부하게 분포한다. 고창에는 <두껍전>, <변강쇠전>, <옥중가인>, <정소저전>, <정을선전>, <퇴별가> 2종, <하씨선행록>, <박타령> 등의 작품이 유통되었다. 판소리의 후원자 신재효의 고향인 고창에는 판소리와 판소리계 소설이 풍부하다. 나주에는 <박씨전>, <숙경낭자전>, <심청전>, <옥단춘전> 2종, <정수경전>, <별춘향전>, <별주부곡>, <박타령>, <화문효행록> 등이 유통되었다. 오랜 역사와 유교문화적 전통이 풍부한 나주에도 판소리와 판소리계 소설이 풍부하다. 고창과 나주에는 판소리와 관련된 필사본 고소설이 풍부하게 유통되었다.

이러한 호남 지역에 유통된 필사본 고소설의 지역별 분포도를 작성하면 다음과 같다.

---

18) 김재웅, 「호남 지역에 유통된 필사본 고소설의 종류와 향유층에 대한 연구」, 『고소설연구 28, 한국고소설학회, 2009, 269-299면. 기존에 밝힌 작품 52종을 포함하여 새로 발굴한 필사본 고소설 83종을 토대로 논의하고자 한다.

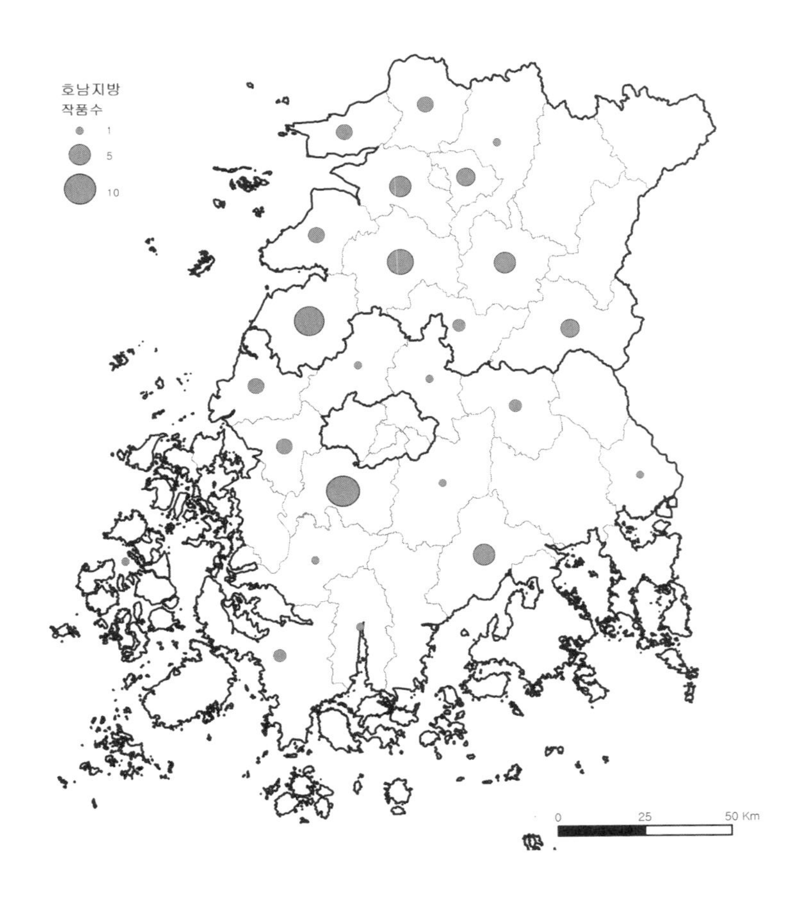

호남 지역 필사본 고소설의 유통 분포도를 통해서 전반적인 특징을 파악할 수 있다. 필사본 고소설이 빈약한 호남 지역은 남북의 유통 편차보다 지역별 유통 편차가 큰 편이다. 전북의 무주, 진안, 장수 등과 전남의 순천, 여수, 진도, 고흥 등에는 필사본 고소설의 유통이 확인되지 않고 있다. 전북의 내륙 지역과 전남의 해안에는 필사본 고소설의 유통이 빈약하다고 하겠다. 더욱이 광주와 구례에도 필사본 고소설의 유통이 빈약하다. 따라서 호남 지역은 전북의 내륙과 전남의 해안에 필사본 고소설의 유통이 빈약한 실정이다.

호남 지역에는 54종의 작품과 29종의 이본이 존재한다. 이 지역에는 다양한 작품이 유통된 반면에 필사본 고소설의 이본은 상당히 빈약한 실정이다. 그 중에서도 <춘향전>(6), <토끼전>(4), <숙영낭자전>(4), <창선감의록>(4), <옥단춘전>(3), <박씨전>(3) 등의 이본이 풍부하다. 판소리가 발생한 호남 지역에는 판소리와 판소리계 소설이 가장 풍부하게 유통되었다. 공연문화가 발달한 호남 지역의 향유층은 판소리와 판소리계 소설을 가장 선호하고 있기 때문이다.

호남 지역의 필사본은 한문본(4)보다 국문본(79)이 압도적으로 유통되었다. 왜냐하면 <장두영전>, <사씨남정기>, <아국열성록>, <이화정기우기> 등의 한문본을 제외하면 모두 국문본만 존재하기 때문이다. 이러한 국문 필사본은 남성보다 여성이 즐겨 향유한 작품이 아닌가 한다. 더욱이 전북과 전남의 두 지역에 유통된 필사본 고소설 13종은 호남 지역 향유층의 보편성을 보여준다고 하겠다.[19] 이 작품들은 분량이 적은 단편소설이 대부분을 차지하고 있다. 호남 지역은 양반 집성촌이 빈약하여 장편소설보다 단편소설이 상대적으로 풍부한 실정이다.

작품의 유형은 판소리 및 판소리계 소설(23)이 가장 풍부하게 분포한다. 이 지역은 판소리의 발생지답게 판소리계 소설이 가장 풍부하다. 영웅소설(12)과 가정소설(11)은 상대적으로 빈약한 실정이다. 영웅소설은 창작형과 남성영웅이 풍부한 반면에 역사형과 여성영웅은 빈약하게 나타난다. 가정소설은 계모형과 쟁총형이 비슷한 분포를 보이고 있다. 장편소설은 <벽허담관제언록>, <유씨삼대록>, <창란호연록> 등과 같이

---

19) 호남 지역에는 <매화전>, <박태보전>, <두껍전>, <숙영낭자전>, <장화홍련전>, <정비전>, <조생원전>, <진대방전>, <창선감의록>, <춘향전>, <토끼전>, <화씨충효록>, <흥부전> 등이 유통되었다.

가장 빈약하게 나타난다. 따라서 공연문화가 발달한 호남 지역은 판소리와 판소리계 소설이 풍부한 지역문화적 특징을 보여준다.

이러한 호남 지역은 여성(28)보다 남성(35)이 고소설 필사에 적극 참여했다. 고소설을 필사하고 향유하는데 남성의 영향력이 크게 작용하고 있다. 호남 지역은 양반 집성촌과 선비집안이 빈약하여 고소설 필사의 전통이 미약했던 것으로 짐작된다. 이 때문에 고소설은 남성이 필사하고 여성이 향유했을 가능성이 높다고 하겠다. 호남 지역도 농번기(14)보다 농한기(36)에 고소설의 필사와 향유가 이루어졌고 향유층의 신분계층은 선비집안(29)과 양반집안(11)로 나타난다. 호남 지역 선비집안의 여성은 농한기에 단편소설을 즐겨 필사하거나 집안의 남성이 필사한 고소설을 향유한 것으로 보인다. 따라서 호남 지역은 필사본 고소설이 빈약하지만 판소리와 판소리계 소설이 풍부한 지역문화적 특징을 보여주고 있다.

3) 충청 지역 필사본 고소설의 유통과 문화적 기반

충청 지역에 유통된 필사본 고소설은 모두 132종이다.[20] 충청 지역은 1850년에서 1950년까지 100년 동안 필사본 고소설이 유통되었다. 이러한 충청 지역 필사본 고소설의 종류와 현황을 제시하면 다음과 같다.

---

20) 김재웅, 「충북 지역에 유통된 필사본 고소설의 종류와 향유층」, 『고소설연구』 32, 한국고소설학회, 2011, 288-289면. 기존의 작품 39종을 포함하여 새로 발굴한 필사본 고소설 132종을 대상으로 논의한다.

유통 작품	계상국전, 강태공전, 곽해룡전, 구운몽(3), 김진옥전, 김취경전, 두껍전(3), 두화룡전, 매화전, 무양공주불전취서삼연록, 박씨전(7), 백학선전, 부장양문록, 봉내신선록, 사씨남정기, 산양대전, 삼국지(2), 삼사명행록, 서대주전, 서진사전, 소현성록, 소대성전(5), 수매청심록(3), 숙향전(2), 신계후전(2), 심청전(3), 양풍전, 어룡전(3), 옥련몽(3), 옥루몽, 옥린몽, 옹고집전, 유문성전, 유효공전, 유씨삼대록, 월봉기, 위봉월전, 유충렬전(6), 월궁옥섬가, 이태경전(2), 이윤구전, 이대봉전(3), 임경업전, 임진록(3), 장국진전(2), 장끼전, 장익성전(2), 장인걸전, 장두영전(2), 적성의전, 전우치전, 정수경전, 정을선전(5), 정후비전, 조웅전(5), 주봉전, 진대방전(2), 진성운전, 창선감의록(5), 취미삼선록, 춘향전(7), 최현전(2), 토끼전, 화룡도(2), 화왕본기, 황월선전(4), 황운전, 현씨양웅쌍린기, 홍길동전, 홍보전
유통 지역	충북(62) : 괴산(10), 청주(9), 충주(8), 보은(8), 진천(6), 옥천(5), 음성(5), 영동(4), 제천(4), 금산, 단양
	충남(70) : 대전(12), 공주(8), 아산(7), 논산(7), 서천(6), 부여(5), 연기(5), 천안(5), 보령(4), 예산(4), 금산(2), 청양(2), 홍성(2), 온양
이본	종류(69) : 박씨전(7), 춘향전(7), 유충렬전(6), 소대성전(5), 정을선전(5), 조웅전(5), 창선감의록(5), 옥련몽(4), 황월선전(4) 국문본(127) : 한문본 5종을 제외한 작품 한문본(5) : 구운몽, 금선각, 숙향전, 임경업전, 장두영전
유형	영웅소설(55) : 창작형(40), 역사형(11), 번역형(4)/ 남성영웅(46), 여성영웅(9) 가정소설(22) : 계모형(6), 쟁총형(9), 복합형(5) 판소리계 소설(15) : 춘향전(7), 화룡도(2), 토끼전 장편가문소설(11) : 옥련몽(4), 소현성록, 유씨삼대록

충청 지역에 유통된 필사본 고소설은 생각보다 풍부하다. 충청 지역에 필사본 고소설이 풍부한 까닭은 교통이 불편한 지리적 위치와 유교문화적 전통을 오랫동안 지속했기 때문이다. 이러한 작품을 충북(62)과 충남(70)으로 구분해도 유통의 편차는 크지 않다. 충북 지역은 괴산(10), 청주(9), 충주(8), 보은(8) 등에 필사본이 풍부하고 충남 지역은 대전(12종), 공주(8종), 아산(7종), 논산(7종) 등에 필사본이 풍부하다. 따라서 충청 지역은 유교문화적 전통이 풍부한 괴산과 청추, 대전과 공주 등에 필사본 고소설이 풍부하게 유통되었다.

충북 지역에는 괴산[21]과 청주[22]에 필사본이 풍부하다. 산악으로 둘러싸인 괴산은 교통이 불편하여 유교문화적 전통이 오랫동안 지속된 곳이다. 더욱이 청청면 화양계곡에는 우암 송시열을 추모하는 만동묘, 화양서원이 유림의 본거지가 되었다. 충남 지역에는 대전[23]과 공주[24]에 필사본이 풍부하다. 분지형 충적 평야에 자리한 대전은 유교문화전 전통이 풍부하지만 일제강점기에 교통의 발달로 신문물을 수용한 곳이다. 역사적 유서가 깊은 공주에도 필사본이 풍부하다. 따라서 충청 지역은 유교문화적 전통과 역사적 주요 도시에 필사본 고소설이 풍부하게 유통되었다.

이러한 충청 지역에 유통된 필사본 고소설의 지역별 분포도를 작성하면 다음과 같다.

21) 괴산에는 <박씨전>, <수매청심록>, <이대봉전>, <이태경전>, <정을선전>, <진대방전>, <춘향전>, <화룡도전>, <화왕본기>, <흥보전> 등이 유통되었다.

22) 청주에는 <김취경전>, <둑겁전>, <박씨전> 2종, <심청전>, <정수경전>, <별춘향전> 2종, <황월선전> 등이 유통되었다.

23) 대전 지역에는 <김진옥전>, <수매청심록>, <옹고집전>, <유효공전>, <유씨삼대록>, <장국진전>, <장끼전>, <정후비전>, <조웅전>, <열녀춘향수절가>, <별춘향전>, <황월선전> 등의 작품이 유통되었다.

24) 공주 지역에는 <구운몽>, <옥련몽>, <임진록>, <정을선전>, <조웅전>, <창선감의록> 2종, <적벽대전> 등의 작품이 유통되었다.

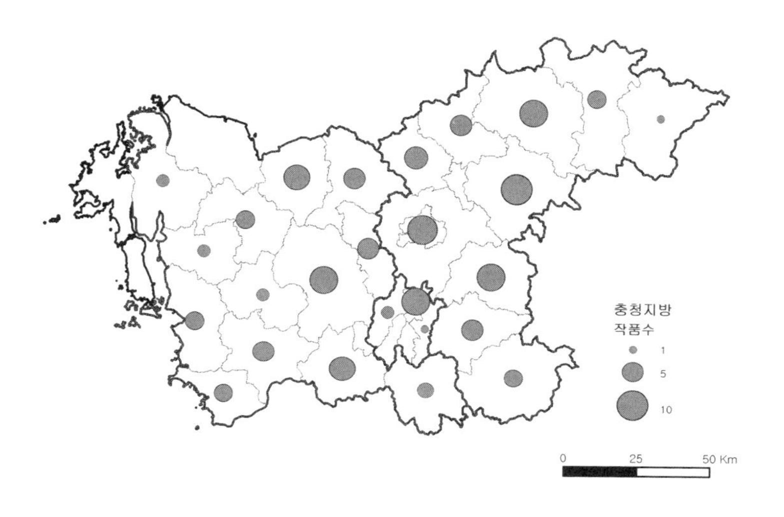

충청 지역 필사본 고소설의 유통 분포도를 살펴보면 전반적인 특징을 파악할 수 있다. 이 지역은 유교문화적 전통을 오랫동안 지속한 괴산과 대전, 역사적으로 중요한 도시인 청주, 공주, 충주 등에 필사본 고소설이 풍부하게 유통되었다. 충청 지역에는 태안, 서산, 당진 등을 제외하고 필사본 고소설이 골고루 분포하고 있다. 해안에 인접한 지역에는 필사본 고소설의 유통이 빈약하다. 더욱이 충청 지역은 남북에 유통된 필사본 고소설의 편차도 매우 작은 편이다. 이는 특정한 지역에 필사본 고소설이 집중적으로 분포하는 영·호남과 비교할 때 충청 지역의 특징을 잘 보여준다고 하겠다.

충청 지역에는 69종의 작품이 유통되었고 이본은 63종이 분포한다. 충청 지역은 작품수와 이본수가 거의 비슷하다. 그 중에서도 <박씨전>(7), <춘향전>(7), <유충렬전>(6), <소대성전>(5), <정을선전>(5), <조웅전>(5), <창선감의록>(5), <옥련몽>(4), <황월선전>(4) 등의 이본이 풍부하다. 지역의 향유층은 이러한 작품들을 선호한 것이다. 충청 지역의 필사본 고소설은 한문본(5)보다 국문본(127)이 압도적으로 존재한다. 국문본은 여성이 필사하고 향유했다면 한문본은 남성이 필사하고 향유한 것이 분명하다.

작품의 유형은 영웅소설(55)이 가장 풍부하다. 영웅소설은 창작형(40), 역사형(11), 번역형(4) 등의 분포를 보이고 있다. 이 지역도 남성영웅(46)이 여성영웅(9)보다 풍부하게 존재한다. 가정소설(22)은 계모형(6), 쟁총형(9), 복합형(5) 등의 비슷한 유형을 보여준다. 판소리계 소설(15)과 장편소설(11)도[25] 생각보다 풍부하게 분포한다. 충청 지역은 영웅소설, 판소리계 소설, 장편소설 등이 풍부한 반면에 가정소설은 생각보다 빈약하게 나타난다. 그 중에서도 영웅소설은 충청 지역의 향유층이 가장 선호한 작품이다. 충북과 충남의 두 지역에 유통된 작품 21종 가운데 <박씨전>, <삼국지>, <소대성전>, <유충렬전>, <이태경전>, <임진록>, <장두영전>, <조웅전> 등과 같이 영웅소설이 풍부하기 때문이다.

이러한 충청 지역 필사본 고소설의 향유층은 남성(19)보다 여성(68)이 풍부하게 나타난다. 충청 지역은 여성이 고소설 필사에 적극 참여했음을 보여준다. 여성 향유층은 농번기(15)보다 농한기(73)에 집중적으로 고소설을 필사하고 향유했다. 충청 지역의 필사본 고소설 향유층은 양반집안(19)보다 선비집안(47)이 좀더 풍부하게 나타난다. 선비집안의 여성 향유층은 단편소설을 즐겨 필사했다면 양반집안의 여성 향유층은 장편소설도 필사했다. 충청 지역은 선비집안 여성이 농한기에 영웅소설을 즐겨 필사했다면 양반집안의 여성은 농번기에도 일부 장편소설을 필사한 것으로 보인다. 따라서 충청 지역은 유교문화적 전통을 유지한 선비집안의 여성이 영웅소설을 즐겨 필사한 지역문화적 특징을 보여주고 있다.

---

25) 장편소설은 <부장양문록>, <삼사명행록>, <소현성록>, <옥련몽>(3), <옥린몽>, <유효공선행록>, <유씨삼대록>, <현씨양웅쌍린기> 등이 존재한다.

4) 서울과 경기 지역 필사본 고소설의 유통과 문화적 기반

서울과 경기 지역에 유통된 필사본 고소설은 52종이다.[26] 서울과 경기 지역의 필사본은 1870년에서 1926년까지 56년 동안 유통되었다. 이러한 필사본 고소설의 종류와 현황을 제시하면 다음과 같다.

유통 작품	구운몽(4), 금향정녹, 김진옥전(2), 김태백전, 박씨전(3), 백학선전(3), 사각전, 사씨남정기(2), 소강절실기, 서상기, 소향난전, 오옥기담, 옥난기연, 옥련몽(2), 옥루몽, 유충렬전(3), 임경업전(2), 이태경전, 장국진전, 장두영전, 장학사전, 정수경전, 조웅전(3), 주씨청행록(2), 진대방전, 창선감의록, 청월당, 최현전, 취미삼선록(2), 화룡도전, 황운전, 현수문전, 홍부전
유통 지역	서울(16) : 중구(4), 종로구(6), 마포구, 동대문구, 도봉구
	경기(34) : 안성(6), 수원(4), 강화(4), 평택(3), 가평(2), 안산(2), 양주(2), 이천(2), 양평(2), 고양, 광주, 여주, 파주, 화성
이본	종류(33) : 구운몽(4), 박씨전(3), 백학선전(3), 옥루몽(3), 유충렬전(3), 조웅전(3) 국문본(49) : 한문본 3종을 제외한 작품 한문본(3) : 구운몽(2), 사씨남정기
유형	영웅소설(24) : 창작형(18), 역사형(6) / 남성영웅(19), 여성영웅(5) 가정소설(5) : 사씨남정기(2), 장학사전, 창선감의록, 정수경전 장편소설(3) : 옥난기연, 취미삼선록(2) 판소리계 소설(2) : 화룡도전, 홍부전

서울과 경기 지역에는 필사본 고소설의 유통이 상당히 빈약하게 나타난다. 서울과 경기 지역은 신문물의 급격한 수용과 고소설의 상업적 출판의 영향으로 필사본 고소설의 유통이 미약했기 때문이다. 조선시대 궁궐과 수많은 관청이 있었던 서울과 경기 지역은 1926년 이후에는 필사본 고소설의 유통이 상당히 위축된 것으로 보인다. 신문물이 급격하게

---

26) 김재웅, 「서울과 경기 지역에 유통된 필사본 고소설의 종류와 향유층」, 한국문학언어학회(2014.8.21.) 발표요지 참고.

수용되는 상황에서 고소설 필사의 전통을 지속하기 어려운 사회문화적 변화가 발생했던 것이 아닌가 한다. 더욱이 상업이 발달한 서울과 경기 지역은 필사본 고소설의 유통이 비교적 일찍 사라진 것으로 생각된다.[27]

서울과 경기 지역에 유통된 작품을 서울(17)과 경기(35)로 구분하면 유통 분포의 편차를 보여준다. 서울은 종로구(6), 중구(4)에 필사본 고소설이 풍부한 반면에 경기도는 안성(6), 수원(4), 강화(4), 평택(3) 등에 필사본 고소설이 풍부하다. 이렇게 서울과 경기 지역에 유통된 필사본 고소설은 전반적으로 빈약할 뿐만 아니라 지역별 유통 편차도 크지 않은 편이다.

서울의 종로구에는 <오옥기담>, <임경업전>, <박씨전>, <장학사전>, <정수경전>, <황운전> 등의 필사본 고소설이 유통되었다. 중구에는 <옥난기연>, <청월당>, <남정기>, <흥보전> 등의 작품이 존재한다. 서울 지역은 방각본[28]과 활자본[29]이 출간된 종로구와 중구에 필사본 고소설도 풍부한 실정이다. 그럼에도 <백학선전>, <취미삼선록>을 제외하면 필사본 고소설은 방각본과 활자본의 영향을 받지 않고 오랫동안 필사의 전통을 유지한 것으로 보인다. 이본을 검토한 결과 서울과 경기 지역에 유통된 작품과 일치하는 방각본과 활자본이 빈약하기 때문이다.

경기의 안성에는 <옥련몽>, <임경업전>, <화룡도전>, <최현전>, <백학선전> 2종 등의 필사본 고소설이 유통되었다. 안성 지역은 상업이 발달한 교통의 요지로 필사본 고소설이 풍부하게 분포한다. 안성에서는 안성판 방각본이 간행되었다.[30] 그럼에도 안성판 방각본과 필사본 고

27) 서울과 경기 지역에도 필사본 고소설이 풍부하게 유통되었을 것으로 짐작된다. 그런데 문헌자료와 현장조사를 통해 풍부한 자료를 확보해야 하지만 현재로선 필사본 자료 확보가 쉽지 않다.

28) 이창헌, 『경판방각소설 판본 연구』, 태학사, 2000, 111-575면.

29) 이주영, 『활자본 고전소설 연구』, 역락, 2011, 9-234면. 권순긍, 『활자본 고소설의 편폭과 지향』, 보고사, 2000, 9-321면.

30) 최호석, 「안성판 방각본 출판의 전개와 특성」, 『어문논집』 54, 민족어문학회, 2006, 173-195면.

소설의 이본을 비교한 결과 영향관계가 없다.[31] 이 때문에 안성 지역의 필사본은 안성판 방각본과 관계없이 고소설 필사의 전통을 유지하고 있다. 안성 지역에 유통된 필사본 고소설은 안성판 방각본의 영향과 관계없이 필사의 전통을 지속한 것으로 보인다.

이러한 서울과 경기 지역에 유통된 필사본 고소설의 지역별 분포도를 제시하면 다음과 같다.

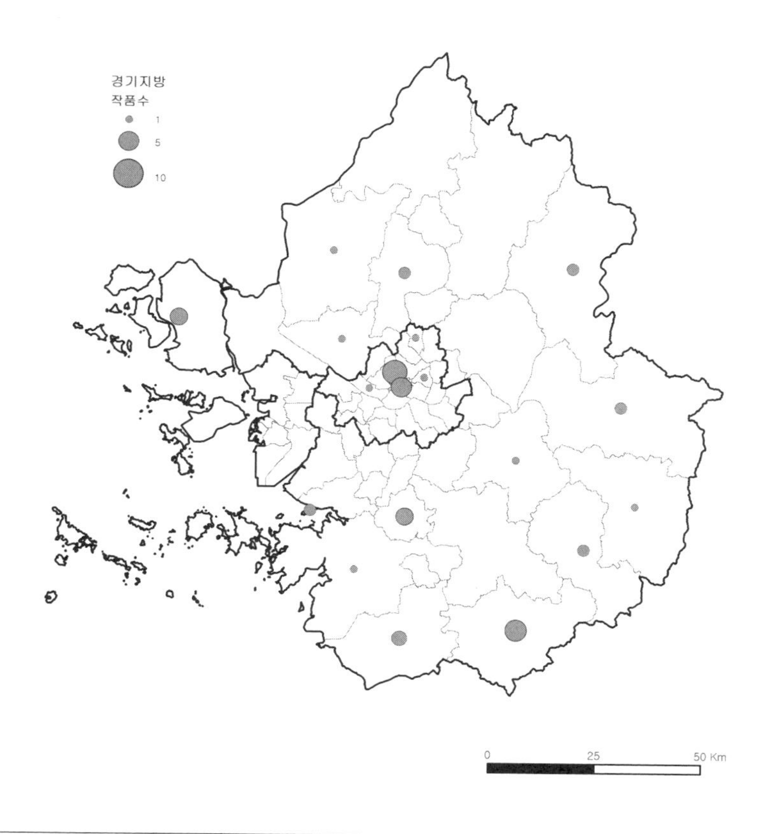

31) 안성판 방각본은 <심청전>, <삼국지>, <양풍운전>, <임장군전>, <장풍운전>, <조웅전>, <진대방전>, <춘향전>, <홍길동전> 등이 있다. 안성판 방각본과 필사본은 중복되는 작품이 거의 없기 때문이다.

조선시대 궁궐과 도성이 있는 서울과 경기 지역에는 필사본 고소설의 유통이 매우 빈약하다. 서울은 종로구와 중구를 제외하면 필사본 고소설은 상당히 빈약한 실정이다. 경기도는 안성, 수원, 강화 등을 제외하면 필사본 고소설이 상당히 빈약하게 유통되었다. 서울은 강남 지역에 필사본의 유통이 빈약하고 경기도는 북부 지역에 필사본 고소설이 매우 빈약하다. 서울과 경기 지역에 필사본 고소설의 유통이 빈약한 것은 신문물의 급격한 수용과 상업이 발달한 결과로 보인다. 더욱이 방각본과 활자본 및 세책본이 출간되면서 고소설 필사의 전통이 약화된 것이 아닌가 한다.[32]

서울과 경기에는 33종의 작품과 17종의 이본이 유통되었다. 이 지역에는 다양한 작품이 유통되었다. 그 중에서도 <구운몽>(4), <박씨전>(3), <백학선전>(3), <옥루몽>(3), <유충렬전>(3), <조웅전>(3) 등과 같은 필사본 고소설이 풍부하다. 서울과 경기 지역은 <구운몽>(2), <사씨남정기>를 제외하면 모두 국문본(47)만 유통되었다. 서울과 경기 지역도 국문본이 압도적인 분포를 보여준다. 서울과 경기 지역에 모두 유통된 작품은 <구운몽>, <임경업전>, <취미삼선록> 등과 같이 매우 빈약한 실정이다. 경기도에는 <조웅전>, <유충렬전>, <백학선전> 등이 풍부한 반면에 서울에는 <박씨전>이 상대적으로 풍부하다.

작품의 유형은 영웅소설이 가장 풍부하게 유통되었다. 영웅소설(24)은 창작형(18)과 역사형(6), 남성영웅(19)과 여성영웅(5)으로 구분할 수 있다. 이 지역은 창작형과 남성영웅이 풍부한 반면에 역사형과 여성영웅은 상대적으로 빈약하다. 그런데 가정소설, 장편소설, 판소리계 소설 등은 너

32) 1908년 이후 종로에서 활자본 고소설을 출간한 곳은 보진재인쇄소, 문아당, 광문사, 성문사, 보성사, 대동인쇄소, 덕흥서림, 박문서림 등이 있다. 안성판 방각본은 1917년 이후 박성칠서점에서 간행되었다.

무도 빈약하게 나타난다. 가정소설(5)은 <사씨남정기>(2), <장학사전>, <창선감의록>, <정수경전> 등이 존재하고 장편소설(3)은 <옥난기연>, <취미삼선록>(2)이 분포하며 판소리계 소설(2)은 <화룡도전>, <흥부전>이 존재한다. 따라서 서울과 경기 지역은 영웅소설이 가장 풍부하게 유통된 지역별 특징을 보여준다.

이러한 서울과 경기의 필사본 고소설 향유층은 여성(22)과 남성(15)의 비율이 비슷하게 나타난다. 그럼에도 남성 필사자의 비율이 점차 증가하고 있다. 상공업이 발달한 서울과 경기 지역에는 필사본 고소설을 향유할 수 있는 문화적 전통이 일찍 단절되었다. 더욱이 서울과 경기 지역은 농한기(21)와 농번기(18)의 비율이 비슷하게 나타난다. 이 지역은 상업이 발달하여 농사주기와 무관하게 필사본 고소설이 유통되었다. 이 때문에 필사본 고소설 향유층의 신분계층은 양반과 선비집안에서 점차 일부 상인계층으로 이동했을 것으로 생각된다. 따라서 서울과 경기 지역은 신문물의 급격한 수용과 상업의 발달로 필사본 고소설이 매우 빈약한 지역 문화적 특징을 보여준다.

2. 문화지도 작성과 필사본 고소설의 해석

필사본 고소설의 지역별 유통 양상을 토대로 문화지도 작성을 위한 종합적 분석이 필요하다. 현재까지 필사본 고소설은 영남 222종, 호남 83종, 충청 132종, 서울과 경기 52종, 강원 16종 북한 9종 등과 같이 지역별 유통 분포를 보여준다. 이러한 필사본 고소설의 유통 양상을 토대로 문화지도를 작성하면 지역별 사회적, 문화적 관련성과 상호 비교도 가능하다. 여기서는 필사본 고소설의 문화지도를 작성하여 지역문화적

특징과 의미를 살펴보고자 한다.[33)]

전국에 유통된 필사본 고소설은 19세기 중반에서 20세기 후반까지로 나타난다. 이 시기는 조선후기에서 대한제국 및 일제강점기를 거쳐 한국전쟁으로 이어지는 격동기이다. 예컨대 영남은 1842년에서 1963년까지 120년, 호남은 1876년에서 1952년까지 80년, 충청은 1850년에서 1950년까지 100년, 서울과 경기는 1870년에서 1926년까지 56년 등의 필사본 고소설 유통기간이 나타난다. 삼남 지방은 한국전쟁 이후까지 고소설 필사의 전통이 유지된 반면에 서울과 경기는 1926년 이후에는 필사가 단절된 것으로 보인다. 따라서 필사본 고소설의 유통 시기는 삼남 지방, 서울과 경기 지역에서 편차를 보여준다. 신문물이 급격하게 밀려오던 서울과 경기 지역의 향유층은 1926년 이후 필사본보다 방각본과 활자본 및 새로운 독서물을 선호한 것이다.[34)]

필사본 고소설의 문화지도를 작성하기 위해서는 시군 단위의 세부적인 구분이 필요하다. 고소설에 등장하는 필사기록은 당시의 행정구역과 지명을 표시한 것이 대부분을 차지한다. 당시의 필사기록에 등장하는 주소와 지명을 현재의 행정구역으로 확정하는 작업도 쉽지 않다.[35)] 그럼에도 필사본 고소설에 등장하는 필사기록을 토대로 최대한 현재의 지역을 표시하고자 한다. 비록 필사본 고소설의 유통 분포도가 읍면, 동리까지

33) 필사본 고소설의 문화지도를 정밀하게 작성하는 작업 후고를 기약할 수밖에 없다. 필사본의 지역별 유통 양상을 토대로 다양한 문화지도를 작성하기에는 기술적인 어려움이 존재하기 때문이다.

34) 서울과 경기는 급속한 신문물의 영향으로 필사본 고소설의 유통이 일찍 단절된 것이 아닌가 한다.

35) 대한제국과 일제강점기에 행정구역을 통폐합하거나 기존의 영역을 재조정하는 사업이 활발하게 이루어졌기 때문이다. 그럼에도 고소설의 필사기록에 등장하는 주소와 지명은 소홀히 할 수 없는 정보다. 기존의 필사기록을 토대로 지역을 구분하여 현재의 행정구역에 적용해야 한다.

정확하게 표시하지 못해도 지역별 유통 분포를 확인하기에는 충분하다. 이러한 필사본 고소설의 유통 문화지도를 작성하면 다음과 같다.36)

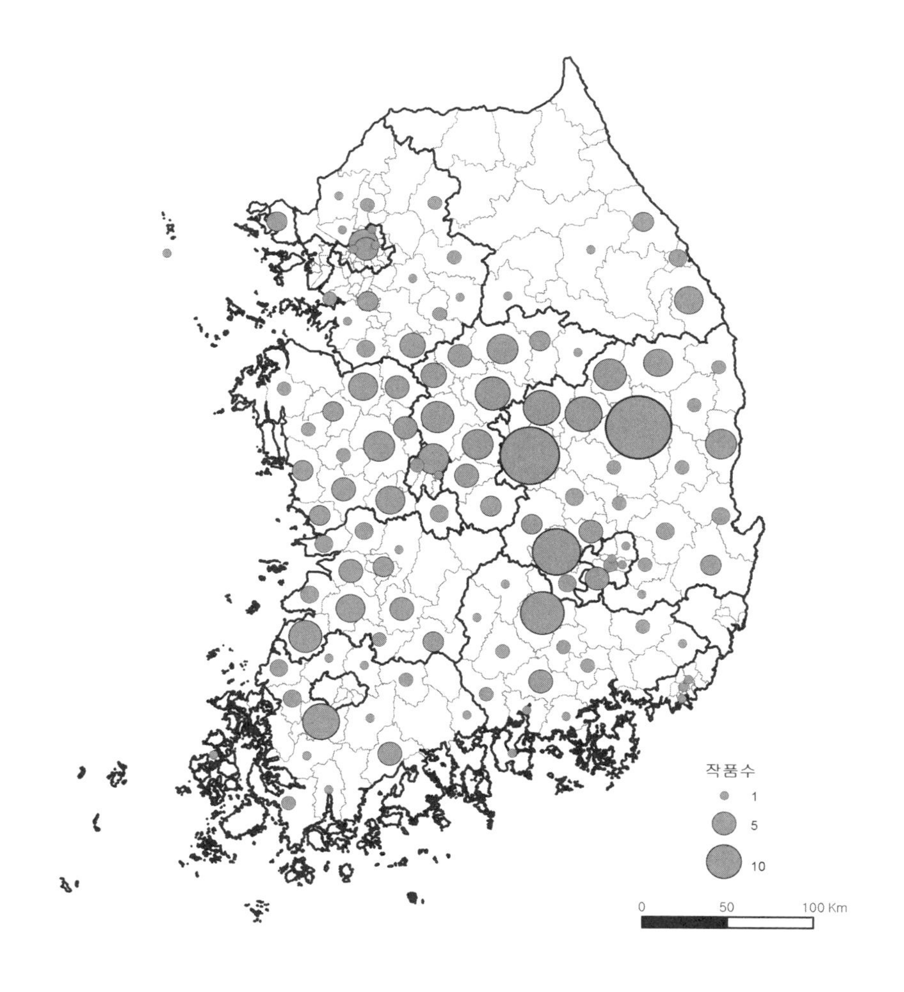

36) 필사본 고소설의 지역별 유통 문화지도는 학계에서 최초로 제작한 성과이다.

위의 유통분포도는 전국에 유통된 필사본 고소설의 현황을 한눈에 보여준다. 필사본 고소설은 삼남 지방의 농촌에서 풍부한 반면에 어촌과 산촌에서는 빈약한 실정이다. 더욱이 서남해안 지역에는 필사본의 유통이 빈약할 뿐만 아니라 제주도, 울릉도, 거제도 등의 섬에는 필사본의 유통이 확인되지 않고 있다. 필사본 고소설의 유통 분포도를 살펴보면 소백산맥과 노령산맥을 따라서 풍부하게 분포하고 있다. 이러한 산맥 기슭에는 유학을 공부하는 선비집안과 양반 집성촌이 자리하고 있기 때문이다. 필사본 고소설은 상업이 발달한 서울과 경기, 산악이 풍부한 강원과 북한, 섬을 포함한 서남해안가의 어촌마을 등에는 빈약하게 분포하고 있다.

영남 지역에서는 필사본 고소설의 유통이 가장 풍부하게 나타난다. 삼남 지방은 필사본 고소설의 유통 분포 차이를 보이고 있지만 마을공동체를 유지했던 지역적 특징을 보여준다.[37] 서울과 경기, 강원과 북한 지역에서는 필사본 고소설의 유통이 상당히 빈약한 실정이다. 서울과 경기 지역은 필사본보다 방각본이나 활자본이 널리 유통된 것으로 보인다. 실제로 방각본과 활자본이 서울과 경기의 안성 지역에서 간행되었기 때문이다. 더욱이 세책점을 통한 작품의 향유가 활발했다는 측면에서도 필사본 고소설의 유통이 어느 정도 제약되었을 것이다. 이 때문에 1870-1926년 서울과 경기 지역은 필사본 고소설의 유통이 빈약한 것으로 보인다.

영남 지역의 필사본은 경북(177)과 경남(39)처럼 지역별 유통 편차가 크게 나타난다. 호남과 충청은 지역별 유통 편차가 크지 않다. 삼남 지

37) 필사본 고소설의 유통은 반촌과 민촌이 공존하는 농촌사회에서 집중적으로 유통된 것으로 보인다. 이 때문에 일찍부터 도시화와 산업화가 진행된 곳일수록 필사본의 유통이 단절된 것으로 추측된다.

방 중에서는 영남에서 남북의 유통 편차가 가장 크게 나타난다. 영남은 안동, 상주, 성주, 합천 등에 필사본이 풍부하고 호남은 나주, 고창, 정읍, 김제, 전주 등에 필사본이 풍부하다. 충청은 대전, 괴산, 청주, 충주, 공주, 보은 등에 필사본이 풍부하다. 서울과 경기는 종로와 안성에 필사본이 풍부하게 나타난다. 강원에는 삼척과 강릉, 북한에는 평양에 필사본이 풍부하다. 이렇게 전국에 유통된 필사본 고소설의 지역별 분포를 비교하면 지역문화적 기반과 특징을 살펴볼 수 있다.

삼남 지방은 필사본 고소설의 유통과 유교문화적 전통의 관련성을 보여준다. 영남 지역은 유교문화적 전통을 오랫동안 유지한 경북 북부에서 필사본 고소설이 풍부하게 유통되었다. 호남과 충청 지역도 유교문화적 전통이 풍부하거나 오랜 역사적 주요 도시에서 필사본 고소설이 풍부하게 나타난다. 특히, 호남의 나주와 고창, 충청의 괴산과 보은 등은 유교문화적 전통이 풍부한 지역이다. 이러한 유교문화적 전통은 강원의 삼척과 강릉에서도 풍부한 실정이다. 따라서 필사본 고소설은 유교문화적 전통을 오랫동안 유지한 지역에서 풍부한 것으로 나타난다.

전국에 유통된 필사본 중에서는 영웅소설이 가장 풍부하다. 영웅소설은 <유충렬전>, <박씨전>, <조웅전>, <소대성전>, <이대봉전> 등 79종이 유통되었다. 판소리계 소설은 <춘향전>, <화용도>, <심청전>, <토끼전> 등 44종이 유통된 반면에 장편소설은 <구운몽>, <옥루몽>, <유씨삼대록>, <창란호연록> 등 37종이 유통되었다. 가정소설은 <황월선전>, <정을선전>, <사씨남정기> 등 36종이 유통되었다. 이렇게 필사본 고소설의 향유층은 영웅소설, 판소리계 소설, 장편소설, 가정소설 등을 선호한 것으로 보인다. 이를 지역별로 구분하면 영남은 장편소설, 호남은 판소리계 소설, 충청은 영웅소설, 서울과 경기는 영웅소설 등을 선호하고 있다. 따라서 영웅소설은 전국적으로 풍부한 필사본 고소설의 보편성을 보여준다.

필사본 고소설 중에서는 <유충렬전> 21종, <춘향전> 19종, <창선감의록> 18종, <박씨전> 18종, <조웅전> 18종 등이 가장 풍부하게 분포한다. 그 다음에는 <황월선전> 14종과 <소대성전>, <구운몽>, <강능추월전> 등은 13종 등으로 나타난다. 이러한 필사본 고소설은 지역별 향유층의 선호도를 뚜렷이 보여준다. 필사본 고소설은 이본이 풍부할수록 유통량도 풍부하다. 조희웅의 이본 목록[38]에는 <조웅전>, <유충렬전>, <춘향전>, <구운몽>, <창선감의록> 등의 순으로 이본이 풍부하기 때문이다. 따라서 전국에 유통된 필사본 고소설은 <강능추월전>과 <황월선전>을 제외하고 이본량과 대체로 일정한 관련성을 보여준다.

고소설의 이본은 <조웅전>과 <유충렬전>이 가장 풍부한 실정이다. <조웅전>은 필사본(238)과 방각본(177)의 비율이 크지 않다면 <유충렬전>은 필사본(272)과 방각본(77)의 비율이 크게 나타난다. <조웅전>은 방각본으로 많이 출판되었지만 <유충렬전>은 필사본으로 가장 풍부하게 유통되었다. <춘향전>은 필사본(183)과 활자본(110)이 풍부한 실정이다. <춘향전>은 <조웅전>과 <유충렬전>에 비하여 활자본의 비율이 가장 높게 나타난다. 이는 이해조가 개작한 <옥중화>의 영향 때문이 아닌가 한다. <구운몽>은 필사본(195)과 방각본(154)의 비율이 비슷한 반면에 <창선감의록>은 필사본(293)의 비율이 매우 풍부하다. 따라서 <구운몽>에 비하여 <창선감의록>은 필사본이 절대적인 비중을 차지하고

38) 조희웅, 『고전소설 이본목록』, 집문당, 1999. 조희웅, 『고전소설 연구보정』, 박이정, 2006. 이들 책에 수록된 고소설의 이본 목록을 기준으로 수량을 정리한 것이다.

있다. 규방 여성들이 <창선감의록>을 선호한 것으로 보인다.

이러한 필사본 고소설은 한문본에 비하여 국문본이 압도적인 비중을 차지한다. 국문본은 489종이 존재하는데 반하여 한문본은 22종이 존재하기 때문이다.[39] 여성 향유층은 국문 필사본을 선호했다면 남성 향유층은 한문 필사본을 선호했다. 더욱이 필사본 고소설은 영남의 <김태자전>, 호남의 <옥중가인>, 충청의 <별춘향전>, 서울과 경기의 <백학선전>, <취미삼선록>, 강원의 <춘향전>, <홍길동전> 등을 제외하면 방각본이나 활자본의 영향과 관계없이 오랫동안 유통되었다. 따라서 필사본 고소설의 향유층은 방각본이나 활자본의 향유층과 일정하게 구별되었던 것으로 보인다.[40]

전국에 유통된 필사본 고소설 향유층의 성별은 여성(265)과 남성(87)로 나타난다. 필사본 고소설은 남성보다 여성 향유층이 훨씬 풍부하다. 영남 지역에는 남성(20)과 여성(147)의 편차가 크다면 호남 지역에는 남성(35)과 여성(28)의 편차가 크지 않다. 호남은 남성 향유층이 증가하는 특징을 보여준다. 충청 지역에는 남성(19)과 여성(68)의 편차가 크게 나타난다. 서울과 경기 지역에는 여성(22)와 남성(15)으로 나타난다. 이렇게 보면 영남과 충청 지역은 여성이 고소설을 필사할 수 있는 제반여건을 갖추었다면 호남 지역은 여성이 고소설을 필사할 수 있는 여건이 성숙되지 못한 것으로 보인다. 따라서 필사본 고소설은 영남과 충청에는 여성

---

39) 한문본은 영남 지역의 <박태보전>, <사씨남정기>, <염시탁전>, <유생전>, <임충신전>, <창선감의록>(3), <최현전>, <초한연의>, 호남 지역의 <장두영전>, <사씨남정기>, <아국열성록>, <이화정기우기>, 충청 지역의 <구운몽>, <금선각>, <숙향전>, <임경업전>, <장두영전>, 서울과 경기 지역의 <구운몽>(2), <사씨남정기> 등이 존재한다.

40) 김기진, 「대중소설론(4)」,동아일보, 1929년 4월 17일. 활자본은 노동자, 농민, 장꾼 등과 같이 일반 대중에게 인기를 끌었다고 한다.

향유층이 풍부한 반면에 호남, 서울과 경기에는 상대적으로 남성 향유층이 풍부한 실정이다.

작품을 필사한 향유층의 신분계층은 선비(121)와 양반(90)으로 비슷한 분포를 보여준다. 필사본 고소설은 선비집안과 양반집안에서 즐겨 향유했다. 영남 지역은 선비집안(45)보다 양반집안(60)의 향유층이 좀더 풍부하다. 호남 지역은 선비집안(29)과 양반집안(11)으로 나타나고 충청 지역도 선비집안(47)과 양반집안(19)으로 나타난다. 필사본 고소설 향유층의 신분계층은 영남 지역에서 양반이 상대적으로 풍부한 반면에 호남 지역과 충청 지역에는 선비가 상대적으로 풍부한 실정이다. 서울과 경기 지역은 양반보다 선비가 상대적으로 풍부한 반면에 일부 상인들도 고소설 필사에 참여한 것으로 짐작된다.

필사본 고소설은 농번기(53)보다 농한기(181)에 훨씬 풍부하게 향유되었다. 영남 지역은 농한기(72)와 농번기(24), 호남 지역은 농한기(36)와 농번기(14), 충청 지역은 농한기(73)와 농번기(15) 등으로 각각 나타난다. 이렇게 삼남 지방의 고소설은 농사가 한가한 농한기에 집중적으로 필사되었다. 그런데 서울과 경기 지역은 농한기(21)와 농번기(18)의 구분이 별다른 의미가 없다. 삼남 지방은 농사와 연관되어 있다면 서울과 경기 지역은 상업이 발달하여 농사주기와 관련성을 찾기 어렵다. 따라서 삼남 지방은 농한기에 단편소설과 농번기에 장편소설을 각각 필사했다면 서울과 경기 지역은 농사주기와 관계없이 단편소설을 필사한 것이다.

이렇게 필사본 고소설의 유통 문화지도 작성을 통해서 작품의 문화적 기반을 상호 비교하는 문학적 의미를 살펴보았다. 삼남 지방에는 농번기보다 농한기에 고소설을 즐겨 필사하고 향유한 반면에 상업이 발달한 서울과 경기에서는 농사주기와 관련성을 찾기 어렵다. 이 때문에 농업권역의 삼남 지방과 상업권역의 서울과 경기 지역에 유통된 필사본 고소설의 종류, 향유층의 성별과 신분계층, 필사시기와 기간 등은 작품의 지역별 문화적 기반을 살펴보는 데 매우 중요한 실증적 자료가 아닌가 한다. 따라서 필사본 고소설의 지역별 유통 문화지도 작성은 당시 향촌사회의 문학생활을 이해하는 데 기여할 것으로 생각된다.

제5장

필사본 고소설의 비교문학적 특징과 문학사회학적 의미

지금까지 필사본 고소설의 지역별 유통양상과 향유층에 대해 살펴보았다. 이러한 필사본 고소설의 지역별 유통양상과 향유층에 대한 실증적 접근을 통해서 상호 비교 연구가 필요하다. 필사본 고소설의 지역별 특징에 대한 비교 검토가 선행되어야 보편성과 개별성을 구체적으로 확인할 수 있기 때문이다. 그래서 필사본 고소설이 유통된 영남, 호남, 충청, 서울과 경기, 강원과 북한 등의 지역별 특징과 상호 지역별 비교문학적 고찰을 실시하고자 한다. 이러한 필사본 고소설의 지역별 특징과 비교를 통해서 문학사회적 의미를 밝혀낼 수 있을 것으로 생각한다.

1. 필사본 고소설의 비교문학적 특징

필사본 고소설의 지역별 유통과 특징에 대한 상호 비교를 시도해야 한다. 작품에 등장하는 다양한 필사기는 지역별 유통양상을 확인할 수 있는 매우 유용한 단서이다. 작품의 필사기는 없지만 소장자가 그 필사본의 유래에 대해서 알고 있는 경우도 있다. 이런 경우는 고소설 필사자의 자녀이거나 친척이 대부분을 차지한다. 간혹 마을주민들도 필사본 고소설의 유통양상과 그 유래를 증언해주는 경우도 있다. 따라서 고소설 필사기에 등장하는 작품의 유통양상을 파악하기 위해서는 현장조사가 얼마나 중요한지 뚜렷이 보여준다.

첫째, 고소설의 필사기와 현장조사를 통해서 확인된 513종 가운데 가장 풍부하게 유통된 작품은 무엇일까? 필사본 고소설의 유통량은 <유충렬전> 21종, <춘향전> 19종, <창선감의록> 18종, <박씨전> 18종, <조웅전> 18종, <황월선전> 14종, <소대성전> 13종, <구운몽> 13종, <강능추월전> 13종, <정을선전> 12종, <김진옥전> 11종, <사씨남정기> 10종, <숙영낭자전> 9종, <이대봉전> 9종, <임진록> 9종, <진대방전> 9종, <화룡도> 9종, <두껍전> 8종, <심청전> 8종, <옥루몽> 8종, <유씨삼대록> 8종, <토끼전> 8종 등으로 나타난다. 이러한 작품들은 고소설 필사의 전통을 오랫동안 유지하고 있다. 필사본 고소설의 유통량은 향유층의 선호도를 파악할 수 있는 실증적인 자료이다.

<유충렬전>은 21종이 지역별로 유통되었기 때문에 가장 풍부하다. <유충렬전>은 충신과 간신의 갈등으로 몰락한 가문을 창달하는 유충렬의 영웅적 활약을 보여주는 작품이다. 전국적 분포를 보이고 있는 <유충렬전>은 영남 지역에서 9종이 유통되었다. 이 때문에 <유충렬전>은 영남 지역 선비집안 여성 향유층의 작품 선호도를 반영하고 있다. 여성 향유층은 유충렬의 영웅적 활약보다 몰락한 가문을 번창시키는 영남 선비집안의 소망을 체득한 것으로 보인다. 그 다음은 <춘향전>인데 모두 19종이 유통되었다. <창선감의록>, <박씨전>, <조웅전> 등은 각각 18종이 존재한다. 이 작품들은 전국적 분포와 풍부한 유통량을 통해서 향유층의 보편적 선호도를 보여준다고 하겠다.

<황월선전>은 14종이 유통되었는데 지역별 편차가 아주 심한 편이다. 영남 지역에서 무려 10종이 존재하고 있기 때문이다. 이는 영남의 여성 향유층이 <황월선전>을 선호했음을 보여준다. 그렇다면 <황월선전>의 어떤 내용이 영남의 여성 향유층의 욕망을 자극했을지 궁금하다. 이런 점에 초점을 맞춰서 이본을 상호 비교한다면 좀더 새로운 사실을 밝혀낼 수 있을 것이다.

<강능추월전>은 13종이 유통되었는데 영남에서 12종이 존재한다. 이 작품도 지역별 유통의 편차가 대단히 심하게 나타나고 있다. <강능추월전>의 이본은 세 계통으로 구분하는데 영남에는 제1계통 기본형이 풍부하다. 이는 몰락양반이나 선비집안의 여성들이 <강능추월전>을 즐겨 향유했음을 보여준다. 선비집안의 여성들은 <강능추월전>의 가족이합의 구조와 가족의 상봉과 화합에 상당한 관심을 표명한 것으로 생각된다. 따라서 <강능추월저>은 영남의 대표적 고소설로 오랫동안 필사의 전통을 유지하고 있다.

<숙영낭자전>은 9종이 유통되었는데 영남 지역에 5종이 존재한다. 이 작품은 효와 애정의 갈등을 제기하고 있는 애정소설이다. <숙영낭자전>은 유교윤리적 규범인 효성과 남녀의 자유로운 애정을 추구하는 대립 속에서 영남의 여성 향유층은 애정을 선호한 것으로 보인다. 가부장제의 유교윤리적 이념의 교훈성보다 여성 향유층은 자유로운 애정 추구에 좀더 공감했기 때문이다. 그리고 판소리적 성격을 내포한 <두껍전>은 8종이 유통되었는데 영남(3종), 호남(2종), 충청(3종) 등으로 나타난다. <두껍전>은 삼남 지방에 고르게 분포하고 있다.

필사본 고소설 513종 가운데 1종만 유통된 작품은 모두 74종이다.[1)]

---

1) 예컨대 <각설이전>, <강로전>, <강태공전>, <공신록전>, <곽씨효행록>, <곽해룡전>, <굿시하간록>, <금향정기>, <김씨효행록>, <김취경전>, <김태백전>, <낙성비

그 중에서도 <각설이전>, <공신록전>, <굿시하간전>, <김취경전>, <김태백전>, <두화룡전>, <무양공주불전취서삼연록>, <문성기>, <민시영전>, <백인창례록>, <삼사명행록>, <서진사전>, <아국열성록>, <왕능전>, <월궁옥섬가>, <월화전>, <위봉월전>, <유성대전>, <정후비전>, <조선사록전>, <주벽전>, <창선록>, <청월당>, <화경전>, <화산중봉기>, <화왕본기>, <황백호전> 등의 26종은 유일본이다. 유일본은 대체로 필사본으로 유통된 사례가 풍부하다. 유일본 고소설은 필사와 향유과정을 통해서 새롭게 재창작되었을 가능성이 높다. 이러한 유일본을 창작한 필사자는 작가의 성격을 공유하고 있다. 새로운 이본이 발굴되면 유일본에서 제외되겠지만 필사의식이 반영된 이본적 가치는 주목해야 한다.

둘째, 고소설 필사자의 나이와 작품의 연관성을 살펴보고자 한다. 남성보다 여성이 고소설 필사의 전통을 지속하고 있다는 점은 주지의 사실이다. 그렇다면 고소설 필사자의 나이에 대해서 좀더 구체적으로 살펴볼 필요가 있다. 고소설을 필사하고 향유한 사람들의 나이는 몇 살일까? 필사기록에 나타난 고소설 필사자의 나이는 매우 중요한 단서가 되기에 충분하다. 고소설의 필사기에 나이가 등장하는 작품을 지역별로 구분하

룡>, <담랑전>, <두화룡전>, <마두영전>, <목시룡전>, <무양공주불전취서삼연록>, <문성기>, <민시영전>, <백인창례록>, <벽허담관제언록>, <변강쇠전>, <봉내신설록>, <부장양문록>, <사각전>, <산양대전>, <삼사명행록>, <서대주전>, <서진사전>, <서해무릉기>, <설홍전>, <소강절실기>, <소향난전>, <순금전>, <쌍열옥소삼봉기>, <아국열성록>, <열국지>, <열녀전>, <염시탁전>, <오옥기담>, <옥난기연>, <옹고집전>, <왕능전>, <월궁옥섬가>, <월화전>, <위봉월전>, <유생전>, <유성대전>, <육선생전>, <이수문전>, <이씨효문록>, <이윤구전>, <장경전>, <장인걸전>, <장한절효기>, <적성의전>, <전우치전>, <정소저전>, <정해경전>, <정후비전>, <제호연록>, <조선사록전>, <주벽전>, <창선록>, <청월당>, <팔상록>, <하씨선행록>, <하진양문록>, <현수문전>, <화경전>, <화산중봉기>, <화왕본기>, <황백호전>, <홍무왕연의> 등과 같다.

면 영남(31종), 호남(7종), 충청(5종), 서울과 경기(4종) 등으로 나타난다. 이는 영남 지역에서 고소설 필사자의 나이가 풍부하게 등장하고 있음을 보여준다.

영남 지역에는 <강능추월전> 4종, <사씨남정기>, <춘향전>, <김태자전>, <권익중전>, <염시탁전>, <유생전>, <유충렬전>, <장한절효기>, <창선감의록>, <화씨충효록>, <황월선전> 2종, <최현전>, <송부인전>, <정비전>, <이태경전>, <창선록>, <숙향전>, <길동녹>, <박씨전> 2종, <이춘매전>, <조웅전> 2종, <창란호연록>, <이대봉전>, <두껍전> 등의 작품에 필사자의 나이가 나타난다. 고소설 필사자의 나이를 확인할 수 있는 작품도 영남 지역에서 가장 풍부한 실정이다. 이러한 현상은 영남 지역의 기록문화적 전통을 닮은 것으로 보인다.

<강능추월전>②는 결혼을 앞둔 17세의 여성 김임규가 친정에서 필사한 작품이다. <강능추월전>③과 <사씨남정기>②는 18세의 여성 김수길이 필사했고 <강능추월전>④와 <춘향전>②는 15세의 여성 이유천이 필사했다. <강능추월전>⑫는 17세의 여성 조두리가 필사했다. 이러한 영남 지역의 여성들은 결혼을 앞두고 친정에서 작품을 필사하여 시집갈 때 가져갔다고 한다. 그런데 <유충렬전>②는 19세의 남성 박광욱이 필사했고 <장한절효기>는 23세의 남성 서광원이 필사했다. <창선감의록>②와 <화씨충효록>은 14세의 남성 이선달이 필사했다. <권익중전>④는 27세의 남성 조만중이 필사했지만 실제로 작품을 향유한 경우는 그 집안의 여성이다.

합천의 여성 차운학은 <최현전>②은 17-22세, <송부인전>②은 31세, <정비전>은 46세, <이태경전>①은 74세 등과 같이 평생에 걸쳐서 고소설을 필사한 것으로 유명하다. 차운학의 고소설 필사는 친정에서 시댁으로 연결되고 생을 마감할 때까지 계속되었다. 성주의 선비집안 여성

정갑이는 <창선록>과 <숙향전>②, <길동녹>② 등의 작품을 20세와 30세에 각각 필사했다. 합천의 여성 조두리는 <이대봉전>④, <강능추월전>⑫, <황월선전>⑦, <박씨전>④ 등의 작품을 15세, 17세, 37세, 38세 등의 나이에 필사했다. 경북의 여성 김경달은 <황월선전>⑤, <두껍전>③을 15세, 18세에 각각 필사했다. 그리고 <박씨전>①은 16세의 정소저, <이춘매전>②은 13세의 전소저, <조웅전>④는 15세 여성 전순주, <조웅전>⑧은 14세 여성, <창란호연록>①은 23-24세 여성 황재학 등이 각각 필사한 작품이다.

영남 지역에 유통된 고소설 필사자의 나이는 매우 다양하게 나타난다. 영남 지역의 고소설은 남성보다 여성이 필사에 적극 동참하고 있다. 여성들은 13-18세의 나이에 결혼을 앞둔 친정에서 고소설을 필사한 경우가 대다수를 차지한다. 여성들은 생애를 통해서 다양한 고소설을 필사하고 있다. 특히 합천의 선비집안 여성 차운학과 조두리, 성주의 선비집안 여성 정갑이 등은 친정에서 시작하여 일생 동안 고소설을 필사했다는 점에서 주목된다. 그런데 남성 필사자는 <김태자전>처럼 아들이 모친을 위해서 고소설을 필사해준 경우가 대부분을 차지한다. 남성이 필사본 고소설에 대한 지속적인 관심을 보여준 경우는 매우 드물다고 하겠다. 따라서 영남 지역의 여성 필사자는 결혼 전에 고소설을 필사하여 생을 마감할 때까지 작품을 지속적으로 필사한 것으로 보인다.

호남 지역에는 <김씨효행록>, <꿩의전>, <정수경전>, <옥단춘전>, <유충렬전>, <창란호연록>, <화씨충효록> 등과 같이 7종에 필사자의 나이가 등장한다. 예컨대 <김씨효행록>은 16세의 남성 권재갑, <꿩의전>은 20세의 남성 이춘상, <정수경전>과 <옥단춘전>③은 27세와 29세의 남성 윤병기, <유충렬전>은 18세의 여성 한복단, <창란호연록>은 15세의 여성 강기태의 딸, <화씨충효록>②는 14세의 여성 윤해람 등으로 나타난다. 호남 지역 고소설 필사자는 여성보다 남성이 우세한 편이다. 남성들은 16-29세의 나이에 고소설 필사에 참여했다면 여성들은 14-18세의 나이에 고소설 필사에 참여였다. 호남의 여성들은 혼례를 전후한 시기에 고소설을 필사했다면 남성들은 혼례와 관계없이 작품을 필사한 것으로 보인다. 충청 지역에는 <서진사전>은 33-43세의 남성 이명재, <소대성전>②는 70세의 여성 한만선, <옥루몽>④는 10세의 민옥순의 오빠 등과 같이 필사자의 나이가 등장한다. 서울과 경기 지역에는 <구운몽>③은 17세의 여성 간동학, <소강절실기>는 70세의 여성, <주씨청행록>②는 24세의 민소저 등과 같이 필사자의 나이가 등장한다.

이상에서 고소설 필사자의 나이는 영남 지역에서 풍부한 실정이다. 영남 지역은 기록문학의 전통이 풍부하여 고소설의 필사와 향유가 풍부한 것으로 보인다. 필사본 고소설의 필사와 향유는 기록을 중시한 영남 지역의 문화적 전통을 계승한 것이 아닌가 한다. 영남 지역에서는 한평생 고소설을 필사한 여성이 존재한다면 호남, 충청, 서울과 경기에는 이러한 여성 필사자를 찾아보기 어렵다. 충청, 서울과 경기에는 70세의 여성이 고소설을 필사한 점이 주목된다. 이는 집안의 후손들을 위한 할머니의 배려가 아닐까 한다.

2. 필사본 고소설의 문학사회적 의미

필사본 고소설은 한문본에 비하여 국문본이 앞도적인 비중을 차지한다. 513종의 작품을 구분하면 국문본 490종과 한문본 22종으로 나타나기 때문이다. 남성이 한문 필사본을 선호했다면 여성은 국문 필사본을 선호했음을 뚜렷이 보여준다. 이는 작품의 지역별 유통양상과 향유층을 통해서 구체적으로 확인한 것이다. 지역별로 유통된 필사본 고소설의 이본을 검토하면 작품의 유통양상을 파악할 수 있기 때문이다. 영남 지역은 필사본 고소설의 이본이 풍부한 반면에 호남 지역과 충청 지역은 다양한 작품이 유통되었다. 더욱이 서울과 경기 및 강원에서도 다양한 작품이 유통된 것으로 나타난다. 이러한 지역별로 유통된 필사본 고소설의 유통량 비교를 통해서 향유층의 성격과 작품의 선호도를 파악할 수 있다.

필사본 고소설의 지역별 유통양상은 영남 222종, 충청 132종, 호남 82종, 서울과 경기 52종, 강원 16종, 북한 9종 등과 같이 나타난다. 이렇게 보면 필사본 고소설은 영남 지역에서 가장 풍부하게 유통되었다. 영남 지역은 경남보다 경북에서 필사본 고소설의 유통이 풍부한 실정이다. 양반 집성촌을 중심으로 유교윤리적 규범의식을 오랫동안 유지한 경북 북부의 안동, 상주, 성주, 문경, 예천, 영주 등과 경남 지역의 합천에서 필사본 고소설이 풍부하기 때문이다. 따라서 필사본 고소설은 유교윤리적 규범의식과 필사의 전통이 오랫동안 지속된 경북 북부지역에서 가장 풍부하게 유통된 것으로 보인다.

충청 지역은 충북과 충남에서 비슷한 유통량을 보여준다. 이러한 경우는 호남 지역도 마찬가지인데 전북과 전남에 유통된 필사본 고소설은 종류와 수량도 비슷한 실정이다. 그런데 서울과 경기 지역에 유통된 필사본 고소설은 매우 빈약하게 나타난다. 강원 지역과 북한 지역도 필사본 고소설의 유통이 빈약한 것은 마찬가지다. 따라서 영남, 충청, 호남 등의 삼남 지방을 제외한 중부와 북부 지역에는 필사본 고소설의 유통이 상당히 빈약한 것으로 나타난다.

도성과 궁궐이 있는 서울과 경기 지역에서 필사본 고소설의 유통이 빈약한 까닭은 무엇일까? 아마도 조선후기에서 일제강점기까지 방각본, 활판본, 세책본 등의 상업적 출간의 영향 때문에 고소설 필사의 전통은 상당히 약화된 것으로 생각된다. 더욱이 급격한 도시화와 상업의 발달로 인하여 농번기와 농한기의 구분이 사라져 고소설을 필사할 수 있는 시간적 여유를 찾기가 어려운 것도 한몫을 했을 것이다. 따라서 서울과 경기 지역은 상업이 발달하여 고소설 향유층이 작품을 필사할 여유가 부족했기 때문에 방각본, 활판본, 세책본 등을 향유한 것으로 생각된다.

그렇다면 영남, 호남, 충청 등의 삼남지방과 유사한 지리적 환경을 갖고 있는 강원 지역에 필사본 고소설의 유통이 빈약한 것은 어떻게 설명할 수 있을까? 산악이 발달한 강원 지역은 실제로 필사본 고소설의 유통이 매우 빈약했던 것일까? 강원 지역에서도 강릉, 삼척, 울진, 동해 등에서는 필사본 고소설이 유통된 것으로 보인다. 그 중에서도 양반 집성촌이나 향촌 선비집안에서는 고소설 필사의 전통을 오랫동안 유지하고 있다. 따라서 강원 지역은 교통이 불편하여 필사본 고소설의 유통이 빈약했을지 모른지만 유통된 작품은 오랫동안 향유되었을 것으로 짐작된다.

필사본 고소설의 지역별 유통양상과 문학사회학적 의미를 살펴볼 차례이다. 필사본 고소설의 유통양상을 분석하면 지역별 필사의 전통과 향유층의 존재를 구체적으로 파악할 수 있다. 필사본 고소설은 지역별 향유층의 성별과 신분계층 및 필사의식에 의해서 선호한 작품이 유통되었을 가능성이 높다. 이 때문에 필사본 고소설의 지역별 유통양상은 향유층의 실상을 파악하는 기초적 작업이기도 하다.

지금까지 필사기록과 현장조사를 통해서 확인한 고소설 중에서 가장 광범위한 지역에 유통된 작품은 무엇일까? 필사본 고소설이 영남, 호남, 충청, 서울과 경기, 강원, 북한 등과 같이 전국적으로 유통된 것으로 추정하고 있지만 실증적인 작업은 진행된 적이 없다. 필사본 고소설의 지역별 유통양상을 분석하면 전국적 유통을 실증적으로 확인할 수 있다. 그 결과 <유충렬전>, <구운몽>, <창선감의록>, <춘향전> 등이 전국적으로 골고루 분포하고 있다. 이러한 고소설 필사의 전통과 향유층의 지역별 실상을 확인하는 작업은 작품의 문학사회학적 의미를 해명하는 데 이바지할 것이다.

필사본 고소설의 지역별 유통양상을 분석한 결과 가장 전국적으로 풍부하게 유통된 작품은 <유충렬전>이다. <유충렬전>은 모두 6곳에 21종이 분포하고 있다. 이러한 <유충렬전>의 유통양상을 지역별로 제시하면 영남(9종), 호남(1종), 충청(6종), 경기(3종), 강원(1종), 북한(1종) 등으로 나타난다. <유충렬전>은 영남과 충청에서 풍부한 반면에 호남, 강원, 북한 등에는 상당히 빈약한 실정이다. 영남 지역에 <유충렬전>이 풍부한 까닭은 관직에 진출하지 못한 영남 남인계열의 유학자의 욕망을 투영하고 있기 때문이 아닌가 한다. 이는 충청 지역에서도 마찬가지이다. 충청 지역에도 과거를 통해 관직에 진출하고 싶은 선비집안의 욕망이 반영된 것으로 보인다. 따라서 전국적 분포를 보인 <유충렬전>은 영남과 충청에 풍부한 것으로 보아 지역별 편차를 보여준다.

<구운몽>은 5곳에서 13종이 유통되었다. <구운몽>은 17세기에 서포 김만중이 선천의 유배지에서 노모를 위해 창작한 작품이다. 당시 사대부 중에서도 노론 벌열층에 속하는 작가의 미의식이 <구운몽>에 투영된 것으로 보인다. <구운몽>은 현실, 꿈, 현실로 지속되는 환몽구조를 통해서 부귀공명의 허무함을 버리고 제행무상의 깨달음을 성취하는 과정을 보여준다. <구운몽>은 성진의 환몽체험을 통한 깨달음과 양소유의 현실주의적 애정 편력을 적절하게 조화시켜서 진정한 삶의 지평을 제시한다. <구운몽>의 유통양상을 지역별로 제시하면 영남(4종), 호남(1종), 충청(3종), 서울과 경기(4종), 북한(1종) 등으로 나타난다. <구운몽>은

영남과 충청, 서울과 경기에서 풍부한 반면에 호남과 강원, 북한에서는 상대적으로 빈약한 실정이다. 그렇다면 영남과 경기 및 충청에서 <구운몽>이 풍부한 이유는 무엇일까? <구운몽>은 양반 사대부의 교양과 조화의 세계를 내포하고 있어서 이들 지역에 풍부한 것으로 짐작된다.

<창선감의록>은 5곳에서 18종이 유통되었다. 전국적 분포를 보여준 <창선감의록>은 양반집안과 선비집안의 규방에서 널리 향유된 작품이다. <창선감의록>의 지역별 유통양상을 제시하면 영남(9종), 호남(2종), 충청(5종), 경기(1종), 북한(1종) 등으로 나타난다. 이 작품도 전국적인 분포를 보이고 있다. 그 중에서도 <창선감의록>은 영남과 충청에서 풍부한 반면에 호남, 경기, 강원, 북한 등에는 상대적으로 빈약한 실정이다. 영남과 충청에서 <창선감의록>이 풍부한 이유는 양반 집성촌과 선비집안이 풍부하기 때문이다. 이 때문에 <창선감의록>의 지역별 유통과 이본을 비교하여 작품의 지역문화적 특징을 분석해야 한다.

<춘향전>은 4곳에 19종이 유통되었다. 이본의 수량으로 보면 <춘향전>은 한국인이 가장 좋아하는 작품이기도 하다. <춘향전>은 전국적으로 유통된 대표적 필사본 고소설이다. 그 중에서도 영남 5종, 호남 6종, 충청 7종, 강원 2종 등으로 나타난다. 필사본 <춘향전>은 삼남 지방에 매우 풍부하게 유통된 것으로 나타나고 있다. 반면에 산악으로 둘러싸인 강원 지역과 상업이 발달한 서울과 경기 지역에는 <춘향전>의 유통이 매우 빈약한 실정이다. 상업이 발달한 서울과 경기 지역에는 세책본 <남원고사>가 유통되었다. 그리고 상업적 성격의 방각본과 활자본이 출간되었기 때문에 필사본 <춘향전>의 유통이 상대적으로 빈약했던 게 아닌가 한다.

필사본 <춘향전>은 전국적 유통 양상을 보이고 있지만 지역별로 작품의 성격은 사뭇 다르게 나타난다. 영남 지역에 유통된 5종의 <춘향

전>은 독서물로 정착된 판소리계 소설적 성격을 보여준다. 호남 지역에 유통된 6종의 <춘향전>은 판소리 공연에 적합한 창본의 성격을 보여준다. 충청 지역에 유통된 7종의 <춘향전>은 창본과 독서물이 섞여 있다. 강원 지역에 유통된 2종의 <춘향전>은 구활자본 <옥중화>를 필사한 것으로 보인다. 이 때문에 강원 지역에는 필사본 <춘향전>의 유통이 상당히 빈약했던 게 아닌가 한다. 따라서 필사본 <춘향전>은 지역별로 유통된 텍스트적 성격이 매우 다양하게 나타나고 있다.

이러한 <유충렬전>, <구운몽>, <창선감의록>, <춘향전> 등은 가장 풍부하게 유통되었을 뿐 아니라 전국적 분포를 보여준다. 이러한 작품들은 전국적 유통양상을 통해서 지역별 특징이 뚜렷하게 나타난다. 조선후기에서 대한제국을 거쳐 일제강점기와 한국전쟁 이후에도 고소설은 필사의 전통을 오랫동안 유지하고 있다. <유충렬전>, <구운몽>, <창선감의록>, <춘향전> 등의 고소설을 향유한 여성들은 필사의 전통을 통해서 작품의 교훈성과 흥미성을 동시에 향유한 것으로 생각된다. 그중에서도 <구운몽>과 <창선감의록>은 비교적 일찍 창작된 작품으로 이후의 고소설 발달에 상당한 영향을 미친 작품이다. <유충렬전>은 조선후기 영웅소설의 형성기에 창작된 작품이고 <춘향전>은 판소리의 발생과 더불어 독서물로 정착된 작품이다. 따라서 <구운몽>과 <창선감의록>은 양반집안에서 즐겨 향유한 반면에 <유충렬전>과 <춘향전>은 몰락양반과 선비집안에서 즐겨 향유한 작품이라 하겠다. 이런 점에서 양반 집성촌과 선비집안에서 필사하고 향유한 작품의 편차가 존재했던 것이다.

필사본 고소설의 지역별 유통양상이 모두 4곳에서 확인된 작품은 매우 풍부하다. 예컨대 <김진옥전>, <박씨전>, <사씨남정기>, <소대성전>, <심청전>, <임경업전>, <임진록>, <장두영전>, <정수경전>,

<정을선전>, <조웅전>, <진대방전>, <춘향전>, <화룡도> 등과 같이 14종이다. 이 작품들도 광범위한 분포를 보여주고 있지만 지역별 편차가 나타나고 있다. 이러한 고소설의 지역별 유통양상의 편차는 향유층의 작품 선호도를 보여준다는 점에서 주목된다.

적강형 영웅소설 <김진옥전>은 4곳에서 11종이 유통되었다. <김진옥전>은 영남(1종), 호남(1종), 충청(7종), 경기(2종) 등과 같이 지역별 유통양상을 보이고 있다. 이 작품은 충청 지역에서 매우 풍부한 반면에 경기도를 제외한 나머지 지역에서는 상당히 빈약한 실정이다. 충청 지역에서 <김진옥전>이 풍부한 이유는 무엇일까? 충청 지역의 향유층은 다른 곳에 비하여 유독 <김진옥전>을 선호하고 있다. 그 까닭을 작품 분석과 이본 비교를 통해서 설명해야 한다.

그런데 <진대방전>은 4곳에 9종이 유통되었다. <진대방전>은 영남(2종), 호남(4종), 충청(2종), 경기(1종) 등으로 나타난다. 이 작품은 전국적 분포를 보이고 있지만 지역별 편차는 크지 않다. 다만 <진대방전>은 호남 지역에서 상대적으로 풍부한 실정이다. 영남에 비하여 호남은 필사본 고소설이 빈약한데 <진대방전>은 풍부하게 분포하고 있다. 따라서 <진대방전>은 호남 지역의 향유층이 선호한 작품으로 주목된다.

<박씨전>은 4곳에 18종이 유통되었다. <박씨전>의 지역별 유통양상은 영남(5종), 호남(3종), 충청(7종), 경기(3종) 등으로 나타난다. <박씨전>은 조선후기 병자호란의 역사적 배경을 토대로 한 여성 영웅소설이다. <박씨전>은 강원과 북한을 제외한 남한에서 매우 풍부하게 유통되었다. 그 중에서도 충청에서 매우 풍부한 반면에 영남, 호남, 경기 등에도 비교적 풍부한 실정이다. <박씨전>이 충청 지역에서 풍부하게 나타난 이유는 무엇일까? 충청 지역의 여성 향유층이 <박씨전>을 선호한 까닭을 밝히는 작업이 필요하리라 생각한다. <박씨전>의 여성 주인공

의 변신과 병자혼란의 참상을 극복하려는 의지가 투영되었기 때문이 아닌가 한다. 국가적 위기 상황에서 여성 주인공이 활약하는 장면을 통해서 조선후기 여성 향유층의 욕망을 대리만족했기 때문이다.

그런데 병자호란의 남성 영웅소설 <임경업전>은 4곳에 6종이 유통되었다. 임진왜란을 다룬 역사소설 <임진록>은 4곳에 9종이 유통되었다. 이렇게 임진왜란과 병자호란을 다룬 역사소설 <임진록>과 <임경업전>은 <박씨전>에 비해 상당히 빈약한 실정이다. 왜냐하면 <박씨전>의 여성 영웅소설과 달리 <임진록>과 <임경업전>의 남성 영웅소설은 여성 향유층이 즐겨 향유하지 않았기 때문이다. 여성 향유층은 전쟁을 다룬 역사소설을 선호하지 않았다는 정황이 곳곳에서 확인되고 있다. 그럼에도 <박씨전>은 역사소설이지만 여성 주인공이 등장할 뿐 아니라 추녀에서 미녀를 변신하는 여성의 욕망을 반영하고 있다는 점에서 차이를 보인다.

<사씨남정기>는 4곳에 10종이 유통되었다. 서포 김만중은 남해 유배시절에 <사씨남정기>를 창작했다. 이 작품은 17세기에 창작된 규방소설 또는 가정소설이다. <사씨남정기>는 양반집안과 선비집안의 규방에서 즐겨 향유한 작품이다. 그래서 가정소설의 선구적인 작품으로 유명하다. <사씨남정기>의 지역별 유통양상은 영남(6종), 호남(1종), 충청(1종), 경기(2종) 등으로 나타난다. 이 작품은 영남에서 풍부한 반면에 호남, 충청, 경기 등에서는 상당히 빈약하다. <사씨남정기>가 영남에서 풍부한 이유는 무엇일까? 영남 지역의 양반집성촌과 선비집안의 여성들은 처첩의 애정갈등을 다룬 <사씨남정기>를 선호한 것이다. 처첩의 선악 갈등을 통해서 유교윤리적 규범의식을 교육하기에 적절한 작품이기 때문이다.

<조웅전>은 4곳에 18종이 유통되었다. <조웅전>은 전국적으로 풍

부하게 유통된 창작 영웅소설이다. 이 작품의 지역별 유통양상은 영남(9종), 호남(1종), 충청(5종), 서울(3종) 등으로 나타난다. <조웅전>은 영남과 충청에서 풍부하게 유통되었다. 영남과 충청의 향유층은 남성 주인공 조웅의 활약을 통해서 몰락한 가문을 창달하고 부귀공명을 실천하는 점에 공감했기 때문이다. 이런 점에서 <조웅전>의 지역별 특징과 이본 비교를 통해서 작품의 가치를 조망할 필요가 있다. 조선후기 창작 영웅소설의 대표작인 <조웅전>은 영남 지역의 여성 향유층이 선호한 작품이다.

<소대성전>은 4곳에 13종이 유통되었다. 초기 영웅소설 <소대성전>의 지역별 유통양상은 영남(4종), 호남(1종), 충청(5종), 강원(3종) 등으로 나타난다. <소대성전>은 충청과 영남, 강원에서 풍부한 반면에 호남에서는 빈약한 실정이다. 이 작품이 충청과 영남, 강원 등에 풍부한 이유는 무엇일까? 남성 영웅소설 <소대성전>이 충청과 영남, 강원 등에 풍부한 것은 몰락양반의 관직 진출에 대한 욕망을 반영하고 있기 때문이다. 그래서 <소대성전>의 지역별 유통양상과 이본의 비교가 필요하다. 조선후기 영웅소설에 해당하는 <소대성전>은 영남, 충청, 강원 등의 지역에서 풍부하게 유통되었다. 따라서 <소대성전>은 영남, 충청, 강원 등의 향유층이 선호한 작품이다.

판소리와 판소리계 소설 <심청전>, <춘향전>, <화룡도>, <토끼전> 등의 지역별 유통양상을 살펴볼 차례이다. <심청전>은 4곳에 8종이 유통되었다. <심청전>은 영남(3종), 호남(1종), 충청(3종), 북한(1종) 등으로 나타난다. <춘향전>은 4곳에 19종이 유통되었다. <춘향전>은 영남(5종), 호남(6종), 충청(7종), 강원(2종) 등으로 나타난다. <춘향전>은 충청, 호남, 영남 등에서 풍부하게 유통되었다. 그래서 필사본 <춘향전>은 한국을 대표하는 작품이 되었다. <화룡도>는 4곳에 9종이 유통되었다. <화룡도>의 지역별 유통양상은 영남(4종), 호남(2종), 충청(2종), 서울

(1종) 등으로 나타난다. 이러한 판소리와 판소리계 소설은 지역별 유통의 편차가 생각보다 크지는 않다.

<심청전>은 영남과 충청에서 풍부하다면 <춘향전>은 충청, 호남, 영남 등에서 풍부하다. <화룡도>는 영남에서 풍부하다. 영남 지역에는 생각보다 판소리와 판소리계 소설이 풍부하게 나타난다. 아마도 <심청전>의 효성과 <춘향전>의 절개와 애정이 영남 지역의 여성 향유층에게 교훈성과 흥미성을 적절하게 제공했기 때문이다. 그런데 『삼국지』의 적벽대전을 판소리로 만든 <화룡도>는 <심청전>, <춘향전>과 향유층의 기반이 달라던 것으로 보인다. 남성이 향유한 <화룡도>는 통쾌한 전쟁 속에 지략담과 군사설움 등의 복합적인 내용이 등장하고 있기 때문이다.

<토끼전>은 모두 3곳에서 8종이 유통되었다. 이 작품은 영남(3종)과 호남(4종)에서 풍부하다. 이 작품이 영남과 호남에서 풍부하지만 작품의 성격은 다르게 나타난다. 영남 지역의 <토끼전>은 독서물의 성격인 판소리계 소설이 우세하다면 호남 지역의 <토끼전>은 판소리 공연에 사용된 창본이 우세한 실정이다. 영남 지역의 <토끼전>은 정치적 담론에서 군신 간의 유교윤리적 충성을 강조한다면 호남 지역의 <토끼전>은 강자와 약자의 지혜대결을 풍자적으로 구성하고 있다. 따라서 <토끼전>은 영·호남 지역의 향유층이 선호한 작품의 성격을 보여준다.

<정을선전>은 4곳에 12종이 유통되었다. <정을선전>의 지역별 유통양상은 영남(5종), 호남(1종), 충청(5종), 강원(1종) 등으로 나타난다. 이 작품은 전반부의 계모형 구조와 후반부의 쟁총형 구조를 통합한 조선후기 가정소설의 대표작이다. <정을선전>은 영남과 충청에서 풍부한 반면에 호남과 강원에서는 빈약하다. 영남과 충청에서 <정을선전>이 풍부한 이유는 계모형 구조와 쟁총형 구조를 통합하여 새로운 가정소설의

지평을 확장했기 때문이 아닌가 한다. 더욱이 영남과 충청의 선비집안 여성 향유층은 유교윤리적 규범의식을 강조한 <정을선전>을 선호한 것으로 보인다.

필사본 고소설의 지역별 유통양상이 3곳에 유통된 작품은 <숙향전>, <옥루몽>, <월봉기>, <유씨삼대록>, <이대봉전>, <이태경전>, <장끼전>, <조생원전>, <최현전>, <토끼전>, <홍길동전>, <흥부전> 등과 같이 12종이다. 이 작품들은 3곳에서 유통되었지만 유통량은 매우 풍부하게 나타난다.

조선후기 변영로에 의해서 창작된 <옥루몽>은 총 8종이 유통되었다. 이 작품은 <옥련몽>을 창작한 작가에 의해서 다시 <옥루몽>으로 개작되었다. <옥루몽>은 <옥련몽>보다 작품의 구조와 의미가 한층 성숙된 작품으로 평가된다. 이들 고소설은 <구운몽>의 자장 안에서 서사를 대폭 확장하여 통속적 대중성을 확보한 작품이다. 이 때문에 <옥련몽>과 <옥루몽>은 당시 여성 향유층에게 상당한 인기를 모았던 것으로 생각된다.

장편가문소설 <유씨삼대록>은 모두 8종이 유통되었다. 그 가운데 영남 지역에서 6종이 유통된 점을 보아 지역의 여성 향유층이 선호한 작품이 분명하다. 영남 지역에서는 할아버지, 아버지, 아들 등의 3대로 지속되는 양반가문의 흥망성쇠를 다루고 있는 <유씨삼대록>에 주목할 수밖에 없다. 영남의 양반집성촌이나 문중에서는 <유씨삼대록>과 같은 장편가문소설을 풍부하게 향유하고 있기 때문이다. 그 중에서도 경북 북부의 양반 집성촌과 선비집안의 여성 향유층이 <유씨삼대록>과 같은 장편가문소설을 선호하고 있다.

한편 <최현전>은 7종이 유통되었는데 영남에서 4종이 존재한다. <최현전>의 이본은 3대기 구조와 2대기 구조로 구분된다. 아마도 영남 지역의 향유층은 3대기 구조의 <최현전>을 좀더 선호했을 것으로 생각된다. 이는 이본 검토를 통해서 좀더 구체적으로 확인해야 한다. 그리고 <이대봉전>은 총 9종이 유통되었는데 그 중에서 4종이 영남에서 유통되었다. <이대봉전>은 영남 지역의 향유층이 선호한 작품이라 하겠다. 따라서 <최현전>과 <이대봉전>은 영남 지역의 여성 향유층이 선호한 작품이다.

이상에서 확인한 필사본 고소설을 지역별 비교문학적 특징을 살펴볼 필요가 있다. 영남과 호남에 유통된 필사본 고소설의 비교가 선행되어야 한다. 두 지역에 공통적으로 유통된 작품의 이본을 비교할 필요가 있다. 영·호남에 공통적으로 유통된 작품은 <강능추월전>, <구운몽>, <장끼전>, <이대봉전>, <박씨전>, <섬처사전>, <서한연의>, <심청전>, <유충렬전>, <장화홍련전>, <정을선전>, <조생원전>, <조웅전>, <진대방전>, <춘향전>, <토끼전>, <화룡도>, <화씨충효록> 등과 같이 모두 18종이 존재한다. 이러한 작품에 대한 이본 비교와 향유층에 대한 연구는 지역별 문학사회학적 특징을 명확하게 밝힐 수 있을 것이다.[2)]

필사본 고소설의 지역별 유형적 특징은 매우 중요하다. 영남 지역에서는 가정소설, 가문소설, 영웅소설 등이 다량으로 유통되었다면, 호남 지역에서는 판소리 및 판소리계 소설이 풍부하게 유통되었다. 충청 지역에는 영웅소설이 가장 풍부하게 유통되었다. 이러한 영웅소설은 전국적으

---

2) 이러한 필사본 고전소설에 대한 이본 연구와 작품 분석을 착실히 진행한다면, 두 지역의 작가의식과 독자층의 향유의식 및 지역적 성격을 이해하는 데 도움이 될 것이다. 예컨대 필사본 고전소설의 이본을 검토하여 영남의 기록문화와 호남의 공연문화의 특징을 밝히고, 나아가 독자층의 향유의식과 지역적 성격을 포함한 작품의 미학적 의미까지도 밝힐 수 있을 것이다. 이러한 연구가 축적되어야 필사본 고전소설의 지역적 성격을 이해할 수 있을 것으로 생각된다.

로 가장 풍부하게 유통되었다. 영웅소설이 풍부한 것은 사실이지만 지역별로 유통된 작품의 종류는 차이를 보여준다. 영남 지역에는 <유충렬전>과 <조웅전>이 가장 풍부한 반면에 호남 지역에는 <박씨전>이 풍부하다. 충청 지역에는 <소대성전>, <유충렬전>, <박씨전> 등이 풍부하게 존재한다. 따라서 영웅소설은 전국적 유통을 보여주면서도 지역별로 향유층이 선호한 작품의 차이를 보여준다.

영남 지역은 가정소설과 가문소설이 풍부하다면 호남 지역은 판소리 및 판소리계 소설이 풍부하다. 호남 지역과 함께 충청 지역에도 판소리계 소설이 풍부한 실정이다. 이런 점에서 영남 지역은 가정소설과 가문소설이 풍부하고 호남 지역은 판소리 및 판소리계 소설이 풍부하고 충청 지역은 상대적으로 판소리계 소설과 영웅소설이 풍부하다. 따라서 영남 지역은 가문소설, 호남 지역은 판소리 및 판소리계 소설, 충청 지역은 영웅소설이 지역별 유형을 대표하고 있다. 이러한 지역문화적 특징은 필사본 고소설의 유형을 통해서 뚜렷이 나타난다.

필사본 고소설은 농사주기와 상당한 연관성을 보여준다. 영남과 호남, 충청 등의 삼남 지방에서는 농한기에 작품의 분량이 적은 고소설을 집중적으로 필사하고 향유하였다. 하지만 상업이 발달한 서울과 경기 지역에서는 농한기와 농번기를 구별할 수 없을 만큼 다양한 시기에 필사되었다. 이런 점에서 필사본 고소설의 필사 시기는 농사주기와 관련된 영남, 호남, 충청 등의 삼남지방과 상업이 발달한 서울과 경기 지역에서 뚜렷한 차이를 보여준다. 영남 지역에는 농한기에 분량이 적은 작품을 필사했다면 농번기에는 장편가문소설을 필사한 것으로 나타난다. 따라서 농한기에 필사된 고소설은 단권으로 구성된 작품이라면 농번기에 필사된 작품은 장편가문소설이 대부분을 차지한다.

양반집안과 선비집안의 여성들은 농한기와 농번기를 활용한 고소설 필사의 전통을 유지하고 있다. 양반집안의 여성들은 농번기에도 장편가문소설을 향유했다면 선비집안의 여성들은 농번기에는 농사일을 거들어야 하기 때문에 농한기에 집중적으로 필사본 고소설을 향유하였다. 이러한 필사본 고소설의 필사시기와 향유과정을 통해서 당시 향유층의 신분계층을 구분할 수도 있다. 영남, 호남, 충청 등의 삼남지방에는 양반집안과 선비집안의 여성들이 필사본 고소설을 향유했다면 서울과 경기 지역에서는 양반집안과 선비집안보다 상인들이 필사본 고소설을 향유한 것으로 보인다.

이렇게 필사본 고소설의 지역별 유통양상과 향유층에 대한 실증적 접근을 통해서 다양한 문학사회학적 사실을 확인할 수 있다. 필사본 고소설의 향유층은 방각본, 활판본, 세책본 등과 상호 교류하기보다는 지역에 유통된 필사본을 지속적 향유한 것으로 나타난다. 더욱이 고소설을 필사하는 과정에서 양반집안 또는 선비집안의 여성들이 향유층으로 적극 참여하고 있다. 따라서 필사본 고소설은 조선후기에서 일제강점까지 세책본, 방각본, 활판본 등과 상호 경쟁하면서도 100년 동안 필사의 전통을 지속했다는 점에서 문학사회학적 의미를 부여할 수 있다.

필사본 고소설은 신문물이 급격하게 밀려드는 서울과 경기 지역에서는 빈약한 반면에 마을 공동체문화를 오랫동안 유지한 영남, 호남, 충청 등의 삼남지방에서는 풍부한 실정이다. 급격한 도시화와 상업이 발달한 서울과 경기 지역에는 상업성이 강화된 세책본, 방각본, 활판본 등을 수용했다면 농촌의 공동체문화를 유지한 영남, 호남, 충청 등의 삼남지방에서는 필사본을 지속적으로 향유한다. 따라서 필사본 고소설은 도시와 농촌, 신문물의 수용과 전통문화의 지속 등과 같은 격동기 사회문화적 충격에 대응한 것으로 보인다. 필사본 고소설은 방각본, 활판본, 세책본 등과 달리 지역별 필사의 전통을 지속하여 마을공동체문화를 유지하는

데 기여한 것이다.

이런 점에서 필사본 고소설은 새로운 시대의 변화에 적극 동참하지 못하고 기존의 유교윤리적 가치관을 옹호하는 구시대의 문학으로 전락한 것이다. 필사본 고소설은 사회적 변화를 수용하지 못하고 향촌 선비집안의 유교윤리적 이념을 재생산하는 기능을 담당했다. 그럼에도 필사본 고소설은 조선후기의 전통을 지속하면서 여성의 한글의 교육과 유교윤리적 규범을 체득하는 긍정적 기능도 수행하고 있다. 더욱이 필사본 고소설은 기존의 작품을 다양하게 수용하면서도 필사자의 의식을 투영하여 새로운 작품으로 파생시켰다는 점에서 소설사적 의미를 부여할 수 있다.

필사본 고소설은 단순한 문학의 기능뿐만 아니라 향촌사회의 공동체 문화를 결속시키고 유지하는 역할도 수행한 것이다. 향촌사회의 양반집안 또는 선비집안 여성들은 필사본 고소설을 향유하면서 한글 공부와 유교윤리적 규범을 배우기도 했다. 이러한 필사본 고소설의 다양한 기능과 역할 때문에 양반집안과 선비집안의 여성들이 작품을 즐겨 향유한 것으로 생각된다. 따라서 필사본 고소설은 향촌사회의 유교윤리적 규범의식뿐만 아니라 한글 공부에 필요한 실용적인 문학생활적 측면까지도 담당하고 있다. 필사본 고소설의 지역별 유통양상과 향유층에 대한 실증적 연구를 통해서 격동기의 소설사회학적 의미를 다양하게 살펴보았다.

제6장
맺음말

조선후기 필사본 고소설의 지역별 유통양상을 실증적으로 확인한 작품은 모두 513종이다. 이러한 필사본 고소설은 영남, 호남, 충청, 서울과 경기, 강원과 북한 등을 포함하고 있다. 513종의 작품을 지역별로 구분하면 영남 222종, 충청 132종, 호남 82종, 서울과 경기 52종, 강원과 북한 25종 등으로 나타난다. 영남 지역은 필사본 고소설의 유통이 가장 풍부하다. 영남에 유통된 작품은 경북(177종)과 경남(39종)의 편차가 크다면 호남과 충청은 남북의 편차가 크지 않다. 따라서 유문화적 전통을 오랫동안 유지한 경북북부에서 필사본 고소설이 풍부하게 유통되었다.

서울과 경기 지역에서는 필사본 고소설의 유통이 상당히 빈약한 실정이다. 강원과 북한 지역에서는 필사본 고소설이 더욱 빈약하게 나타난다. 조선후기에서 일제강점기를 거치면서 고소설 필사의 전통은 영남, 충청, 호남 등에는 지속된 반면에 서울과 경기 및 강원, 북한 등에서는 단절된 것으로 보인다. 이러한 현상은 고소설 필사의 전통이 뚜렷한 영남 지역에서 더욱 풍부하게 나타난다. 영남 지역은 유학자의 문집을 간행한 수량이 전국의 문집 수량보다 풍부한 실정이다. 양반집안의 남성이 문집을 간행했다면 여성은 고소설을 필사하고 향유한 것으로 보인다. 영남의 기록의식은 오랫동안 유지된 공동체문화의 전통이다.

호남 지역에서는 문자에 의한 기록보다 판소리 공연과 같은 공연문화가 발달했다. 호남 지역에는 판소리와 판소리계소설이 가장 풍부하게 유통되었다. 호남 지역은 판소리가 발생한 고장으로 즉흥성이 강조된 공연문화적 특징을 보여준다. 이 때문에 호남 지역에는 판소리 공연에 활용된 창본적 성격이 풍부한 반면에 영남 지역에는 독서물로 변화된 판소리계 소설이 풍부하다. 필사본 고소설의 지역별 유통양상을 분석하면 지역문화적 특성을 살펴보는 것도 가능하다. 따라서 필사본 고소설은 여성 향유층의 필사시기, 필사기간, 필사방법, 필사자의 가족관계, 성별, 나이 등을 포함한 작품의 감상평도 등장하고 있어서 당시 향촌 양반 및 선비들의 문학생활상을 이해하는 데 도움이 된다.

필사본 고소설은 영남 지역에서 가장 풍부한 반면에 서울과 경기 및 강원 지역에서는 상당히 빈약한 실정이다. 영남 지역에서는 경북 북부의 안동, 상주, 문경, 예천 등과 경남 합천에서 필사본의 유통이 풍부하다. 영남 지역에는 <강능추월전>, <유충렬전>, <조웅전> 등이 가장 풍부하게 유통되었다. 호남 지역에서는 나주, 고창, 정읍, 전주 등과 같은 고장에서 필사본의 유통이 활발했다. 호남 지역에는 <춘향전>, <토끼전>과 같이 판소리 및 판소리계 소설이 풍부하다. 충청 지역에서는 괴산, 충주, 대전, 청주, 공주 등에서 필사본이 풍부하게 유통되었다. 충청 지역에는 <춘향전>, <소대성전>이 풍부하게 존재한다. 서울과 경기에는 <구운몽>이 풍부하다. 따라서 <강능추월전>, <유충렬전>, <조웅전>은 영남 지역을 대표하는 작품이다. <춘향전>과 <토끼전>은 호남 지역을 대표하고 <춘향전>과 <소대성전>은 충청 지역을 대표하며 <구운몽>은 서울과 경기 지역를 대표한다. 이러한 작품들은 지역별 여성 향유층이 선호한 것이다.

지역별로 유통된 필사본 고소설은 국문본이 한문본에 비해 압도적 비중을 차지한다. 513종의 작품 중에서 국문본은 490종이고 한문본은 22종이다. 영남에는 한문본(10종)과 국문본(212종)이 존재하고 호남에는 한문본(4종)과 국문본(79종)이 유통되었으며, 충청에는 한문본(5종)과 국문본(127종)이 존재하고 있다. 이러한 결과는 서울과 경기, 강원과 북한에서도 유사하게 나타난다. 고소설은 여성 향유층이 국문으로 필사하고 향유했음을 보여준다. 그런데 동일한 작품의 이본은 지역별로 편차를 보여준다. 영남 지역에는 동일한 작품의 이본이 풍부한 반면에 호남, 충청, 서울과 경기 등에는 다양한 작품이 존재하고 있다. 이 때문에 지역별 필사본에 대한 이본 검토가 필요하다고 하겠다.

필사본 고소설의 필사자가 여성인 경우는 영남과 충청에서 풍부하게 등장한다. 영남 지역의 여성은 147종을 필사하고 남성은 20종을 필사했다. 충청 지역의 여성은 68종을 필사하고 남성은 19종을 필사했다. 그런데 호남 지역은 여성보다 남성이 고소설 필사에 적극 참여한 것으로 나타난다. 호남 지역의 남성이 35종을 필사하고 여성은 28종을 필사했다. 이러한 경우는 서울과 경기 지역에서도 유사한 실정이다. 서울과 경기의 남성은 13종을 필사하고 여성은 22종을 필사했다. 이렇게 영남과 충청에는 여성이 필사에 적극 동참한 반면에 호남, 서울과 경기에는 남성의 필사가 증가하고 있다. 따라서 영남과 충청에는 여성이 고소설 필사의 전통을 지속했다면 호남, 서울과 경기에는 여성보다 남성이 증가한 것으로 보인다.

필사본 고소설은 조선후기부터 대한제국과 일제강점기를 거쳐 한국전쟁과 근대화로 전환하는 격동의 시기에 필사되었다. 이러한 격동의 사회적 변화를 겪는 1850-1950년에 필사본 고소설이 왕성하게 필사되고 향유되었다는 사실은 주목된다. 농사주기와 연관된 영남, 호남, 충청 등에서는 농한기에 작품을 주로 필사했다. 그런데 상업이 발달한 서울과 경기에서는 농사주기와 별다른 관련성을 확인하기 어렵다. 농사주기와 연관된 삼남지방의 선비집안 여성은 농한기에 단편소설을 필사했다. 양반집안의 여성은 농한기와 농번기의 구분없이 장편가문소설을 필사했다. 이렇게 고소설의 필사시기와 분량을 통해서 필사자의 신분계층을 어느 정도 구분해볼 수 있다.

필사본 고소설의 지역별 유통양상을 통해서 여성 향유층의 존재와 필사방식 및 소설사회학적 의미를 살펴볼 수 있다. 필사본 고소설은 통혼권을 중심으로 작품이 전파되었다. 이러한 경우는 영남 지역에서 뚜렷하게 나타난다. 영남 지역의 향유층은 유교윤리적 규범을 강조하는 영웅소설, 가정소설, 가문소설 등을 선호한다. 이 때문에 영남 지역의 양반 가문에서는 유학적 사승관계를 활용한 혼인관계를 보여준다면 선비집안에서는 시장권과 일치하는 통혼권을 보여준다. 이러한 양반 가문의 여성들은 장편 가문소설을 필사하고 향유한 반면에 선비집안의 여성들은 단편의 영웅소설과 가정소설을 향유하고 있다.

전국적으로 가장 풍부하게 유통된 작품은 <유충렬전>, <춘향전>, <창선감의록>, <박씨전>, <조웅전>, <구운몽> 등이다. 그 중에서도 <유충렬전>(21종)과 <춘향전>(19종)은 전국의 여성 향유층이 가장 선호한 작품이다. <창선감의록>(18종)과 <박씨전>(18종), <조웅전>(18종), <구운몽>(13종), <소대성전>(13종), <사씨남정기>(10종) 등은 조선후기 고소설의 발전에 상당한 영향을 미친 작품이다. 이렇게 전국에 유통된 작품들은 지역문화의 개별성과 보편성을 내포하고 있다. 그렇다면 고소설 필사자의 연령은 몇 살일까? 여성 필사자의 나이는 10세부터 74세까지로 나타난다. 여성 필사자는 결혼을 앞둔 15-20세 전에 고소설을 필사하여 시집갈 때 시댁으로 가져간 것으로 나타난다. 이 때문에 필사본 고소설은 혼맥을 통해서 다른 지역으로 전파되었다.

필사본 고소설의 지역별 유통과 문화지도를 작성해보면 필사본은 소백산맥과 노령산맥 주변에서 풍부하게 유통되었다. 이러한 배산임수 지역에 양반 집성촌이나 선비집안이 분포하고 있기 때문이다. 제주도와 울릉도를 비롯한 섬과 어촌에는 필사본 고소설의 유통이 매우 빈약한 실정이다. 그런데 교통이 불편하여 신문물의 수용보다 유교문화적 전통을 오랫동안 유지했던 농촌에서 필사본 고소설이 풍부하다. 따라서 필사본 고소설은 마을공동체 문화를 오랫동안 지속했던 양반 집성촌에서 즐겨 향유한 것으로 보인다.

이상에서 필사본 고소설의 지역별 유통양상과 향유층에 관한 실증적 접근을 통해 새로운 사실을 밝혀내는 성과를 거두었다. 필사본 고소설은 상업적 출판인 방각본, 활판본과 경쟁하면서도 오랫동안 필사의 전통을 유지했다는 점에서 주목된다. 더욱이 필사본 고소설의 향유층은 양반집안 또는 선비집안의 여성들이 대대수를 차지한다. 때문에 필사본은 한글본이 앞도적인 비중을 차지한다. 여성 향유층은 고소설을 필사하면서 다양한 욕망을 투영한 것으로 보인다. 고소설의 필사기에는 향촌사회의 여성 향유층의 다양한 문학생활과 소설사회학적 의미를 담아내고 있다. 따라서 고소설의 필사기에는 지역별 향유층의 작품 선호도와 다양한 지역문화적 특징을 수용하고 있다.

그런데 필사본 고소설의 지역별 유통양상과 향유층에 대한 전반적인 얼개를 짜는 작업은 상당한 시간이 소요될 수밖에 없다. 이러한 고소설의 필사기록을 토대로 현장조사를 실시하여 513종의 지역별 유통양상과 향유층의 존재를 확인한 점은 커다란 성과로 볼 수 있다. 필사본 고소설의 유통양상과 향유층에 대한 연구가 빈약한 상황에서 문헌조사와 현장조사를 병행하여 실증적으로 접근했기 때문이다. 다만, 고소설의 필사기를 토대로 현장조사를 실시하는데 상당한 시간이 소요되어 좀더 체계적인 분석을 하지 못한 한계도 있다. 이러한 문제점은 고소설의 필사기와 현장조사 자료를 토대로 세부적 검토를 통해서 차후에 보완하고자 한다.

참고문헌

〈자료〉

경북대 취암문고 소장 <강능추월전> 외 127종.

계명대 도서관 소장 <춘향전> 외 47종.

고려대 도서관 소장본.

국학진흥원, <구운몽> 외 16종.

김광순, 『필사본 한국고전소설전집』, 1-80권, 경인문화사, 1993.

김동욱, 『필사본 고소설자료총서』, 1-100권, 아세아문화사, 1991.

남원향토박물관, <춘향전> 외 20종.

단국대 율곡도서관 소장본.

박순호, 『한글필사본고소설자료총서』, 1-100권, 월촌문헌연구소, 1986.

사재동, 『필사본 고소설』 500종.

서울대 규장각 소장본.

연세대 도서관 소장본.

이현조, 『필사본 고소설』 500종.

조희웅, 『고전소설 연구보정』, 박이정, 2006.

조희웅, 『고전소설 이본목록』, 집문당, 1999.

한국학중앙연구원, 장서각 소장본.

〈논저〉

간호윤, 『아름다운 우리 고소설』, 김영사, 2010, 520-521쪽.

권미숙, 「20세기 중반 고전소설의 향유양상-경북 북부지역을 중심으로」, 영남대 박사논문, 2008, 1-171쪽.

권순긍, 『활자본 고소설의 편폭과 지향』, 보고사, 2000, 9-321쪽.

권혁래, 「신작 구소설 <서진사전>에 그려진 피난자의 형상과 현실인식」, 『온지논총』

14집, 온지학회, 2006, 287-310쪽.

권혁래,『서진사전 연구』, 보고사, 2011, 11-37쪽.

김경미,「<방운전>, <봉래신선록> 해제」,『열상고전연구』 1집, 열상고전연구회, 1988, 371쪽.

김경미,「수용미학과 고소설 독자연구」,『고소설의 저작과 전파』, 아세아문화사, 1994, 473-493쪽.

김근수,「한글소설 이태경전의 교훈」,『괴향문화』 20집, 괴산향토사연구회, 2012, 306-330쪽.

김동건,『토끼전 연구』, 민속원, 2003, 3-482쪽.

김민조,「<황월선전> 이본 연구」,『고소설연구』 15집, 한국고소설학회, 2003, 215-247쪽.

김백영,『지배와 공간-식민지도시 경성과 제국 일본』, 문학과지성사, 2009, 65-70쪽.

김일렬,「취암문고 소장 고전소설 연구」,『영남학』 3호, 경북대 영남문화연구원, 2003, 9-43쪽.

김일렬,『숙영낭자전 연구』, 역낙, 1999, 1-384.

김재웅,「<강능추월전>의 여성 독자층과 독자 수용의 태도」,『어문학』 75집, 한국어문학회, 2002, 115-139쪽.

김재웅,「<김태백전>의 영웅소설적 성격과 의미」,『고소설연구』 30집, 한국고소설학회, 2010, 315-344쪽.

김재웅,「<김이양문록>의 창작방법과 가정소설적 의미」,『영남학』 12호, 경북대 영남문화연구원, 2007, 123-151쪽.

김재웅,「<왕능전>의 영웅소설적 성격과 의미」,『어문학』 89집, 한국어문학회, 2005,

김재웅,「<유최현전>의 구조적 특징과 가정소설의 지평 확장」,『정신문화연구』 102호, 한국학중앙연구원, 2006, 79-103쪽.

김재웅,「<최호양문록>의 구조적 특징과 가정소설적 위상」,『정신문화연구』 119호, 한국학중앙연구원, 2010, 76-100쪽.

김재웅,「<창선록>의 작품세계와 <구운몽>의 수용적론적 의미」,『고소설연구』 36집, 한국고소설학회, 2013, 265-295쪽.

김재웅,「경북 지역에 유통된 필사본 고소설에 대한 실증적 연구」,『고소설연구』 24집, 한국고소설학회, 2007, 219-250쪽.

김재웅,「영남 지역 필사본 고소설에 나타난 여성 향유층의 욕망」,『한국고전여성문학연구』, 16집, 한국고전여성문학회, 2008, 5-35쪽.

김재웅,「충북 지역에 유통된 필사본 고소설의 종류와 향유층」,『고소설연구』 32집, 한국고소설학회, 2011, 281-311쪽.
김재웅, 「필사본 고소설의 지역별 유통과 문화지도 작성」, 『대동문화연구』 88집, 성균관대 동아시아학술원, 2014, 231-260쪽.
김재웅, 「호남 지역에 유통된 필사본 고소설의 종류와 향유층에 대한 연구」, 『고소설연구』 28집, 한국고소설학회, 2009, 269-299쪽.
김재웅, 「필사본 고소설의 지역별 유통과 문화지도 작성」, 『대동문화연구』 88집, 성균관대 동아시아학술원, 2014, 231-260쪽.
김재웅, 『강릉추월전 작품군의 종합적 이해』, 보고사, 2008, 9-260쪽.
김정녀, 「<수매청심록>의 창작 방식과 의도」, 『한민족문화연구』 36권, 한민족문화학회, 2011, 211-247쪽.
김종철, 「장편소설의 독자층과 그 성격」, 『고소설의 저작과 전파』, 아세아문화사, 1994, 433-471쪽.
김준형, 「18세기 도시의 발달과 소설 향유의 면모」, 『고소설연구』 26집, 한국고소설학회, 2008, 91-117쪽.
김준형, 「백학선전」, 『국립중앙도서관 선본해제』 11권, 2009, 80-82쪽.
김진영 외, 『춘향전 전집』 1권, 박이정, 1997, 397-482쪽.
김진영, 『고전소설의 효용과 쓰임』, 박문사, 2012, 231-263쪽.
김태준, 『조선소설사』, 예문사, 1986, 5-210쪽.
김현, 『한국문학의 위상, 문학사회학』, 문학과지성사, 1995, 1-338쪽.
대곡삼번(大谷森繁), 『조선후기 소설독자연구』, 고려대 민족문화연구소, 1985, 1-216쪽.
루쉰 저, 조관희 역, 『중국소설사』, 소명, 2004, 10-845쪽.
맹택영, 「한글필사본 고소설 생산계층의 소설관과 기능」, 『인문과학논집』 20집, 청주대 인문과학연구소, 2000, 137-158쪽.
민영대, 「주봉전 연구」, 『한남어문학』 27집, 한남대 국문학과, 2003, 79-113쪽.
박성용, 「문화지도 자료활용방법과 조사내용」, 『비교문화연구』 7-1, 서울대학교 비교문화연구소, 2001, 3-28면.
박성용, 「지역사회의 문화지도」, 『민속학연구』 7, 국립민속박문관, 2000, 125-152면.
박영희, 「<소현성록> 연작 연구」, 이화여대 박사논문, 1994, 1-256쪽.
박영희, 「장편가문소설의 향유집단 연구」, 『문학과 사회집단』, 집문당, 1995, 319-361쪽.
박일용, 『영웅소설의 소설사적 변주』, 월인, 2003, 5-417쪽.
서경호, 『중국소설사』, 서울대출판부, 2004, 330-348쪽.
서대석, 「<소지현나삼재합>계 번안소설 연구」, 『동서문화』 5집, 계명대 동서문화연구소, 1973, 179-223쪽.

서대석, 『군담소설의 구조와 배경』, 이화여대 출판부, 1985, 5-207쪽.
서인석, 「가사와 소설의 갈래 교섭에 대한 연구」, 서울대 박사논문, 1995, 1-191쪽.
서혜은, 「<박씨전> 이본 계열의 양상과 상관관계」, 『고전문학연구』 34집, 한국고전문학회, 2008, 199-224쪽.
설성경, 『춘향전의 통시적 연구』, 서광학술자료사, 1994, 172-243쪽.
소인호, 「<취미삼선록> 이본 연구」, 『우리어문연구』 33권, 우리어문학회, 2009, 133-159쪽.
송일기 · 노기춘, 『해남녹우당의 고문헌』, 태학사, 2003, 422-426쪽.
양승민, 「국문 창작 가전체소설 <화왕본기>와 그 한문번역본」, 『고소설연구』 29집, 한국고소설학회, 2010, 181-222쪽.
엄태식, 「<주씨청행록>과 <도앵앵>의 관련 양상 및 구성적 특징」, 『열상고전연구』 35집, 열상고전연구회, 2012, 33-68쪽.
움베르트 에코, 김운찬 옮김, 『소설속의 독자』, 열린책들, 1996, 15-80쪽.
이금희, 「사씨남정기의 문헌학적 연구」, 숙명여대 박사논문, 1988.
이기형, 『필사본 화룡도 연구』, 민속원, 2003, 98쪽.
이민희, 「1920-1930년대 고소설 향유 양상과 비평 연구」, 『순천향 인문과학논총』 28권, 순천향대학교 인문과학연구소, 2011, 113-147쪽.
이상택, 『한국 고전소설의 이론』, 새문사, 2003, 30-54쪽.
이승복, 「가사체본 <유충렬전>의 특성」, 『한국 고전소설과 서사문학』, 집문당, 1998, 685-707쪽.
이원주, 「고전소설 독자의 성향」, 『중재 이원주교수 유고집』, 이원주교수추모사업회, 1994, 183-201쪽.
이윤석, 『홍길동전 연구』, 계명대출판부, 1997, 40-91쪽.
이윤석 · 大谷森繁(대곡삼번) · 정명기, 『세책 고소설 연구』, 혜안, 2003, 41-88쪽.
이주영, 『활자본 고전소설 연구』, 역락, 2001, 9-234쪽.
이지영, 「한글 필사본에 나타난 한글 필사의 문화적 맥락」, 『한국고전여성문학연구』 17집, 한국고전여성문학회, 2008, 273-306쪽.
이창헌, 「한국 고전소설의 표기 형식과 유통 방식」, 『한국 고전소설의 세계』, 돌베개, 2005, 226-250쪽.
이창헌, 『경판방각소설 판본연구』, 태학사, 2000, 11-575쪽.
인권환, 『토끼전 · 수궁가 연구』, 고려대 민족문화연구원, 2001, 3-482쪽,
임치균 외, 『장서각고소설해제』, 한국정신문화연구원, 1999, 1-636쪽.
장정룡, 「동해시 참의공 댁 소장 <홍길동전> 고찰」, 『인문학보』 24집, 강릉대 인문과

학연구소, 1997, 1-13쪽.
전성운, 『조선후기 장편국문소설의 조망』, 보고사, 2002, 9-389쪽.
전용문, 「<위봉월전>」, 『지헌영선생고희기념논총』, 동간행위원회, 1980.
정명기, 「세책본소설에 대한 새 자료의 성격 연구」, 『고소설연구』 19집, 한국고소설학회, 2005, 227-244쪽.
정명기, 「세책본소설의 유통 양상」, 『고소설연구』 16집, 한국고소설학회, 2003, 84-92쪽.
정병설, 「세책소설 연구의 쟁점과 방향」, 『국문학연구』 10호, 태학사, 2003, 27-57쪽.
정병설, 「여성영웅소설의 전개와 <부장양문록>」, 『고전문학연구』 19집, 한국고전문학회, 2011, 217쪽.
정승모, 「경저・향저・별서와 조선후기 문화의 지역성」, 『한국사에 있어서 지방과 중앙』, 서강대출판부, 2003, 189-204쪽.
정충권, 『흥부전 연구』, 월인, 2003, 131-170쪽.
조강희, 『영남지방 양반 가문의 혼인관계』, 경인문화사, 2006, 161-164쪽.
조도현, 「국문소설 유통의 현대적 양상」, 『한국서사문학사의 연구』 5권, 중앙문화사, 1995, 2051-2076쪽.
조동일, 『소설의 사회사 비교론』 2권, 지식산업사, 2001, 119-127쪽.
조동일, 『지방문학사』, 서울대학교출판부, 2004, 1-211쪽.
조동일, 『한국소설의 이론』, 지식산업사, 1985, 285-287쪽.
조희웅, 『이야기문학 모꼬지』, 박이정, 1995, 157-218쪽.
채윤미, 「<부장양문록> 연구」, 서울대 석사논문, 2009, 1-103쪽.
최호석, 「안성의 방각본 출판 입지」, 『국제어문』 34집, 국제어문학회, 2005, 89-118쪽.
최호석, 「안성판 방각본 출판의 전개와 특성」, 『어문논집』 54호, 민족어문학회, 2006, 173-195쪽.
최호석, 『옥린몽』의 작가와 작품세계』, 다운샘, 2004, 9-256쪽.
한국고소설연구회편, 『고소설의 저작과 전파』, 아세아문화사, 1994, 337-493쪽.
허경진, 「고소설 필사자 하시모토 쇼요시의 행적」, 『동방학지』 112집, 연세대 국학연구원, 2001, 1-40쪽.
허경진, 『사대부 소대헌・호연재 부부의 한평생』, 푸른역사, 2003, 9-290쪽.
허경진, 『하버드대학 예칭도서관의 한국고서들』, 웅진북스, 2003, 7-347쪽.

저자 김 재 웅

경북 고령에서 출생하여 계명대 국어국문학과를 졸업하고 동대학원에서 국문학 박사학위를 받았다. 계명대 한국학연구원 연구원, 인도 네루대 한국학 파견교수, 경북대 영남문화연구원 박사후연수연구원 등을 각각 역임했다. 현재는 경북대 기초교육원 초빙교수로 재직하면서 고전산문의 아름다움을 찾기 위해 필사본 고소설을 집중적으로 연구하고 있다. 최근에는 고소설의 창작 현장, 고소설의 지역학적 접근과 생활사, 고소설의 생태문화 등에 관심을 가지고 연구하고 있다.

주요 저서로는『잊혀져 가는 고령 지역의 마을문화』,『대구·경북 지역의 설화 연구』,『강릉추월전의 종합적 해석』,『김시습과 떠나는 조선시대 국토기행』,『한국 고소설의 주인공론』(공저) 등이 있고, 논문으로는「최호양문록의 구조적 특징과 가정소설적 위상」,「영남 지역 필사본 고소설에 나타난 여성 향유층의 욕망」,「창선록의 작품세계와 구운몽의 수용론적 의미」 외에 다수가 있다.

필사본 고소설의 지역별 유통양상과 향유층에 대한 실증적 연구

초판 인쇄 2015년 4월 17일
초판 발행 2015년 4월 25일

지은이 김재웅
펴낸이 이대현
편 집 권분옥
펴낸곳 도서출판 역락
서울시 서초구 동광로 46길 6-6 문창빌딩 2층
전화 02-3409-2058(영업부), 2060(편집부)
팩시밀리 02-3409-2059
이메일 youkrack@hanmail.net
역락블로그 http://blog.naver.com/youkrack3888
등록 1999년 4월 19일 제303-2002-000014호

ISBN 979-11-5686-184-3 93810
정 가 20,000원

* 파본은 구입처에서 교환해 드립니다.

이 도서의 국립중앙도서관 출판예정도서목록(CIP)은 서지정보유통지원시스템 홈페이지(http://seoji.nl.go.kr)와 국가자료공동목록시스템(http://www.nl.go.kr/kolisnet)에서 이용하실 수 있습니다.(CIP제어번호: CIP2015010979)